U0885940

本专著获西南民族大学

中国文学博士一级学科培育经费资助241003

本专著为四川省属高校科研创新团队“中国文论传统的民族性与文论研究的范式转型”

（编号：13TD0059）中期成果之一

本专著为西南民族大学优秀团队及重大孵化项目“中国多民族文论传统的本体性研究”

（项目编号：2014SZTD01）的中期成果之一

# 巴蜀作家与中国现代文学的发生

BASHU ZUOJIA YU ZHONGGUO XIANDAI WENXUE DE FASHENG

彭超◎著

中国社会科学出版社

**图书在版编目(CIP)数据**

巴蜀作家与中国现代文学的发生/彭超著. —北京：中国社会科学出版社，2014.12
ISBN 978-7-5161-4695-8

Ⅰ.①巴… Ⅱ.①彭… Ⅲ.①中国文学—现代文学史—文学史研究②作家评论—四川省—现代 Ⅳ.①I209.6

中国版本图书馆 CIP 数据核字(2014)第 193484 号

出 版 人 赵剑英
责任编辑 郭晓鸿
特约编辑 王冬梅
责任校对 周 昊
责任印制 戴 宽

出 版 中国社会科学出版社
社 址 北京鼓楼西大街甲 158 号（邮编 100720）
网 址 http://www.csspw.cn
中文域名:中国社科网 010-64070619
发 行 部 010-84083685
门 市 部 010-84029450
经 销 新华书店及其他书店

印 刷 北京君升印刷有限公司
装 订 廊坊市广阳区广增装订厂
版 次 2014 年 12 月第 1 版
印 次 2014 年 12 月第 1 次印刷

开 本 710×1000 1/16
印 张 19.5
插 页 2
字 数 303 千字
定 价 59.00 元

凡购买中国社会科学出版社图书,如有质量问题请与本社联系调换
电话:010-64009791
**版权所有 侵权必究**

# 目录

## 第三编 星光灿烂——个体篇

# 序

李 怡

彭超的博士论文要出版了，作为这篇论文的所谓指导教师（其实是第一个读者），我深感欣慰，由此也联想到一些区域文化的研究问题，借此在这里说一说。

如同“进化论”是推动现代中国思想文化发展的重要动力一样，中国现当代文学研究也一直在“不甘落后”“迎头赶上”的焦虑中发展自己。能够抓住“时代发展的需要”完善自己，曾经是文学史研究的主要着力点，这样的学术框架可以被概括为一种对“时间意义”的挖掘。

文学史通常被我们置放在运动变化的逻辑上来加以梳理，这就是所谓“时间意义”，新时期以来人们对于中国现当代文学史的处理，都不断在这一角度上来讨论问题：“20 世纪中国文学”概念的提出当然是为了反驳文学对于政治的依附，但问题的着眼点却是“时间”，通过前移与后挪，政治关键点的价值就从文学视野中淡出了；海外（美国）汉学形成了对中国现代文学“五四起源观”的挑战，双方争议的焦点也集中于究竟“五四”还是“晚清”可以成为历史的起点；严家炎先生最新的“20 世纪中国文学史”论著，其亮点之一就是将现代文学的起点前移至黄季同发表的《黄衫客传奇》；苏州大学更有机会继续前移，有纳入晚明“现代”的设想。

除了“起点”之争，经常需要我们回答的还有“分期”问题，所谓中国现代文学“三十年”的经典分期已经深入人心，当代文学分割出了“十七年”、“文革”、“新时期”、90 年代与“新世纪”。

但是，仅仅是“时间”，似乎并不能揭示文学史研究今天面对的许多问题。

例如，近年来学界关于“民国文学史”的讨论，这个概念的提出究竟可以为我们的研究贡献什么新的思路呢？有学者认为是辛亥革命至五四新文学运动“被人遗忘”的几年，那么，补充了这几年，文学史的价值是否就完整了呢？当然，也有学者进一步怀疑：文学史的时间起点是不是一定与政治一致？这几年是否真的那么重要？

在我看来，可能，根本的问题还不在时间上的纠缠和讨论，重要的也不在遗忘或者补充几个年头。今天，应该特别重视文学史的另外一重意义——空间的意义。

强调文学史流变的时间意义，在于一重假设：文学史是随着时代的变迁而不断发生改变的，所谓“一时代有一个时代的文学”，显然，这里包含了某种比较简单的“进化论”思想，这里不是说文学与时代变迁无关，而是说真正的变化必须引入另外一个重要的视角——空间。20世纪如爱因斯坦、霍金等人的宇宙观恰恰给了我们更为丰富的“相对”性的启示：没有绝对的时间，也没有绝对的空间，时间总是与空间联系在一起，不同的空间有不同的时间。

这样表述并不是一种文字的游戏，而是意味着一系列新的解释文学发展的思维框架。

其一，什么是中国文学的现代性。过去我们对“现代性”的认识是置放在整个世界文化与文学共同进程之中，辨析资本主义文化的东移，讨论西方文化的“中国化”过程，这里虽然包含了某种空间的意识，但整体的时间流动依然被看作是根本的动力。中国现代作家与外国文学（尤其是与西方文学）的关系被视作一系列新变的源头；但是，如果引进空间为基础的概念可能情况就大为不同，这就是今天国外学术界也逐步讨论到的思维“世界现代性”或“多元现代性”，也就是说，所谓的现代经验完全可能在不同的空间、不同的区域中发生。鲁迅的日本体验给了他新文学创作的重要启示，但李劼人却不是在留学法国以后才开始白话新文学创作的，时间甚至比鲁迅还早，在成都这样中国自己的近代都市也可能诞生自己的现代文化的形态和要求。在今天，考察李劼人的现代意识，肯定与鲁迅等其他作家并不完全一致。就像邓幺姑与祥林嫂，与繁漪根本不同一样。

其二，只有抓住了空间，才从根本上把握住了文学发展的细节。民国文学讨论中，曾经有学者担忧，民国从北洋政府、国民政府到苏维埃政府、边区政府等，如此不同，怎么便于“整合”在一起呢？其实，这种整合不同区域、不同空间才能写文学史的认识还是根本上忽略了文学存在的根本——空间，依然将共同的时间意义的寻找作为文学讨论的目标。其实，中国现代文学之所以如此丰富多彩，恰恰就是因为民国社会的特殊的空间破碎性给文学发展不同的空间背景，北洋政府的文学空间场域与国民政府不同，延安文学与国统区文学根本不同，乃至重庆的大后方文学与昆明的大后方文学也大相径庭，七月派存在的中心——重庆与中国新诗派存在的中心——昆明与上海各自的空间意义差异很大。

第三，空间意象往往是作家捕捉感受的基础，也是我们借以窥视作家精神世界的一把钥匙。但现在的问题是，我们总是愿意强调作家的“时代意识”，而忽略了支持这些“时代意识”的具体的空间意识，这样一来，现代作家的独创性很可能由此被掩盖。例如巴金的《家》一直被我们当作反叛封建家庭文化的表现，如若仅仅是这样，家族文化就不只是巴金的感受和发现，甚至，也远远不及中国古典小说的巅峰之作——《红楼梦》。但是，问题在于，批判封建礼教、反思家族文化这些概念本身就是“时代的命题”，换句话说，也属于中国现代文学研究“时间意义”的主题，并没有完全揭示巴金的具体空间感受。回到巴金的空间意象，我们可以发现，这里不是在抽象地议论家族礼教，而是讲述成都“高公馆”的生存问题，而公馆，恰恰并不是简单的农业时代的封建庄园，而是近代城市文明发展的产品，公馆屹立于民国时期的城镇，建筑形态中西结合，生存方式亦新亦旧，高公馆不是封建官宦的贾府，也不是才子佳人会聚的大观园，而是特殊的中国式商业城镇的市民空间，在这个空间，悲剧缘何产生，不是简单的“封建”二字可以完全解释的。当然，高公馆也不同于李劼人的郝公馆，这里涉及一个作家如何权衡“空间意象”与“时间意象”的关系，事实上，我们可以发现，越是具有强烈的空间意象的捕捉能力的作家，其独创性也越大。

总之，在经历了漫长的时间焦虑之后，中国现代文学研究应该进一步强化自身的“空间意识”。如果说，我们曾经以对“时间意义”的敏感拉动了文学史研究的发展，那么，对“空间意义”的关注则可能深化我们的历史认识，在这个角度上说，文学史研究的“空间”阶段已经到了，我们需要特别加以注意。

显然，这就是目前我们从事区域文化与区域文学研究的重要意义，也是彭超博士这一著作的意义。关于巴蜀文化之于现代四川文学的价值，曾经是我研究的方向之一，当初彭超决定选择这一论题之时，我是极力支持的，这并不是因为我自己做得有多好，恰恰相反，我觉得20年前（1994—1995）的研究真的过于简单和肤浅了，早应该有更为精深的著作问世，虽然呈现在读者诸君面前的这本著作也不可能是尽善尽美的，但论者至少有了进一步推进的勇气和愿望，对于巴蜀这一宏富的文学空间而言，还需要有更多像彭超博士一般的有志之士，而文学研究的空间意识的加强，则会最终推动我们业已僵化的中国现代文学研究。

2013年11月于励耘居

# 前　言

中国现代文学发生期一般被界定为晚清至“五四”。在这过程中，传统文化与中国现代文学、西方文化与中国现代文学之间的关系是学术界在研究中国现代文学发生时关注的焦点。传统文化与中国现代文学发生之间的关系在“断裂”说与“继承”说之间游走。西方文化与中国现代文学之间的关系常用“影响研究”的方法，且多定位于单向影响。在这古今中外纵横之间的阐释中，众多参与中国现代文学发生的作家被淡化其地域身份特征。区域文化与中国文学发生之间的关系成为相对漠视的领域。但作为子系统的区域文化及区域文学不可能脱离母系统中国文学。不同的地域文化会赋予作家不同的气质特征，他们在参与现代文学发生过程中一定会有不同的表现。新文学的诞生需要破除旧势力的重重围裹，因而要求参与其中的作家既具有深厚的学识修养与才情，同时也需必备开拓创新的勇气和胆识。据此，具有“敢为天下先”之精神的巴蜀文化与中国现代文学之间的关系成为本文的研究对象。本文试图以发生学的方法还原历史现场，探析巴蜀作家与中国现代文学发生之间的关系。笔者认为巴蜀作家与中国现代文学发生之间存在较强的互动。新文学发生的时代潮流激活了巴蜀作家的创造力，巴蜀作家敢为天下先的勇气、胆略引领并促进了中国现代文学的发生。

本书主要分为三部分，山雨欲来风满楼——巴蜀新文化发生的前奏、百花园的芬芳——群体篇、星光灿烂——个体篇，论证巴蜀作家是如何对中国现代文学发生起到引领、促进作用。

第一编主要论述巴蜀人是怎样站在时代浪潮的前端，把握时代的脉搏。笔者以史料为依据首先论证现代报刊业的发达缩小了四川与外界的距离，留学热潮促使四川人走出夔门连通了四川与西方的桥梁，让川人睁眼看世界。然后从川人对专制政治、专制思想的反抗论证巴蜀文化的叛逆性。由此可见，川人开阔的视野与叛逆的特质是他们能够引领中国现代文学发生的前提。

第二编全方位地从戏剧、诗歌和小说等领域论证巴蜀作家与中国现代文学发生之间的关系，将巴蜀作家以群体的姿态呈现于早期中国现代文学史。戏剧以曾孝谷、蒲殿俊等为例，报刊杂志以《娱闲录》、《少年中国》，文学社团以《草堂》和《浅草》等为例，从戏剧、诗歌、小说三个不同的领域说明巴蜀作家对中国现代文学诞生所起到的引领促进作用。

第三编以巴蜀作家个体为单位，论证时代浪潮在激活巴蜀作家创造力同时，他们对中国现代文学发生所起到或引领或促进推动的作用。本编首先从中国第一部白话诗集的作者叶伯和谈起，再到康白情、吴芳吉、郭沫若与李劼人。笔者认为五四巴蜀作家同气相求的文学理论及创作，对中国现代文学发生起到了不可替代的历史作用。

# 绪 论

中国现代文学是在欲挣脱传统文学的束缚，以西方文学为学习对象的基础上，创造的一种新型文学形式，故而，“传统”与“西方”成为学界阐释中国现代文学诞生的两大主要依据。参与其中的中国现代作家本身所具有的区域文化特征常被漠视或淡化。但是，作为一个幅员辽阔的国度，中国具有不同质态的地域文化，例如齐鲁文化，吴越文化，荆楚文化，巴蜀文化，燕赵文化，等等。来自不同地域文化圈的中国作家是如何以其不同的方式参与中国现代文学诞生？并对其发挥了如何不同的历史作用？是一个值得探索的学术领域。巴蜀作家与中国现代文学的发生，便属于这样一个研究领域的课题。

有关区域文化与文学与现代文学的关系，是伴随着20世纪90年代兴起的文化研究热而逐步展开的。1990年，杨义先生出版了《二十世纪中国小说与文化》。20世纪90年代，严家炎先生主持编撰了一套《20世纪中国文学与区域文化》大型丛书。与此同时，文学与宗教、文学与民俗、文学与传播等文化研究领域不断拓展，大有方兴未艾之势，极大地推动了中国现代文学研究的深入和认识的深化。

在《20世纪中国文学与区域文化丛书总序》中，严家炎先生对有关区域文化与文学的关系、研究意义以及需要涉及的多学科领域等作了扼要而精辟的论述，从刘勰《文心雕龙》对楚辞诗经南北产地与风格差异的归纳，初步接触到地域与文学之关系，到魏征《隋书·文学传序》中，对南北朝时期江左河朔南北词人得失大致情况的有意比较，说明文学有地域性这一客观事实，再到19世纪法国文学史家丹纳《英国文学史》引言，明确地把地理环境与种族、时代看作是决定文学的三大因素。由此以文学品种风格与地域的联系，揭示了地域对文学产生影响这一文学发展的客观真理。

在此基础上，严家炎先生指出上述观点的局限性，主要是对于地域的理解过于狭窄，似乎将注意力过于集中在山川、气候、物产等自然条件，相对忽视构成人文环境的诸般因素。强调地域对文学的影响是一种综合性的影响，除地形、气候等自然条件外，还应该包括历史形成的人文环境的种种因素，例如其特定的历史沿革、民族关系、人口迁徙、教育状况、风俗民情、语言乡音等，而且越到后来，人文因素所起的作用也越大。严家炎先生还特别指出：“区域文化是中国传统文化的重要组成部分——这里所说的传统文化，自然也包括近百年来对外开放过程中形成的新传统文化在内。对于20世纪的中国文学来说，区域文化产生了有时隐蔽、有时显著然而总体上却非常深刻的影响，不仅影响了作家的性格气质、审美情趣、艺术思维方式和作品的人生内容、艺术风格、表现手法，而且还孕育出了一些特定的文学流派和作家群体。20世纪中国新文学是在西方近代文学的启迪下兴起的。但就具体作家而言，往往同时也接受着包括区域文化在内的中国传统文化的影响——有时是潜移默化的濡染，有时则是相当自觉的追求。”①

强调区域文化对文学的影响，实则体现了一种多元共生的文学史观，文学的发生发展和演变十分复杂，不是单靠几个大家的创作或影响或局限于少量都市创作繁荣就能够完成，而是受到多种因素多种文化生态的影响，过去的文学史对此有所忽略，进而导致对有重大影响的作家作品或文学现象的遮蔽，极为不利于对现代文学史客观演变轨迹的认识和发展规律的把握。

在过去的现代巴蜀文学研究中，同样长期存在着因地处西南而容易被忽视等许多问题。在现代文学史上，巴蜀地区作家数量和作品质量在全国各省都名列前茅。当代学者李怡先生曾据《中国现代作家大辞典》和阎纯德《中国文学家辞典·现代分册》作过统计，四川作家数量均排位第三，仅位居江浙两省之后，再以所谓的通行座次排名前六名的文学大家，鲁郭

---

① 严家炎：《20世纪中国文学与区域文化丛书总序》，《理论与创作》1995年第1期。

茅巴老曹，四川与浙江各占两位，并列第一。[1] 这虽不是绝对的，但却在相当程度上反映了现代巴蜀文学的成就，说明其地位和影响不容忽视。

但是，在实际研究中，巴蜀文学的成就并未能得到应有的评价，有关研究状况也很不平衡。除了郭沫若、巴金、沙汀、艾芜等少数几位大家常常被作为全国学术界普遍研究的重点之外，相当多的作家研究较为或极为薄弱，许多曾取得突出成绩、作出重要贡献并在当时有较大影响者甚至完全被排除在文学史之外。

就中国现代文学的发生而言，巴蜀作家在思想、戏剧、诗歌、小说、文学理论乃至翻译等领域都取得了许多成绩，作出了突出的贡献。但目前国内数量众多的现代文学史专著却因各种原因较少或几乎全无论及。这种情况较为普遍，如钱理群、温儒敏、吴福辉著的《中国现代文学三十年》，作为教育部高等教育重点教材，该书条理清楚，重点突出，影响颇大。其第一编即第一个十年（1917—1927）的论述中，除了对郭沫若有专章论述外，有关四川作家在新文学几大体裁方面的贡献多被忽略。第一章文学思潮与运动中，仅仅提到了吴虞在《新青年》撰文反孔，揭露三纲五常对人性的扼杀。同时又提到浅草社的林如稷、陈炜谟、陈翔鹤三位四川作家。有关这个时期的小说共两章，评介了问题小说、自传小说甚至旧派小说作家数十人，四川作家同样只有林如稷、陈炜谟、陈翔鹤三人小说的简要论述。此时已创作发表小说近百篇，并被称为现代白话小说创作早于鲁迅的李劼人完全不见踪影。诗歌方面，论述中提及的人名数量超过小说，但论及的四川诗人唯康白情一人，寥寥数语，也承认其《草儿》集与俞平伯的《冬夜》是“当时最有影响的新诗集。”[2] 而被郭沫若等人称为“中国的泰戈尔”的四川诗人叶伯和在正文中未见只言片语，[3] 在该章附录的出版事件年表中对1920年5月叶伯和继胡适《尝试集》晚两月之后出版的中国现代第二部新诗集，也未有丝毫记载。更有甚者，其有关叙事诗论述直接说道：“‘五四’以来叙事诗仅有朱湘的《王娇》、沈玄庐的《十五娘》、

① 参见李怡《现代四川文学的巴蜀文化阐释》，湖南教育出版社1995年版，第2页。

② 钱理群、温儒敏、吴福辉：《中国现代文学三十年》，北京大学出版社1998年版，第123页。

③ 参见张义奇《成都的“泰戈尔”》，《成都日报》2004年3月10日。

白采《羸疾者的爱》等可数的几部。"[①] 如此一来，将1920年连续创作《婉容词》、《两父女》《笼山曲》等著名叙事长诗，在当时影响很大，引起轰动并被选为中学教材的江津白屋诗人吴芳吉全面遮蔽，与五四后白话叙事诗发展实况不符，造成读者的错觉。戏剧方面，提到了两位四川人，曾孝谷、蒲伯英。前者列于李叔同、欧阳予倩等春柳社成员名单中，叙述该社1907年据林纾翻译小说改编公演了五幕剧《黑奴吁天录》，却不载曾孝谷为剧本改编者即该社创建人。该章记录1921年蒲伯英与梁启超等创办北京戏剧学校，又对其创作的剧本《道义之交》予以简评，其总体情况略详于诗歌部分。第一编共涉及巴蜀作家八人：吴虞、郭沫若、康白情、林如稷、陈炜谟、陈翔鹤、曾孝谷、蒲伯英。而郭沫若之外对其他人多为零星片语，几乎无一独立段落。这种状况在另一部通行教材，郭志刚、孙中田主编的《中国文学史》（上册）中几乎如出一辙。同样地以第一编论述1917—1927年十年间的新文学，郭沫若专章之外，涉及的四川作家比前一部书还少了吴虞和曾孝谷。[②] 另增加了一位革命文学开拓者华汉（阳翰笙），此时白话新文学已经渐趋成熟，与本书关系不是很大。若再从分体文学史考察，以同样影响很大的谢冕、杨匡汉先生主编《中国现代诗歌简介》为例。该书详细介绍1919年至1949年这个阶段有成就、有影响的诗人。从胡适到袁可嘉共120人，但同样从中找不到新诗探索者吴芳吉的名字，由此可见对该阶段四川作家评价之一斑。

实际上这种状况由来已久，有着复杂的渊源，与新文学初期的所谓正统观念亦不无关联。1935年，上海良友图书公司出版了一套影响甚大的《中国现代文学史资料丛书》共十册，丛书由赵家璧主编，其前言说明编选宗旨，将"民六至民十六的第一个十年，关于新文学理论的发生、宣传、争执，以及小说、散文、诗、戏剧诸方面所尝试得来的成绩，替他整理、保存、评价"。[③] 同时也为后人留下系统研究资料，时限刚好为1917—1927年，按体裁分类编为十大册。分别邀请了胡适、郭沫若、鲁迅、周作

---

① 钱理群、温儒敏、吴福辉：《中国现代文学三十年》，北京大学出版社1998年版，第128页。

② 参郭志刚、孙中田主编《中国文学史》，高等教育出版社1989年版，第33—268页。

③ 赵家璧主编：《中国新文学大系·建设理论集》，上海文艺出版社2003年影印本，第1页。

人、郑振铎、郁达夫、洪深、朱自清等人编选并作导言。其中小说由鲁迅、茅盾、郑伯奇分别作导言，戏剧由洪深、现代诗歌由朱自清写导论，散文由周作人、郁达夫编选。这些都是新文学发生阶段的参加者，选编标准及评介自然代表了文学主流观念。作为新诗领袖的郭沫若之外，康白情得到当时主流诗坛胡适等人的一致欣赏，因此在朱自清的诗歌导论中，四川入选并得到高度评价者仅康白情一人。洪深的戏剧导论中，高度评价曾孝谷对春柳社的贡献说“其中杰出的人才，最先有曾孝谷、李哀，稍后加入的有欧阳予倩，在日本演出过《黑奴吁天录》、《茶花女》等得到艺术上甚大的成功。”[①] 同时，洪深还对蒲伯英在戏剧方面的贡献作了较为全面的评介，包括戏剧教育、戏剧理论和戏剧创作实践，选录了其《道义之交》，这在各类文学史中可能是介绍最详的。至于浅草沉钟诸人，曾得到鲁迅先生高度评价已是众所周知。如此，这个阶段以上几位四川作家得以进入主流文学史，此外很难再看到其他四川作家的名字。20 世纪 30 年代所奠定的这种格局，历经大半个世纪而无大的改变。

文学史书写有其选录标准，见仁见智，似无可厚非。而这种状况还每每出现在一些以广博著称的文学家辞典之类的工具书中，那就不能不说是突出的遗憾或者是重要的疏漏了。在此仅略举两例以见其一斑。阎纯德主编《中国文学家辞典·现代分册》凡例称：“本辞典现代部分，起自五四，迄于当今。凡在现当代文学史上某一个时期有过影响的现代作家……均在收录之列。”[②] 但是，洋洋六大册，共 3796 个作家条目不见吴芳吉、叶伯和的名字，以此推断，曾得到郭沫若等高度评价的两人在当时毫无声息，似乎根本没有存在，令人不敢相信。另一部堪称权威的工具书为上海辞书出版社 2000 年出版的《中国文学大辞典》（分类修订本），书中序言谈到其特点“包罗宏富，纲目齐备”，还收录“看似极不起眼的作家”和“一般文学史也不会提及”的作家。[③] 但是，在两巨册 450 余万字的篇幅中，

① 赵家璧主编：《中国新文学大系·戏剧集》，上海文艺出版社 2003 年影印本，第 13 页。

② 阎纯德主编：《中国文学家辞典·现代分册·凡例》，四川人民出版社 1979 年版，第 1 页。

③ 钱仲联等主编：《中国文学大辞典·序言》（分类修订本），上海辞书出版社 2000 年版，第 5 页。

同样没有吴芳吉、叶伯和的任何痕迹。书后所附上下五千年的《中国文学大事记》也没有其有关作品发表出版的任何信息。当年吴芳吉创作"白屋体诗"，虽受到新旧两派诗人的猛烈攻击却依然广为传唱。但这种封杀的效果同样延续至今，不能不为之慨叹。

近年来随着重写文学史的呼声，出现了不少新的成果。在体例、断限、观念和评价标准等方面都有所突破。意图尽力恢复和再现文学史创作的成就的原貌。但是，文学史的编写受到多方制约，篇幅也不能无限扩大，因此要真正深入了解文学史真相，还必须通过各种补充，而区域文化关系可以是一种非常重要的途径。

文学史研究和书写中有关四川作家尤其是发生阶段的大致概况，与四川作家对于新文学的发生所作出的实际成绩、贡献和应有的地位极不相称。通过巴蜀作家与中国现代文学发生这一专题研究，首先可以弥补这一缺憾，比较客观地反映巴蜀作家在这阶段的努力和贡献，深化相关认识。在中国现代文学发生这样一件具有划时代意义的重大事件过程中，巴蜀作家扮演了什么角色？巴蜀作家对中国现代文学的发生有何意义与贡献？这是巴蜀文化与文学研究不能回避的问题。

在中国现代文学发生之际，巴蜀作家在思想理论与创作实践各个领域都十分活跃，走在前列。所取得的成绩对于中国现代文学走向产生了积极的推动和影响。从同盟会元老雷铁崖等川籍留日学生自1905年开始，在日本创办《鹃声》杂志并担任主笔，揭露清廷卖国，"欲效啼鹃"，鼓动反清，倡导民主，到邹容《革命军》痛快淋漓宣传革命，敢于反叛专制的巴蜀性格便直接对体制革命产生深刻影响。清末廖平的著作和观点直接启发康有为，为其撰写倡导维新变法理论著作《孔子改制考》所接受，到吴虞大力反孔冲击三纲五常封建伦理对胡适陈独秀强力支持，显示了巴蜀学人对清末民初思想革命的贡献和作用。伴随着20世纪初新文学酝酿和发难，尤其是五四时期，巴蜀作家积极探索，勇为人先，在戏剧、小说、诗歌及其理论以及翻译文学等多个领域有许多创获，以突出的创作实绩，有力地展示和呼应了新文学的创作实力，在宣传鼓动、社团组织等方面也发挥了很大的作用。曾孝谷与春柳社的戏剧实践和对戏剧人才的培养；蒲伯英的戏剧教育、戏剧理论与实践以及主编《北京晨报》对于新文学的扶持；李劼人民国初年的现代小说创作；康白情不仅是北京大学第一个学生社团《新潮》杂志新诗创作的主力，同时还与王光祈、周太玄等巴蜀作者一起为早期重要社团少年中国学会的发起人和《少年中国》主要撰稿人；白话新诗创作时间早于胡适而诗集出版时间却晚两月的中国第二部白话新诗集作者叶伯和及其《草堂》杂志；吴芳吉在叙事诗、格律诗等新诗创造的多个第一及其新诗探索理论与译作；翻译文学方面如郭沫若所译歌德、惠特曼作品及整个创造社在此方面的贡献，如此等等，都应该在中国现代文学发生演变史上占有一席之位。

除了客观评价其成绩与贡献之外，本书的研究还有另一个目的和意义，这也是区域文化与文学的属性所确定的。不仅仅限于作家创作的个案分析来说明其成绩，更通过巴蜀作家群体风貌的汇集，提炼出带有共性的特质。为什么地处西南的巴蜀作家，或同声相应、同气相求，或异曲同工、殊途同归，不约而同地走到了前列？这与巴蜀地区的人文环境有何关系？巴蜀作家创作个性与审美情趣、作品主题与风格等如何受到并反映特定的历史文化影响？这种影响如何与传统文化、中西文化相结合并对发生期的中国现代文学产生积极的推动促进作用？这种总体的宏观与微观相结合的考察分析，不仅有助于了解影响中国现代文学发生的多种因素，更能够以古鉴今，总结分析狂风骤雨般的文学革命之利害得失，为新世纪的中华文学发展提供理论与实践的参考。

巴蜀作家与中国现代文学的发生这一选题，属于有关巴蜀文化与中国现当代文学关系这一区域文化系列研究的学术推进。

如前所述，现当代巴蜀作家创作成就斐然，影响巨大，为整个中国文学作出突出的贡献，但有关研究较为薄弱且极不平衡。长期以来，学界视野对四川现代文学研究关注点主要停留在郭沫若、巴金、沙汀、艾芜等少数大家的研究上，也取得相当可观的研究成果。其中尤以郭沫若研究最为突出。这当然与郭沫若的特殊地位和影响有关。研究开展最早，若从20世纪20年代，闻一多有关《女神》的两篇论文开始至今，其研究就一直延续不断。1987年《郭沫若学刊》创刊以及后来的郭沫若研究中心的建立，更为相关研究的深入开展提供了坚实的平台。并逐渐形成一支相当可观的研究队伍。与此同时，巴金、沙汀、艾芜、何其芳以及李劼人于20世纪30年代的小说也开始受到较为广泛的关注，成果较为丰硕，在全国也都有一批相对稳定的研究者。但是，除此之外的大量巴蜀现代作家研究相对比较沉寂甚至完全空白。许多作家的作品都很难见到，更谈不上什么研究。

20世纪80年代以后，情况有所好转。四川人民出版社连续推出一系列巴蜀现代作家选集。另有许多因各种原因而尘封已久的新文学史料也重新被整理发掘，为巴蜀现代作家研究提供了相应的基础，尤其是整个时代思想观念的变化，使许多过去有创作成绩和有影响而缺乏研究的巴蜀作家开始被纳入学界视野，如曾被打成右派的康白情，长期被冷落的吴芳吉、叶伯和等，也都或多或少开始有一些研究论文，多角度地分析考察，肯定其创作与贡献。现代四川文学的广度和深度都逐渐拓展。

正是在此基础上，有关现代巴蜀作家与巴蜀文化关系的研究开始受到重视并逐步深入。此前学界对现代巴蜀作家研究角度应该说较为广泛，有的论述中也部分涉及与巴蜀文化的关系，但相对于巴蜀文化的其他研究领域，巴蜀现代文学与巴蜀文化的相关研究显得尤为薄弱。从四川省社科院谭继和的《巴蜀文化综议》、林向的《近五十年来巴蜀文化与历史的发现和展望》和《巴蜀史研究的新篇章》、段渝的《巴蜀文化研究概述》等综述性论文中，我们可以一瞰现代巴蜀文化研究的丰硕成果，在巴蜀历史、民族史、宗教、考古、地理沿革、山川自然、民风习俗等多个领域都有较为突出的成果。这当然主要是由于前者起步较早，一直持续不断，而在20世纪90年代初，现代文学界有意识地将作家创作风格个性与巴蜀文化内涵相联系却仍较为少见，1990年四川大学出版社曾出版伍加伦《四川现代作家研究》，其关注重点仍不在地域文化方面。相关研究多为零星自发的论述，处于散兵游勇状态。

20世纪90年代，巴蜀文化与现代巴蜀文学的研究开始展开，税海模、邓经武、李怡几位学者的介入使之渐成气候并形成规模，出现了一系列有影响的研究论文。税海模在《郭沫若学刊》1990年第2期、1991年第4期、1996年第4期和1999年第2期分别发表《郭沫若、廖平与今文经学》、《少年郭沫若与乐山乡土文化》、《郭沫若：植根乡土的参天大树》、《峨眉山、乐山大佛、郭沫若随想》等论文，又在《乐山师专学报》1997年第3期发表《郭沫若家族文化性格分析》。主要集中于有关郭沫若与巴蜀乡土文化的相关研究，属于个案考察。邓经武则于1993年第4期《社会科学研究》发表《论现代巴蜀作家的文化品格》、1993年第4期《文史杂志》发表《地理环境对现代四川作家的影响》，1994年第4期《四川师范大学学报》发表《论李劼人创作的巴蜀文化因子》，1994年第1期《内江师范学院学报》发表《论何寡母形象与巴蜀文化意蕴》以及《绵阳师专学报》1998年第2期《巴金与巴蜀文化》等。开始注重巴蜀文化总体品格、环境与作家作品间的关系，具有启发和探索意义。

此时在这个领域深入探讨取得卓越成绩并产生较大影响的是李怡先生，在现代巴蜀文学与巴蜀文化这一横向性的区域文化研究领域中取得重大突破，其研究影响冲出夔门，走向省外。《东方丛刊》1994年第1辑发表《"何其芳特征"与东方色彩》可能是一个试探，稍后的研究如同喷泉暴发，连续不断，不可遏制。在1995年第2、3、4期和1996年第1、2期《宁德师专学报》上连续刊载"中国现代文学与巴蜀文化"系列研究论文，形成了一个相对完整的体系。以后又在各类刊物相继发表《论现代巴蜀文学的生态背景》等十余篇论文，对巴蜀文学产生的总体文化生态背景、多种鲜明意象特征等予以多角度多侧面的阐述，揭示出彼此间的渊源和内在联系。论文各自独立而又相互呼应，高屋建瓴，而又不乏深度个案解剖，构成较为全面系统的整体，对于了解现代巴蜀文学创作总体特色风貌及其原因不无启迪和帮助。

特别需要指出的是，1995年，李怡先生的《现代四川文学的巴蜀文化阐释》一书，由湖南教育出版社出版。作为系统讨论现代四川文学与巴蜀文化关系的著作，这是第一本，其重要价值和意义不言而喻。该书是严家炎先生主持的"20世纪中国文学与区域文化"大型丛书之一，首批共推出五种，包括上海、江苏、山西、东北和四川，其后又有刘洪涛《湖南乡土文学与湘楚文化》等五种陆续推出。李怡先生从巴蜀地理环境经济条件而形成的盆地与天府及内陆腹地三种特有文明形态、四川文学与巴蜀意象、文学追求的巴蜀区域精神、文学追求与巴蜀传统的创化以及外来入蜀者带来的多重文化的冲撞和交融五个方面对现代四川文学与巴蜀文化的关系予以系统梳理，条分缕析，归纳提炼，颇多创获。如有关“洄水沱”意象、反叛精神与先锋意识以及最后结语中的四川文学巴蜀派、农民派的讨论和观点，都极具开创性，并进而提出“农民文化以及建立在农民文化基础之上的乡镇文化是现代四川作家最大的艺术依托”的论断，强调“巴蜀派”基本在四川一个区域形成而与北京、上海分别代表相对应的三个文化发展状态和集中区域文化特色的独特文化价值，都为学界所认可并为现代四川文学研究所常引用。如有的评论者认为“这才是现代四川文学的文化定位……《现代四川文学的巴蜀文化阐释》的最大意义正在于它是一本让我们自省我们的文化和文学的书”。[①]

此外，邓经武于1999年由电子科技大学出版社出版了《二十世纪巴蜀文学》。作为一部巴蜀区域百年文学史，却紧紧扣住巴蜀文化之根，并注意区域文化与外来文化的交汇，因此也颇受到关注，被认为在“20世纪巴蜀文学史的开拓，巴蜀文学‘川味’、‘蜀风’的体味……等方面，均开了撰写巴蜀文学史的先河，值得学术界重视”[②]。

李怡、邓经武等几位学者的相关论著都极大地推动了巴蜀文化与现代巴蜀文学的研究，对后来的相关研究产生了较大的影响。1996年，四川郭沫若学会还在乐山还专门召开了“郭沫若与乡土文化”学术研讨会，据会议综述介绍“与会代表一致认为，乡土文化应该作为郭研工作的一个新视点，加以重视”，[③] 宣示了在世纪末的一个阶段性高潮。

21世纪第一个十年里，相关研究更加方兴未艾。随着地方文化建设意识的进一步加强，区域文学研究愈益深化。研究队伍不断扩展，同时还增加了一些相应的平台。如巴蜀文化研究中心、蜀学研究中心、巴渝文化中心等。继全国和四川郭沫若学会之后，又成立了国际性研究学会，另外还

---

① 周晓风：《区域文化视野中的现代四川文学——读李怡〈现代四川文学的巴蜀文化阐释〉》，《社会科学研究》1999年第1期。

② 税海模：《评邓经武著〈二十世纪巴蜀文学〉》，《成都大学学报》2001年第4期。

③ 《郭沫若学刊》1996年第4期。

有李劼人研究学会、成渝两地的吴芳吉研究学会。又新创办相关刊物。其中如四川大学文化遗产与文化互动研究基地和现代中国文化与文学研究中心主办的《现代中国文化与文学》2003 年创刊。李怡、毛迅担任常务主编，设立了“巴蜀文学重读”专栏，连续发表相关文章，突出文学与巴蜀文化关系这一问题，形成较大声势和影响。此外如西华大学等单位主办的《蜀学》、《地方文化研究》等刊物，也有一些相关的研究。重庆成都等地还多次召开各类区域文化与现代巴蜀文学研讨会。如此等等，都促使研究不断发展。

这个阶段论著数量不断增加，探讨的深度与广度兼备，不少成果具有较高学术质量和一定影响。

论文方面如周晓风《重庆师范大学学报》2006 年第 2 期上的《现代性、区域性与 20 世纪重庆文学》，邓伟《乐山师范学院学报》2003 年第 1 期发表《时空视野下的互动显现——试论沙汀的巴蜀地域文化资源》、宜宾学院学报 2002 年第 3 期《中国现代文学地域文化研究的转向思考》、《现代中国文化与文学》第 4 辑《艾芜与巴蜀地域文化略论》、《文艺理论研究》2006 年第 4 期《地域文化建构与民族国家认同——中国现代文学地域文化研究的另一思路》、《韶关学院学报》2005 年第 3 期《质疑：中国现代文学地域文化研究》以及曾绍义、邓伟《李劼人历史小说与巴蜀文化新说》、谭兴国《悠悠故乡情——巴金与成都》、赖武《巴金与成都正通顺街》、童龙超《论巴金文学创作的反地域文化特征》、马芸《论现代乡土小说的“巴蜀派”》等，李怡继续发表有《论中国现代文学的重庆视野》等多篇论文，总体都显示了相关研究的深入。

专著方面如谭兴国 2001 年由四川人民出版社出版的《蜀中文章冠天下——巴蜀文学史稿》，邓经武 2005 年由电子科技大学出版社出版的《大盆地生命的记忆——巴蜀文化与文学》，靳明全 2003 年由中国社会科学出版社出版的《区域文化与文学》，李怡、段从学、肖伟胜 2002 年西南师范大学出版社推出《大西南文化与新时期诗歌》，李怡、肖伟胜等主编 2006 年巴蜀书社的《中国现代文学的巴蜀视野》，张建锋 2007 年由中国戏剧出版社出版的《川味的凸现——现代巴蜀的文学风味》和周晓风主编重庆出版社2009年出版的《20世纪重庆文学史》等都各有自己的特色。

这阶段除了对相关论题进一步深化发掘外，还不乏富于启发性的意见，如邓伟等人在对巴蜀作家与巴蜀文化关系进行研究的同时，又对相关研究提出一些质疑，认为在现代文学地域文化研究有所谓僵化的决定论思维模式，应该重视地域文化在共时性话语结构中的建构与指向，重视对地域文化与民族国家关系的探讨。在有关现代四川作家有关地域和地域文化的论题中，试图运用新的研究方法，建立新的研究框架，尝试探索和推进这一研究对象与领域的发展空间。过去也有学者对此提出意见，如李怡先生在有关郭沫若与乡土文化研究中就曾提到不能绝对化。但如邓伟这种慎重撰文强调的还不多，针对性也比较强，面对学术热点，勇于进行较有深度的反思，对于区域文化研究健康发展有其积极意义。

谭兴国、邓经武的著作均为通史性质，结合巴蜀文化特色和内涵阐述其文学创作与贡献，有关现代四川文学部分篇幅不算多，但却不无见地，多有补充，如中国早期白话新诗实践者叶伯和与备受争议的吴芳吉，都进入其视角并被高度肯定。张建锋则注重从宏观背景、文化品格人物形象、生活场景以及郭沫若、沙汀、艾芜、罗淑等具有代表性的个案综合剖析，纵横探讨。既有所承而又另有开掘。

需要进一步说明的是李怡等人的论著，分明显示了一种自觉的学术推进。从两部著作和《巴蜀学派与当代批评》、《文学的区域特色如何成为可能——以巴金与巴蜀文化关系为例》等论文中，一方面看到其有意识在时间上将巴蜀文化的影响从现代四川文学向后延伸，空间上进一步拓展到对大西南文化以及巴蜀文化与整个中国现当代文学关系的探讨。提出中国现代文学与巴蜀视野相互联系的两个方面，即在巴蜀看整个中国现代文学，同时从中国现代文学看巴蜀地区文化。另一方面这种推进还表现为在学术发展上更上一层楼，力图建立一个区域特征鲜明的“巴蜀学派”。无论是主持相关的各类课题，主编《现代中国文化》，在《红岩》等刊物发起相关讨论，以及指导硕士博士生的研究工作，都反映出这种努力并已逐渐显现成效。

通过十余年的努力，巴蜀文化对于现代四川作家以及巴蜀作家与整个中国现代文学的关系都日渐明晰，其成就与贡献已逐步得到承认。但是，对巴蜀作家与中国现代文学发生这一课题所进行的研究还相对薄弱，这也就给进一步深入系统地探讨留下空间。

关于中国现代文学的发生，学界讨论已经很多，包括各类文学史著作等，不胜枚举，一些有关发生学理论的著述也不断被引入，应该说不乏精辟之论。但正如前面所论，过去无论是文学史的相关部分还是其他专著，对有关西方影响以及北京上海等都市文学概况关注较多，论述较透，如王锦厚的《五四新文学与外国文学》，而现代四川作家的许多创作成绩却相对受到忽略。巴蜀作家与中国现代文学的发生有何关系？或者说巴蜀作家在中国现代文学酝酿发生期做了些什么？有什么特殊的贡献和影响？这些都缺乏全面系统和深入的研究。

近年的区域文化与文学研究中，对现代四川作家在1919—1949年三十年中的贡献多有程度不同的发掘和论述，但对于发生期的论述关注不多。其中有的研究论著对此有所涉猎。

从宏观方面予以论述的如杨义《中国小说史》、刘纳《嬗变——辛亥革命时期至五四时期的中国文学》、姜涛《"新诗集"与中国现代文学的发生》等，在讨论发生期的中国文学时，都对巴蜀作家贡献有新的发掘。如杨义先生著作中不仅专门设立"四川乡土作家群"一章，指出"在我国现代文学发展中，四川是除浙江之外，出现最多的文学巨匠和杰出作家的省份。如果把浙江称为中国现代文学第一大省，那么四川就是第二大省"①是中国现代文学第二大省。还在接下来一节关于李劼人较详细的评介中，将其定位为"白话小说的早行者"和"新文学作家中最早试做白话小说的一人"。② 其学术眼光令人称道。一再被忽略的吴芳吉则进入到刘纳的关注视野，称五四"那个时代却也产生了在当时很有影响的《婉容词》"③，虽然其有关吴芳吉伦理观念陈旧的看法还待商榷，但对其作品超过当时一些

① 杨义：《中国小说史》（中），人民出版社1998年版，第425页。

② 同上书，第434页。

③ 刘纳：《嬗变——辛亥革命时期至五四时期的中国文学》（修订本），中国人民大学出版社2010年版，第38页。

时髦观念之作的真挚情感、动人的力量和影响所作的高度评价还是颇有见地的。姜涛著作中相关论述也多给人启发。

李怡《来自巴蜀的反叛与先锋》等多篇相关论著、郝明工《现代巴蜀作家与二十世纪的中国区域文学》、陶德宗《巴蜀作家与中国现代文学》等多为宏观研究性质。徐志福《标新立异敢为先——五四文学革命中的蜀籍作家团体述评》虽实际涉及作家不多，亦是整体论述。

还有的论文则从个案分析角度阐述四川作家的贡献，秦林芳的《浅草——沉钟社对中国现代文学的贡献》、张宗福《〈松游小唱〉：与岷江历史文化的对话》、周正《董湘琴〈松游小唱〉的成因简析》、罗艺华与易丹《"五四"前后〈晨报〉总编蒲伯英的文学活动及其评价》、贾剑秋《现代白话小说第一人辨》、陈凤阳《论〈新诗底我见〉的理论系统性》、童龙超《中国现代诗学综合研究的开端——评康白情诗论〈新诗底我见〉》、龚奎林与黄梅《"体制的革新和实验"——论康白情的诗歌主张及其历史地位》、张云江的《弄潮诗人康白情》、诸孝正与陈卓团的《论康白情在新诗史上的地位》、陈永《对叶伯和的再认识》、黄侯兴《郭沫若文艺思想论稿》与《郭沫若的文学道路》。研究论文有首都师范大学黄雪敏2007年的博士论文《创造社诗歌研究》、山东师范大学张勇2006年的博士论文《前期创造社期刊研究》、暨南大学伍世昭2002年的博士论文《比较诗学视野中的郭沫若早期心灵诗学》、山东大学宫下正兴2007年的博士论文《以日本大正时代为背景的郭沫若论考》、许敬2004年的硕士论文《艰难的新生——〈草堂〉及叶伯和考论》。此外，还有白屋诗人吴芳吉研究课题组选编的《吴芳吉研究论文选》，等等。

以上论著探讨角度呈现出多样性的特色，对于了解巴蜀作家与中国现代文学发生间的关系不无裨益。但是，大多因为不是发生期的专题系统性研究，或因侧重点不同，对于巴蜀作家与中国现代文学发生论题虽有所涉猎，但要么是从宏观论述，对涉及的典型例证只能是点到为止，未能作深入论证；要么是个案剖析，无暇整体观照。因此，亟待作进一步的发掘与资源整合，集中探讨四川作家与中国现代文学的发生，对彼此间的复杂关系作多层面的整体分析，对这个阶段四川作家群的总体成绩与概况进行系统梳理，包括思想理论思潮之先声，社团与群体之组织发动，有代表性的作家的创作特色与影响，以及不同流派人物辩争与呼应之关系。尤其注意其理论与实践的创新和对于新文学建设意义的论述，注意对当时有影响而长期被忽略者的挖掘。宏观与微观兼备，以此尽力从整体上还原历史现场，展现中国现代文学发生时段，巴蜀作家所处的地理坐标和整体贡献，进而作出较为全面客观的评价，希望以此为促进中国现代文学与巴蜀文化、区域文化关系研究提供资料和借鉴。

目前学术界对于中国现代文学的概念有不少争论，对于其起点也有不少分歧，如1917年、1919年之类。还不断有打破近、现、当代文学界限，开展更大历史段文学史研究的建议，如黄子平、陈平原、钱理群先生提出建立"20世纪文学"研究构想，[①] 此外另有"19世纪以来文学"、"近百年中国文学"等等。[②] 这些问题无法统一，那什么时间为中国现代文学的发生期？就不会也不可能有标准答案。事实上，无论是白话文、白话文学的写作、创作，还是近代西方观念的传入，其历史源头都比较久远。有关晚清时期的各类思潮的影响和接受是绕不过去的，因此中国现代文学的发生经历了一个较为长期的酝酿和演变过程。在各个地域也不是齐头并进，只能是相对推进。正因为如此，近年来各类相关研究成果分期或大同小异或五花八门也就不足为奇。如西南师范大学出版社2002年出版的王晓初先生的《中国现代文学发展演变史》，论述的起讫时间为1898—1989年，自有其独特见解。高等教育出版社出版的严家炎先生主编的《二十世纪中国文学史》，将现代文学的起点定在19世纪末80年代初，向前推进了多年。在论述五四文学革命和新文学的诞生之前，足足用了四章论述甲午前夕的文学、别创诗界的黄遵宪、梁启超的"诗界革命"与"文界革命"，还有小说界革命与南社柳亚子等。根据发生学原理，笔者认为中国现代文学的发生不是一个确定的时间点，而是一个时间段，有其发酵、孕育的过程，

① 关于这个问题，《文学评论》1985年第1期有黄子平、陈平原、钱理群三位先生的探讨，另外还有黄子平、陈平原、钱理群《"20世纪中国文学"三人谈》，人民文学出版社1988年版。

② 参见钱理群、温如敏、吴福辉《中国现代文学三十年》前言，北京大学出版社1998年版，第1页。

因而认为中国现代文学发生时间上限设定为19世纪末20世纪初较为合理。

学界通常将1917—1927年看作是新文学的第一个阶段，也不过是为了叙述的方便而作的大致划分的。[①] 事实上，现代文学的发生如陈平原先生所述："在我看来，一场成功的思想、文化、文学上的'革命'，既不可能一蹴而就，也不会稍纵即逝，必然包括酝酿、突破、巩固、定性。"[②] 也就是说发生并没有一个具体精确的时间点，而是一个相对漫长的时间段，之所以界定时间范围只是为了叙述的方便。另据有关资料显示，1921年到1923年，全国出现大小文学社团四十余个，出版文艺刊物五十多种。自1925年开始，新文学社团及相应刊物激增到一百多个。"新文学社团的纷纷建立，标示着新文学运动已从初期少数先驱者侧重破坏旧文学，而转向大批文学生力军致力建设新文学了。"[③] 可以说中国现代文学经过晚清到民初漫长的酝酿期，发轫于1917年左右，到1923年前后已基本奠定基础，尤其是五四前后可谓高潮时期，巴蜀作家这段时间极为活跃的参与和成绩自然最具鼓舞推动作用和特殊意义。此外，以川人为主的浅草社1922年成立，1923年创办会刊《浅草》。《浅草》出至三期，停滞一段时间后在1925年坚持出了第四期。虽然《浅草》第四期在1925年2月问世，但其中作品多创作于1923年。为便于阐释中国现代文学发生，笔者将1921年至1924年界定为中国现代文学发生的尾期，即现代文学发生的下限。另外需要指出，本书的"四川"概念是包含重庆市在内的巴蜀文化区域，而非当下的"四川"行政地理区域。

① 赵家璧主编：《中国新文学大系·建设理论集》，上海文艺出版社2003年影印本，第1页。
② 陈平原：《文学的周边》，新世界出版社2004年版，第122页。
③ 钱理群、温儒敏、吴福辉：《中国现代文学三十年》，北京大学出版社1998年版，第16页。

# 第一编

## 山雨欲来风满楼

——巴蜀新文化发生的前奏

# 第一章 睁眼看世界 巴蜀文化的时代性

文学的流变有外部因素的刺激，也有内部的调整。中国上千年的传统文学经过的几次变革主要是内部的调整，即便有外来文化的影响，也很快被本土化，没有质的冲击。中国现代文学的发生与中国政治体制的改变一样，是一场千年未有的大变革。中国现代文学发生有两个关键词，即，“新”与“旧”。在通常意义上，新文学的“新”主要是指文学的思想、内容、形式乃至于审美范畴对西方文化的借鉴。现代文学发生的思想理论资源大部分取之于西方文艺思潮，这是历史事实。“旧”主要指晚清时期那种内容空泛、形式雕琢的文学。在扬“新”弃“旧”的过程中，西方文化是中国现代文学发生的主要资源，例如印度、俄罗斯、日本、英美等国家的文学与中国新文学发生关系密切。胡适思考文学革命的灵感来源于西方的文艺复兴。他曾将中国的“文学革命”比喻为西方的文艺复兴。文学史上，这场史无前例的文学革命与西方社会是如此紧密联系。因地理位置的关系，沿海江浙一带可以得风气之先，巴蜀染西方文化之风好似显得迟缓一些。但这并不意味着川人被封闭在祖国大地一隅，从以下几个方面可见一斑。

## 第一节 发达的报刊业推动四川对外界的了解

中国近代兴起的报刊行业促使社会进入一个纸质化信息的时代。较之于过去快速便捷的报刊信息交流使得各区域之间不再完全受制于空间阻隔，同样，也使得四川与世界的距离缩小。科举制度的取缔，使文人失去学而优则仕的直接阶梯。他们转而投身于报刊行业。文人的加盟，使得这行业蓬蓬勃勃地发展壮大。

近代川人借助报刊业缩小与外界的距离。以办报的方式打开四川面向外面世界大门的第一人是宋育仁。曾做过外交官的他创办了四川近代的第一份报刊，诞生于1897年的《渝报》。报馆设在重庆，它是四川睁眼看世界的第一双眼睛，让川人了解了西方科学技术、文化知识。《渝报》在介绍外面世界的同时，也让外面的世界了解了四川，起到沟通川内外的桥梁作用。《渝报》的派报处范围辐射全国。其在川外的派报处有26个城市地区，例如北京、天津、上海、南京、苏州、山东、山西、江西、杭州、福建、武昌等等。"《渝报》馆还'代发《官书局汇报》、《时务报》、《万国公报》，并印发各种时务书或新译外国书及刻近人新著'，还寄售各种书籍，是在省内外皆有影响的一个刊物，发行量高达二千余份。"[①]《渝报》缩小了世界，拉近了四川与外界的距离。《渝报》的主办人宋育仁离开重庆到成都后，组织了"蜀学会"。并以"蜀学会"的名义创办《蜀学报》。这份刊物的宗旨与《渝报》一样是为增加人民的见闻，以达到开风气之目的。《蜀学报》同样是面向全国销售，在省内设立20个代派处，省外22个代派处。其近两千份的销量依然供不应求。这反映出《蜀学报》在社会上的影响力。

让四川报纸走出国门的是被称为成都报界开山祖师的傅樵村。他创办的《启蒙通俗报》是四川第一家连通海内外的报纸，也是四川最早的白话报。《启蒙通俗报》创办于1901年，报馆设在成都。《启蒙通俗报》宣传变法维新，广泛介绍西方的科技文化，例如，开设各省记事、外国记事、世界拾奇、海外好奇谈、西哲名言、西史等栏目。虽然其发行量约一千份，较《渝报》、《蜀学报》少，但是它的影响面已经辐射到海外。这份报纸对海外的影响力，一是通过教堂，当时的教堂常来买《启蒙通俗报》；二是直接销售到海外。[②] 1901年，傅樵村还创办了"华洋书报流通处"，专门销售北京上海的报纸。1915年傅樵村出任松潘县知事，他让陈岳安管

① 王绿萍、程祺编：《四川报刊集览》上册，成都科技大学出版社1993年版，第2页。

② 同上书，第5页。

理“华洋书报流通处”。陈岳安接管之后进一步增强了“华洋书报流通处”的进步趋势，并将“华洋”更名为“华阳”。这个窗口大量销售进步报刊书籍，例如《新青年》、《每周评论》、《星期评论》、《湘江评论》、《浙江潮》、《新潮》等刊物在此皆能被找到。“华阳书报流通处”为四川带来时代文化风尚的同时，也将川人的影响力带出夔门。成都最先言新学的吴虞因为在“华阳书报流通处”看到章士钊、陈独秀在日本创办的《甲寅》月刊而受到鼓舞，将其创作的《辛亥杂诗九十六首》寄到东京，在《甲寅》上发表。李劼人、巴金在回忆中也都曾分别谈到来源于“华阳书报流通处”的新文化信息对他们的帮助和激励。傅樵村创办于1909年的《通俗画报》起到了开风气之先的作用。其影响力巨大，被誉为一纸相当于十万军。①

为了增加信息流通渠道，川内的报刊还采用通过向外派驻记者获取第一手资料，向川内民众传播发生在国内国际的时事新闻。例如，创刊于1915年的《四川群报》为了增加信息渠道，聘请王光祈、周太玄、曾琦担任驻北京、上海、日本的通讯记者。川报的影响力还来源于其办报方式——与外地报刊联合，相互呼应。例如成都的《星期日》便是呼应北京的少年中国学会而创办。1919年7月13日创办，孙少荆任经理，李劼人任主编。《星期日》宣传“五四”新潮，有力地推动了新文化在四川的传播。其受欢迎程度从五千份的销量可见一斑。“它的版面类似当时北京的《每周评论》、上海的《星期评论》；内容也同样是尖锐地批判旧制度，热烈地传播新思潮。”② 李劼人在创刊宣言中明确标示该刊的宗旨是要川人睁眼面向光明的未来：“我们为什么要办这个周报？因为贪污黑暗的老世界是过去了的。今后便是光明的世界，是要人人自觉的世界。可是这里还有许多人困于眼前的拘束，一时摆脱不开，尚不能走到自觉的地步上。如其竟没有几个人来大声呼唤一下，那是很不好的。因此我们才敢本着自家几个少数少年人的精神，来略说一点很容易懂的道理。”③

川报在信息方面是多维度的。报刊促进川人睁眼看世界不仅限制于政

① 参见王绿萍、程祺编《四川报刊集览》上册，成都科技大学出版社1993年版，第22页。
② 《李劼人选集》第五卷，四川文艺出版社1986年版，第9页。
③ 王绿萍、程祺编：《四川报刊集览》上册，成都科技大学出版社1993年版，第84页。

治经济层面，还有文化层面。以宣传变法维新为宗旨，以广开民智、促进风气改变为目的的报刊自1897年开始每年递增。创办于重庆的有《渝报》、《广益丛报》、《重庆日报》等。创办于成都的有《蜀学报》、《蜀报》、《通俗画报》等。巴蜀文化的开放性与包容性赋予川人开阔的胸襟，对西方文化与中国传统文化采取兼容并蓄态度。创办于1903年的《广益丛报》刊载晚清流行的谴责、狭异、哀情小说之外，也刊载国外小说的译作。刊载有英美小说《一纸书》、《陶南雪》、《井底骷髅》、《奇情侦探》等。这份报刊上刊载的译作数量不多，到创刊于1914年的《娱闲录》时，译作呈几何数地翻倍增长。《娱闲录》中仅仅李纯生一人的译作就多达几十篇，另外还有毋我、觉奴等的翻译。被翻译的文学作品涉及英、美、法等国家，例如，第一册的译作是法国岳珂的《岩窟王》。第二册上的译作有印度神话《刺玛王》。第四册上的译著有《刺玛王》、《亡指谈》、《崖窟王》、《弭兵阴谋记》。对西方文学的吸收是促使中国现代文学发生的最强影响因子。报刊对西方文学的介绍为日后中国现代文学发生期间巴蜀作家群的异军突起起了良好的铺垫。（关于此，后面将有专章论证，在此不再详细阐释。）中西文化的融合在绘画艺术上也有体现，我们以创办于1905年（光绪三十一年）的《四川学报》为例说明。该学报开始的两页是黑白色的古建筑画。绘画采用写实手法，庭院楼阁，细致到窗格的纹理，颇有西洋油画的写实风格，但是画面的古朴意境又是典型的中国画风。两幅建筑画面展现了中国艺术与西洋艺术融汇的风格特征，也展示了中西文化的融合。在戏剧上也能体现出中西文化融合，例如《娱闲录》上对日本新派剧的介绍。(这在后面将有专章论述)

## 第二节　报刊的兴起与现代教育观念之转换

川人睁眼看世界还体现在教育界。西方办学模式通过报刊得以被介绍到四川。如果说沿海地带注重实业，如福建文化注重“书中自有黄金屋”，那么内地巴蜀文化则侧重精神层面的追求，以“书中自有颜如玉”为理想境界。巴蜀人对形而上的追求表现在对教育的重视上。以《四川学报》为例探析当时四川的教育情况。《四川学报》是一份官报，又名《四川教育官报》。

四川当局非常重视教育。《四川学报》第二册在游学经费表栏里，详细列出教育费用的分担负责制度，其中涉及驻日杨公使所给的教育经费。由此可知四川对文化教育的重视。再如，《四川学报》第四册（光绪三十一年三月）在管学大臣咨遵中，明确规定鼓励办学，且将办学校的成绩作为考核各州县官员的依据之一。“视学堂之多寡定州县之考成以免阻疑而示鼓励”①。

川人办教育具有国际视野。地处偏僻地带的四川并非人们认为如“蜀犬吠日”般见识狭隘，而是放眼世界，将国内外的观点作比较分析。《四川学报》谈教育很少只言川人办教育，多在横向比较中谈教育，将国内国外的教育模式与之比较。曾是我国附属国的日本竟凌驾于我国之上，成为影响全球的强国。这在当时吸引了很多中国学子留学日本去一探究竟，所以《四川学报》比较多地提到日本。这也体现出巴蜀文化开放的特质。《四川学报》较多地介绍日本的办学情况。第二册在译编栏里，由永嘉王鸿年写的《日本教育制度之沿革》。第七册（1906 年、光绪三十一年）华阳刘镜译“爱珠幼稚园沿革志卷上”介绍日本办学情况。另外，刊载“京外各学堂微收学费章程”。此外，“视学提要第三编教育法上篇”用日本丰冈茂夫的讲义。《四川学报》在第二册谈教育时，根据西方的办学模式将学校教育分为故意（有一定之规则）、目的（有一定之宗旨）、秩序（有一定之先后次序）、方案（入学年龄、毕业年限、学科课程、时间表等）。将普通教育分为德育、智育、体育。可以见出四川教育界对现代教育观的探索。

教育的对象是“人”，旨在“塑人”。“塑人”的核心是伦理道德观念的培育。《四川学报》在阐释伦理道德时，也不再局限于中国一家之演说，而是以日本、英国、德国等西方各国的观念反观中国的伦理道德观。例如，第二册在讲义一栏的伦理学中，所载的便是日本中谷延治的作品。文

① “游学经费表栏”，载《四川学报》1905 年第 4 册。

章将中西文化对伦理的不同加以对比。文章提到卢梭关于人性的观点，世间万物天然具备人性，“卢梭之论人性曰凡物莫不由天然手而成，由人手而败，与中国孟子之言性善同。其倡性恶之说者，中国有荀子，英国有培根，培根之言曰凡事须经验始能与真理符合故性不可持其主义与荀子相同，尽谓人性须藉教育之力以克去私欲方不为其所陷”[①]。文章还将程朱诸儒、王阳明的观点与西方社会观念比较。文章还详实列出伦理学之分流，为客观的和主观的。客观的分为实体说（神性论、物性论）和命令说（神意论、物意论）。主观的分为认识说（经验论、直觉论）和目的说（快乐论、道德论）。其中的快乐论又分为利己、他利、功利。道德论又分为成己、形式。接着文章还列出主要伦理学五派，直觉说（又良心说）、快乐说、进化说、理性说、完全说。四川教育界力图培养出具有国际思维的年青一代。例如，《四川学报》第四册在讲义一栏里刊载华阳小学堂教习所用的《四川地理》。文章谈到之所以要学习地理，是因为要具备世界眼光。“生乎今之世而株守一隅不能辨南辕北辙天下大势者必不能生存于世界。然欲放世界之人类社会之发达列国之政治幅员之广狭……本国本省之不知，焉能研究所谓自然地理、人事地理。故耶外国学校之讲地理其始，知本校而推至本乡本省本国以及于全球。此吾校所以先四川地理而后及各省各国。”[②] 此外，第十章《人类之欲望》以世界眼光将中国人与西方人做比较。

《四川学报》在四川教育制度改革方面起到了积极的推动作用。[③] 作为一份官方报纸，它的推行带有强制性。政府规定办学人士有义务购买。另外，所属官署、各处学堂、各公局也必须阅读。

由《四川学报》可以探出四川的教育并非死水一潭，而是融入了世界元素，川人在教育方面已经开始注重借鉴国外先进的教育模式。

① 《四川学报》1905 年第 2 册。

② 同上书，第 4 册。

③ 参见王绿萍、程祺编《四川报刊集览》上册，成都科技大学出版社 1993 年版，第 15 页。

## 第三节　留学热潮开拓广阔的视野

川人睁眼看世界不仅仅停留在借助报刊媒介，而是走出国门零距离接触异域文化。留学生成为川人了解世界的桥梁。晚清的贫弱开启了留学风潮。中国的有识之士纷纷走出国门，来到西方“取经”，期望能振兴祖国。在这股浪潮中，巴蜀大地的学子们不甘示弱，也加入到留学的行列中。

中国的第一批留学生从1846年美国传教士从澳门带走三个小孩开始，到1877年的公费留欧，留学生潮并没有掀起高潮。但是甲午战争的失败促使自强的中国人开始睁眼看世界。留学热潮逐年形成，在时代主潮流的驱使下，四川人以公费或其他方式也纷纷走出国门加入留学热潮中。“在1901—1907年间，巴蜀青年留学日本的多达千人，1918—1921年间，巴蜀赴法国留学者多达429人，占全国1/3，为人数最多的省份。”① 四川留学生以在外游历的广阔视野为资源，为川内输入国外各种信息，开阔了川人视野。

留学国外的川籍学子具有“川人不出夔门便罢，一出夔门则为蛟龙的勇气与闯劲”，在国外组办报刊社团，具有较强的社会影响力。

日本由于地理位置的近距离以及由弱变强的变化吸引了较多的四川留学生。中国人对日本由弱到强的变化产生强烈的好奇心，想一探究竟。自1905年开始，中国留日学生急剧增加。1906年全国留日学生达到8000余人，这是有史以来的最高数字。同年，四川省留日学生达到800人，占全国留日学生总数的1/10。川籍留日学生对四川的政治、经济和文化都有着深远的影响。川人较早在日本创办的一份刊物是《鹃声》。这份杂志于1905年由雷铁崖在东京创办。② 1907年，他与吴玉章等人主办《四川杂志》。这两份刊物最具特色的地方体现在政治方面，即反清排满，倡议政治体制改革。《四川》的代派所是日本东京各书肆、中国内地各书坊。《四

① 邓经武：《20世纪巴蜀文学与西方文化》，《社会科学研究》2000年第4期。

② 雷铁崖回国后，通过办学继续他的影响力。1909年，雷铁崖回到上海，以中国新公学等校为依托，宣传期政治思想。1920年，他在上海创办留学预备学校，继续为他的政治理想服务。

川》与其他杂志互相代派各报，有《云南杂志》、《滇话报》、《新女界》、《农桑杂志》。四川人在日本创办的报刊还有创刊于1908年的《自治丛录》、1910年的《工商学报》。1917年，郭沫若、夏丏尊等在日本创办《学艺》。这份报刊很好地推动了新文化的发展。吴虞的《消极革命之老庄》便在该刊第二期被刊登。

留学法国的四川留学生也通过创办刊物的途径影响了近代中国的政治与文化。国外的川籍留学生以其自身优良的素质，成为在法留学生团体的中心，成为沟通中西方文化的桥梁。这可以留学法国的川籍留学生周太玄为例。周太玄最初与李璜合作创建“巴黎通讯社”，后来与李劼人、何鲁合办。“巴黎通讯社”向国内大量发稿，《北京晨报》、《国民公报》、《上海时事新报》、《中华新报》、《民国日报》、《神州报》皆采用他们的稿件。“巴黎通讯社”在国内具有相当的影响力。1919年“巴黎和会”谈判时，北洋政府企图封锁谈判失败的消息。但是中国代表在谈判桌上的妥协被“巴黎通讯社”第一时间向国内披露，引起国民哗然，酿成“五四”运动的爆发，掀起新文化运动的高潮。之后，周太玄于1919年年底创办《旅欧周刊》之后，又受华工工会委托创办《华工周刊》。1921年3月27日，“少年中国学会”在巴黎成立分会，周太玄因其为人纯朴坚韧，能团结人，深孚众望，当选为分会书记。

不仅留日学生、留法学生在国外创刊，在其他国家的四川留学生也创办刊物增强影响力。例如，1911年，马来西亚的四川留学生同盟会会员在吉隆坡创办《四川周报》。

留学生在海外创办刊物不仅将四川人的影响带出国门，还将异域文化的影响带回四川。留学生回国后带领国人一起睁眼看世界，例如，反孔英雄吴虞掀起的思想界运动（因为有专章论述在此不再论证）。留学日本的叶伯和归国后将其所受到的西洋文学影响带回四川，教唱白话诗歌，创办新文学社团及刊物。“草堂”文学研究会以及《草堂》刊物的发行，强有力地推广了新文化在四川的影响力。叶伯和也成为国内最早尝试白话新诗的先驱。

正因为川人睁眼看世界，不故步自封，不将自身局限于一隅，才有了近代巴蜀文化的丰富多彩。在中国现代文学发生的背景之下，巴蜀文化不是被动等待，而是主动参与新文化的建设。在新文化萌芽、成长的过程中，巴蜀文人，在不同的领域引领时代风潮。中国现代文学的产生有巴蜀文人的积极参与，中国现代文学发生的时代风潮也激活了巴蜀文化的创造力。

# 第二章　巴蜀文化的叛逆精神

巴蜀文化是一个立体感较强的多维度文化体系。它既热烈奔放，也温柔敦厚、细致缠绵，还狂放不羁、桀骜不驯。巴蜀文化的丰富内涵赋予巴蜀人灵活多变的性格特征，既有松树的坚强，也有柳树的灵活。在时代更迭的年代，巴蜀人往往占据主动，把握时代大局的方向，成为历史潮流的引领者。

## 第一节　对专制体制的反抗——以《鹃声》、邹容等为例

巴蜀文化孕育的子民，通常具有强烈的独立性、反叛性。早有人将巴蜀文化的这种特征概括为“天下未乱蜀先乱，天下已治蜀未治”。

### 一

巴蜀文化赋予川人热爱自由、反抗权威的思想理念。他们在政治上不满清朝政府的专横统治，向往西方的民主、共和。戊戌六君子中便有两人是川籍人士。他们是杨锐、刘光第。川人这种叛逆精神在早期创办的报刊中可见一斑。

川内的报刊是如何体现巴蜀文化的叛逆特质的呢?

《渝报》以维新变法为主题。它为四川变法大造声势。《渝报》在四川受到热烈欢迎，川内各个县州市都设有派报处。光绪二十四年三月下旬，《渝报》出版第十六册后停刊。《渝报》的创办者之后创办了具有相同宗旨的《蜀学报》，一样反响热烈。随着戊戌变法失败，维新人士遭受迫害，

《蜀学报》被迫停刊。虽然慈禧暴政使得维新运动遭遇重大挫折，但维新变法的宣传并没有停止。1901 年创办的《启蒙通俗报》、1903 年创办的《蜀报》和《广益丛报》、1904 年创办的《重庆日报》继续以宣传变法维新为主。《蜀报》在第一期《论本报宗旨》中说“今日而欲图存，非自强不可；欲图自强，非变法不可；欲图变法，非开民智不可。报章者，民智之先导，而变法自强之起点也”。[①] 1904 年创办的《重庆日报》以进行革命宣传，提倡妇女天足、男女平权为主。其销售量由开始的五百多份增加至三千多份，足见其受欢迎的程度。它刊载慈禧游颐和园的消息时，使用《老妓颐和园之淫行》为题目。在清政府还没有垮台的当时，用“老妓”称呼慈禧，这举动引起社会轰动。由此也可以看见川人对权威的反抗精神。四川人不畏强权的反抗精神还可以从 1905 年创办的《工会日刊》弹劾官员事件窥其一斑。1910 年，巡警道台周肇祥在花会聚丰园大宴宾客。《蜀报》在第八期将此详细登载。周肇祥担心报道过多对自己的仕途造成不良影响，他利用权势不许《工会日刊》报道。《工会日刊》不服，因而收集证据，请咨议局提出弹劾，周肇祥被迫离开四川。1916 年，袁世凯死亡。《四川群报》用红纸出版，标题是《千夫所指，无病而死。袁世凯死矣!》这份报纸印发好几万份，足见证川人对这位复辟专制帝王制度之人物死亡的欢欣鼓舞。发行量之巨见证了川人对专制的痛恨之深。

走出国门的川籍学子将巴蜀文化的叛逆精神、爱国情怀融入报刊杂志中，创办出让清王朝胆寒的《鹃声》、《四川》。

四川留日学生在日本创立革命团体鹃声社，出版刊物《鹃声》。《鹃声》的办报宗旨是存天理，申公愤。它敢于揭露政府的丑恶，伸张正义。在这样的办报宗旨下，《鹃声》“揭露帝国主义的侵略行径，反对清政府和封建专制制度，宣传西方资产阶级的自由民主思想，对以康有为、梁启超为首的保皇派也进行了激烈的抨击，提出人权、自治的要求，热情地介绍西方社会党均贫富的主张，具有强烈的爱国思想”。[②]《鹃声》在出版第二期之后就没再出版，虽然第三期目录已经在第二期上刊出。《四川》是在

---

① 王绿萍、程祺编：《四川报刊集览》上册，成都科技大学出版社 1993 年版，第 2 页。

② 同上书，第 18 页。

《鹃声》的基础上建立的，由雷铁崖与吴玉章共同创办。《四川》因为社会反响之大，每期都是一版再版。这引起清政府的恐慌与不满，通过外交强制《四川》的出版。1961 年 5 月 24 日，吴玉章在回忆《四川》杂志的创办过程时这样说，“它对外反对帝国主义；对内坚决反对清朝反动统治，主张革命。所以它一出世，即受到人们热烈的欢迎，销路很广，每期出版后不久又再版发行。正因为这样，清朝政府把它看做眼中钉，加以迫害。1908 年秋，清朝政府的访美专使唐绍仪路过日本的时候，要求日本政府将《四川》杂志和《民报》一起查禁。因此，它只出了三期便被封闭了，而第四期也遭到没收。”①。川人不满专制的叛逆思想在历史长河中随处可以见证。

## 二

晚清末年，重庆巴县出现了一位历史上的风云人物。虽然他生命短暂，但却释放出耀眼的光芒。生命如炫目烟花的这位人物就是邹容。邹容，字威丹，于 1885 年出生于重庆巴县一个商人家庭。

邹容童年所处的时代，商人阶层在社会中地位低下。邹容的成长经历虽然衣食无忧，但阶级的等级悬殊给他留下深刻烙印。这种家庭背景使得邹容很早就意识到中国资产阶级地位的卑微，产生对社会等级制度的不满，这是激发其革命激情的一个早期因子。19 世纪末，日本的强大让许多中国年轻人为之仰慕，进而希望到日本学习。中国留日学生猛增，由 1896 年的 13 名到 1902 年的一万多人。正是在这样的背景之下，邹容到日本留学。在邹容留学期间，民主革命思想在留日学生中蓬勃发展。当时，宣传民主思想的译书在留学生中异常盛行，例如，卢梭的《民约论》、孟德斯鸠的《万法精理》、穆勒的《自由原论》等。在这种思潮影响之下，邹容的革命思想急剧成长。

巴蜀文化的热烈奔放、狂放不羁、桀骜不驯与日本革命思潮的激进狂热相结合，诞生了邹容的《革命军》。

《革命军》以其大胆直率的笔触写出了历史真相。邹容因为洞察到清

① 《四川》第 1 期。这是吴玉章后来回忆时所写，取名为“重印的话”。

王朝实质是西方列强的走狗，因而书中满溢着反对情绪。“世界只有少数人服从多数人之理，愚顽人服从聪明人之理。使贼满洲人而多数也，则仅五百万人，尚不及一州县之众。使贼满洲人而聪明也，则有目不识丁之亲王大臣，唱京调二簧之将军都统。三百年中，虽有一二聪明特达之人，要皆为吾教化所陶熔。”①《革命军》为中国人走向独立富强找到了正确的道路——革命。《革命军》率先喊出“革命”的口号。邹容倡议为了中国的独立，为了能与西方列强并雄，以革命脱离满洲人的统治是必需的途径。革命的目的是为了让人人享有平等幸福的权利。中国共产党继承了“革命”精神，率领中国劳苦大众奔向了崭新的新中国。《革命军》的影响不仅仅体现在反清的革命性，还在于反思中国人的劣根性。《革命军》中的第五章“革命必先去奴隶之根性”，从秦汉开始分析，得出我国二十四朝历史只不过是一部奴隶的历史。邹容呼吁同胞们万众一心拔去奴隶的根性，成为中国的国民。邹容与章太炎关系极好。鲁迅作为章太炎的学生，自然也受到邹容的影响。鲁迅后来批判国民劣根性，揭示中国人深藏在骨髓的奴隶性，不能不说与邹容无关。而鲁迅的这一批判可以说在中国现代文学中影响深远，占据主流地位。也就是说巴人邹容以鲁迅为桥梁与中国现代文学之间存在一定的关系：邹容的思想以鲁迅为桥梁渗透进文学领域，并形成一种延续数十年的国民性的大讨论。

《革命军》的影响是难以评估的。该书与章炳麟的《驳康有为书》成为当时宣传革命的两部重要书籍，一起将矛头指向清王朝的统治。邹容的《革命军》被称为中国人权宣言的代表作。在辛亥革命时期，《革命军》发行量居革命书刊中的第一位，总印数达一百多万册。由此可以想见《革命军》当时的影响力之盛况空前。《革命军》第一版由上海大同书局印行后，很快被抢购一空。在《革命军》翻印时，为了避免当局的搜查，数度改换书名。1903 年在新加坡翻印时，以《图存篇》的名字出版。同年，《革命军》以《革命先锋》之名在香港翻印；在上海翻印时改名为《救世真言》；在横滨翻印时，将其与《驳康有为》合刊，取名为《章邹合刊》。鲁迅对

---

① 周永林编：《邹容文集》，重庆出版社 1983 年版，第 44、45 页。

《革命军》曾这样评价道“便是悲壮淋漓的诗文，也不过是纸片上的东西，于后来的武昌起义怕没有什么大关系。倘说影响，则别的千言万语大概都抵不过浅近直接的革命军马前卒邹容所做的《革命军》”。①

《革命军》在社会上的影响力引起清王朝对邹容的恐惧与憎恨。在20岁的美好年华，他在狱中被折磨致死。柳亚子、章太炎等纷纷写诗以表达哀悼之思。孙中山为了纪念邹容，追封他为“大将军”，特意将反清部队将士取名为“革命军”。

## 三

清朝末年，犹如暮气沉沉的寒冬时节，表面是寒冰笼罩，内里则暗潮汹涌。新旧事物处于将生未死的对峙交锋状态。巴蜀文化的浪漫精神与逍遥出世的道家情怀都让四川人充满对自由的渴望。但清王朝的专制统治压抑着人们自由的呼吸。邹容的《革命军》吹响了打垮清王朝的哨声。他对专制体制的反抗代表了四川人对民主政治的渴求。一大批四川人都参与到争取民主体制的行动中来。

在思想界，四川人以各种方式宣传变法维新，企图建立民主的政治体制。四川富顺人宋育仁于1891年写有《时务报》，系统阐释变法主张。1894年，宋育仁出任英、法、比、意四国公使参赞。他认真考察西方社会的文明与法制，将其所见所闻写成四卷本的书《采风记》。在这本书里，宋育仁提出中国要富强则必须效法西方社会的政治经济体制。由于宋育仁素有变法维新的思想，加之他出使西方国家的经历，使得他的爱国意识更集中体现在变法维新。宋育仁回国之后在北京参加了由康有为、梁启超成立的以“变法维新”为宗旨的“强学会”。回到四川后的宋育仁创办《渝报》、《蜀学报》继续宣传变法维新思想。1898年，四川富顺人刘光第和绵竹人杨锐，与北京的川籍爱国官员、商人一起，创办“蜀学会”。蜀学会的宗旨是讲新学、开风气。在会人员定期聚会，商讨使国家富强的良策。刘光第他们为了培养精通西方文化的人才，成立了蜀学堂。后来，刘

---

① 《鲁迅全集》第一卷，第318页，转引自周永林编《邹容文集》，重庆出版社1983年版，第30页。

光第、杨锐等14位四川籍人士参加了康有为组织的保国会。在此基础上，他们还成立了保川会，将保国与保乡结合。在保家卫国的斗争中，巴蜀人从来都是身先士卒走在前列，不会落在队伍后面。戊戌事变中，杨锐、刘光第以生命为代价呼唤中国的民主政治。虽然他们的肉体已经消失，但其变法维新的精神永垂不朽，激起更多人参与到斗争行列中来。

保路运动，使四川人将变法维新的思想酝酿演化为实践，吹响了打垮清朝专制统治的号角。1904年，为了保护铁路所有权，成都成立了川汉铁路公司。1907年，川汉铁路公司改为商办有限公司，自办川汉铁路。1911年，清政府与西方帝国主义勾结，宣布铁路干线国有政策，公开出卖川汉、粤汉铁路修筑权。这激起四川人民的极大愤慨，成立了四川保路同志会，提出破约保路宗旨。当时的川督赵尔丰诱捕了保路同志会和股东会首要人物蒲殿俊、罗纶、颜楷、张澜、邓孝可等人，并枪杀了请愿的群众。这激起了整个四川人民的反抗，整个巴蜀大地成一片燎原之势。清政府紧急派遣端方率领鄂军进入四川镇压人民的反抗，这样使得武昌兵力呈空虚状态，从而造成武昌起义成功。成都宣布独立，成立大汉四川军政府，结束了清王朝在四川的统治。如果没有四川的保路运动，清政府的专制统治还会延续相当长的时间，辛亥革命不知会推迟多少年，在中国呼唤民主的道路上，四川人立下不可磨灭的功勋。

## 第二节　对专制思想的反叛——以廖平、吴虞为例

在几千年未遇的政治大变动之中，中国思想界浪潮汹涌。中国新文化运动的核心口号是“民主”、“科学”。追求人人平等的新文化与封建礼教的斗争，成为近代中国思想界的主题。

在“五四”运动之前，便有人去除封建帝王罩在孔经身上的神圣外衣，为我所用地阐释孔经要义。他便是廖平，1852年生于四川井研县青阳乡盐井湾。廖平先后给自己取名四译、五译、六译先生，以凸显自己对孔经多次不同的阐释。“带着巴蜀人文性格特有的骄狂大胆和惯有的标新立异精神，廖平极端‘放肆’地任意阐说‘六经’为我所用，从强调孔子

‘感时忧国，改制救弊’的入世精神，去联系社会需要变革的社会现实。”① 在廖平对孔经阐释的六次变化之中，第二次变化直接影响了康有为。1889年，廖平到广州拜见恩师张之洞时，带新著《知圣篇》、《辟刘篇》请老师指教。康有为因为读廖平的《今古学考》而将其视为知己，听说廖平在广州即前去拜访。此次相见，廖平将《知圣篇》、《辟刘篇》介绍给康有为。康有为与廖平在羊城会面几个月之后，他的《新学伪经考》和《孔子改制考》便问世。虽然康有为否认是受廖平所著影响，但是“否认”却是欲盖弥彰。甚至作为康有为学生的梁启超也承认康有为所著渊源于廖平。他在《中国学术思想变迁之大势》中说：“康先生之治《公羊》，治今文也。其渊源出自井研（即廖平），不可诬也。”后来，他在《清代学术概论》里指出：“有为早年，酷好《周礼》，尝贯穴之《教学通义》。后见廖平所著书，乃尽弃其旧说……然有为之思想受其影响，不可诬也。”② 康有为宣传孔子与诸子改制实际为变法维新寻找历史依据，酿造氛围。廖平思想解放，不拘泥一种思维模式，而是根据个人经历与时代变迁不断的修正思想。廖平曾因为其思想主张，事业受阻，两次遭遇撤职。1903年，廖平在绥定府教授并兼任绥定中学堂监督，因为被人指控离经叛道而被撤销职务。1909年，他在成都任教，写有《尊孔篇》。当时的四川提学使赵某指责廖平是穿凿附会，解除廖平的教学职务。

虽然廖平根据时代变迁对儒学给予新的阐释，但是他依然没有逃离儒教的大包围。他认为孔子是世界万能的教主，能推算过去，预知未来。廖平认为佛、道、耶、回各教的本原是孔教。将来世界大同，全球统一之时，宗教也归于统一，统一于孔教。真正对儒家发起进攻的是吴虞。吴虞曾是廖平的学生，但是吴虞在廖平思想解放的基础上进一步地彻底推翻了儒教思想。

吴虞，1872年出生于四川新繁。“五四”时期，在思想界，他与陈独秀南北遥相呼应。他曾盛极一时，在全国颇具影响力。吴虞这位传奇性的

---

① 邓经武：《大盆地生命的记忆——巴蜀文化与文学》，电子科技大学出版社2005年版，第299、300页。

② 黄开国：《廖平评传》第2版，百花洲文艺出版社2010年版，第191页。

人物，被陈独秀称为“蜀中名宿”，被胡适评为“只手打孔家店”的英雄，但又屡次被成都教育界驱除。时代的浪潮将他推向顶峰的同时又将他摔下谷底。他一度成为思想革命的标杆，又一度成为新文化的反面人物，处于四面楚歌的境地。他的一生与反儒排孔紧密相依。新文化运动成就了他人生辉煌的一页，也给予他落寞的一生。

吴虞是成都最早提倡新学的人。从 1902 年、1903 年以来，吴虞与朋友一起在成都提倡新学，成绩斐然。1905 年吴虞到日本学习法律。在日本学习的过程中，吴虞不仅广泛涉猎欧美各国的法律，了解到卢梭、斯宾塞尔、孟德斯鸠等西方哲学家的思想。在中西方文化的比较中，他滋生了反孔思想。他在 1906 年写的诗歌《中夜不寐偶成八首》中，对孔子予以指责。“英雄欺世惯，圣贤误人深。”、“孔尼空好礼，摩罕独能兵。”① 他认为孔子思想只是空谈礼仪，不仅误人子弟，而且误国。儒教思想主导的国家，在弱肉强食的世界，怎能抵挡强权的进攻？②

1907 年，吴虞归国回到四川。留学归来的吴虞面对川内闭塞的局面，力图让大众睁眼看世界。为了让川人了解外面的世界，吴虞不仅和朋友王祚堂等办书局报社，而且他还倡议筹公费派遣人出国留学。吴虞与朋友创设溥利公书局、《开智阅报》社。吴虞他们办书局报社的行为，引起许多人的仿效。不到几年时间，书局报社遍布四川。川人通过报刊杂志逐渐增加了对外面世界的了解。吴虞关于公费派遣留学生的建议，也得到响应。川中派遣到日本的留学生逐年增多。他曾这样在《王祚堂》中描绘努力提倡新学的效果，“不逾十二年，而风气大通，学校林立，比于古学之兴，迟速悬绝，其于乡邦教育文化，不可谓非原动力也。”③

因为吴虞著文反对儒教家族制度，批评法律，四川学部赵启霖奉北京

---

① 赵清、郑城编：《吴虞集》，四川人民出版社 1985 年版，第 284 页。

② 参见 1919 年写的《道家法家均反对旧道德说》“我们二千余年都上了他的圈套，还自夸是声明文物礼乐之帮，把那专制时代陈腐的道德死守着，却偏要盲从死动的阻遏那新学说、新道德输入，并且以耳代目，那眼光就在牛市口以上盘旋，全不知道世界潮流、国家现象，近来是什么情况。莫说孔、孟的灵魂，在山东眼睁睁看着日本来占据他桑梓的地方，他的道德和十三经通通没用，止有忍气吞声；就是活起来的孔教会、儒教会的人，又能把旧道德去抵抗日本吗？”赵清、郑城编：《吴虞集》，四川人民出版社 1985 年版，第 164 页。

③ 赵清、郑城编：《吴虞集》，四川人民出版社 1985 年版，第 283 页。

学部张之洞之命，取消吴虞讲师的资格。吴虞不仅在事业上遭遇挫折，而且人身自由也被限制。当时的四川总督王人文受到复古派的影响，认为吴虞非圣无法，非孝无亲，淆乱国宪，在全国各省下达对吴虞的逮捕令。吴虞逃到乡下舅舅家才躲过此劫。辛亥革命之后，逮捕令效力自行消失。吴虞回到成都，在《醒群报》发表文章，坚持反儒排孔的思想。虽然清王朝已经垮台了，但是尊儒复古的逆流依然汹涌。《醒群报》被查封，直到袁世凯倒台才启封。吴虞在此期间险遭逮捕。当时四川政府保护吴虞，电告北京政府吴虞到日本去了。这才使得他又逃过一劫。后来，虽然袁世凯倒台了，但是成都报刊都不敢再刊登吴虞的文章。吴虞被成都上流社会排斥，依然是“名教罪人”、“士林败类”。吴虞在成都的处境，逼迫他将视角转向川外。吴虞将文章寄往《进步》、《新青年》。或许，正如古语“失之东隅，收之桑榆”所言，吴虞在成都的失败，使得他在北京开拓了一片新天地。他的反孔排儒思想主要表现在以下几方面。

吴虞肯定孔子在其自身所处的时代是一个伟人。但是，他接着指出一种思想在千年以后还被推崇信奉，则是一种停滞落后。因为时代在变迁，如果将千年以前的思想奉为当今的行为准则，便是开历史的倒车。中国，这个昔日辉煌的泱泱大国，现在正处于贫弱、衰败的境地。她就像一个迈不动步伐的老人，步履蹒跚，奄奄一息。吴虞在给陈独秀的信中提及自己攻击儒教的原因。“不佞常谓孔子自是当时之伟人，然欲坚执其学以笼罩天下后世，阻碍文化之发展，以扬专制之余焰，则不得不攻之者，势也。”[1] 吴虞指出上千年以来儒家思想垄断中国，导致是非的泯灭。“明李卓吾曰：‘二千年以来无议论；非无议论也，以孔夫子之议论为议论，此其所以无议论也。二千年以来无是非；非无是非也，以孔夫子之是非为是非，此其所以无是非也。’”[2]

吴虞揭露儒家之所以会延续千年的原因在于被封建帝王所利用。因为历代的帝王需要借讲究等级秩序的儒教巩固自己高高在上的霸权地位。“由此观之，儒教不藉君主之力，则其道不行。故于信教自由之国家，而

① 赵清、郑城编：《吴虞集》，四川人民出版社1985年版，第385页。

② 同上书，第65页。

必争孔教于宪法；君主不假儒教之力，则其位不固。”① 吴虞进而指出，现在社会上弥漫的复古尊孔思想，像盗跖之徒利用孔子的思想达到维护封建君主制的目的一样。吴虞反对儒家思想，从其核心批判，即，批判君臣、父子、夫妇关系。吴虞于 1917 年写《康有为“君臣之伦不可废”驳议》中，揭露儒家与君王相互利用的真实面目。他在文中这样写道，“霸主民贼，既利用经传，盗窃圣知，以遂其私，而钳制天下。而儒者亦利用霸主民贼之力，以扩张其势而行其学。二者盖交相为用。”② 吴虞指出，儒家制定的礼仪规范，不过是替君王制造听话的顺民，巩固帝王的统治罢了。“是故福泽谕吉之论吾国曰：支那旧教，莫重于礼乐。礼者，使人柔顺屈从者也；乐者，所以调和民间郁勃不平之气，使之恭顺于民贼之下也。”③ 正因为如此，在两千年的礼乐熏陶之中，中国人被培养得奴性十足。吴虞于 1915 年写的《家族制度为专制主义之根据论》是一篇非常有影响力的文章。他在文中指出，中国之所以还处于宗法社会中不能与世前进，根源在于家族制度。吴虞借庄子的口，指出所谓孝悌不过是世人用以保持禄位的工具而已，指出儒家思想对于国家民族的危害。“故余谓盗跖之为害在一时，盗丘之遗祸及万世；乡愿之误事仅一隅，国愿之流毒遍天下。”④ 1921 年，吴虞在《墨子的劳农主义》中批判儒家将朝廷专制与家庭专制捆绑在一起的阴谋。他认为儒家将君父并尊、忠孝连用，实质是将朝廷专制与家庭专制联系在一起。吴虞赞扬古时的仲子窥破君父并尊、忠孝连用的实质，是用家庭专制来扶助朝廷专制。仲子抛弃世家的富贵荣华，带着妻子自食其力，找寻小家庭的生活。

吴虞对于孔子思想的批判，为新文化倡导者们扫清前进的荆棘提供了有力的武器。吴虞的理论著作与鲁迅的文学作品成为新文化阵营向旧文化阵营开战的“两名猛将”。吴虞在《吃人与礼教》中具体论证了鲁迅关于“吃人”与“礼教”两者之间的密切关系。根据《韩非子》、《汉书》、《史

---

① 赵清、郑城编：《吴虞集》，四川人民出版社 1985 年版，第 146 页。

② 同上。

③ 同上书，第 135 页。

④ 同上书，第 65 页。

记》、《唐书》等，他以历史上的实例论证了在温情脉脉的面纱笼罩下，礼教吃人的残酷事实。吴虞在文章末尾直接发出呼吁，“孔二先生的礼教讲到极点，就非杀人吃人不成功，真是残酷极了！……到了如今，我们应该觉悟：我们不是为君主而生的！不是为圣贤而生的！也不是为纲常礼教而生的！什么‘文节公’呀、‘忠烈公’呀，都是那些吃人的人设的圈套来诳骗我们的！我们如今应该明白了！吃人的就是讲礼教的，讲礼教的就是吃人的呀！”[①] 在《说孝》中，吴虞对《孝经》中部分子女孝敬父母的行为进行批判。例如，为了取悦父母，将不合父母意的妻子赶出家门；为了供养父母，将生下的孩子弄死；为了治愈父母的病，割下自己的肉给父母吃。诸如这样的行为，吴虞认为是不值得赞扬的。这样的孝是愚孝。他认为父母子女之间不应有卑尊的观念，两者之间的关系应当是互相扶助。子女具有独立的人格。父母与子女都是平等的“人”。吴虞的这种观点在当时的中国可以说具有石破天惊的影响力。

吴虞借助《新青年》将其反孔排儒的思想辐射到全国。在“五四”新文化运动中，吴虞扮演了先锋激进号的作用。吴虞以罪人的身份离开成都，来到北京却受到英雄似的热烈欢迎。当时的社会名流，如胡适、周作人、沈伊默、马寅初、钱玄同等都与吴虞有着频繁的往来。四川旬刊社等组织还特意为吴虞组织欢迎会。1921 年，吴虞被北京大学聘为国文系教授。在北大任教时，选修他课的学生人数之多打破了北大的历史纪录。他先后曾在北京师范大学、中国大学、北京学院任教。1921 年，他的《吴虞文录》由上海亚东图书馆出版，胡适亲自为之作序。胡适在该书的序言中称吴虞为“只手打孔家店的老英雄”。

吴虞的影响力不仅仅在国内，甚至辐射到海外。日本学者青木正儿将吴虞 1921 年写的《墨子的劳农主义》译为日文，发表于日本《支那学》第 2 卷第 7 号。他也将吴虞于 1922 年写的《荀子之政治论》译为日文，题目定为《荀子政治思想》，发表于日本《支那学》三卷四号。青木正儿是将吴虞思想作为中国思想革命的一面镜子介绍给日本。青木正儿认为，

① 赵清、郑城编：《吴虞集》，四川人民出版社 1985 年版，第 171 页。

吴虞关于非儒之论比陈独秀还要早。“像这么样，他对于非儒之论，比较陈氏还要先觉一二步呢?”[①] 青木正儿还认为只有吴虞才是最热心于提倡反孔排儒的，也只有吴虞才是想建立老庄思想之人。“现代中国底新人物，都是反对儒教底旧道德的多，但是，像吴氏那么热诚来呼号非儒论的，一个也没有。现在想要破坏旧道德底人们，或奔走于社会主义而思想过激的，实在不少；或要提倡中国固有底墨家学说底人们也不少。这个中间，独吴氏有欲立老庄之道底倾向。”[②] 范朴斋在介绍吴虞生平的文章《吴又陵先生事略》中，介绍了吴虞在德国的影响。德国图书馆收藏有吴虞的《吴虞文存》。吴虞的《李卓吾别传》被柏林一所大学译为教材。

巴蜀文化孕育出的思想家，吴虞与廖平，分别以自己的影响力在全国形成两股不同的势力——尊崇孔子的孔教会与打倒孔家店的新文化阵营。吴虞对于儒家思想的强烈反叛，表面看似与廖平思想不同，实质存在本质的相同——都体现出川人的叛逆精神。作为廖平学生的吴虞，对儒家学说的抨击，主要是针对被封建帝王利用来为专制统治服务的那部分思想，对孔子本身是认可推重的。廖平对孔子的尊崇，不是原封不动的因袭，而是按照时代的需要给予全新的阐释。两人都体现出巴蜀文人“好做翻案文章”的特质（这特质在司马相如、杨雄、李白、杨升庵、郭沫若身上都有所体现)，对于20世纪初的中国思想界产生了强烈的影响和冲击。

① 赵清、郑城编:《吴虞集》，四川人民出版社1985年版，第479页。

② 同上书，第482页。

# 第二编

## 百花园的芬芳

### ——群体篇

# 第一章 巴蜀作家与戏剧的现代化进程

在中国现代文学发生之际，面对汹涌而至的西方文化，延续几千年的中国戏剧不可避免地会受到影响。戏剧艺术的嬗变与中国近现代文学一样，在西方文化洗礼之下，经过痛苦的蜕变，从传统走向现代。20世纪初中国现代文学转型过程中，巴蜀作家群体涉猎较早并发挥积极作用的是戏剧领域。

中国戏剧历史悠久，已有三千多年的历史。戏剧的诞生有一个较为漫长的过程。上古时期，歌舞盛行是与巫联系在一起的。但那时的歌舞并非戏曲。据王国维考证，“巫觋之兴，虽在上皇之世，然俳优则远在其后。”“由是观之，则古之俳优，但以歌舞及戏谑为事。自汉以后，则间演故事；而合歌舞以演一事者，实始于北齐。顾其事至简，与其谓之戏，不若谓之舞之为当也。然后世戏剧之源，实自此始。”① 在今天，“优伶”指演戏之人，而在上古时期并不是这样的含义。根据徐慕云考证，“优”最早见于春秋，是专门逗人玩乐之人，并不歌舞表演。这类人多是侏儒。而“伶”则在黄帝时代便已经出现。“伶”最早指调丝弄竹的乐工。经过历史的慢慢演变，“优伶”才具有今天的意义。在没有电视、网络的时代，戏剧成为国人休闲娱乐的主要艺术形式。中国戏剧是载歌载舞的视听艺术，以娱乐消闲为主。几千年的延续积淀，使得戏剧形式已经达到美轮美奂的境界。“美”是中国戏剧追求的核心。中国戏剧讲究写意的美。观众通过演员的肢体语言，想象其传递的内容、情感。为达到美

① 王国维：《宋元戏曲史》，凤凰出版社2010年版，第5、9页。

妙传神的效果，中国戏剧对歌舞有严格的要求。唱念必须有韵调，演员的身段、台步、做派、打武必须有节奏，这样才能悦耳娱目。剧本内容在元杂剧时期，文字简洁流畅；到明清传奇之时，文采斐然，多绯丽典正。戏剧因其形式的精致华美，加之宽慰人的大团圆结局，使看戏的人在美的享受中得到情感的慰藉，不自觉间入迷成癖。上至达官贵人，下至市井百姓，对戏剧的热爱在历朝历代都有史可证。唐朝的李隆基以皇帝之尊亲自教授梨园子弟。歌舞之声在大唐皇宫的上空萦绕不绝。清朝的乾隆、慈禧也是戏迷，其中尤以慈禧最甚。甚至，慈禧有时自己也会穿着戏衣，和李莲英一起载歌载舞，体验演出的快乐。所谓上行下效，皇宫大臣、市井百姓共同陶醉在戏乐之中。同种花养鸟一样，这种“入迷成癖”很消磨人的斗志激情，在民族存亡之际，势必遭到有识之士的抨击批判。

中国戏剧与小说诗歌一样，由传统走向现代有一个渐变的过程。诗歌在先秦时代，语言晓畅自然，质文并茂。到晚清民初之时，对形式的追求，导致诗歌过于形式化——辞藻的繁复，格律对仗的严整；对形式的过度追求，导致诗歌严重脱离社会现实，内容苍白，不是追求风花雪月就是“掉书袋”的展示。“诗界革命”便是在这样的背景之下展开。戏剧变革也有相同之处。中国现代话剧源于西方，是传统戏剧由古典到现代的转变。“20 世纪中国戏剧的最大变化，是文化性质从古代到现代的转变。……宋元南戏与北杂剧、明清传奇、清代地方戏与京剧，到现代中国话剧，构成了中国戏剧从古典到现代的一个完整的‘链条’。”[①]自戏剧诞生之日到晚清以来，其主题主要以宣扬忠、孝、节、义为主，内容并没有因为时代变革而发生相应的变化。戏剧演员分类严明，对生旦净末丑有严格的区分，不同的角色有不同的化妆衣着，表演动作等都有严格区分。这样导致技艺在延续中精湛极顶，但也形成格式化，使之凝滞不前，没有与时代同步的生命力。这种“美”的艺术，虽然能够供视听之娱、耳目之美，但对改造社会、开通民智非但没有促进作用，反而有阻碍

① 董建：《戏剧现代化与文化民族主义》，董建、荣广润主编《中国戏剧：从传统到现代》，中华书局 2006 年版，第 2 页。

之嫌。

因此，戏剧改良被提上日程。中国戏剧的现代是伴随着思想启蒙开始。思想启蒙呼吁自由、民主，反对专制。如果说小说、诗歌的启蒙受教育程度的限制，那么戏剧完全可以突破这堵围墙，走向大众。戏剧能反映众生百相，可以让观众在娱乐享受中接受其教化作用。戏曲老少皆宜，一字不识者也能了解戏曲宣扬的主题。因此，近现代的有识之士充分利用戏剧这个特点进行思想启蒙，通过改造个人进而改造社会。

中国现代文学的发生有几个标志性的事件，但若要说出一个绝对精确的开端时间却不容易，正如皮亚杰认为："相反，从研究起源引出来的重要教训是：从来就没有什么绝对的开端。……所以，坚持需要一个发生学的探讨，并不意味着我们给予这个或那个被认为是绝对起点的阶段以一种特权地位：这倒不如说是注意到存在一个未经清楚界定的建构，并强调我们要了解这种建构的原因和机制就必须了解它的所有的或至少是尽可能多的阶段。"[①] 中国文坛中"诗界革命"、"小说界革命"、"文学革命"都是中国现代文学发生中一个阶段而已，发展演变成为现代白话小说、现代白话诗歌有一个酝酿萌芽发展的过程。戏剧艺术同样如此，它也有一个由古典向现代转型的过程。在由传统迈向现代的过程中，虽然不能有一个精确的开端时间，但是也有一些标志性的事件。本书在探析此过程中，尽可能多方位、全角度地剖析戏曲转型途中的点滴改变。在戏剧迈向现代的过程中，论文的重点是探索川人在这转换中扮演什么样的角色？是被动接受戏剧的改变？还是主动引领戏剧走向现代？

## 第一节　曾孝谷与春柳社、文明戏

在现代戏剧（也就是早期话剧）萌芽时期，川人积极踊跃地参与其中。

传统戏剧迈向现代的第一步，被人们称"文明戏"或新戏，也就是早

① ［瑞士］皮亚杰：《发生认识论原理》，王宪钿等译，商务印书馆2009年版，第18页。

左为曾孝谷

期话剧。[①] 之所以命名为文明戏的缘由，因为它来源于外国。文明的反义词即是野蛮。当时西方人视中国为野蛮人居住的地方。国人在潜意识里接受了西方对自己的评价。在当时积贫积弱的中国，一般人认为只要是国外舶来的事物一定就是好的、新的，就是文明的，例如，当初西方人惯用的手杖，被称为文明杖。

文明戏的起点应该从1907年算起。在这一年，中国人第一次组织现代版的话剧演出，自己创作出第一个剧本。中国传统戏剧之所以被称为传统旧戏，也是因为这一年。

1906年，在日本，一群中国留日学生组织发起了一个社团——春柳社。这个社团研究新旧戏曲，目的是为引起中国戏剧的改良。"演艺之事，关系于文明至巨。故本社创办伊始，特设专部，研究新旧戏曲。冀为吾国艺界改良之先导。"[②] 1907年，在日本东京著名的本乡座剧场，春柳社组织的《黑奴吁天录》演出大获成功。这是中国人第一次组织演出的现代话剧。春柳社主要发起人为曾孝谷、李叔同，后来又有欧阳予倩、陆镜若等加入。其中四川作家曾孝谷发挥了十分重要的作用。

---

① "文明戏是20世纪初叶由曾经留学日本的一些学生受当时的'新派'戏剧的影响，回国后以上海为中心兴起的一种新型戏剧形式。""欧阳予倩的回忆录里没有'早期话剧'这个词，他用的是初期话剧。据我了解，早期话剧这个词是'文革'结束以后才普及的。陈俊涛的《中国早期话剧的历史评价》（《文艺论丛》十一集，1980年）是论文题目上用'早期话剧'的最早例子。"饭塚容著，赵晖译《被搬上银幕的文明戏》、濑户宏《试论文明戏历史分期和它在中国戏剧史上的地位》，董建、荣广润主编：《中国戏剧：从传统到现代》，中华书局2006年版，第295、230页。

② 欧阳予倩：《回忆春柳》，《中国话剧运动五十年史料集》第一辑，中国戏剧出版社1958年版，第14页。

春柳社在中国早期话剧史上具有非常重要的影响。在中国戏曲界由传统迈向现代的过程，春柳社起着不可磨灭的先导作用。春柳社开启了中国戏剧史上的新纪元。春柳社不仅促使传统戏剧改良。传统戏曲的编剧方法与表演形式在发生着改变，例如，梅兰芳演出的京剧《邓霞姑》、《一缕麻》就曾以新的形式演出。传统戏曲因为春柳社掀起的这股潮流从此长期被称为旧戏。而且，春柳社引进国外话剧，诞生了中国的“文明戏”。《黑奴吁天录》巨大的影响力由日本传回国内。1907 年，春柳社社员王钟声在上海组织春阳社，用分幕的方法，使用布景在剧场演出《黑奴吁天录》。这是话剧第一次在国内演出，使国内新剧团体风起云涌，形成“文明新戏”的热潮。

春柳社造就了中国话剧的先驱人物。如欧阳予倩等就因为观看了春柳社的《茶花女》而将自己以后全部的人生贡献给中国新戏剧运动。据欧阳予倩回忆，《茶花女》是他第一次看到的话剧，这引起欧阳予倩对话剧的兴趣，进入春柳社后，开始了他的戏剧生涯。欧阳予倩后来担任中央戏剧学院院长，培养了无数杰出的优秀人才。还有一个人，同样将自己的一生投身戏剧事业，因为艺术事业而疲劳过度致死。他名叫陆镜若，是日本东京帝国大学文科生，后来成为中国文明戏的中流砥柱。春柳社严肃、认真对待艺术，坚持艺术至上与针砭时弊相结合的优良传统被传承下来。陆镜若、欧阳予倩等回国后，继续组织社团演出，延续春柳社对戏剧严肃认真的态度，遵循为艺术而艺术的宗旨。在文明戏因商业利润堕落的世风之下，春柳社为艺术的坚持赢得同人的尊重。王钟声于 1907 年创办的春阳社是在春柳社影响之下成立的。另如进化团的创办人任天知，也是春柳社社员。他在日本观看了春柳社的《黑奴吁天录》后激动不已，回国后也从事戏剧事业。1908 年他加盟王钟声创办的通鉴学校。通鉴学校解散后，他于 1910 年创办进化团。这是中国第一个新剧职业剧团。进化团在文明戏中是一个影响力较大的新剧剧团，甚至引起清朝政府的不安，下令逮捕任天知，由此可见其影响。

曾孝谷（1873—1937），四川成都人，名延年，号存吴。他清末留学日本，学习美术。曾孝谷是最早接触日本新派戏的中国人。1906 年，在日本新派戏影响之下，他与李叔同等在东京创办艺术团体春柳社。曾孝谷与李叔同是春柳社主要组成人员。李叔同参与组织《茶花女》、《黑奴吁天录》之后，兴趣转向绘画，而曾孝谷依然参与春柳社各项事务。曾孝谷参加了春柳社在1907—1908年期间的四次演出。这几次公演中，无论编剧、演出还是舞台布景，曾孝谷都起着主导作用。他是春柳社重要的组成人员。根据欧阳予倩的回忆，可以看出曾孝谷在日本时期的春柳社中是一个核心人物。“我辗转托人介绍认识了曾孝谷，我才知道他们有一个同人组合名叫春柳社。”“我那次演的是曾孝谷编的独幕戏……可是因为我会吹箫所以就在台上露一手，孝谷也不说什么，我就自由发挥一番。……我尊、抗白都是戏迷，我们四个人常常碰头，就想做些演出活动，镜若我尊去和孝谷商量，孝谷也还高兴，答应替我们写剧本。”[①] 曾孝谷不仅是欧阳予倩的伯乐，也是陆镜若的伯乐，这两位中国现代戏剧的中流砥柱都是经曾孝谷而开始戏剧生涯的。

1907年2月，春柳社首次表演法国小仲马的《茶花女》片断——第三幕。曾孝谷饰演阿芒的父亲、李息霜扮演茶花女，唐肯饰演亚蒙。这次演出受到日本新派演员藤泽浅二郎的许多帮助。初次演出即获得同人好评，其中曾孝谷的演出被大家公认为是所有演员中表现最好的。同年，曾孝谷根据林译小说（美国斯陀夫人的小说《汤姆叔叔的小屋》）改编了《黑奴吁天录》，这是中国早期话剧的第一个剧本。《黑奴吁天录》不仅思想内容极具时代色彩，而且剧本完整，且采用分幕写法，主要表演手段是对话、动作，具备现代话剧的要素。剧本语言简洁流畅，例如，第四幕“汤姆门前之月色”：

> 狂歌有醉汉，迷途有少女，夜色深矣。意里赛子身携儿出逃，便诣汤姆叔，诉以近事，汤姆夫妇大愕，亦相持哭之恸。[②]

---

① 田汉、欧阳予倩等编：《中国话剧运动五十年史料集》第一辑，中国戏剧出版社1958年版，第13、23页。

② 同上书，第17页。

剧本以简单的笔墨勾勒场景、叙述人事，一扫绮丽婉转缠绵之态。曾孝谷不仅创作剧本，还亲自参加演出。欧阳予倩也参加了这次演出，还有吴我尊、谢抗白、李涛痕也加入其中。《黑奴吁天录》是一次全新的尝试，不仅使剧本彻底走出了传统戏剧的藩篱，在演出形式上，也抛弃了中国戏剧传统的生、旦、净、末、丑角色制，放弃唱、白、做、念、打的套式，整个演出全用对白形式。更为可贵的是，《黑奴吁天录》的主题堪称时代的呼声。当时中国在美华工所受虐待比黑人更惨烈，华人在外被任意欺辱，懦弱的中国外交官根本不敢为同胞讲半句话。留学生中民主思想高涨。曾孝谷有感于此，选择林琴南的译本《黑奴吁天录》改编公演，号召被压迫民族站起来反抗强权。这部被改编为五幕剧的剧本，充满正义和反抗精神——反对民族压迫。曾孝谷改编的第五幕戏“雪崖之抗斗”，汤姆留下而与大家一起抗击奴贩子，获得最后的胜利，而原著中是没有汤姆的。《汤姆叔叔的小屋》原著结尾充满人道主义的光辉，黑奴最后获得解放。曾孝谷改编的《黑奴吁天录》充满“力”、“反抗”的精神，以黑奴杀死奴贩子逃走结局。巴蜀文化的反抗精神在这里也得以展现。这鼓舞人心的改编，在被压迫的留日学生中反响强烈，引起共鸣。当时，中国公使馆反对留学生宣扬革命精神的演出，但一些喜欢春柳社的使馆人员依然偷偷摸摸地出来观看。由此可以见出《黑奴吁天录》的深得人心。《黑奴吁天录》共演出两场，时间是1907年6月1、2号。此外，曾孝谷还编独幕戏《画家与其妹》，出演人员有欧阳予倩等。曾孝谷还与息霜共同出演过独幕戏。曾孝谷在戏中扮演父亲。据欧阳予倩回忆这独幕戏的名称是《生相怜》。

曾孝谷在中国戏剧由传统向现代的转型过程中，积极投身其中。他不仅自编自演，也扶持年轻人。当欧阳予倩、我尊、陆镜若、抗白想组织演出活动时，曾孝谷很乐意地为他们写剧本。欧阳予倩他们演出《热血》、《鸣不平》等戏剧。虽然他们没有使用春柳社的名义演出，但都是春柳社社员，且都尊重春柳的宗旨、原则，实质依然属于春柳社。由曾孝谷等人创办的春柳社，因其对艺术的严肃态度而获得社会的尊重，所以其创办风格在国内依然得以传承。1912年，当陆镜若、欧阳予倩、马绛士、我尊后来在上海组织新剧同志会，在演出时依然使用“春柳剧场”的招牌。新剧同志会到各处跑码头时，因为会和当地人合作，因而使用各种其他的名称。但是，“不管组织名称怎样变动，同志会的宗旨和作风并没有丝毫的更改，我们一直自认为是春柳社的继承人，所以在上海演出的时候，就挂出春柳剧场的招牌，并引以为自豪。”[①] 1915 年，陆镜若因病逝世，春柳剧团也宣布解散。曾孝谷虽然没有参与后期春柳社的演出，但是由他开创的严肃的艺术态度——坚持艺术至上，却一直被传承下来。曾孝谷从日本回国经过上海时，曾加入到进化团。但进化团商业化的演出让秉持艺术至上观点的曾孝谷难以接受。他待了两周便离开上海回到四川。在物欲横流的上海，很多剧团都以赚钱为目的，唯春柳社坚持艺术至上宗旨。春柳剧场坚持演出依据剧本，宣扬爱国、民主、自由的精神，具有启蒙的作用。春柳社的影响不仅仅是在上海，全国各地也都有其社员成立的剧团，例如，河南有孙宗文组织的两河文明新戏社、福建有林天民组织的文艺剧社，此外，广东也有社员组织新剧剧团。

1914 年是文明戏最繁盛的一年，被称为“甲寅中兴”。这次文明戏的兴盛主要体现在上海，以“职业化”与“商业化”为主要特色。一年之内，上海一地即成立职业剧团数十个，职业演员在千人以上，演出剧目数百个。这一年 4 月上海有六大文明新戏剧团——新民社（主持人郑正秋）、民鸣社（主持人张石川等）、开明社、文明社、春柳社（陆镜若负责）”。文明戏由于其“职业化”、“商业化”特点，吸引大批观众，也正因如此，走向堕落衰败。春柳社解散后一年，上海以商业演出为目的的民鸣社堕落衰败不能再维持下去，因而宣布解散。其他文明戏剧社团也相继倒闭。成立于 1913 年 10 月的启明社在 1914 年 3 月正式演出。启明社的宗旨是实行社会教育。这个社团维持约两年多的时间便宣告解散。1912 年 5 月成立的开明社不仅在国内上海、四川演出，还出国到南洋、日本等地演出。但其维持时间也不长。文明戏的最后一个剧团是“笑舞台”，其名称是因为该剧团演出场地是上海广西路笑舞台。“笑舞台”后来卖座不好，不能缴付

① 田汉、欧阳予倩等编：《中国话剧运动五十年史料集》第一辑，中国戏剧出版社 1958 年版，第 34 页。

足够的租金。1923 年笑舞台的房东便将剧场改为市房出租。文明戏在失掉了最后一个剧场后，一蹶不振，从此完全停滞。文明戏没能得以很好地发展下去，是因为没能坚持春柳社对待艺术严肃认真的态度。很多新剧剧团为商业利润，在没有剧本的情况下草草上场，在台上胡乱演出，以将观众逗笑或逗哭为最大满足。因此，文明戏到后来毫无艺术质量可言，最后被观众唾弃。

"五四"新文化运动轰轰烈烈，在文学史上发生了几千年以来未有过的巨大影响力。小说、诗歌以从未有过的面貌呈现在世人面前。由古典迈向现代的进程中，戏剧的第一步是由春柳社掀起的文明戏。戏剧改革在经过文明戏阶段后，一度陷入停滞状态。"五四"新文化运动再次给戏剧改革带来生机。戏剧改革开始了第二步——"爱美"剧。"爱美"是英语Amateurd 的音译。胡适、傅斯年、欧阳予倩、洪深、田汉等是戏剧改革的积极倡导者。"爱美剧"具有以非营业性质，提倡艺术[①]。"爱美"剧很多倡议都是针对文明戏的弊端而提出的。文明戏之所以走入堕落，是因为陷入商业利润的包围圈，将演戏作为谋利的工具。商业利润的诱惑与戏剧仅为悦人耳目的传统使得文明戏一经驶往堕落的方向，完全丧失了春柳社提倡以演戏促进人类文明进步的宗旨。"爱美"剧倡议戏剧是业余的、非营业性质的演出，就是预防再次被金钱利益包围。文明戏的致命伤是没有剧本：文明戏为了商业利润，在没有剧本情况之下胡乱演出。与此相对，"爱美"剧视剧本为话剧的灵魂。

由"爱美"剧的倡议可以看出，"爱美"剧与文明戏之间存在反驳与传承的关系。"爱美"剧反驳的恰是春柳社所反对的，"爱美"剧传承的则是春柳社所坚持的。在经过一个螺旋形的回升之后，春柳社坚持的艺术至上以及干预现实生活原则被"爱美"剧吸收。春柳社首演《茶花女》第三幕后，演出的话剧《黑奴吁天录》便是针对当时在美华工遭受歧视的现实。后期春柳社传承对艺术严肃认真的态度赢得整个文明戏戏团的尊重。因此，也可以这么说，经过历史河流的大浪淘沙，春柳社精神以另外一种

---

① 参见钱理群、温儒敏、吴福辉《中国现代文学三十年》，北京大学出版社 1998 年版，第 170 页。

形式“爱美剧”展现在世人面前。譬如，“五四”新文化运动中，胡适、傅斯年等对建设西洋式新剧的思考中，认为应该多以西洋文学名著做模范，改编西洋剧本以适合中国国情，这在春柳社中都已经得以实践。根据欧阳予倩的《回忆春柳》，春柳剧团上演剧目约81个，其中较多来源于西洋文学。“纯粹的翻译剧本，基本上照原作演出的只有三个：《热血》、《茶花女》、《鸣不平》。根据外国剧本改编成中国戏的，有《猛回头》、《社会钟》、《不如归》、《新不如旧》、《真假娘舅》、《老婆热》、《异母兄弟》、《血蓑衣》等八九个。…根据外国小说改编的（多半是商务印书馆出版的、林琴南译的小说）约计八九个，如《迦茵小传》、《兰因絮果》、《夺嫡奇冤》、《黑奴吁天录》、《鸳盟离合记》、《火里情人》、《蛇女士》、《爱欲海》等。”① 但是，但为什么春柳社开启的“文明戏”会以失败结束呢？失败的原因与辛亥革命失败相似，缺乏思想启蒙的前奏。观众对西方的戏剧不能接受，还是以观看传统旧戏的眼光看待戏剧。而演员自身呢？春柳社受日本新派戏影响而成立，春柳社迥异于中国传统旧戏的演出模式对观众具有“新鲜”的吸引力。模仿春柳社的新剧团在国内（特别以上海为突出现象）如雨后春笋涌现。但是这些所谓的新剧团只是学得最表层的形式，将春柳社以演戏促进社会文明的宗旨完全抛开，或者可以说对此毫无知晓。因为新戏在形式上不需要对唱功、身段、动作等严格要求，在内容上也没有作为启蒙者的引领意识，新戏演员还是将自身作为传统娱人耳目的戏子一样，只求博得观众喝彩，文明戏自然不可能有好的发展前途。

曾孝谷开创了中国话剧史的开幕式——《茶花女》，创造了中国第一个话剧剧本——《黑奴吁天录》，创立了中国第一个现代话剧团——春柳社。虽然他的人生道路没有坚持走戏剧事业，其开创的文明戏也以失败告终。但是，中国戏剧史因春柳社走向新纪元。在我国戏剧向现代迈出第一步之时，他以川人特有的胆略气魄，率先走在前面，起到引领作用，在戏剧史上留下光辉的一笔。

---

① 田汉、欧阳予倩等编：《中国话剧运动五十年史料集》第一辑，中国戏剧出版社1958年版，第40页。

## 第二节　蒲殿俊与“爱美”剧改革

在戏剧迈向现代的过程中，如果说川人曾孝谷带领国人走出第一步，那么在第一步迈出之后，戏剧发生了怎样的转变？川人在其中又起到什么作用呢？

在中国现代话剧诞生之际，有一位四川人参与其中，作出不可磨灭的贡献，这就是蒲殿俊。蒲殿俊（1875—1934），字伯英、四川广安人，光绪年间进士，四川咨议局局长，辛亥革命后任四川大汉蜀军政府首任都督，其后入京。又因反对袁世凯称帝、张勋复辟，返川居渝，鬻字为生，常以止水、蒲伯英的名义发表文章。他在新文化初期的贡献主要体现在主编《北京晨报》与戏剧改革两方面，尤其是在戏剧改革方面，蒲殿俊具有不能抹去的历史地位。中国现代文学发生期间，最有影响力的两大剧团，上海民众戏剧社与北京新中华戏剧协社，蒲殿俊都参与其中。他是民众戏剧社干事，是新中华戏剧协社主要发起人，中国第一所专业戏剧学校的创办人。在当时的北京，他与陈大悲齐名。笔者从蒲殿俊戏剧理论的倡导、戏剧教育及戏剧创作三方面论述其对中国戏剧改革的贡献意义。

蒲殿俊戏剧理论的提出一方面呼应了当时戏剧改革的时代潮流，另一方面反驳纠正了这股时代潮流中出现的一些缺陷弊端。

蒲殿俊戏剧理论主张适应时代潮流，促进了戏剧改革。在戏剧迈向现代的过程中，很多新文化倡导者抨击传统戏剧，如胡适、周作人、傅斯年。蒲殿俊也同样批判旧戏。在《戏剧》第一卷第四期，他发表的《戏剧要如何适应国情》中说道：“锣鼓，唱工，脸谱……都是旧戏组成的要素，也就是一般人所承认旧戏最能适应国情底特质。拿近代戏剧的眼光来看，这些东西，不但找不出它真正适应国情的地方，并且恰恰对于国情是一剂毒药，应该用克制的方法，而不该用助长的方法。旧戏（一切文武昆戏都在内），差不多全是助长病的状态的。别种不良的社会制度，或者只有说：‘锣鼓、唱工、脸谱……虽然在戏剧上不合理，但总还可以当一种苦药丸上涂的糖。替怕吃苦药的社会治病，拿平常他爱吃的糖（就是锣鼓，唱功……）去诓他上道，不见得一定就是坏事。’这话自然有几分手段上底理由；但也要经过一次大改革之后。仅仅借用旧戏的躯壳而把灵魂全换了还可以。现行的旧戏，总不配说这个话。况且锣鼓，唱工，脸谱……的旧戏躯壳能不能容一种新的灵魂进去，还是一个大疑问。假如就做到了以旧躯壳贮新灵魂，也只能说这新灵魂能治社会病，是适应国情的。至于那旧躯壳，不过是一个送药的匙子，并不是他本身有治病功用。归根结底，旧戏总不能借‘适应国情’的招牌去做护身符。”① 对于一些阻挠戏剧改革的保守人士（例如京派旧戏的拥护者）企图以“旧瓶装新酒”的方法予以抵制。民众戏剧社认为戏剧应该在娱乐中起到教化作用。蒲殿俊对这种观点也同意。1921 年 6 月，在《戏剧》第一卷第二期，他发表《戏剧之近代意义》。他在文章中指出：“可见戈登格雷 Cordon Craig 说：‘戏剧史是教化的娱乐’，是不会打错的了。但是单用这几个字，来说明戏剧底意义，还不能包括无遗；因为凡是有益的娱乐，都可以说是有教化的意味，并不是戏剧特有的质性。我们对于现代的戏剧，应该说他一面是‘教化的娱乐’，一面是‘为教化的艺术’……他们把这种教化叫做‘再生的教化’，就是说他能使民众精神常在自由创造的新境界里活动，譬如轮回再生一样；不像别样死教化，占据在人脑海的，就不容易抽换。我们从此就可以认定了：再生的教化，是人类最高的教化；发展再生教化，是现代戏剧的职责；利用娱乐的机会，以艺术的功能来发展再生的教化，就是近代戏剧底完全意义。”② 所以他认为“历史上的遗迹，只可做研究的材料，万不能直接应用；因为环境随时代而不同，适应环境的机能，也应该随时代而不同，这种道理是浅而易见的。只看见历史，不看见现代，这种人是自弃于现代，是自己牺牲未来的生命向死人堆里去找同伴。”③

蒲殿俊赞成戏剧改革，但是川人不随波逐流的特点使得他不会人云亦云。他提出将戏剧作为高尚的职业。这种戏剧理论对“爱美剧”的“非职业”主张是一种拨乱反正。

① 蒲殿俊：《戏剧要如何适应国情》，《戏剧》1921 年第 1 卷第 4 期。

② 蒲殿俊：《戏剧之近代意义》，《戏剧》1921 年第 1 卷第 2 期。

③ 同上。

文明戏被观众唾弃而式微之后，戏剧借着“五四”运动的强大影响力开始迈向现代的第二步——“爱美剧”。陈大悲于1921年著《爱美的戏剧》一书，在社会上产生较大的影响力。陈大悲认为：“我们要使人知道戏剧是属于民众的，是由民众所创造的，是为民众而创造的。除了民众，就没有什么戏剧。”“所以我们不肯把戏剧当作游戏，不得不郑重其事底把他当作一种神圣事业因为我们相信戏剧底功用不至于游戏。……我们相信戏剧能做宗教，以及他项单纯的艺术所做不到的奇迹。……中国社会由病的状态到健全的状态最短的一条路就是爱美的戏剧。……爱美的戏剧家底唯一责任就是从戏剧艺术底一条路上引自己及民众去实行个人魂灵底革命。”①“爱美剧”倡议非营业性质的演出，反对将演戏作为混饭吃的职业。陈大悲这种倡议对促进戏剧的大众化运动确实起到了推广普及作用。同时，这也确实可以改革商业戏剧。防止戏剧陷入商业利润怪圈的主张，在促进艺术的纯粹性方面确实起到一定的作用，但是又导致另一个缺陷。因为演员是非职业的，所以演出随时处于停演状态，不能形成技术精湛的专业演出。同时，因为只是将演戏作为一种业余爱好，演员不会用太多的精力、时间去研究演技，因而造成专业演员的稀缺。当“爱美”剧正当盛行之时，蒲殿俊已经洞察其存在的危机。他认为应该将演戏作为一种职业，而且是高尚的职业，唯有如此，戏剧才会有发展前途。蒲殿俊认为营业性质的剧院与职业戏剧存在区别，“营业性质的剧院，是园主把演员当猪仔，指着他身上赚钱；职业的戏剧，是演员以专精的艺术得生活上的报酬，即以生活上的报酬助长他艺术底专精；两件事是截然不同的，无所谓根本冲突”，“排斥职业的戏剧底主因，大概不外乎‘不屑’和‘不可’两方面。不屑以戏剧为职业，是被顾虑面子的浅薄心理，和无聊的阶级观念所束缚，决心改造社会的人，当然不该有这种见解。况且视戏剧为贱业的时代，已经过去了。就中国这样贵贱分别最严的社会，也能容私场出身的梅兰芳，公然在国内国外受艺术家底待遇；……可见戏剧家在社会上的地位并不算卑污。……中国现在的职业界，（除开教育界比较的干净，）那一界

① 陈大悲编述：《爱美的戏剧》，北京丞相胡同四号，明明印刷局印刷，晨报社发行1922年第1版，第48、261—262页。

空气是不污浊的？……要做干净人，除非完全和中国社会脱离关系不可，一切改造社会底运动，都可以根本打消，还说什么创造戏剧改造戏剧。我们理想中的戏剧界，是要从头建设一个有新空气的，决不是劝人乱投营盘加入现在混饭骗人的这个社那个社。只要在建设之初，对于分子的选择能够十分注意，而又能相互维持一种道德的规约，我敢信决不至于有使人品性堕落底倾向，如其不然，不注意选择分子，没有道德的规约，无论做什么职业，也一样是要堕落的，没有什么戏剧不戏剧的区别。”① 最后，事实也证明“爱美”剧由于演技低劣的演员无法提供给观众审美的艺术演出而被遗弃，走向式微。他为戏剧改革指明了方向。中国以后的戏剧确实也是沿着职业戏剧方向发展的。蒲殿俊在理论上独树一帜。关于戏剧的理论文章，他以蒲伯英的名字主要发表在《戏剧》期刊上。《戏剧》是近代中国第一个专门论述戏剧的杂志刊物，创刊于1921年，由民众戏剧社、新中华戏剧社编，是一个月刊，发行二卷。蒲殿俊、陈大悲、欧阳予倩、沈雁冰、鲁迅、汪仲贤为其主要撰稿人。蒲殿俊在第一卷发表的文章，第二期有《戏剧之近代意义》、第四期有《戏剧要如何适应国情》、第五期有《我主张要提倡职业的戏剧》、第六期有《戏剧为什么不能写实》。第二卷上，第一期有《今年的戏剧》、第二期有《中国剧天然改革的趋势》、第三期有《南通西安两处戏剧的教育的比较观》。其中《中国剧天然改革的趋势》呼吁戏剧改革的方向是面向劳工，以民众的精神为创作原动力。这可以说再一次体现了川人的超前眼光。他的这种戏剧观在中国延续了几十年——自30年代民族战争掀起的左翼文学到新中国成立后的工农文学，面向劳工、以民众精神为原创力成为戏剧的发展方向。另外，他以“止水”的名字在《戏剧》上还发表有《清华童子军演的金银岛》、《保秩序要改造环境》。

蒲殿俊不仅仅是在理论上倡议戏剧改革，而且以行动推进戏剧改革之路。1922年冬天，他出资创办了中国第一所真正的戏剧艺术学校——人艺戏剧专门学校。学校云集了当时国内第一流的学者。他请陈大悲任校长，

① 蒲殿俊：《我主张要提倡职业的戏剧》，《戏剧》1921年第1卷第2期。

邀请鲁迅、周作人、孙伏园、梁启超等担任校董。这所学校最后由于经费、人事等原因于1924年停办。这所学校虽然时间短暂，但在戏剧历史上的贡献却不能抹杀。

人艺戏剧专门学校不以营利为目的，秉承改造旧剧、创造新戏的宗旨，为社会培养高尚的职业戏剧人才。学校不收学生的学费、膳宿费等，目的只是想学生能不为生活所困扰，全身心地投入到学习中。人艺学校课程安排根据社会需要而设定。文明戏失败的致命伤是缺少剧本。因为没有剧本，演员在舞台上胡乱发挥导致演戏像游戏一样，最终文明戏走向衰败。为什么会出现剧本荒呢？为赶时间赢得商业利润是一个因素，另一个重要因素是当时的中国缺少编剧人才。人艺戏剧专门学校教育有的放矢，专门开设该门课程，培养编剧人才。此外，由传统戏剧转向文明戏再到“爱美”剧，没有受过专业培训的演员很多是根据自己的感悟来体验新戏的技巧。“人艺”据此设立的另一个目标便是培育专门的演剧人才。“人艺”戏剧专门学校确实为社会培养了不少优秀的戏剧艺术家，诸如王泊生、吴瑞燕、万籁天、徐公美、徐葆炎、芳信……他们日后都成为中国戏剧改革的栋梁之材。徐公美日后根据人艺学校课程编成的理论书《演剧术》在社会上颇受好评。蒲殿俊还出资在北京香厂路创办现代化的剧场——“新明剧场”，为学员提供实习场地。学校先后举行过12次公演，演出熊佛西的《新闻记者》，胡适的《终身大事》，陈大悲的《幽兰女士》、《良心》、《英雄与美人》，蒲伯英的《道义之交》等剧。无论在当时还是以后的年代，人艺学校都具有相当的社会影响力。

蒲殿俊戏剧创作数量不多，但少产高质。阿英选编《中国新文学大系·史料索引》“戏剧”时，1919—1924年期间入选其中的剧作家是熊佛西、田汉、侯曜、蒲殿俊四位。并且，阿英在蒲殿俊后面特别注明“新文学运动初期，关于戏剧运动，在北方最活跃的，有陈大悲与作者。《道义之交》与《阔人的孝道》公演的次数颇不少。”其中的作者即蒲殿俊①。

在推进戏剧改革的潮流中，蒲殿俊站在风口浪尖的位置，他办学校，

① 赵家璧主编：《中国新文学大系》第十集，上海文艺出版社2003年影印本，第346页。

组织新中华戏剧协社。“爱美”剧活跃的中心最初在上海，以1921年成立的民众戏剧社为代表。后来中心转移至北京，以新中华戏剧协社成立为标志。1922年1月上海民众戏剧社扩建为新中华戏剧协社。其社会影响力强大，拥有48个集体社员，2000多个个人社员。蒲殿俊与陈大悲共同建立“新中华戏剧协社”。协社在社会上反响较大。“国内共有四十八个团体社员，合起来一共有两千多人参加。势力甚为浩大，维持了几年以上的时间，并且举行过好几次公演。”① 民众戏剧社提倡非职业的“爱美”剧。刚开始，这种戏剧由于有广泛的群众基础所以非常受欢迎，但很快弊端显现。由于没有专业的演员，演出质量与时间都不能保证。观众渐渐对质量低下的“爱美”剧有了抵制情绪。陈大悲也意识到这一点。陈大悲与提倡“职业”戏剧的蒲殿俊一起合作，在民众戏剧社基础上重新建立新中华戏剧社。民众戏剧社宣布将戏剧当游戏的时代已经过去，戏剧是一面巨大的镜子，能够找出社会的一切丑恶。新中华戏剧协社将戏剧的社会功能更推进一步，指出戏剧不只是照出社会丑恶面，还将通过改造人进而改造社会。民众戏剧创办的《戏剧》月刊也变为新中华戏剧社的机关刊物。《戏剧》杂志在宗旨中宣布“新中华戏剧协社，联合中华民国各地方爱美的剧团，爱美的剧人，以及真正爱戏剧者，共同研究与提倡现代的，教化的，艺术的新中华戏剧。新中华戏剧协社，相信戏剧是引导人类向光明路上去的一颗明星，是打破‘旧中华’传统的种种偶像底一种利器……”②。《戏剧》杂志在中国现代文学史上占据非常重要的地位。《戏剧》反映了当时中国戏剧界迈向现代时经历的种种斗争。它上面刊载蒲殿俊、宋春舫、陈大悲、欧阳予倩、王统照、汪仲贤、徐半梅、周作人、郑振铎、鲁迅等重量级人物的理论文章，对推动中国戏剧改革起到无可替代的作用。③

① 徐慕云：《中国戏剧史》，上海古籍出版社2008年版，第132页。

② 赵家璧主编：《中国新文学大系》第十集，上海文艺出版社2003年影印本，第134页。

③ 《新中国文学大系·戏剧集》洪深在第24页导言中指出蒲殿俊是作为民众戏剧社会外人员在《戏剧》上发表刊物。在《新中国文学大系·戏史料》第138页“新中华戏剧协社简章”中提到刊行《戏剧》月刊，通讯处分为上海、北京两处。上海收信人是王仲贤，北京的收信人是蒲伯英、陈大悲。由此可见在民众戏剧社改编为新中华戏剧协社后，蒲伯英便已经参与到《戏剧》月刊的创办中。

在中国戏剧改革之路上，蒲殿俊无论作为一位理论家、创作者还是组织者，在不同的领域都有其杰出的贡献。当曾孝谷借着一股热情连通了中国戏剧与西方话剧艺术的桥梁之后，蒲殿俊则着力开拓中国戏剧改革之路。他为中国戏剧发展找到了正确的方向，为培育戏剧人才树立了正确的典范。

## 第三节　巴蜀作家的戏剧文学创作
### ——以蒲殿俊、陈翔鹤等为例

中国现代文学发生时期，戏剧文学与小说一样，担负着改造社会的历史使命。将戏剧视为游戏、消遣的时代已经过去。它不再仅仅供人游戏消遣，而是一种教化的艺术。戏剧文学也因此登上高雅的文学殿堂，成为中国新文化一道亮丽的风景。戏剧能够在中国现代文学史上占据醒目地位，原因之一在于戏剧与大众零距离的贴近，戏剧有广泛的市场，所以戏剧改革运动一波接一波，开展得蓬蓬勃勃、充满生机。原因之二在于剧本文学因为文人写作的加入，文学色彩加强，不仅可用于舞台演出，也适合案头阅读成为文学作品。

戏剧文学主题的多样性真实生动再现了“五四”风云。在戏剧改革的历史舞台上，曾孝谷打开面向西方的大门，蒲殿俊找到戏剧改革的方向，川籍文人扮演着引领者的角色。当戏剧走向现代成为不可扭转的历史潮流，川籍作家同样以创作引领、丰富了现代戏剧文库。巴蜀文化的包容与开放，使得巴蜀作家戏剧文学创作主题具有丰富性，与新文学相互呼应。“五四”的热情张扬、对弱小者的人道主义关怀、充满忧伤的彷徨迷茫以及对现实的理性反思一一在川籍作家笔下得以呈现。

“五四”是一个重新估定一切价值的时代。人们在打破传统偶像、创造新价值观念的过程中，充满昂扬亢奋的情绪。胡适的《终身大事》表达了对自由爱情的向往，对当时的年轻人很具有影响力。但真正点燃年轻人心中反抗的火焰，掀起波涛骇浪的是郭沫若。“五四”狂飙突进的时代风在郭沫若诗剧里得到良好的呈现。郭沫若诗剧具有鲜明的时代主题，充满对自由的渴望、对创造的礼赞以及个性的张扬。他创造的诗剧《女神之再生》、《湘累》、《棠棣之花》弥漫破坏、创造、自由之精神，是照亮时代的镜子。郭沫若诗剧一扫几千年以来帝王将相、才子佳人、诲淫诲盗的戏剧主题。创作于1920年9月的《棠棣之花》，发表在上海1920年10月10日的《时事新报·学灯增刊》上。《棠棣之花》批判战争，反对财产私有制，呼唤自由、民主。创作于1920年12月的《湘累》，发表在上海1921年4月出版的《学艺》杂志第二卷第十号。《湘累》以娥皇、女英的歌唱为背景，写出屈原不愿随波逐流的高洁情操。诗剧高扬自由创造的个性，屈原是"五四"精神的写照。《女神之再生》最初发表在上海1921年2月25日出版的《民铎》杂志第二卷第五号上。诗剧嘲讽中国人几千年以来对鬼神的敬畏。那被供奉在壁龛里的神像原来不过是一群争权夺利之徒的残骸。真正的神早已走出狭小的壁龛，为人类创造光明的世界。同时，诗剧也颠覆了几千年以来的男权神话。道貌岸然的帝王将相们是一群相互残杀、破坏和谐宇宙的小人；创造新太阳的和平使者是一群走出壁龛的女性。视权力地位为浮尘的女神，以她们的无私映照出那群男子的卑劣阴暗。

"五四"文学宣扬人道主义精神，表达对弱小者的关怀，例如胡适的《人力车夫》。在现代戏剧中，传统的帝王将相、才子佳人让位于地位卑下的弱小者，受苦受难的平民百姓成为现代戏剧关注的焦点。陈竹影发表在《浅草》第一卷第一期上的《浔阳江》和陈翔鹤发表在《浅草》第二卷第一期上的《圣诞节夜》、第二期上的《落花》都是鞭挞强权，对弱小者给予深深的同情。这些戏剧中的主人公不是卑下的艺人，就是在生活边缘的挣扎者。在中国传统社会，传统优伶供人调笑，没有人格尊严，任人践踏。《浔阳江》是根据白居易的《琵琶行》改编，表达对优伶的悲惨境遇的同情。当年名满京华，门庭若市的名妓秋娘，随着年华流逝，容颜老去，只能嫁作商人妇。当秋娘正值豆蔻年华、千娇百媚之时，笑容被金钱强迫地堆在脸上，眼泪只能背着人流；当她年老色衰嫁作商人妇时，只能寂寞地独守，让生命如流水消逝。但秋娘没有沉溺于一己的悲伤，而是怀着高尚的同情之心与博大的胸怀，欲解救天下不得自由的姐妹。《浔阳江》鞭挞陷民众于水深火热的达官显贵，批判万恶的战争，颂扬人类高尚的同情之心，表达了对自由的向往。《落花》通过不畏强权的卖唱女的控诉，揭示战争是老百姓苦难的根源。同时，剧本通过对弱小者生存的关怀，宣扬了对强权的反抗精神。《圣诞节夜》宣扬国际友爱精神，关注挣扎在生死边缘的国际友人。俄罗斯难民不仅无钱医治生病的小孩，而且因为无钱，父母只能眼睁睁看着生病的小孩饿死在圣诞节之夜。

"五四"文坛弥漫着浓浓的感伤情绪。当追求梦想的年轻人找不到前进的方向、遭遇挫折时，恰如沉睡在黑屋子里的年轻人被唤醒后找不到走出去的门——灵魂备受煎熬。这种心灵折磨在"五四"文学中表现为张扬叛逆后的忧伤感怀。川籍作家的戏剧文学创作似多棱镜折射出时代不同的光影色彩。陈翔鹤创作的独幕剧《雪宵》描写了一群年轻人在风雪之夜的谈话。这是一群追求光明而不得的年轻人——穷愁、困苦。在黑暗的时代，教师只是恶草的培育者，因而教师的职业被他们唾弃。反抗时代的艺术家，无力留住真、善、美，曾经沸腾的心变得冰冷。他们来回在颓废与热情之间，在黑暗中找寻光明。现实让他们消沉，憧憬让他们满怀希望，他们煎熬在这矛盾的情感世界里。如果这是一群虽然颓废却依然怀有梦想的青年，那么陈翔鹤《狂飙之夜》中的狂病青年纤云已经完全放弃了梦想，任自己漂浮在尘世等待死亡的降临。纤云置身在鬼哭狼嚎的魔鬼世界，感受不到亲情的温暖，只觉心灵在油锅中煎熬。纤云的真情流露被视为疯子、狂人，恰如鲁迅的《狂人日记》。纤云在寂寞的世界四处流浪，追求理想的热情早已消失殆尽。黑暗的世界拽着人往深渊里沉。如果说纤云以放逐自己拒绝与现实同流合污，那么陈翔鹤《沾泥飞絮》中的主人公曼霞则是让自己沉醉在现实的感官刺激中，以纵情声色来逃避人生的荒凉、灰颓。真实的爱情被游戏放逐，娇艳的青春被金钱玷污，生命让悲剧延续，这是时代的一个侧面。沉沦成为失望之后的选择，沉沦中的不甘让感伤情绪四溢。在破旧立新的时代，张扬激进与伤感沉沦总是相伴相随，此消彼长。这是时代真实的声音。这光影斑斓中可以见证新文学发生的艰难与不易。

川籍作家不避讳新文化发生期间的各种问题，创作写实的社会剧。"五四"宣扬科学、民主，强调理性思维。几千年以来，中国人迷信帝王将相、鬼怪神仙，唯独没有人的自觉精神，缺少理性思维。蒲殿俊认为现在中国人的毛病是“一般人没有‘人的自觉’。万事都受着习惯和传说的支配”，“第二种大病就是‘理性’不发展”，凡事模模糊糊看过去，缺少怀疑精神。这导致中国人依赖皇帝、英雄、伟人、天，迷信鬼神命运，不相信科学人力。“中国戏剧就是这‘病的社会’底一种产物，同时就是‘社会病菌’底一种强有力的滋养物。”因而蒲殿俊提倡问题剧。他认为西方象征剧、神话剧不适合迷信的中国，因为中国人没有经过科学万能的洗礼。中国老百姓还以为西方人也相信算命、鬼神。最适合中国国情的戏剧是“写实的社会剧，其内容以各种社会问题为主脑，而略带适可的教训的意味”。①

蒲殿俊1924年创作的《阔人的孝道》和六幕白话剧《道义之交》揭示了孝道、道义的虚伪。《阔人的孝道》以辛辣的手笔揭露了一个暴发户以孝道之名义，行卑鄙、贪婪之行径。剧本结构巧妙，人物形象鲜明，语言生动。六幕白话剧《道义之交》抨击了中国传统的“道义”。戏剧描写一群道义之交的朋友如何图谋好友的财产，讽刺道貌岸然者在“道义”外衣下面的尔虞我诈以及被害者自欺欺人的脆弱之心。其思想与艺术性较高，被洪深认为是“五四”以来优秀剧本之一。

四川作家也与蒲殿俊在戏剧文学创作方面遥相呼应。《草堂》从第二期开始连载四幕剧《家长》。这部话剧与胡适的《终身大事》比较，已经抛弃那种廉价的乐观，写出现实的复杂性。《家长》描写年轻人为争取自由而战，但是不谙世故的年轻人在斗争中失败，揭示了新生力量在旧势力面前的软弱。中国新文学中，爱情是一个鼓舞人心的主题。为爱情抛弃亲情者有之，为爱情殉情者有之。轰轰烈烈地追求自由恋爱成为个性解放的标杆旗帜。但是自由恋爱的两个人牵手是否意味着人生终极目标的实现？是否意味着从此有了幸福人生？爱情故事往往落幕在走向红地毯的那一刻。《浅草》第一期上刊载了罗青留的《新婚者》。该剧反思自由恋爱与幸福人生之间的联系，反思爱情与金钱的较量。新青年黄元吉娶回了理想中

① 蒲殿俊：《戏剧要如何适应国情》，载《戏剧》1921年第1卷第4期。

的新女性石媛英。岂料这建筑于恋爱之上的家庭是灰色的深渊，充满黑暗、痛苦。这一切的根源是作为新女性的妻子整日留恋于跳舞会、音乐会、剧场、电影院，导致经济陷于困境。自小受贵族教育长大的石媛英，虽拥有学识，却是丈夫的寄生虫，衣食住行全仰仗丈夫。短短三个月的新婚时间却使二十七岁的黄元吉心力交瘁，提前衰老。《伤逝》的爱情由于没有物质基础而坍塌。《新婚者》中，缺少金钱的爱情同样也遭遇夭折。新女性的“新”仅是懂得享受吗？婚姻不只是花前月下卿卿我我，幸福之花需要双方共同培育才能绽放。自由恋爱是人实现自我的一种体现方式。但婚姻若是被传统的价值观支配，女性沦为依附物，自由恋爱也就失去其时代价值。《新婚者》透过热闹的自由恋爱现象，思考爱情与现实生活的碰撞，具有清醒的理性思维。以上戏剧文学作品，无论是对传统价值观的揭露，还是对现代现象的反思，都是对社会问题的思考，都呼应了蒲殿俊倡议的写实的社会剧。

综上所述，以蒲殿俊为代表的巴蜀作家们，为中国戏剧由传统向现代的转变作出了不可忽视的历史贡献。

# 第二章　巴蜀与中国现代文学的发生

## ——以《娱闲录》、《少年中国》等报刊为例

在近代中国，文学经历了一个戏剧性的转变——由被很多人不屑到受万众瞩目。文学从被鄙视到占据历史中心舞台，它经历了“游戏消遣”到“启蒙”的转变。这种转变在“文学研究会丛书缘起”中有这样的表述：“我们中国虽自命为文学国，我们的文学作品，能在世界文学水平线上占一个地位的，却是极少，数千年来，文学的运动，寂寞而且无力，许多人——诗人与文士与史学家——对于文学，不是轻视，就是误解。他们以文学为贡媚之物，晋身之阶，或是游戏消遣之品。永远没有人把他当做最高精神的表现的，也永远没有人以全部心灵沉浸在他的作品中，以他的微笑，他的泪花，来照耀，来滋润他的诗歌与小说与戏剧的。所以我们中国人的作品，多肤浅而不足感人，艳华雕饰而非人生的表现。”“我们觉得文学是绝不容轻视的。他的伟大影响，是没有什么东西更能与之相并的。他是人生的镜子，能够以慈祥和蔼的光明，把人间的一切阶级，一切国种界，一切人我界，都融合在里面，用深沉的人道的心灵，轻轻的把一切隔阂扫除掉。惟有他，能够立在混乱屠杀的现世界中，呼唤出人类一体的福音，使得压迫人的阶级，也能深深的同情于被压迫的阶级。他是人们的最高精神与情绪的流通的介绍者。”① 当国家民族处于生存边缘时，文学被视为使人消沉或玩物丧志的消遣游戏。例如，《新民从报》创办之初对文学的态度也仅是将其作为增加趣味、茶前酒后休闲娱乐之用：

① 赵家璧主编：《中国新文学大系·史料索引》，上海文艺出版社 2003 年影印本，第 72、73 页。

“本报之杂俎小说文苑等门皆趣味浓厚，怡魂悦目。茶前酒后调水园炉能使读者生气盎然。”① 中国近代留学生出国所选学专业百分之八十以上都是非文学。因为中国经历制度改革的失败后，意识到改革不是几个精英能一蹴而就的事业。启蒙的重要性被提上历史日程。只有社会大众的思想境界提高了，社会才能进步。文学具有欣赏娱乐性，易于为大众接受。启蒙者将文学作为实现政治理想的工具。文学的消遣娱乐性被救亡图存的民族大义取代后，文学开始成为人们实现政治诉求的媒介。文学的作用从街谈巷议被提高到历史中心的舞台——可以改变民智，进而改变中国贫穷落后的现状。梁启超在倡议“小说界革命”时谈及小说之功效，便是这样的例证。“欲改良群治，必自小说界革命始；欲新民，必自新小说始。”② 中国现代文学在这样的背景之下开始了酝酿发生的过程。

中国现代文学的发生经过一段较长时间的酝酿。文学史界通常以1898年为其发轫期。戊戌变法失败使人们意识到使中国富强的政治诉求不可实现，转而寻求文学诉求的实现。文学诉求的深层动机还是中国士大夫根深蒂固的国家民族观念。正是因为一群知识分子企图以文学为桥梁进行思想启蒙，让大众走出愚昧无知的封闭世界。文学不再仅仅是休闲娱乐的产物，已经被赋予救国救民的历史使命。当科举之路被断绝，政治与知识分子隔离，知识分子转而以文学创作为途径实现着“治国平天下”的梦想。以“启蒙”为目的的新文化运动便是知识分子尝试以文学为桥梁实现政治理想的一场运动。文学诉求先后经历了“诗界革命”、“文界革命”、“小说界革命”、“文学革命”几个阶段，最后实现了中国现代文学的发生。

中国现代文学是以报刊为阵地，报刊滋生了一大批现代作家。笔者以区域文化的角度，以川人创办的报刊杂志作为实证考查的资料，探析巴蜀作家与中国现代文学发生之间的互动共生。

---

① 《新民从报》1902年第1号。

② 梁启超：《论小说与群治之关系》，《新小说》1902年第1号。

## 第一节　中国现代文学酝酿与早期巴蜀报刊
### ——以《娱闲录》等为例

中国现代文学的酝酿时期，新小说是中国现代白话小说形成的前奏；“旧瓶装新酒”是中国现代白话诗歌形成的第一步。这些酝酿反映在报刊杂志上。

### 一　旧诗中的新诗萌芽

中国是诗歌的国度，发达的诗歌使中国现代白话诗歌的诞生面临较多的束缚。传统诗歌精美的艺术形式似坚硬的城墙，让现代白话诗歌难以逾越。“诗界革命”在社会上产生的影响力没有“小说革命”强劲。提倡政治改革的启蒙者们，因为小说能更好地承载他们的政治理想，所以对新小说的提倡及身体力行的创作都充满热情。而诗歌更多的还是被用于感悟抒情，即所谓“新意境”与“旧格局”的结合，这使得诗歌走向现代的历程经历更多的慢慢长夜。

川人在海外创办的报刊说明了诗歌改革的艰难。例如留日学生创办的《四川》，其思想力主革新，清政府恐慌于它强盛的影响力而强制将其关闭。但即使这样的报刊在诗歌改革方面也并不具备鲜明的自觉意识。《四川》没有提出鲜明的诗歌理论主张，但每期的文苑一栏都会刊载诗词赋。这些诗歌充满爱国爱民的忧患意识与思乡情节。在传统诗歌形式的装载中，真情实感的抒写让这些诗歌充满时代性。其中有表达对家乡思念之情的诗歌，例如第一号刊载的“剑阁夔门自古雄，那堪原野啸西风。锦江花落春归早，玉壘云横夕照空。”还有表达对民族国家的忧患意识的诗歌，如第一号的《闻各国倡瓜分说有感》。有抒发对欧洲列强企图瓜分中国的感慨的：“谁报欧云卷亚东，惊鸿飞堕夕阳空。一声杜宇家山月……”这是戊戌六君子中的刘光第在第三号上发表的《春感》。虽然刘光第在政治上力主改革，但诗歌创作依然采用古体诗创作。这些说明此时诗歌并没能突破传统形式的藩篱。《四川》上刊载的诗歌已经抛弃了那种无病呻吟的情感，也不再寻求以用典这种掉书袋的方式来炫耀学问，而是以真情实感感动人。如果说格律诗歌因其讲求格律的工整会束缚情感的抒发，采用古体诗的歌行体是四川诗人此时的策略，例如，第二号上刊载的《招蜀魂》：“魂兮魂兮望西蜀，水夔门兮山剑阁。天荆地棘行路难，青海龙蛇起大陆。望帝一去不复归，杜鹃啼血山花落……20世纪新霸图，英佛日俄定协约。武装平和不平和，蚕食我邦阴谋蓄……魂兮魂兮胡不归，此其时兮速速速。”这首诗歌以“20世纪”“英佛日俄定协约”“武装”等具有时代特色的词汇入诗，将西方列强企图瓜分我国的狼子野心昭然于世。诗歌呼唤同胞们警醒并反抗列强的侵略。这首诗歌初具备“诗界革命”旧瓶新装的特色。但旧诗体还是以压倒一切的强势姿态展现，《四川》距离中国现代白话诗歌还有一段距离。

时间流逝到1914、1915年，诗歌改革的步伐依然步履维艰。我们以川人在川内创办的报刊说明现代白话诗歌难以逾越旧体诗的围墙而彷徨于原地，以《娱闲录》上刊载的诗歌创作为例。《娱闲录》创办于1914年7月，至1915年7月停刊，是《四川公报》增刊。这是一个文艺刊物，当时四川许多文化界名人在上面撰稿，例如，老濑（李劼人）、毋我、觉奴（刘光第之子）、爱智（吴虞）、曾兰、畏尘、壮悔（李思纯）、香宋（赵熙）等。在新文化方面，由于《娱闲录》秉承不拒新也不拒旧的方针，所以对各种社会思潮海纳百川，迎新纳旧。因而它很好地展示了当时四川的文化现象。

《娱闲录》上旧诗词占据半壁江山，以香艳诗为例说明。在古老的中国，延续上千年的戏剧拥有许多追捧者。优伶们美艳的造型让观者产生怜香惜玉的遐想，因之含情带怨的诗词也应运而生。以悠闲著称的成都，捧戏子成为达官贵人或文人雅士的爱好。《娱闲录》上刊载了很多关于戏子的香艳旧体诗。在“五四”新文化运动中表现激进的吴虞，以爱智的名字在《娱闲录》上发表很多诗歌。其中大部分诗歌属于香艳诗。例如，他发表在第一册上观戏剧偶赋六首中的一首“登场一笑已千金，妩媚尤堪宛转吟。我试品题应首肯，才人丰韵美人心”① 尽管此时的他已经表现出鲜明

① 爱智：《观戏剧偶赋六首》，《娱闲录》1914年第1册。

的反孔排儒思想，但诗歌创作却没有创造出新格局。第八册开辟“梨园业录”栏，专门刊载捧名伶的诗词。在第二十四册上有南公写的赠陈碧秀和爱智四首。第二十四册上侠生写有次爱智君赠陈碧秀韵四首，其中两首是，“宫样新妆巧样梳，多情含笑倚门初。相思几度愁风雨，莫使樽前颔略疏。”“人生行乐及芳时，一笑登场感遇迟。试问梨园诸子弟，阿谁比面辨声诗。”① 这些香艳诗是旧体诗的代表。另外一类诗歌是“诗界革命的产物”。一些具有维新思想的人士，其诗歌创作上依然是属于旧瓶装新酒，例如香宋发表在第一册上的《西湖荷花词客秋心楼作》。这首诗歌取源于民歌。语言文白相杂，通俗流畅。这说明此阶段现代白话诗歌好似还没有露出嫩芽的种子潜伏在地表下。

再以爱智的诗歌为例说明现代白话诗歌诞生的漫长。站在他所属时代看，他的诗歌创作却是时代潮流的代表。早在1906年，他留学日本时创作的“中夜不寐偶成八首”充满对当下的关怀。其中有一首被梁启超收入《饮冰室诗话》。“万物为刍狗，无知悯众生。孔尼空好礼，摩罕独能兵。遘祸庸奴少，违时处士轻。最怜平等义，耶佛墨同情。”② 吴虞诗歌对现实的关怀被梁启超誉为杜甫现实主义风格的最好继承。梁启超认为在学习杜甫诗歌创作的众多人中，能得其精髓者非常罕有。但他认为吴虞这首诗歌颇具杜甫风格。吴虞感时伤事的诗歌创作书写历史感慨，颇具慷慨悲歌之势。爱智发表在《娱闲录》第二十四册上的“甲午节事八首”抒发了爱国情怀。但“旧格局”的束缚使得“新意境”也充满“古味”，例如，其中一首：“天畔登楼强醉歌，关心民困竟如何，朱门丝管春秋艳，白眼河山涕泪多。欲策治安无贾谊，问谁将帅比廉颇。汉廷自有匡时略，出塞琵琶谁肯和。”③ 柳亚子在《民国日报》中多次表达对吴虞的无比景仰：“诗界革命，清人中当推龚定庵，以其颇有新思想也。近人如马君武，亦有此资格，胜梁启超远甚。新见蜀人吴又陵诗集，风格学盛唐，而学术则宗卢（梭）、孟（德斯鸠），亦一健者。诗界革命军我当

① 南公：《赠陈碧秀和爱智四首》，载《娱闲录》1915年第24册。

② 赵清、郑城编：《吴虞集》，四川人民出版社1985年版，第284页。

③ 爱智：《甲午节事八首》，载《娱闲录》1915年第24册。

属此人。”“诗人之诗，温柔敦厚，丽而有则，华而不缛，我终以吴又陵为首屈一指。蜀中吴又陵诗，近时叹为观止。吾曹若以共和国诗人自命，自当奉章太炎，杨沧白、汪精卫、苏曼殊、马君武、吴又陵诸公为准则。”①虽然吴虞如此被柳亚子推重，但是他真正创作白话诗歌的时间往后推延至1922年。如此激进的吴虞面对诗歌改革尚且如此，就不用说其他思想保守人士了。

《娱闲录》上诗歌创作反映出的问题，具有一定的代表性。此时此刻的中国，现代白话诗歌还处于孕育发酵阶段，以刊物为代表的现代白话创作群体还没有出现。

## 二 戏剧改革在四川报刊中的反映

在中国，传统戏剧有深厚的群众基础，根扎得很深。按照抽样调查的方式，以一个地区切入了解整个全局的策略，这从《娱闲录》上大量存在为戏子而创作的诗歌可以见证。人们对戏剧的热爱，导致对戏剧改革的探讨相对较少。重庆创办于1903年的《广益从报》关于戏剧探讨的文章非常少。现在可以查证的，只有在1905年《广益从报》连续转载了山东济南报馆的《学究剧新谈》。以小窥大，我们可以知道当时在社会上没有掀起戏剧改革的热潮。中国戏剧真正与西方接轨是在1907年，以成都人曾孝谷为主的春柳社将西方戏剧引入中国。中国戏剧在外来因素影响下开始变革，文明戏开始诞生。文明戏是中国传统戏剧迈向现代话剧的第一步。文明戏以各种戏剧社团的形式出现，报刊上的“剧谈”能反映出社会对文明戏的评价。论文以《娱闲录》为例说明戏剧改革在四川报刊中的反映。

从数量上比较，传统戏剧多于新戏。《娱闲录》上连载的戏剧有四部。其中三部是传统戏剧，一部为现代文明戏。《坠楼记》、《情中正》、《珠幄粲影》是传统戏剧。《坠楼记》的作者署名晨钟。戏剧语言浓丽，充满了类似“花柳春浓金谷暖”、“香温玉暖”、“娇”、“万紫千红”、“满庭芳”

① 邓星盈、黄开国、唐永进、李知怒：《吴虞思想研究》，四川教育出版社1996年版，第45、46页。

等词语[1]。戏剧文本中介绍旦的唱与举止，注重传统的唱念打。曾兰著的《情中正》，虽然标明是新剧，但从角色分配——采用传统生旦净末丑形式、表演形式——讲究唱念打、表现对象——才子佳人、宣扬的主题——金榜题名时洞房花烛夜、语言形式——浓丽的文言，几方面综合分析，仍属于传统戏剧。《珠幄粲影》也是采用传统戏剧形式。其中只有《经国美谈》（刊物标明为曾兰"著"，笔者认为实际上应是"译"）是纯粹的现代话剧，语言白话，剧情在人物对话中展开。采用了现代分幕法与幕表。角色去除了传统的生旦净末丑的分类。传统戏剧的写意美在此剧中变为写实。可以看出此时传统戏剧占领的市场大于文明戏，与西方戏剧接轨后产生的文明戏属于新生力量，影响力相对较弱。

从戏剧评价标准看，刚诞生的文明新戏从内容到演出形式都受到社会的较多责难，评价标准完全按照传统戏剧的标准，如唱念打外在形式的评判。从"剧谈"栏目的点评中也可以见证这一点。第三册"剧谈"中《新剧罪言》中对昌华新剧团的新剧《河东吼》评述道："举步便是错……开口便是错……不辨主客……趣味干燥……何谓滑稽表情……背景……表情……各角之妄评及忠告。"在批判女主角时这样写道："女主人默然独坐尚不失妇人像，而言语音调真是一板拙男子。动作太少，表情亦与剧情不合格。"[2] 这期的"剧谈"栏目是《哀新剧》（作者署名蛙见）。这篇文章对新剧以批判为主。例如认为"王钟声是冒春柳社社员之名在天津演刺马适"，"观吾国新剧之始庚戌……盛名鼎鼎之新舞台以民国艺人刘艺舟、潘月樵辈排演波兰亡国恨，竭诚而往，数至捧腹未及三幕而逃归矣……哀哉，吾国人士好虚荣而无耳目，以潘刘之不足与言艺术，而犹欲附之以博浮名，其知识何异于下等妇孺耶。（潘本旧俳优表情恶劣，留则汉上流氓，大言欺人，其无耻与王钟声等）"[3]。由对当时文明戏的几位演员的批评，可以见出当时文明戏在社会上反响之恶劣。题目定为"哀新剧"很能反映出当时社会上对新剧的期待与失望。传统戏剧已经在人们心中烙下挥之不

① 晨钟：《坠楼记》，《娱闲录》1914 年第 1 册。
② 《新剧罪言》，《娱闲录》1914 年第 3 册。
③ 蛙见：《哀新剧》，《娱闲录》1914 年第 4 册。

去的痕迹，其形成的审美标准也成为评价新剧的参考系数，如第七册中的《悦来茶园新剧谈》。文章认为演员初次演出曲文不很熟悉，情节稍欠揣摩。提出几点要求“戏文宜略为增润也，张华英侦访……脚色宜另为支配也……做作宜更加注意也……服装宜更齐整也……”[①] 文明戏属于舶来品，社会对西方戏剧没有较深的了解，文明戏的演员在传统与西方的夹缝中，不能形成一套完整的评判价值体系。这不仅仅是其受到社会责难的原因，也是其日后走向衰败的所在。

尽管文明戏剧在社会上受到如此之多的责难，但西方文化的进入已经如洪水成为不可阻挡之势，这可以从刊物上刊载的照片见出。第八册上有日本新剧家竹女、雪女的合影，紧挨着的便是川剧花旦陈碧秀、李凤卿，名旦陈燕卿的照片，然后是文明戏的进化社花旦的照片。第九册同时刊登日本新派演剧《无名氏》、旧派演剧《袈裟与盛远》的照片；川剧花旦、进化社花旦的照片。文明戏的诞生主要受到日本新派戏的影响。其照片的刊载事件本身便已经说明人们并不完全排斥戏剧改革。社会之所以责难文明戏，一方面出于对传统戏剧的热爱，另一方面潜意识里也是希望文明戏能走向良性循环的趋势。例如，《娱闲录》第二十四册上的“艺坛片影”便对京剧的未来表示担忧。在成都各报刊中，专门谈论戏剧，影响较大的是《娱闲录》的“剧谈”。还有“品香”也有相当的影响。《娱闲录》从第二册开始到第十一册每期设“剧谈”评论戏曲，“剧谈”在第十二册变为“艺坛片影”。虽然题目发生变化，不再是“剧谈”，但内容还是一样：对于戏剧的感受，和对名伶的颂扬诗词赋。无暇在其所著的《悦来之京剧》中对迎来满堂喝彩的演员表示忧虑。作者认为京剧不远千里来到四川演出，并非蜀人认为的交通便利之缘故，而是生计窘迫的缘故。他认为花旦月月仙唱功欠佳：“月月仙之闫惜娇，身段甚矮，说白行腔喉音干哑，既无余韵，字亦多错讹。月月仙小眉细眼、手足轻盈，确是京派。惜喉已破裂，有欲尽其长而不可能之慨。”[②] 另一位饰配角的女演员虽然让观众喝彩声如雷。作者无暇认为这喝彩是因为演员扮相秀色可餐，

① 《悦来茶园新剧谈》，《娱闲录》1914 年第 7 册。

② 无暇：《悦来之京剧》，《娱闲录》1914 年第 12 册。

“小客串扮剧迷之女，面若润玉，俯首弄姿，意殊羞怯，宛然美好女郎。客座观次喝彩，如雷不殊。”“以色相示人，如游龙首尾不能毕见，故莫能知其究竟。设令彼竟习女角，恐复索然寡味。……”[①] 京剧因为在京城受到皇宫贵族的喜爱，上行下效，官员百姓都热捧京剧。在这样背景之下，京剧艺术愈加精湛，渐渐成为中国戏剧的代表。京剧的式微，说明传统戏剧的式微。

通过社会对文明戏以及传统戏剧的评鉴，说明中国戏剧在迈向现代的过程中所产生的焦虑困惑，也说明中国戏剧走向现代是不可阻挡的历史潮流。

## 三 小说革命初见成效

中国现代文学形成阶段中，“小说界革命”影响力最强。中国现代小说形成的最初阶段被称为“新小说”。[②]“自1902年梁启超于日本横滨创办《新小说》杂志起，‘新小说’成了概括在小说界革命中产生的这一批小说作品的专有名词”，“《新小说》的取名，直接借用了日本1889年和1896年两次创办的同名杂志”。新小说大多采用章回体的叙事法，语言以文言为主。新小说借鉴西方小说的主题、叙事技巧等，与传统章回体小说相融生成过渡时期的一种文体。新小说在社会上的传播依靠报刊杂志。

### （一）

晚清，使新小说影响力较大的几家刊物有1902年创办的《新小说》、1903年创办的《绣像小说》、1904年创办的《新新小说》。四川重庆的《广益丛报》创办于1903年。《广益丛报》积极参与新小说的发展，刊载的新小说有政治、侦探、艳情、科幻等类型，几乎涵盖了所有新小说类型。创办第一年的第三号便开始连载梁启超的政治小说《新罗马传奇》、《新中国未来记》、《越裳亡国史》。另外，科幻小说有《独脚会》、《电世

---

① 无暇：《悦来之京剧》，《娱闲录》1914年第12册。

② 陈平原：《中国现代小说的起点：清末民初小说研究》第2版，北京大学出版社2010年版，第8页。

界》等；讽刺小说有《孔子升为大祀记》、《立宪万岁》等；传奇类有《儿女英雄传略》、《火刀先生传》等；艳情小说有《樱花恨》、《霜钟怨》等。四川重庆另一家刊物《重庆商会公报》，创办于1905年，也是新小说的重要阵地之一。这家刊物上的新小说有《戈布登轶事》、《二十年目睹之怪现状》、《市声》、《秦良玉》、《算命先生》、《大发财》、《运动家》、《一钱之功用》、《大盗》、《地方官》、《花丽春》、《金生》、《新嫁娘》、《吃乳官》、《鬼报恩》、《挥麈谈》、《玉蟾蜍》等作品。留日学生创办的刊物《鹃声》、《四川》虽然以议论时事为主，但也刊载诗歌小说。创办于1905年的《鹃声》刊载小说有《清国西太后之密使》、《俄探》等。创办于1907年的《四川》刊载小说有《痛》、《成都血》。《痛》采用章回体、文言形式。短篇小说《成都血》有话本小说的遗痕，但语言趋向白话。小说素材选用当下的时代题材。作为政治小说的《成都血》揭露了清朝官吏为升官发财草菅人命：他利用留学生的天真烂漫采用引蛇出洞的方法。他找人在留学生面前说反对时局的话引诱留学生发表对时局的反对意见，以此作为证据抓捕留学生作为升官的阶梯。“休怪我陷害你，到此我也不能自由了。总是你千不该万不该做留学生，千万不该遇着我。只照升官发财的惯例行去吧。”①

以上这些新小说对西方小说的借鉴在以下几方面有体现：主题上反映出对西方民主、自由的向往，对专制的反抗，在一定程度上，有对传统道德的嘲讽；在叙事技巧方面，更多借鉴能造成悬疑效果的倒叙；叙事角度更多地采用第一人称。西方小说与传统章回体小说相互作用下的新小说，慢慢向中国现代白话小说转变，以四川成都的《娱闲录》等为例说明。被杨义称为中国白话小说早行者的李劼人，他的《游园会》于1912年发表在成都的《晨钟报》。其《儿时影》于1915年连载于《娱闲录》第二卷第一、二、三期。“可以说，《儿时影》作为受话本小说和林译小说双重影响的作品，代表着我国传统小说向‘五四’时期新小说过渡的中间形态，在这个新旧文学的嬗变期中，李劼人是占有特殊的早行者的历史地位

① 《成都血》，《四川》1908年第3号。

的。"[①] 关于李劼人白话小说创作与中国现代文学的发生另有专章论述，本章节便不再详细论证。

从题目上可以见出《娱闲录》与《新青年》这两本刊物的区别。"娱"、"闲"是娱乐闲适之意，这说明《娱闲录》不是以启蒙为宗旨。从题目"新青年"可以见出刊物是为"新"的青年而设立。《新青年》因为高扬启蒙的旗帜，将立脚点设在时代前沿，所以提出许多富有感召力的标语口号。陈独秀在《新青年》第一期《敬告青年》中提出"自主的而非奴隶的、进步的而非保守的、进取的而非退隐的、世界的而非锁国的、实力的而非虚文的、科学的而非想像的"[②]，受到社会的瞩目。《娱闲录》没有高扬启蒙的标杆，也没有将自身推向风口浪尖的打算，因而在社会上没有卷入新旧两派斗争的旋涡中。也正因为如此，《娱闲录》以平和的心态真实详尽地记录那个时代（1914—1915 年）的影子。新旧两派文人都在《娱闲录》中留下自己的痕迹。《娱闲录》记录了中国现代文学诞生过程中新旧杂陈的文学现象，显示了现代文学诞生经历的挣扎困惑。

（二）

中国现代文学诞生经历的挣扎与困惑从文学主题中可以窥其一斑。

"民主、自由"是新文学的主题。张扬"人"的主体性是争取民主、自由的途径。女性解放是实现"人"的权利最重要表现方式。女性解放的呼声充斥着五四文坛。在"五四"之前的《娱闲录》记载了对女性解放的探讨，写出时代的真实声音。笔者将《娱闲录》小说中女性人物分为新思潮中诞生的新女性与旧势力阴影笼罩下的悲剧女性两类，以此探析四川文坛与中国新文学发展之间的关系。

《娱闲录》中新思潮中诞生的新女性是受过教育的知识女性，分别在社会政治、爱情婚姻中占据主动权。第一册利群的《女界进化小史》中女主角是一位进洋学堂的时尚女学生。她批判腐败无能的清政府，关心时局的变化。该小说抛弃"女子无才便是德"的观念，赞扬了受西方文化影响

---

① 杨义：《中国现代小说史》（中），人民出版社 1998 年版，第 435 页。

② 陈独秀：《敬告青年》，《新青年》1915 年第 1 期。

的新女性见识广博，能干预社会朝政大事，独立有主见。另外，以爱情婚姻中男女关系的转换说明了时代的变迁。新女性在婚姻中也不再任由命运摆布，而是掌握人生方向的主动权。中国传统的男子在纳妾时总冠冕堂皇地宣称为了延续子嗣，作为妻子非但不能反对，还需以笑颜相迎以示贤惠。但是觉奴的小说《夫人之审判》则完全颠倒了传统模式。男子纳妾是不被容许的可耻事件。小说将昔日卑下的妻子扶上高高的审判席位，作为被审判者的丈夫跪在地上接受妻子的审讯。这篇小说刊登在《娱闲录》第一期。小说对婚姻的定义不再是无后为大，而是两情相悦的爱情。平等的爱情不能有第三者插足，纳妾是不能被容许的。曾兰的《铁血宰相俾士麦夫人传》发表在第二册上。该小说的女主人公主动选择自己的婚姻，婚后主宰丈夫的事业，备受众人的崇敬。尽管《娱闲录》将《夫人之审判》定义为滑稽小说，但实际反映出人们婚姻观念的转变——儒家的“夫妇”关系即将被时代浪潮抛弃。《娱闲录》杂志上关于人的解放，对国民性的反思等小说，往往都被归入滑稽小说一栏，可能是刊物创办者不想因其思想的激进遭遇当权者的查封而使用的一个策略吧。

《娱闲录》中旧势力阴影笼罩下的悲剧女性以曾兰小说《孽缘》中的女主人公鲁惠为代表。《孽缘》发表于《娱闲录》第九册，同时也发表在上海的《小说月报》第六卷第十号。鲁惠天生丽质，聪慧过人，但不能自主的婚姻使她的人生变得黯淡。小说指出鲁惠的悲剧在于没能接受系统的教育，不能独立谋生、自主命运，导致人生的凄凉。但是接受了教育，是否意味着女性便拥有了光明灿烂的人生？毋我创作的小说《吻声》发表在《娱闲录》第二十四册。这部小说从几位进城的乡下人视角切人，写出大众对新思潮的解读。小说开始是关于辫子的讨论。在几位乡下人的思维里，剪掉辫子便标志着维新。当看见西式打扮的女学生时大为不屑，认为城里人还没有乡下人思想现代，跟得上时代步伐。因为其辫子没有剪掉。最后由一位“见过点世面”的乡下人口中得出那是城里女学生最时髦的打扮。小说以幽默的笔调写出这群乡下人的无知，然后以看似闹剧的手法写出整个社会的愚昧。一位欧式打扮的女子到动物园游玩，会引来一群人的跟随围观。当这位欧式打扮的女学生以西方礼仪——吻的方式与未婚夫见面后，那位道学家未婚夫在众人的围观之下恨不得找个地缝藏起来。女学生西式的问候很快震惊全城。女学生的家长最后不得不将女儿当疯子一样关押起来。这部小说的创作时间距离鲁迅先生的《狂人日记》发表还有三年时间。对西式礼仪的效仿带来的是被视为疯子的命运，因为这与周围的文化氛围太不协调。《狂人日记》中的狂人停止清醒的历史审判思维后，才会被常态的社会接受，否则被视为疯子、狂人。《吻声》中女学生的悲剧命运是因为行为举止不符社会常态，而成为被关押在黑屋子里的“疯子”。走在时代前面的历史超越者多是以悲剧结束。在揭示庸众的愚昧、社会的停滞方面，《吻声》还与鲁迅小说《风波》有异曲同工之妙。“辫子”可以被剪刀一下剪掉，但是旧思想的盘踞不是剪辫子那样瞬间便可以去除。小说具有超前的预见性，揭示了新文化的启蒙不是朝夕之间能完成的伟业。这篇小说发表时间是1915年7月，它被归类为社会小说而不再是滑稽小说。这可以看出时代风潮的变迁——社会对于女性解放的探讨已不再羞羞答答，而是坦然将之作为社会问题。这篇小说也说明个人的解放不能脱离社会的解放。这20世纪30年代盛行的话题，早在《娱闲录》上就显露端倪。

“五四”新文学恋爱至上的主题在此时的《娱闲录》中也还没有成为重要的文学主题。状悔（李思纯）在神话小说《广寒宫游记》中以调侃的笔调提及自由恋爱。小说讽刺威名赫赫的天蓬元帅朱五伦与霖雨苍生的雨师因为暖饱思淫欲，实行“恋爱自由主义”，弄得声名俱裂，首领不保。调侃自由恋爱的话题还可以在“剧谈”栏目里对《河东吼》的评论中见出。自由恋爱的恋人转眼变成河东吼狮，丈夫被吓得战战兢兢，毫无新婚的甜蜜幸福。“五四”新文学的恋爱至上是以“人”的解放为背景展开，是“女性”解放的重要载体。当“人”、“女人”的解放没有成为《娱闲录》焦点时，对自由恋爱调侃诙谐的态度也符合“娱、闲”的特点。虽然以调侃诙谐的语调议论“女性解放”、“自由恋爱”，但也能引起社会的关注思考，促成时风的转变。

《娱闲录》小说通过描写人民生活陷入困顿，表达对社会时局的不满，同时还有对于国民性的思考。小说以幽默调侃的形式思考国民性，揭示其陷入悲剧而不知悲剧根源的悲哀。因为此类小说表层是调笑愚昧浅薄的庸众，深层次是对当权者的抨击，所以很容易给当局查封报馆找到口实。因而此类小说都被归为滑稽或神话小说。

表达对社会时局的不满，展示知识分子困顿的小说以觉奴发表在第十册上的滑稽小说《唉》为代表。小说调笑满腹才学的文人没有施展才华的舞台，只能依靠妻子生存的窘境。“可怜再是饱学的先生，那空洞洞的文字、深高的学理，怎拉得进胃里去受胃的摩擦作用呢。”① 故事地点设在巴黎，以稿费为线索展开故事。文人本想赚点稿费，“夫妇天天跑去借那报来看都不见登出，必是泥牛下了大西洋。”岂料希望落空，结果是“来件似是秘密广告，费须加倍，并请将费预付。”② 稿费非但没有，还被告知需要另外付费才能刊载文章，真是屋漏偏逢连雨天。文人夫妇只能无言语地发出“唉”的叹息。另外，书写对理想社会的展望，以第十八册上刊载天眉著《理想之改良社会》为代表。小说将四川幻想为一个平和、美丽、富强的新社会。这里四季繁花似锦，丝竹管弦之声不断。纵比，唐虞比不上，更不用说三代了。横比，美国不敢与之比富、德国不敢与之比强、巴黎不敢与之比繁荣。天帝也羡慕不已，特派人前往一探究竟为何有这样一个美好的社会。这是以对理想社会的展望反衬现实的黑暗。作者将对社会现状的不满以曲折的形式反映出来。

反思国民性的小说以丹君发表在第十三册上的《表里》为代表。小说叙述一位年过半百的老人如何失去其辛苦一生所得血汗钱的故事。老人血汗钱被抢劫、榨取之后，还不知造成悲剧性命运的根源所在。这是看似喜剧的悲剧。小说通过老人的“两次幸运”、“两次伤心”展开故事。他首次伤心是所有货物在兵变中被抢劫一空时，面对空空的墙壁伤心哀思；但他感到幸运的是铺面没被抢走（这是抢不走的固定财产，倘若能够带走，乱兵们一定会毫不客气）。老人不能意识到自己年老时遭遇的悲剧根源是战乱，是那些为私利而置百姓于水火的军阀。老人的第二次伤心与幸运是在赖以生存的二千四百八十元纸币贬值、被偷之际，他伤心欲绝；最后当他

---

① 觉奴：《唉》，载《娱闲录》1914 年第 10 册。

② 同上。

凭借自己的“精细”拿回了属于自己的二千四百八十元时，小说以他笑盈盈地回家为结局。经历兵变、货币汇率调整后，财产原本丰厚的他已经沦为贫民。但他想到自己一个小民的二千块钱已经禁不起货币贬值的折腾，还天真地为政府担心——政府每年用一千几百万，三年之中不知要亏本多少。小说真正的悲剧在于悲剧者不知自己的悲剧，还为悲剧的施予者担忧。能够对抗的，也只是同为受苦受难的弱势群体而已。真正的利益者、祸国殃民者还享受着人们的朝拜。这篇反思国民性的小说不仅在当时具有很高的社会现实价值，就是在今天也不失为一篇思想价值、艺术水准较高的现代白话小说。这部白话短篇小说可以与文学史上许多被誉为经典的小说媲美。不得不说，《表里》在中国现代文学史上的被遗忘是一件憾事。

### （三）

根据《娱闲录》小说的形态变化，可见其由传统话本小说到新小说，由新小说到现代白话小说的嬗变过程。

晚清小说最为盛行的是暴露官场黑暗、宣扬维新思想的社会政治小说。像梁启超的《新中国未来记》、陈天华的《狮子吼》、张春帆的《宦海》、黄小配的《廿载繁华梦》等小说在当时产生较大的社会影响。但暴露官场黑暗的小说在慢慢倾向媚俗化的过程中演变为黑幕小说。在晚清小说中，有一些作品开启了启蒙运动的先河，例如《绣像小说》上发表的《扫帚迷》（壮者著）与《玉佛缘》（嘿生著），《新小说》刊载的《黄绣球》（颐琐著）。这三部小说“都属于启蒙运动的小说范围之内。书中提倡女子进校，反对缠足，主张妇女解放，并宣传迷信必须破除。这对当时的中国社会，是一帖有益的药剂。”[①] 晚清小说大致有科幻、侠邪、黑幕、言情几类。《娱闲录》上刊载的小说一般分为寄情、武技、纪实、讽世、时事、滑稽、游戏、社会几类小说，翻译的长、短篇小说也按此归类。这种归类法延续的是晚清小说的分类方式。

小说新旧杂陈是《娱闲录》的一个特点。但在这兼容并包的排列组合中，可以看到传统章回体小说逐渐被新小说瓦解，新小说在时代风潮之下

---

① 阿英编：《晚清文学丛钞》小说第一卷，上册，第二版，中华书局1980年版，第1页。

向现代白话小说的演变。

环环相扣，有头有尾的章回体小说在《娱闲录》中较少，大部分是以对话、叙述为主的短篇小说。《娱闲录》上传统章回体小说处于被瓦解的边缘，这从章回体小说数量的减少，以及主题的变化——呼唤自由民主、反抗专制——两方面可以看出。《娱闲录》上刊载的中国本土作家创作的长篇传统章回体小说较少。第一期开始连载利群的章回体小说《女界进化小史》。小说体例按照章回体，内容以新女性为表现对象，涉及立宪换代。这部小说是属于旧格局、新主题的新小说。一些长篇小说的创作，内容以西方社会为表现对象，但在语言用词方面还是中国化的，例如第十二册觉奴的长篇侦探言情小说《美人心》。小说采用全知视角，以西方社会为表现对象。语言以文言为主，“粉腮”、“秋波”等传统词语在小说中频频出现。但觉奴在同一期发表的短篇小说以白话为主；小说形式消解故事情节，以对话为主。另外，还有李思纯、毋我和觉奴等翻译的域外长篇小说。这几部长篇翻译小说并没有严格按照章回体形式，而是有变异。在翻译的长篇小说中可以看出小说的演变。第五册中的《白衣妇人》以“一、二、三、四……”分章节；《崖窟王》以“一章、二章、三章……”分章节。第九册中的《烂柯小史》以“第一章、第二章……”分章节。虽然这几部翻译小说都以文言为主，但在同期刊载的短篇小说中不少以白话为主，表现对象从市井百姓到知识分子以及政治改革人物都有，反映众生百态，极具时代气息。这些短篇小说从不同角度涉及社会各个层面。尽管还保留着话本小说的遗痕，但是新小说向现代白话小说过渡的痕迹非常明显。

从小说外在形式分析，首先，语言形式由文白杂陈到以白话为主，甚至通篇用白话。例如，第一册上刊载的觉奴的短篇小说《门》，语言形式采用白话；第二册刊载的觉奴的《夫人血泪记》，语言则是文白杂陈；第五册上的小说《四天半》、《公饭》则是纯白话形式。语言形式是思想的载体，语言形式的转变可能意味着作者思想的转变。例如，在第五册刊载的白话小说《四天半》（疑儿著），以未出阁的姑娘想念情人的语调写对《娱闲录》的爱。小说虽然是以搞笑的形式来写，但折射出社会对男女恋爱的接受与包容度。第二，叙述故事的方式转变。短篇小说多以对话为主揭示主题，横切面的采用开始侵入短篇小说之中，例如，《娱闲录》第十三册《哀饥记》。这篇小说以文白相杂的语言，采用第一人称，揭示人民卖儿卖女也难以度日的社会惨状。小说用两个场面，隔墙窃听与推门而入，展开故事。“我”隔墙窃听得知贫困之家打算卖女度日。“我”出于同情之心推门而入帮她们解决了眼前的难关。中国传统小说是“动”的小说。这里所谓“动”是指故事情节的展开。因为话本小说要能吸引观者，必须调动观众情绪，所以小说较少大篇幅的环境场面描写。这篇小说开头出现传统小说难得的相对静止的景物描写。在草木凋零、落叶满地的秋季，清疏宁静的院落中，乌鸦栖息于树木之上。宁静中透出凄凉惨淡与败落。如果说这篇小说虽然没有完整曲折的故事情节，但尚有简单的情节，那么第二十四册上的《不忍言》（壮悔著）则非常淡化情节。小说文笔秀美，以两位着日本和服的青年孤云与梦沉的对话展开。孤云是一位伪装成日本人的朝鲜人。梦沉是一位来自古老国度的中国人。小说首先写出一片美丽风光：“不忍池上樱花开得十分烂漫，犹如一片香海映着那池里千顷碧波和那夕阳倒影断霞，千楼红得十分可怜。那池边游人如蚁。在那晚风拂拂的时候，衣香鬓影，非常繁丽。”[①] 在这美丽的他乡，梦沉迷失了自己。他艳羡日本的美女与没有礼法束缚的自由，不愿回到老大腐朽的祖国。孤云以失去故园之痛告诉梦沉不要忘记自己的祖国，更不要忘记日本人曾给予中国的耻辱。这篇宣扬爱国情怀的小说，在叙事结构上，它的淡化情节已经走在了历史的前端，是一篇散文化的小说。

《娱闲录》上的新小说迈向现代白话小说的过渡痕迹折射出当时中国文坛的历史走向。域外小说在叙述艺术与思想主题方面双重影响着中国小说的现代化进程。传统小说叙事模式慢慢被消解但并没消失，而是与之并行存在，或现或隐。

在四川，旨在研究文艺的报刊不止《娱闲录》一份。成都《晨钟报》萌芽了中国较早期的一篇现代早期白话小说《游园会》。1919 年 3 月，成都一份旨在研究文艺的报刊《文艺报》出版，创办者张振基、李诗曾、陈

---

① 壮悔：《不忍言》，《娱闲录》1915 年第 24 册。

士铮等认为："文艺为国家精华，智识乃人民要粹。我国革兴以来，为日滋多，文艺智识蒸蒸日上，究其原因，虽半由于教育之普及，尤多得力于报纸之鼓吹。然而文艺尚未达优美之地，智识亦未企于文明之域。未必非教育之普及不同报章之鼓吹，不到有以致之也。"①。这份报纸上刊载的文学作品也是属于传统文学迈向新文学的过渡形态。《娱闲录》孕育了巴蜀文坛现代白话小说的诞生，例如香祖、觉奴、李劼人等的创作。香祖的《孽缘》显现出现代白话小说成熟的趋向，而李劼人的《儿时影》则是一篇纯粹意义的现代白话小说。《娱闲录》还催生了"五四"思想运动的"只手打孔家店"英雄——吴虞。《娱闲录》停刊的1915年，《新青年》创立。吴虞的阵地从《娱闲录》转向《新青年》，也将其影响带出四川。本书主要以《娱闲录》为例说明四川作家与中国新文学的互动。中国新小说迈向现代白话小说的历史进程，可在《娱闲录》上见其一斑。

## 第二节　中国现代文学诞生与走出川外的巴蜀作家
### ——以北京《晨报》、《少年中国》等为例

中国历史发生千百年来未有之大变化，文学也发生着千百年来未有之大变化。中国现代文学是在古今中外各种因素作用之下诞生的一种新型文学形式。在这样的大变革中，激情澎湃的巴蜀文化被激发出前所未有的创造力。巴蜀作家无论在川内川外、国内国外都是以饱满的热情参与到这历史大变革中。四川人"不出夔门则已，一出多为蛟龙"，王光祈、周太玄、康白情、郭沫若等走出四川的巴蜀作家以自己的才情和智慧，为中国现代文学的发生作出有实效的贡献。中国现代文学是以报刊杂志为依托展开的，所以笔者试以走出川外的巴蜀作家与报刊杂志的关系来探析巴蜀作家与中国现代文学发生之间的关系。

一

第一，在报刊杂志方面，蒲殿俊对中国现代文学发生的贡献。

① 王绿萍、程祺编：《四川报刊集览》（上），成都科技大学出版社1993年版，第83页。

1905年，蒲殿俊留学日本。他归国回到四川办报宣传变法维新思想，在社会上极具影响力。他曾办《蜀报》、《白话报》、《西顾》、《启智画报》等。1919年“五四”运动将全国的新文化运动推向高潮。这场融思想、政治、文化于一体的革命运动，是中国现代文学发生的一个催化剂。这场运动掀起的时代潮流，加速了中国现代文学的发生发展。蒲殿俊在这一年拒绝了北洋政府授予他的教育部部长之职，选择到北京《晨报》担任主编，成为新文化运动的一名主将。在1919—1924年期间，在他的领导下，北京《晨报》成为新文化运动的一个重要阵地。蒲殿俊在用人方面也体现出他对新文化运动的支持立场，例如，他邀请李大钊主编《晨报》第七版，任命孙伏园主持“副镌”。

蒲殿俊将《晨报》作为宣传西方思想的阵地，开设“新思潮”、“世界新潮”、“名人评传”、“短篇译述”、“妇女问题”、“欧剧谈片”等栏目。《晨报》因而信息量巨广，具有全球视野。“短篇译述”栏目对欧美国家都有所涉及，对俄国关注较多，尤其是托尔斯泰。例如，《托尔斯泰的生死观》、《托尔斯泰的男女观》等都被翻译刊登。对当时刚刚开禁的中国而言，“妇女问题”栏目讨论的问题非常之开放，例如，《男女关系论》中对“雷区”的踏足。第一章《性欲》便从自由主义和禁欲主义、虚伪的羞耻、男女性交的神圣、男女教育的差异等论述开来。

蒲殿俊还开设“自由论坛”栏目，以达到百家争鸣的效果。在新文化发生期间，关于语言的运用也是一个焦点。在“论坛”栏目里，蒲殿俊与钱玄同、胡适三人展开关于“底”与“的”用法的讨论。1919年第七版上面刊载钱玄同著《我现在对于“的”字用法底意见》、胡适著《再论“的”字》、止水（蒲殿俊的笔名）著《答“适之君论”的字》三篇文章。“五四”的一个重要贡献是突出对“人”的发现。关于“人”的讨论无疑是中国现代文学发生期间的一个重要话题。关于这个话题，“论坛”也有讨论，例如适夷的《人格问题与社会组织》。

胡适在《晨报》上就人道主义问题展开讨论。胡适见一位署名华士的作者刊载了文章《人道主义》，便写了一篇文章《“人道主义”的真面目》反驳华士那种硬要将悲剧写成大团圆的庸俗，并附上在《新青年》第四卷第四号上的译诗《老洛伯》以说明什么才是真正的悲剧。

关于戏剧改革，蒲殿俊还让新老旧派人士在"剧评"栏目展开自由讨论。一些人士认为新戏与旧戏并不矛盾，可以并行不悖，例如涵庐主人的《现在改良戏剧的错处》、《我的戏剧革命观》，非禅的《旧戏之结构》。主张新戏的陈大悲发表《十年来中国新剧之经过》总结了新剧的发展历程。新老旧派人士对于戏剧改革问题也并非是水火不相容，而是有相互探讨的，例如霤子《戏剧新语》。他是一位传统旧戏的爱好者，但是他认为"中国戏剧亦自其历史上文学美术的价值。至其与现代文学美术的眼光，是否适合，此为别一问题。姑置不论。余以为中国旧戏之最大劣点，在刺激力太强"。"此实助长残杀心理之演作，且其刺激力亦太强大，不合于群众社会之观念。余论戏虽偏袒旧戏"①。霤子在文中还提到他与胡适探讨戏剧改革，认为戏剧表现残杀场面可以学习西方戏剧。文章指出旧戏可以学习莎士比亚的《麦克白》，让残杀的场面在幕内完成，让观众听见声音发挥想象，好似中国戏的"暗场"。从这可以得知，戏剧讨论有助于戏剧改革。

蒲殿俊主编的北京《晨报》与《新青年》、《新潮》同为新文化的阵营，是中国现代作家们的摇篮，例如，曾发表在《新青年》的《狂人日记》（鲁迅著）与曾发表在《新潮杂志》的《是爱情还是苦痛?》（罗家伦著）也被刊载于《晨报》。鲁迅的《阿Q正传》是以巴人的笔名首先发表在《晨报》之上的。蒲殿俊还是冰心的伯乐。冰心的《两个家庭》、《斯人独憔悴》、《秋雨秋风愁煞人》连续被《晨报》连载。当时的冰心并非成名作家，还只是一位默默无名的文学青年。《晨报》能将如此众多的篇幅让与冰心，可以见出对冰心的重视。冰心这几篇小说发表以后，有读者反映其情感过于悲观。冰心因此写《我做小说 何曾悲观呢?》来作为回应。可见，《晨报》一方面扶持新文学作家，另一方面也采取宽容开放的政策广泛听取社会各方面的意见。

《晨报》的办报方针是兼容并包，坚持言论自由，所以这期间的北京

① 霤子：《戏剧新语》，北京《晨报》1919年第7版。

《晨报》充满浓厚的新文化气息，成为新文化阵营一块重要的阵地。

第二，在文学创作上，蒲殿俊对中国现代文学发生的贡献。

在中国现代文学发生期间，蒲殿俊对新文学的贡献不仅仅停留在主办报刊杂志上，他身体力行的创作，丰富了中国早期白话小说文库。他于1919年的创作多为现代白话小说。1919年第七版上有《车的阶级》、《城里的共和》、《谁是义和团》、《禁梦》、《诗礼人家底月亮》，第五版上有《二学生》。关于蒲殿俊在"五四"新文化期间对中国现代文学发生的贡献，蒲耀琼在《忆父亲》里谈道："父亲这一段时期的文章是全部用白话文。那是正值五四运动，提倡白话。反对者认为主张用白话者因为他们没读多少古书不会写文言。自从这位进士出来鸣锣张鼓地大写白话文，社会的观念顿改。所以父亲也是五四运动主张用白话的前锋，对于当时的文艺复兴运动，作有相当贡献。"[①] 在1919至1920年期间，中国现代早期白话小说创造者并不多。鲁迅、冰心之外，热衷白话小说创作者还不多，蒲殿俊的创作无疑对早期白话小说的创作具有重要的推动作用。"以小说为例，他的作品也有思想性和艺术性俱佳的篇章，他在1919年的《晨报》上共发表小说六篇（发表在其他报刊上的小说则尚未统计），这是一个很了不起的数字，因为从1918年5月《狂人日记》问世到1920年以前的新文学界，除了鲁迅在进入到1919年以后的持续写作以及冰心于1919年9月开始在《晨报副刊》上写作外，其他白话小说寥寥无几。也就是说，撇开小说的艺术性和思想性不谈，蒲伯英的作品构成了初期白话小说的重要组成部分，这对于白话小说乃至于白话文学的发展具有重要的推动作用。"[②]

蒲殿俊小说表现的思想主题紧贴社会现实，具有相当的时效性。这几篇小说的表现对象以下层人民与知识分子为主。《车的阶级》、《城里的共和》以地位卑贱的人力车夫与茶馆里的下层民众为主体，社会依然停滞在专制的野蛮社会，弱势群体生活依然困顿。《谁是义和团》脱稿

---

① 罗义华、易丹：《"五四"前后〈晨报〉总编蒲伯英的文学活动极其评价》，李怡主编《现代中国文化与文学》第3辑，巴蜀书社2006年版，第206页。

② 同上。

于1919年6月，发表于9月。从时间上可以看出，蒲殿俊对“五四”运动的积极反映。小说通过两位老年人的对话，写出“五四”在社会上激起的不同反响，揭示了导致中国贫穷衰弱的根源，即西方帝国主义的侵略与专制的封建政治制度。一位老年人认为“五四”运动只是学生的运动，只需将学生压制下去就没事了，以此写出社会中一些庸众的狭隘眼光。但是小说结局是这位老者急急忙忙赶去解救因参与学潮而被关押的儿子。小说以此暗示“五四”运动将席卷中国大地的每一个角落，掀起一场呼唤“科学”、“民主”运动的高潮。《禁梦》、《诗礼人家底月亮》以知识分子为表现对象。《禁梦》以调侃幽默的笔调，写悍妇欲控制丈夫的身心自由，甚至做梦的自由也要干涉。表层是写夫妻之间控制与反控制的博弈，实际暗喻专制与民主之间的对立，反映“五四”呼唤“民主”的主题。《诗礼人家底月亮》调侃一位迂腐的老一代知识分子曲谨之老先生强不知以为知地曲解《易经》，强制在后一代身上灌输迷信思想。但是儿子们并不吃这一套，只是敷衍他而已。在小说结尾，被视为神的月亮却只能眼睁睁看着曲谨之等老一代文人沉溺于牌桌之上，忘记了对神的祭奠；年轻一代人在观看梅兰芳戏剧时，以娱乐化的方式消解了月亮的神性光辉。小说以此暗示迷信鬼神的传统文化的穷途末路。这篇小说是以呼应“五四”呼唤“科学”为主题。《二学生》则是通过描写一位虚伪、贪婪的封建矿主，揭示社会上那股阻碍“科学”、“民主”实现的恶势力。

蒲殿俊早期白话小说完成了由传统到现代的华丽转身。第一，传统小说注重故事的完整性，即使是短篇也要有头有尾，将前因后果叙述清楚。蒲殿俊的短篇小说注重在对话中展示人物的性格特征，揭示主旨，例如，《谁是义和团》。这篇小说以“我”在茶馆的“听”为主线，在两位老者的对话中写出社会对“五四”运动的认识，“五四”运动在社会上激起的反响。《车的阶级》、《城里的共和》、《禁梦》这几篇小说也是以对话为主展开小说的叙述。第二，话本小说因为考虑到听众的感觉，为调动听众兴奋的神经，小说充满“动”。这种“动”是指情节的流动。登上大雅之堂的小说由于文人的加入由下里巴人变为阳春白雪。现代白话小说的对象已经不再仅仅是茶馆的听众，还有广大的学生。对横切面的采用，导致“静”的场面描写成为现代白话小说的要素。《诗礼人家底月亮》是蒲殿俊小说迈向现代的华丽转身。这篇小说开头便展现一个热闹纷繁的场面，曲谨之老先生摇头晃脑地吟诵古诗、儿子们的打闹、老夫人与仆人忙着准备中秋之夜的晚餐。然后描写曲谨之老先生率领儿子们祭拜月神的场面，写出他的愚昧无知。小说最后以月亮被抛弃在高空结束。结尾的环境描写也颇幽默：“此时，一轮明月。贴在天空里。真是空明如水。曲家院子里，满地都是树影花影。穿插摇动。夹着些秋虫的声音。算是替这家主人。招待中秋佳节底月亮。那月亮却眼睁睁看着这屋里的老主人，开着门和客人开纸牌。小主人在新明大戏院听梅兰芳底嫦娥奔月。不住地叫好！好！好！”[①] 结束的场面描写中，最开始的显性叙述者悄悄位移到幕后成为隐性叙述者，月亮成为显性叙述者。月亮的被抛弃，预示着将之奉为神的腐朽文化将被时代潮流淘汰抛弃。

蒲殿俊对中国现代文学发生的贡献不仅仅停留在主编报刊、创作现代白话小说，他最重要的贡献体现在戏剧上面。对于蒲殿俊在戏剧上面的贡献将有专章论述，在此便不再论述。

## 二

一批走出川外的巴蜀人以独有的胆识与气魄，为中国现代文学的诞生呼风唤雨，带来明媚的阳光。

笔者以巴蜀作家与中国现代文坛上重要刊物的关系看巴蜀作家与中国现代文学之关系所具有的互动。

创办于1915年9月的《新青年》，是中国现代文学发生的一个重要阵地。《新青年》以北大为依托，组成强而有力的阵营。四川人吴虞通过《新青年》将反孔排儒的思想推向全国，成为“五四”运动中一个强有力的音符。他发表在《新青年》上的文章有：第二卷第六期上的《家族制度为专制主义之根据论》；第三卷第一期上的《读荀子书后》，第二期的《消

① 蒲殿俊：《诗礼人家底月亮》，北京《晨报》1919年第7版。

极革命之老庄》，第三期上的《礼论》，第四期上的《儒家主张阶级制度之害》以及吴虞与陈独秀一起署名发表的《儒家大同之义本于老子说补》；第六卷第六期上发表的《吃人与礼教》（1919年11月）。吴虞的《吃人与礼教》和鲁迅发表于1918年5月的《狂人日记》一起构成了强有力的冲击封建礼教的武器，从此，“吃人的礼教”成为人们批判封建文化常用的词汇。另外，在《新青年》上发表文章的还有吴虞的妻子曾兰，她是“五四”运动之前便已经显露锋芒的新女性。她以吴曾兰的名字在《新青年》第三卷第四期上发表《女权平议》。还有一位是“少年中国学会”的创办人之一王光祈，他在第六卷第四期上发表《工作与人生》。

《新青年》主要是北大的一帮教授们的产物，但如果只有教授们参与，新文化运动不可能在全国形成燎原之势。中国现代文学的发生主要还是需要年轻人的参与，有新生力量的融入才能强大新文化力量。北大几位年轻学子共同组建了新潮社，并创办了《新潮》杂志。这份杂志在全国形成的影响有力地推动了中国现代文学的发生。《新潮》的几位重要创办人是傅斯年、罗家伦、康白情。康白情不仅是主要创办人，而且也是《新潮》重要的撰稿人。《新潮》上面刊载的新诗数量，康白情一个人的创作占据三分之二。关于康白情对中国现代新诗的贡献有专章论述，在此便不再详细论证。被胡适认为最重要的三个白话机关，北京《晨报》副刊、上海《民国日报·觉悟》和《时事新报·学灯》，[①] 闪烁着川人活跃的身影。蒲殿俊与北京《晨报》副刊的关系已有专节论述，郭沫若在《觉悟》与《学灯》上都发表文章。因为宗白华的关系，郭沫若大部分作品发在《学灯》上面。郭沫若与《时事新报·学灯》的关系能很好说明巴蜀作家与中国现代文学发生之间的互荣共生关系。郭沫若因为《时事新报·学灯》而扬名文坛，《时事新报·学灯》则因为郭沫若作品而销量猛增，被争先抢阅。中国现代文学发生期，文坛上两个重要社团创造社与文研会都有巴蜀作家的参与。郭沫若与创造社的关系已为文学史界众所周知，在此不再详细展开论证。巴蜀作家虽然不是文研会的主力，但是文研会创办的刊物中也闪烁

① 参见胡适撰《胡适说文学变迁》，上海古籍出版社1999年版，第153页。

着巴蜀作家的身影。文学研究会编的纯诗刊《诗》，创刊于 1922 年，是中国新诗诗人的摇篮。四川的叶伯和、张拾遗、王怡庵、罗青留也曾在该刊物上发表诗作。他们发表的作品主要集中在 1923 年第二卷第一期。叶伯和的《心乐篇》因为在《诗》上发表，而引起社会的关注。文研会会刊《小说月报》上有巴蜀作家李劼人、叶伯和等人的参与。叶伯和在《小说月报》十五卷第七号上发表小说《一个农夫的话》。李劼人在《小说月报》法国文学研究专号发表有两篇翻译小说。另外，李劼人在《小说月报》上发表的作品还有第十三卷第八期上发表的译作《甘死》，第十六卷第五期上的译作《离婚之后》，同卷第七期上的作品《湖中旧画》，还有其他作品也发表在其上。李开先在《小说月报》上发表的作品有第十三卷第三期的《坟子上的一夜》，第十三卷第八期的《雪后》等。作为与文研会对峙的创造社，其主要组织者郭沫若也曾在《小说月报》第十四卷第一期上发表《波斯诗人莪默伽亚谟》。这说明巴蜀作家在促使中国现代文学发生时，并没有抱着严格的门户之见，而是以促使新文化运动在全国的展开为宗旨。这既反映出巴蜀作家对新文化发生的积极参与，也反映了巴蜀文化的包容。

一批走出川外的巴蜀作家参与创办多种刊物，以此推动中国现代文学发生，例如《少年中国》。

“五四”期间，中国大大小小存在很多的集会。在这些集会中，蔡元培认为中国最有希望的是“少年中国”。“少年中国”孕育于 1918 年，正式成立于 1919 年 7 月 1 日。七位创办人中四川人有张尚龄（梦九）、曾琦（慕韩）、王光祈（若愚）、周无（太玄）、陈淯（愚生）、雷宝箐（眉生）共六位，只有李大钊是川外人士。虽然张梦九、雷宝箐原籍是山西，但都出生在四川，因而属于四川人士。因而可以说“少年中国”是四川人的一个集会。不仅“少年中国”的成立川人占据多数，而且《少年中国》期刊也得力于巴蜀作家的参与，他们是主体力量。

从数量上看，《少年中国》中的文学作品有二分之一都是巴蜀作家创作的。第一卷第一期五位撰稿人中仅有川人魏嗣銮一位，但到了第二期便增加了王光祈、康白情、周无（周太玄的笔名）三位，加上魏嗣銮一共四位巴蜀作家。从第三、四、五期，巴蜀作家的作品越来越多，到第一卷第

《少年中国》七位创办人

六期时，几乎全是巴蜀作家的创作。第一卷第六期上面共有八位作家的作品，其中巴蜀作家占据六位，他们是王光祈、魏嗣銮、李思纯、康白情、周无、李璜；一共十篇文章，巴蜀作家占据八篇文章。第二卷第四期上面的作者中，有华林、殷子变两位不能查出具体籍贯，其余创作者全是巴蜀作家，他们是李璜、周无、何鲁之、李劼人、曾琦、李思纯、胡助。第二卷第六期中五位创作者中巴蜀作家占据四位，他们是李璜、张梦九、李思纯、何鲁之，另一位巴蜀籍外人士是田汉。期刊最后一期，第二卷第十二期，七位创作者中巴蜀作家占据五位。

从质量上看，无论巴蜀作家的文学作品还是理论文章都引领了时代潮流。关于康白情有专章论述，这里不再详细论证。这里例举周无的诗歌说明巴蜀作家的创作在当时中国文坛上的领先地位。周无是周太玄的笔名。1895 年，周太玄出生在四川新都。周太玄发表在《少年中国》上的作品有以下这些：第一卷上第一期诗歌《过印度洋》、第六期诗歌《去年八月十五》、第八期理论文章《诗的将来》、第九期诗歌《黄蜂儿》、第十七理论文章《中国妇女问题》；第二卷上第四期上理论文章《法兰西近世文学的趋势》与诗歌《夜雨》和《小歌》、第九期理论文章

《纯洁与内心生活》与译诗。[1] 周太玄作品被收入《中国新文学大系》的有《过印度洋》、《黄蜂儿》、《去年八月十五》。

《过印度洋》创作于周太玄离开上海前往巴黎经过印度洋时，面对茫茫的大海心有所感而写下。

周太玄 1921 年在巴黎的照片

圆天盖着大海，黑水托着孤舟。
也看不见山，那天边只有云头。
也看不见树，那水上只有海鸥。
那里是非洲？那里是欧洲？
我美丽亲爱的故乡却在脑后。
怕回头，只回头，
一阵大风，雪浪上船头。
飕飕，吹散一片云雾一片愁。[2]

这首诗歌押韵自然，语言明丽晓畅，富有诗歌的意境。这首诗歌在当时影响很广。1922 年，这首诗歌被赵元任谱曲而广为传唱。胡适 1919 年 10 月发表的《谈新诗》认为早期的新体诗大多是从旧体诗、词、曲里脱胎出来的，周太玄的《过印度洋》便是典型的代表作。“我所知道的‘新诗人’，除了会稽周氏兄弟之外，大都是从旧式诗，词，曲里脱胎出来的。”“这首诗很可表示一半词一半曲的

① 以上这些作品中有一个存在疑点。根据《中国新文学大系·史料·索引》，《夜雨》、《小歌》应该是发表在《少年中国》第 2 卷第 4 期，时间是 1920 年。但是陈应莺、周孟璞、周仲璧编著的《周太玄诗词选集》中标注这两首诗歌发表于《少年中国》第 2 卷第 5 期，时间是 1921 年。但事实上，《少年中国》第 2 卷第 5 期的时间是 1920 年 11 月，所以笔者认为此书可能存在笔误。因而依据《中国新文学大系》，认为这两首诗歌发表在第 2 卷第 4 期，时间是 1920 年 10 月。

② 陈应莺、周孟璞、周仲璧编：《周太玄诗词选集》，四川文艺出版社 2004 年版，第 89 页。

过渡时代了。"[1] 但我认为这首诗歌便是真正的白话新诗，无所谓过渡与否。诗歌以通俗浅显的白话为载体，表达登船远去时在眺望与回首之间来回的伤感，营造出诗意无限。但真正能代表周太玄诗歌风格的是《夜雨》。这首诗歌将忧伤的情思写得婉转低回。在夜雨的袭击中，思念被夜色围裹。

无情的夜，昏沉沉的压着下来，
压着我转侧在空洞洞的床上。
可怕的静，填满了空中，闭塞着我的两耳。
冲破了静
无边淅沥沥的声音
是悲哽的风；夹着那失意的雨。
……
风吹着他们，三点两点乱打在我窗上。
丁……丁……如何隔离得着？一一的到了我的心。
……
无情的夜他依然是恩惠
不言不语隐默的戴着悲哽
可怜的雨有时也不能成声，
温柔是睡眠却远远还在那里。[2]

这首诗歌将情、景、人完美地融合在一起，描绘夜雨中的思念。无情的夜在悲哽，悲哽的风夹着失意的雨。诗人在昏沉沉的夜里，听雨打窗户的点滴声。忧伤的情绪混杂在夜、雨、风里。情感的起伏形成诗歌内在的旋律，参差长短的语句似流动的河流载着孤独、思念缓缓流动。

周无的《去年八月十五》描写在中秋之夜，一对恋人在河边散步。

---

① 赵家璧主编：《中国新文学大系·建设理论集》，上海文艺出版社 2003 年影印本，第 300、302 页。

② 陈应莺、周孟璞、周仲璧编：《周太玄诗词选集》，四川文艺出版社 2004 年版，第 93、94、95 页。

“忽来一阵风，吹了她些发到脸上，我想替她掠到头鬓上……”①“我”想替爱人整理吹乱的发丝，但动作停止在心里，手却未敢伸出去。恋情像那朦胧的月色尚未挑明，“我”不知如何表达。诗歌将恋爱中男子的腼腆写得诗意且趣味浓厚。康白情认为这首诗歌有很浓的情趣。《黄蜂儿》描写一个跌在水里的黄蜂儿的挣扎。诗人由岸边、水、挣扎的黄蜂儿三者之间的关系想到生命的挣扎，将思考上升到哲理层面。在生命的旅途，很多人为目的奔波劳累。但是在命运的沉浮中，最初的目的被遗忘。李思纯认为《黄蜂儿》是他见过的新诗中最好的诗歌。李思纯（哲生）在1920年6月给宗白华的信中说：“我最爱读的，是太玄、白情和郭沫若君的（诗），太玄是深思的人，他的诗洗净了从前旧诗的精神面貌，他用细密的观察，自然的诗笔，去写出‘自然’与‘象征’的诗，最近我往巴黎会见他，看见他的近作《一件小事》，描写的是闹市中的一条狗，和月刊第九期登出的《黄蜂儿》都是Sy bolism的作品，我觉得要算我看见的新诗中最好的了。”②

根据以上群体与个案的分析，可以看出巴蜀作家与中国现代文学发生之间存在互生共荣的关系，而非简单的单向影响关系。他们既是时代潮流的产儿，更是时代潮流的领头羊，是中国现代文学发生的先驱。

① 陈应莺、周孟璞、周仲璧编：《周太玄诗词选集》，四川文艺出版社2004年版，第91页。

② 《少年中国》1920年第2卷第3期；转引自陈应莺、周孟璞、周仲璧编《周太玄诗词选集》，四川文艺出版社2004年版，第93页。

# 第三章　巴蜀早期新文学刊物

## ——以《草堂》等为例

近代中国，一场以“文学”为载体的启蒙运动，几乎席卷了中国当时所有的知识分子。中国现代文学的发生在众多有识之士的参与下，涌现出许多新文学团体。在中国文学史上，这种现象并不多见。这种繁荣的局面与先秦时期的百家争鸣类似。但先秦时期的诸子百家不是以文学为主，更多是在政治思想层面的各抒己见，儒家的“穷则独善其身，达则兼济天下”，墨家的“兼爱”，法家的“法制”，阴阳家的“阴阳、五行”，等等。在经过漫长的酝酿发酵以及披荆斩棘的斗争后，新文化已经取得社会的认可，由“立”转向“如何立”。在“破”与“立”，以及如何“立”的探索中，以文学理念为旗帜形成了大大小小几十种文学社团。很多文学社团都有自己的阵地——创办文艺报刊作为自己的标志。“据统计，1921 年到 1923 年，全国出现大小文学社团 40 余个，出版文艺刊物 50 多种。而到 1925 年，文学社团和相应刊物激增到 100 多个。新文学社团的纷纷建立，标示着新文学运动已从初期少数先驱者侧重破坏旧文学，而转向大批文学生力军致力建设新文学了。”[①] 在这批新文学社团中，对中国现代文学发生影响较大的是文学研究会和创造社。1921 年 1 月，文学研究会在北京成立，旨在创造新文学。其刊物有《小说月报》、《文学旬刊》、《诗》、《戏剧》等。1921 年 6 月，创造社在日本东京成立，旨在自我的表现，也关注现实社会人生。其刊物有《创造》季刊、《创造周报》、《创造日》、《创造

① 钱理群、温儒敏、吴福辉：《中国现代文学三十年》，北京大学出版社 1998 年版，第 16 页。

月刊》等。中国现代文学的发生当然不会只是“文研会”、“创造社”两个社团便能撑起的。在历史转折时期，敢于引领潮流的巴蜀作家当然会贡献出自己的文学作品以推动中国现代文学发生的进程。

## 第一节 《草堂》的诞生

四川与作为全国文化中心的京沪两地虽然在地理空间距离上较为遥远，但这并不影响它们在文学上的呼应。在四川有几家较早致力于新文化的刊物，如《星期日》、《直觉》、《半月》、《平民》等。它们既促进了四川新文化的产生，也与京沪两地刊物相呼应，一起催促着中国现代文学的发生。

新文化推广方面，他们作出较为突出的贡献。以诗歌为例可分析这几家刊物，按照情感内容划分，《星期日》与《直觉》上刊载的诗歌较为注重内心情绪的表达，抒情色彩浓厚；《半月》与《平民》的阶级色彩要浓厚一些，强调革命的文学，为下层阶级服务，发出平民的声音。

《星期日》因为旨在塑造一个崭新的少年中国而使刊物内容激情四溢。《直觉》本着内心要求追求自由幸福的人生，充满对人生的向往。这两种期刊因其憧憬与向往而情感色彩浓厚，所以刊载的诗歌主情，浪漫色彩浓厚。《星期日》创刊于1919年7月13日，创办动机是为呼应北京的《少年中国》。创办人都是新文化阵营人士，主编李劼人，经理孙少荆。李劼人到法国留学后，由孙少荆、穆济波担任编辑。1920年孙少荆赴德国留学后，吸收吴虞参加，后来担任常任编辑，陈育安为经理。1920年《星期日》停刊以后，《直觉》继续《星期日》对新诗的推广。1920年下半年，《直觉》由成都高师、附中、觉群女校等学校组织的“人生活学会”出版。《直觉》在社会上的影响力主要体现为文学创作，主要撰稿者刘先亮、陈竹影、王怡庵、马静沉等的文学创作延续了新诗在巴蜀的影响力。《直觉》较为注重自由恋爱问题，呼应“五四”以恋爱反叛封建礼教壁垒的抗争方式。《直觉》在当时促成了好几对自由恋爱的年轻人，在社会上具有较大的影响力。正因如此，《直觉》上的诗歌较少说理诗的干瘪无味，而是充盈着情感的想象，例如，嚼辛的《慰落花》。“我清晨起来，斜倚在小栏杆上；/那雾雾的细雨，已淋了我满衣；/好似我的啼痕儿？/但我犹然不忍去；/我只呆呆望着她。/你看她：香魂欲断，娇软无语；/碎成片片的芳心，也掷在这皱着眉/头底池子里；……”[①]

《半月》、《平民之声》的创办宗旨决定了它们选刊的文学作品要为弱小者鸣不平，使得其新文学充满革命的色彩。这两种刊物的激昂之情，是“五四”狂飙之风的吹刮，是时代叛逆者的声音。《半月》由张拾遗、来希宋等人发起，1920 年 8 月 1 日创刊，地址在成都悦来商场楼上。巴金在《半月》创办到第十四号时参加半月报社，并在 1921 年 6 月被选进编辑部。该刊呼应“五四”新文化提出的“自由”、“民主”，旨在传播新文化以改良还处于梦寐状态的黑暗社会。1922 年 1 月创刊于成都的《平民之声》，将通讯地点设在成都云南会馆街巴金寓所。《平民之声》宣传无政府主义，宣扬平民文学。“让我们追悼他俩最后底微笑吧？/让我们继续他俩最后底微笑吧？/而且我们；而且我们‘人’；/自由地诅咒吧？/自由地狂歌吧？/自由地破坏吧？/自由第创造吧？/青年吓！/流你们潮样底血吓！/一滴、两滴地流/……/胜利终属我们吧？/先驱者呵！/你暂时底安息吧！”[②] 诗歌为自由而歌，宣扬尽情地破坏、大胆地创造，充满战斗者的激情。这是这两种刊物诗歌的情感代表。

上述几家报刊在推广新文化方面起到了不可忽视的奠基作用，培养了一批致力于中国现代文学的巴蜀作家，在川内川外都能找到他们活动的痕迹，例如张拾遗、雷承道、陈竹影等。雷承道在《孤吟》、《草堂》上发表作品。张拾遗不仅在《孤吟》、《草堂》，还在文研会创办的《诗》上发表作品。陈竹影在《直觉》和《浅草》上发表作品。

四川还有一些旨在推广白话文学的团体，如小露文学团体。该社团出版的文艺刊物《小露》，创办于 1922 年 9 月 15 日。《小露》刊载的文学作品都采用白话体形式，力求达到易知易解。文学创作倡议为艺术而艺术，反对无病呻吟或矫揉造作。虽然《小露》的白话文学在文学艺术主张上具

---

① UJ：《孤吟以前的作风的轮廓》，《孤吟》1923 年第 2 期。

② 《先驱者——为悼黄庞二君作》，《平民之声》1922 年第 2 期。

有时代性，但旨在开民智，没有自觉的新文化建设意识。四川新文学的发生在经过一段时间的孕育之后，明确以新文化推广为宗旨的文艺刊物是《草堂》、《孤吟》等。其中尤以《草堂》在社会上的影响力最大。以推行新文化为目的的草堂文学研究会于1922年11月30日创刊《草堂》。

草堂文学研究会对新文学的追求，其会刊是以纯“精神”为纽带的同人刊物。

《草堂》的主要发起人叶伯和，有着良好的家世背景，文学与音乐是他的最爱。1907年，18岁的他随同父亲、弟弟留学日本。在日本学习音乐的同时，他受西洋文化的影响，开始尝试白话诗歌创作。1912年，叶伯和与父亲、二弟归国。归国后的他，于1920年将自己前前后后创作的诗歌汇成《诗歌集》，由上海华东印刷所印刷出版，在全国发行。由于1920年5月的初版《诗歌集》销量较好，所以1922年5月再版发行。这激发了叶伯和在四川推广新文学的念头（有关叶伯和在后面将有专章论述，在此对他个人不再详细阐释）。1920年的四川，新文学还没有完全占据文坛，旧文学还拥有大量的读者群。单靠一己的力量推广新文学力量太过渺小，以团体的力量推广新文化成为可资借鉴的选择。在这样的背景之下，草堂文学研究会成立，会刊《草堂》相继诞生。巴蜀人士往往是性情中人，与人交往多以性情而论，即使成立社团也是如此。草堂文学研究会成立没有固定的章程和会所，只是叶伯和与几个喜欢文艺的朋友，在精神上的组合。“在精神上的组合”是巴蜀作家组织社团的主要方式，像《浅草》、《沉钟》便是如此。巴蜀作家郭沫若在组织“创造社”时也同样如此。陈翔鹤在《关于“沉钟社”的过去现在及将来》中谈到“浅草”、“沉钟”以友情为纽带的集合：“但是，若果要一追溯起渊源来，与其说‘浅草’曾经给与我们以方便，倒不如说从林如稷兄的身上，我们曾经得到过一种相识的机缘，要较为正确一些。……由于大家的想要联合在一起，好做出较生活更为有意义一点的工作的共同需求，所以‘沉钟周刊’的产生，也就于这时决定。”[①] 入会没有什么烦琐的手续，只要是喜欢文学的朋友以投稿的

① 陈翔鹤：《关于“沉钟社”的过去现在及将来》，赵家璧主编《中国新文学大系·史料索引》，上海文艺出版社2003年影印本，第195页。

形式给予精神上的支持，就可以算是入会了。草堂文学研究会创办《草堂》刊物，绝非为了功利目的，研究会抱着宁缺毋滥的原则，一定要有足够的稿件才会出版，所以刊物出版周期没有固定。

巴蜀文化的开放性与包容性所决定的阔大胸襟，决定了《草堂》的影响力不可能局限于一隅。《草堂》的征稿向海内外敞开大门，影响力也辐射到海内外。

虽然地处西南边陲，《草堂》的视野并不局限于盆地，而是放眼海内外。《草堂》销售点海内外皆有。国内的销售点在北京、上海、广州、湖南、云南、重庆等地。国外的销售点在南洋、法国。但是《草堂》的影响并不局限于销售地点，例如，远在日本的郭沫若也有读到《草堂》，并为此特意给《草堂》写一封信以资鼓励。这说明《草堂》在日本也有一定的影响力，否则留学日本的郭沫若不可能读到。

文学爱好者热心给《草堂》投稿，使其稿源丰富。《草堂》的稿件来源面向海内外。例如，在《草堂》第三期编辑余谈中，对此便有所涉及。“本杂志出版以来，承海内外同志，通函赐教者多日，原函摘要登入通讯栏中，但同人都兼任他项工作，很少空闲，未能一一答复，尚请原谅。”[①]在投稿中，诗歌较多。为此，《草堂》在第二期编辑余谈中，给投稿者们建议多投小说、戏剧。《草堂》从第二期开始，创作者明显增多。第一期诗歌栏的作者是五位，第二期诗歌栏的作者便增多到十五位，第三期诗歌栏的作者是十六位。第一期有三篇创作小说，一篇翻译小说。第二期有三篇创作小说，一篇翻译小说，一篇戏剧。第三期有两篇创作小说，一篇连载第二期的戏剧，另外还有译诗。从前三期可以看出《草堂》以诗歌为主，小说数量相对较少。《草堂》每期都有翻译作品。这说明《草堂》虽然地处西南边陲，但是刊物并不受盆地意识束缚，而放眼国际力图引进西方文学。而且《草堂》所载文艺作品也不是全部采用川内的稿件。例如，第二期采用来自北京平大的寄苹的诗歌。第三期不仅采用来自上海南方大学的且如的诗歌，而且也采用了北京平大的道村的诗歌。采用的译作不仅

① 记者：《编辑余谈》，《草堂》1923年第3期。

有现实主义的，还有充满世纪末情绪的现代主义的。现实主义作品有秋潭翻译的《菲菲小姐》（原作者是法国的莫泊桑）、佩竿（巴金）翻译的《旗号》（原作者是俄国的迦尔洵）。现代主义作品有波特莱尔的《恶之花》，由秋潭翻译。对不同风格译作的采用，也说明《草堂》风格的包容性。《草堂》的包容性彰显了巴蜀文化的开放胸襟。

中国现代文学发生的时代背景赋予《草堂》的破茧新生，新生的《草堂》也为中国新文化的花园增添了一朵芬芳的花。

草堂文学研究会纯粹是一个私人的民间组织。《草堂》创办的基础是几个志同道合的朋友对文艺的共同喜爱。从倚靠的实力看，它背后没像《新青年》那样有北大为强有力的支撑。从组成人员看，文学研究会的发起人是社会知名人士，自身身份就是一张很好的宣传名片，例如，周作人、郑振铎、沈雁冰、王统照、许地山、朱希祖、蒋百里、耿济之、瞿世英、郭绍虞、孙伏园、叶平绍等。再看后来1923年在北京成立的文学社团新月社。新月社形成新月派，以《晨报》副刊《诗镌》作为其代表性刊物。发起人多是英美留学生，归国后具有较好的学院背景，例如，徐志摩、林徽因、胡适、陈源、梁实秋、闻一多。再看草堂文学研究会的组成人员，他们主要是川内几位文学青年，在社会上没有广泛的社会影响度，有叶伯和、陈虞裳、沈若仙、雷承道、何友涵、张拾遗、秋潭。在这些人中，叶伯和因为其《诗歌集》、《中国音乐史》的出版，当时在全国具有一定的影响力，其余人等大多默默无闻。另外，投稿人大多采用笔名，因为《草堂》留下的有限资料，现也无从考证其真正姓名。现在知道的一位大家是巴金，在《草堂》投稿使用笔名佩竿，因而可以说《草堂》是培养巴金的摇篮。从时间上看，此时段的新文学还处于侧重破坏旧文学阶段，因而，草堂文学研究会应该是中国新文学发生期的开拓者之一。拓荒的过程总是充满荆棘坎坷的。从《草堂》的稿件酬谢便可以略窥一斑。草堂文学研究会的刊物《草堂》面向全国征求稿源。由于经费困难，只能赠予《草堂》刊物或者创办者叶伯和的《中国音乐史》与《诗歌集》作为酬谢。尽管如此困难，《草堂》还是坚持到1923年11月，共出了四期。创办《草堂》的资金来源在今天已经无从考证。难怪有研究者将《草堂》的诞生称为艰难的新生，如西南大学研究生许敬的硕士论文题目便是《艰难的新生——〈草堂〉及叶伯和考论》。尽管如此，《草堂》还是取得社会的认可，出现供不应求的局面。作为四川第一家纯新文学刊物，《草堂》受欢迎的程度也出乎创办者们的意料。第一期出版后不到十五天的时间便销售殆尽。第二期出版时开始加印。为了满足读者对《草堂》的需求，第一期被再版。这充分说明了《草堂》的成功，这也折射出当时新文化的深入人心。在《草堂》第二期编辑余谈中对此有涉及“（三）我们很希望海内文学批评家，严肃地指导我们！（四）我们第一期出版后，承受读诸君的赞助，不旬日便销尽。现省外各书店来函取者尚多。第二期已加印，俟第二期出版后，当继续再版第一期”。①

叶伯和率先开启了中国现代白话诗歌的创作（对此将专章论述）。由他为主导成立的草堂文学研究会继续沿着这条道路探索前进，《草堂》便是他们驰骋的阵地。《草堂》创办于四川，但其影响力却已经走出夔门，以自己的创作实绩呼应着中国现代文学的发生。《草堂》代表着巴蜀文化与中国现代文学发生的互生共荣。

“五四”文学既有飞扬的个性——对“人”的尊重，也有感伤的情调；既有激情澎湃的书写，也有理性沉思的积淀。在这曲千年难遇的交响乐中，《草堂》是其中一个小小的音符。正如周作人谈地域文学与中国现代文学发生的关系时所说：“中国的新文学，我相信现在已经过了辩论时代，正在创造时代了。……近来见到成都出版的草堂，更使我对于新文学前途增加一层希望。向来从事于文学运动的人，虽然各地方的人都有，但是大抵住在上海或北京，各种文艺的定期刊也在两处发行。这原是很自然的事情，艺术中心当然在都会，然而地方的文艺活动却是更为必要：其理由不但是因为中国地域广大，须有分散而又联络的机关，机能灵活的运转，实在是为地方色彩的文学也有很大的价值，为造成伟大的国民文学的元素，所以极为重要。我们想象的中国文学，是有人类共同的性情而又完具民族与地方性的国民生活的表现，不是住在空中没有灵魂的阴影的写照。我又相信人地的关系很是密切，对于四川的文艺的未来更有

① 记者：《编辑余谈》，《草堂》1923年第2期。

无限的向往。”[1] 如果说草堂文学研究会的主要发起者叶伯和率先开启了中国现代白话诗歌的创作，那么《草堂》则是中国现代文学发生时期的生力军之一。虽然成都没有占据京沪两地得天独厚的地理优势，但成都悠久浓厚的文化氛围以及川人敢为天下先的气度，使得《草堂》拥有开阔的视野，进而获得勃勃生机。

## 第二节 青春的旋律——《草堂》的诗歌

巴蜀是诗歌的故乡。这块神奇的土地孕育了数代优秀的诗人，吟唱出许多难以磨灭的优秀诗篇。陈子昂的“前不见古人，后不见来者。念天地之悠悠，独怆然而涕下”。李白的“安能摧眉折腰事权贵，使我不得开心颜”，“云想衣裳花想容”，“回眸一下百媚生，六宫粉黛无颜色”。流传千古的好诗佳句举不胜举。《草堂》同样也是以诗歌为主，这些诗歌与京沪等其他地域的创作一起构成中国现代白话新诗的发生。

巴蜀历来是天下的粮仓，巴蜀诗人多乐观开朗自信，具有浪漫主义气息。因为巴蜀文人的浪漫自信，产生了杨雄、司马相如的赋，出现了李白狂放不羁的诗歌，诞生了苏轼的豪放词风。民国时期的巴蜀大地不同于以往富饶的天府之国。但民国时期的巴蜀大地，军祸使这块富饶的天府之国变为人间地狱。巴蜀大地遭受军阀混战的灾害，到处是民不聊生的景象。其悲惨与曹操《蒿里行》描写的景象相似：“铠甲生虮虱，万姓以死亡，白骨露于野，千里无鸡鸣，生民百遗一，念之断人肠。”江津诗人吴芳吉视枪炮声为蚕豆爆炒，成都诗人叶伯和将枪炮声比为爆竹声响。在这无奈的幽默嘲讽中，足以见证军阀混战的频繁。军阀与封建势力结合，新思想在巴蜀大地的涌入好似波浪拍打在顽固的万里长城上，化为浪花散去。新青年在巴蜀大地追求自由民主的实现，必然会带来许多的幻灭悲哀。《草堂》诗歌充满个性张扬的同时，不乏浓浓的感伤。而这份感伤的情愫也反映出新文学进程中的坎坷荆棘。在这片土地上吟唱着年轻的声音，这些声

---

[1] 周作人：《读草堂》，《草堂》1923 年第 3 期。

音汇成一曲青春的旋律，但这青春的旋律充满忧伤、孤独。这份感伤的情调有恋爱中的相思之苦，也有对宇宙时空无限与生命短暂的幻灭，还有品味人间冷暖的孤独。《草堂》的作者们不仅只是感伤忧愁，也有对自由的歌颂向往，在感受人生时还有豁达、开朗的一面，甚至具有超越情感的哲理性思索。《草堂》的多声部代表着时代的声音

《草堂》与时代一起，以“爱的恋歌”唱响青春的旋律。“五四”本身便是一个青春勃发的年代，激情燃烧与忧愁感伤如影相随，使“五四”文学呈现出情感的丰富性。中国现代文学发生，必然面临新旧两种思潮的斗争。在此消彼长的斗争中，年轻人特有的热情、勇气有时会遭遇冰雪的袭击，感伤、孤独便成为他们咀嚼的体验。在“五四”狂飙突进之后，青年作家们面对有形或无形的旧战场的包围，孤独感接踵而至。中国现代文学发生期，感伤情调是文坛上散不去的浓雾。为逃避感伤的孤独，向爱情靠拢寻找慰藉便成为一种选择。人类情感中，恋爱是伴随人类历史最古老、最新颖、最动人心魄的一个话题。因为古老的爱情对每一位个体而言都是第一次，能掀起生命之海的惊涛骇浪。古老中国的诗歌史上，游子思妇是常见的主题。正面描写恋爱中情人的相思，则是少之又少。“五四”文学中，对爱情的追求成为人们追求“人”主体性的一种方式。各种传统的戒律被打破，面对这样一个开放性的空间，爱情的大门被打开。爱情便成为青春的主旋律，太多长久被压抑的情愫需要被表达。

巴蜀大地有高山、盆地、丘陵，有长江大河与淙淙溪流。大自然不同的风貌赋予巴蜀人或热情勇敢、豪放不羁，或温柔缠绵的多重性格特征。浪漫迤逦的巴蜀文化赋予巴蜀人细腻的情感，投射到文学作品中便是充满绵绵的情思。《草堂》的创作者们吟咏爱情的诗篇在整个诗歌创作数量中占据首位。《草堂》上的白话新诗，语言晓畅，充满真情实感，对爱情的追求成为巴蜀作家追求自由的一种表达。巴蜀诗人们情感的真挚浓烈弥补了早期白话诗歌在技巧上的不成熟。

巴蜀人浪漫的精神特质使他们在失恋中也不失其乐观豁达的一面，例如沈若仙的《慰失恋者》。他认为既然失去就说明那不是真正的爱情，没有必要痛惜留恋。这种坦率直接的爱情表述与先秦时期的北方诗歌具有相

似之处。但这种洒脱的爱情观只是极个别现象，《草堂》中对爱情的吟咏充满绵绵的情思——既有甜蜜的相思，也有爱而不得的惆怅。

何又涵在《草堂》第一期发表组诗悼念死去的妻子，情深义重感人心肺。这份真挚浓烈的情感使浅显平易的白话诗歌充溢着无限诗意。《秋水》中“我俩也有超越时间的相思，我俩也有超越空间的相思……”，但这份真情随着伊人的离去，让诗人不堪回首。“我不忍再到溪边来了，你那绿色的微波中，至今还浮着使我悲伤的伊底影子，我点点的热泪，抛在你的面上了!”① 诗人感时伤物，触景生情，秋水、残荷都让他想到伊人的离去。“当盛夏的时候，你是何等的美啊！……而今呢？只剩些破碎不完的枯黄残叶！好像被那‘秋之神’将你的魂灵夺去了！秋之神呵！你为甚要将伊的灵魂夺去了?”② 失去爱情会让人心神俱伤，但这并不妨碍人们对爱情的渴望。叔农在《玫瑰之花》中借玫瑰表达自己愿意以心血浇灌爱情之花，让它常开不败。“玫瑰花呵！美丽的玫瑰花呵！我愿你尖锐的刺，刺我心中的鲜血，刺我眼中的清泪，好把血泪来浇灌你，好把你献与我的情人。”③ 叶伯和在《你便是我》中更表达了为爱天崩地裂的激情。“是鱼呵？当比目；是鸟呵？当比翼；/是花呵？当并头；是草呵？当并蒂；/是树呵？当交柯；……/爱人哟！你若是不幸而离开了我，/那么！世界上一切底鱼—鸟—花—草……/都应即时破裂!”④ 爱情中，恋人相依相恋。在柔情蜜意之际，男性由顶天立地的大丈夫退回到童年时代，需要在女性的怀里找寻爱的安慰。例如，驹甫在诗歌中这样描写爱情体验：“我把头贴在伊的怀里，浮游于我的心坎/中不断的回思，都为伊息息的呼吸一缕缕/的抽断了!”⑤ 对爱人的思念萦绕心头，是恋爱中人们的情绪。“仿佛听着她的声音，仿佛见着她的影子，是满心欢喜的时节！在月色濛濛的夜里!”⑥ 当相爱的人牵手走到一起时，诗人由衷为纯洁的爱之花绽放而欣

① 何又涵:《秋水》,《草堂》1922 年第 1 期。
② 何又涵:《残荷》,《草堂》1922 年第 1 期。
③ 叔农:《玫瑰之花》,《草堂》1923 年第 2 期。
④ 叶伯和:《你便是我》,《草堂》1923 年第 2 期。
⑤ 驹甫:《小诗》,《草堂》1923 年第 3 期。
⑥ 沈若仙:《爱的残痕》,《草堂》1923 年第 3 期。

喜，“清露凝在花心里，花心正是凝露的呵！”[1] 但甜蜜的日子总是飞逝而去，人们总是担心爱情是否可以长存。例如，静宙在诗中发出这样的追问，“月亮底下的花园里，/……/爱神呵：/伊与我甜蜜而且纯洁的爱，/仍永续长在的吗？”[2] “天荒地老”是恋人的渴望。甜蜜是爱的滋味。但爱情真能常驻吗？这是世人皆懂但都不愿触及的一个话题，因为它的残忍让人们总是避而不提。或许留在人们心头并诉诸笔端的总是甜蜜的回忆，爱的伤痕被有意或无意地淡忘。但叶伯和抛开廉价的乐观，写出爱情河流的奔涌与枯竭，“天堂是理想的，爱河是终归要涸的……”“我说：爱人！只要你我的爱交互地常存在/我俩的心灵里，/春光便永久不会离开我们的金屋子了！……月复一月，岁复一岁；……她对人们的爱愈多，人们对她的爱愈少。/她的身体因爱而枯，她的颜色因爱而老。/终竟被爱河裹一页的扁舟，/不知将她载往何处去了！”[3] 虽然爱人在爱情的时间河流里会容颜老去，但是爱情依然是年轻人心底最美好的向往。如果没有爱情的浇灌，青春只会枯萎。“被爱情忘情的二十五年呵！/我今后的心；/更要怎样安放呢？/默默地想着，/更脉脉地想着；/无奈何！/我且自由地诅咒说：/‘青春之花呵；/萎了吧！’”[4]

在“五四”这个青春的时代，爱的恋歌被奏响。湖畔诗人们对爱情的歌唱风靡“五四”文坛。尽管很多描写爱情的诗歌遭受非议，例如，汪静之的《过伊家门外》“我冒犯了人们的指摘，一步一回头地瞟我意中人，我怎样欣慰而胆寒呵！”虽然如此，但依然挡不住年轻人对爱情的向往。年轻的心在斗争的年代，尤其需要爱的滋养抚慰。《草堂》以自己独具的风格为这曲爱的恋歌谱写别样的音符，构成时代的大合唱。在一个旧事物尚盘踞着较大势力地盘，新事物力量单薄的时代中，自由的爱情注定要遭受阻拦。《草堂》恋歌感伤大于快乐，忧郁徘徊的色彩盖过明快欢欣，在情感上与新文坛弥漫的感伤情绪相呼应。

---

① 赤话：《清露凝在花心里》，《草堂》1923 年第 3 期。

② 静宙：《小诗》，《草堂》1923 年第 3 期。

③ 叶伯和：《她的爱》，《草堂》1923 年第 3 期。

④ 张拾遗：《诅咒》，《草堂》1923 年第 3 期。

《草堂》与时代一起，在追求自由时感受到幻灭的悲伤，在孤独无助中思索人生与命运。《草堂》的撰稿者虽然面向海内外，但其主体还是四川诗人。面对生于斯，长于斯的巴蜀大地，处于恋爱季节的诗人们并没有沉醉爱河。时代的声音与脚踏土地的苦难，让年轻的人们感受最多的是孤独、无助。在这份孤独中思索宇宙时空的无限与生命的短暂，对生命自由的渴望。

1922年，“五四”浪潮早已席卷全国，但是总有些封建势力试图阻挡自由、民主的进程。雷承道在《割草人》诗中，将割草人喻为限制自由的刽子手，但青草顽强的生命力却无法被遏制住，正所谓“野火烧不尽，春风吹又生”。青草的根深扎在土里，总是在割草人离去之后再度萌芽成长，漫山遍野布满青青绿草。诗人借此表达对自由的向往。面对盛开在僻静山里的野刺花，雷承道没有“念桥边红药，年年知为谁生”的惆怅。他将繁华的城市喻为积土，美丽的花园喻为无自由的监狱。他认为生长在城市，被束缚在花园里的美丽花朵如同成长在垃圾似的监狱里，那份美丽无人懂得。雷承道以此表达对庸俗名利的鄙视，对自由的向往。对自由的呼唤是一代新青年的心声，但是自由总不能如期而遇。对自由的追求，须经过一段时间的挣扎斗争，不乏放弃者，在自我麻痹中满足于现实的生活。诗人叔农在《答八哥儿的话》中将这样的一群人比喻为八哥儿。被关在笼子里的八哥儿，先是奋力地挣扎，当碰死碰活也无法自由飞翔后，它渐渐忘记了自由与束缚的区别。当它忘记自由时，被关在笼子里的它也能放声歌唱——为关押它的人而歌唱。

为自由而奋战的勇士们，身边的同伴越来越少。面对寂寞的战场，孤独、绝望成为他们心头萦绕不绝的阴影。雷承道在《我的悲哀》中书写孤独忧伤。“我最不容易哭泣，今番也流下眼泪了！/我满怀心事去向何人告诉呢？/我的心事只有我个人知道！/我伤心只有我个人哭泣！/唉！我现在才知道人生是孤独的！/好吧！让我尽量的哭泣吧！”① 青春过早地憔悴：“宇宙是寂寂地；缺人的；/人间是冷冷地；缺爱的；/我哦！/——没来由

① 雷承道：《我的悲哀》，《草堂》1922年第1期。

的憔悴人的青春啊!”[①] 在这样的一个孤独的世界，弱者无法找寻安慰，甚至哭泣的勇气都消失殆尽。化名佩竿的巴金在《哭》中这样写道：“可是我连哭泣的勇气都没有了！哭是弱者唯一的安慰啊!”[②] 在世间彷徨许久，还是孤单一人，“这个月夜与数年前的有什么分别呢？但如今却只有我一个人徘徊了。”[③] 中国现代文学发生之际，狂飙突进的热情之后总是伴随着幻灭的悲哀。悲哀之后便是对生的厌倦。“我呻吟。在历史的黑暗当中，/从许多的呻吟里面，/我，——一个厌倦的青年；/继续呻吟了。”[④] 正因为青年们感受着太多的孤独寂寞，所以彷徨于人间的苦难：“自然以冷酷而迫切的旨意，驱着一切赶上衰老的路途。耐不住的，先已枯萎了；恋不住的，先已零落了。最不幸的惟有不枯萎、不零落而彷徨于衰老的路途上的无力的人们啊!”[⑤]

富庶的天府之国曾给予这方土地上的子民以豪迈、开阔的胸襟，浓郁的道家文化带领他们登上浪漫的高山之巅，他们也传承了花间词派浓丽缠绵的情思。巴蜀文化赋予诗人们敏感细腻的心灵，用诗意的方式感触世界。但近代巴蜀文人裸露于风雨的袭击，浪漫、浓丽的情感渐渐消散，离乱让他们的神经更加纤细脆弱。被奏响的青春旋律失去瑰丽的豪迈，充满哀婉悲伤的色彩。《草堂》为中国现代文学发生之际的感伤情调涂上浓墨重彩的一笔。

《草堂》对新诗的探寻摸索，不仅培育出一批现代诗人，更促进了新文化在巴蜀的推广。作为地域色彩较浓的刊物，《草堂》并非独立于中国现代文学这母系系统。《草堂》与上海北京的新文学刊物一起共同促进了中国现代文学的发生，彼此共荣共生。北京、上海、成都相互之间是互通往来，例如《草堂》与《诗》的互动。《草堂》在第一期便为《诗》宣传，称其为海内第一家真正致力于新诗的刊物。

以小诗为例说明，《草堂》与新文坛一起探索诗体形式的变革。五四

---

① 张拾遗：《我的悲哀》，《草堂》1923 年第 3 期。

② 佩竿：《哭》，《草堂》1923 年第 2 期。

③ 佩竿：《小诗》，《草堂》1923 年第 3 期。

④ 张拾遗：《我的呻吟》，《草堂》1922 年第 1 期。

⑤ 驹甫：《彷徨》，《草堂》1923 年第 2 期。

时期，小诗盛行于文坛。小诗盛行的外来因素主要有以下两个。新旧事物交战之际，中国青年苦闷彷徨。印度诗人泰戈尔那清新且具有哲思的诗歌，对他们而言是精神上的一种安慰，好似行走于荒漠时见到清澈的溪流。当时的中国掀起一股泰戈尔风，很多人模仿泰戈尔诗歌创作小诗。小诗流行的另一因素是日本文化，中国留学生中留日学生占多数，日本的短歌、俳句对与留日学生影响较深，留日学生将这种影响带回中国文坛。当然，这种模仿不是简单的抄袭，而是一种创造性的生成。"小诗"对内心细腻的触摸，牵惹诗人最柔软的情怀，具有中国传统词或小曲的意境。虽然"小诗"的形式是舶来品，但其精神内核与意境还是属于中国式的，表达的是当时青年的苦闷彷徨、忧思求索，是时代在前进途中的点滴情绪的反映。

小诗适用于记载一瞬间发生的情感。创作小诗的代表性诗人是冰心、宗白华。他们以近乎宗教般的信仰提倡以"爱"与"美"来改变这冰冷的世界。他们以简短的诗行描绘优美隽永的意境。《草堂》上也有较多的小诗，这些小诗多是生活的点滴感悟，但并非全以"爱"、"美"为主题。例如，张拾遗的《自失》："我和你都是漂泊者；/引人入梦底思想哟！/鸣着地小鸟；/开着地小花；/你们的生命浪漫呵！"[①]。有中国泰戈尔之美誉的叶伯和有一组小诗："天空已经是很暖和的了，/云呵！/你何事为它铺上许多轻絮？/鲜花已经是很美丽的了，/露呵！你何事为她结上许多珍珠？"[②] 在《草堂》发表小诗的还有一位诗人驹甫非常优秀，例如："凝立于淡淡的夕阳铺着的空漠的广场/心中便长此留下些淡淡的、空漠的印象"，"听轻微滴滴的夜雨飘落在呜呜的寒风里；况在魂梦飘摇的长夜啊！"[③] 一句话便构成一首小诗，表达诗人或站立于广场、或是听夜雨的感觉。

在风雨飘摇的年代，短诗更贴近诗人内心深处。那一瞬即逝的感觉没有任何教条理论的色彩，完全是情感的记录。短诗创作符合巴蜀文化任情而行的特点，《草堂》也与新文坛在情感与形式上形成一种契合。

① 张拾遗：《自失》，《草堂》1923 年第 3 期。

② 叶伯和：《小诗》，《草堂》1923 年第 3 期。

③ 驹甫：《小诗》，《草堂》1923 年第 3 期。

巴蜀文化的浪漫特质点燃了巴蜀诗人的激情，他们以自己一首首情感充沛的诗歌弥补了早期白话新诗的贫乏。

此时新文化的宁馨儿——现代白话诗歌已经诞生。诗歌语言已经不再存在文言、白话之争，而是探寻如何让白话诗歌充满诗意。在去除用典、对仗等艺术手法后，现代白话诗歌好似去除层层包装的裸体美人，一览无余，难以挑动观者遐想的情思。此阶段的诗歌，唯有真情实感才能打动人心。搅动文坛的郭沫若正是凭借内心充盈的激情写出一首首经典的新诗，带领新诗走向一个新纪元。即使被认为是现实主义诗人的闻一多在此阶段的诗歌创作也是坦露着赤心，以真挚的情感感人，例如他发表于 1922 年 4 月 4 日《清华周刊·双四节特刊》上的《死》。“让我淹死在你眼睛底汪波里！/让我烧死在你心房底熔炉里！/让我醉死在你音乐底琼醪里！/让我闷死在你呼吸底馥郁里！/……/你若赏给我快乐，/我就快乐死了；/你若赐给我痛苦，/我也痛苦死了；……”[①] 叶伯和、张拾遗、何又涵、雷承道、沈若仙、陈虞裳这些巴蜀诗人以一颗颗真挚滚烫的心感染读者。读者阅读诗歌，好似走进那他们年轻的心灵世界，感受到他们的悲欢离合，读者也因此而悲喜交集。

## 第三节　苦难大地上的人们——《草堂》的小说

中国现代小说发生之际，小说与现实的距离是如此的贴近。新文学在批判传统文学的文以载道的同时，继续着“载道”文学的发展。“……小说的地位提高了，可对小说功能的理解并没有突破。思考的出发点是深刻的民族危机，内在的思路是传统的文以载道……”[②] 新的“道”便是小说承载的政治负荷，即启蒙。由梁启超倡议开始，小说担负起新国民、新道德、新宗教、新风俗、新人心、新人格等任务。中国现代小说的发生，是一个渐变的过程。现代小说承载着救国难的重责。将小说视为街巷闲议或怀着游戏消遣的态度已经成为过去式。

① 闻一多：《死》，《闻一多全集》第 1 卷，湖北人民出版社 1994 年版，第 53、54 页。

② 陈平原：《陈平原小说史论集》（下），河北人民出版社 1997 年版，第 1247 页。

在文学史上，有着深远影响的创造社与文研会，它们虽然提出不同的口号，前者“为人生”，后者“为艺术”，但实质上都围绕一个主题——文学与启蒙。启蒙对象是广大民众，对民众进行思想启蒙，进而振兴贫瘠落后的古老中国。即便是创造社成员向内的书写，也是展示弱国子民因为祖国母亲的落后而遭受的凌辱，进而唤起民众麻痹的心灵。《草堂》小说同样关注社会现实，具有警醒、启蒙作用。小说作品抛弃廉价的乐观——认为启蒙者可以带领民众走向新生，小说进入自省层面——思考人们难以根除的传统文化负荷，揭示新文化运动对人民思想冲击的不彻底性。

《草堂》小说情感基调是灰蒙蒙、暗沉沉，较少光亮的颜色，写出拂晓之前的暗影重重。这种小说格调也符合巴蜀文化的特性，总是卓尔不群，有自己的见解主张，不随波逐流。巴蜀文化的这种特质在巴蜀作家李劼人身上便有体现。他开启的早期现代白话小说既有对现实的鞭挞：揭示官场风云变幻中人性的卑劣，抨击传统教育模式流弊——对儿童身心的摧残，也有对民族性强烈的反思——对普通民众的书写则展示沉滞的国民性。《草堂》小说在呼应时代主旋律的同时，在文学画廊描上自己独特的一笔。

第一，小说以悲剧形式揭示了封建礼教吃人的本质属性。

《草堂》第一期发表了张拾遗的短篇小说《中国人的悲哀》，这篇小说讲述了两个故事。第一个故事揭示了吃人礼教对年轻人身心的戕害。故事是以倒叙的方式，由一首诗歌引起儿时的回忆。姐姐按照诗礼门庭之家的礼仪规范，为未婚夫守节，最终抑郁发疯。故事以儿童的视角，写出成人社会的野蛮无理：吃人的礼教。姐姐曾有的唯一爱情在小说中也只能以若隐若现的诗歌暗示，但这段情感与不见天日的诗歌一样也是在黑暗中沉默，在沉默中死亡。

第二，小说反思国民性，揭示悲剧的根源。

《草堂》第一期发表了张拾遗的短篇小说《中国人的悲哀》，其中第二个故事以一对吸鸦片的母子为描写对象。这对母子可以因为吸食鸦片反目，口出秽言，甚至大打出手。左右邻舍对此已经见怪不惊，可以做到视若无睹。一方面写出众人的麻木，另一方面写出人性堕落的可怕。一个毫无生存能力，只知道偷家里东西卖钱买鸦片抽的人，为娶媳妇，使用一切欺骗的手段——定亲的手镯是借的，官职是糊弄女方的，这一切欺骗的幕后操手是那位被儿子打骂的母亲。小说没有写出娶亲之后的故事，但可以想象这将是一幕怎样的悲剧。帮助导演这场悲剧的除这对母子之外，还有知道内情的邻居。这个故事的悲剧性在于所有的人物都是悲剧性人物，但身处悲剧而不知。周围的邻居既有看客的麻木不仁，也是悲剧制造者的帮凶。母子之情已经被鸦片异化。母亲不再是传统文化中的慈母形象，而是一位鸦片吸食者，一位欺骗者。儿子在这样一位母亲的纵容之下，颓废堕落为社会垃圾。

中国土地上类似的悲剧还在不断地重复，由年老一代演绎到年轻一代人身上。其中，震撼人心的悲剧是受伤害的弱者演变为恶者的帮凶。陈虞裳的《名誉》是一部具有强烈悲剧色彩的小说。悲剧的第一层是含苞待放的花蕾遭遇摧残。一个十八九岁的姑娘到好朋友家里玩，意想不到的悲剧序幕开始拉开。好朋友一再挽留她留下来，并以酒热情款待。当姑娘酒醒之后，发现自己被好友的姐夫奸污了。姑娘羞愤之中只能不断地哭泣。姑娘在好友以及好友姐姐的劝慰之下，为了顾全名誉对此事不声张，选择忍辱偷生。但故事悲剧绝非仅停留于此层面。悲剧第二层是应该被怜悯的弱者成为面目狰狞的帮凶。导致姑娘遭受侮辱的那位好朋友，原来也是悲剧的受害者。她被姐夫奸污之后，为顾全名誉，听姐姐的话将此事隐瞒。但这位受害者不仅没有反抗意识，还亲手缔造了又一起悲剧的发生，让自己的好朋友再遭毒手。悲剧的第三层面是整个悲剧的帮凶是同为弱者的女性相互伤害。姐姐不敢声张丈夫强暴妹妹的事情，动机是为了维护妹妹的名誉。殊不知，这助长了丈夫为非作歹的嚣张气焰，使得妹妹长期处于丈夫的淫威之下。妹妹又亲手将无辜的好友送到不知廉耻的姐夫手上，造成另一位姑娘的悲剧人生。这三位女性共同成为“名誉”的受害者。“名誉”让悲剧一次次上演，受害者无意识中一次次成为行凶者的帮凶。小说以“名誉”为名字，嘲讽了封建礼教的虚伪，对人性的戕害。那位凶恶的男子将封建贞操观作为自己禽兽行为的挡箭牌，对女性任意凌辱。

如果说以“名誉”为主导的悲剧是封建贞操观念的延续，那么传统婚姻观念依然延续着封建男权社会的踪影。小说揭示女性解放不是“五四”一声怒吼便能完成的事业，女性自身因袭的封建基因根除才是女性解放的前提。

第三，小说反思新文化运动的失败。新文化追求婚姻自主，实现人的“自由”。但一些所谓的新女性在自主选择婚姻时，不是追求两情相悦的爱情，而是遵循夫贵妻荣的传统，自愿将人生赌注压在男性身上，甘当附属物。

《两封回信》通过一位女学生前后不同内容的两封回信，揭示了女性婚姻观依然笼罩着男权社会的阴影。受过教育、接受新文化思想熏陶的女学生，定义人生未来不是依据自己的才学能在社会上有多大的作为，而是依据未来丈夫的社会地位高低。女生之间相互攀比未来夫婿的前途，至于学业则成为可有可无的点缀。女性被男权社会驯服，男尊女卑思想成为潜意识。虽然一些所谓的新女性口头上天天喊着男女平等，但在选择伴侣时，依然找寻需要被仰视的伟丈夫。女性主动将自我缩小为一个小小的我，依附在男人伟岸的肩上。《两封回信》反映的是文化悲剧，新文化没有真正战胜藏在人们心里的封建文化阴霾。

第四，小说抛去罩在慈母身上神圣的光环，揭示了人性“恶”的存在。

《草堂》小说还颠覆了子孝母慈的传统模式。何友涵的《长夜》塑造了一位恶母形象。儿子的幸福不是母亲的安慰，而是让母亲愤怒生气。中国传统文化中母亲都是慈祥、宽厚的代言词，而这篇小说中的母亲狭隘、自私。她是一位妒者，嫉妒儿子儿媳的幸福婚姻。母亲不能容忍儿子与媳妇的亲密，不能接受儿子爱自己之外的女人，哪怕这位女人是儿子合情合法的妻子。婆婆对媳妇由怨而产生的恨深入骨髓，甚至不能容忍儿子思念死去的妻子。当媳妇生命垂危之际，儿子照顾妻子也会被母亲诅咒：“他们俩口儿那末舒服！下了课回来，就锁进牢洞去陪着！你这忤逆不孝、顺妻威母的东西。雷不打你！只恐天火都不容你咧！”当媳妇逝世后，婆婆的怨恨之心不减，面对泪眼婆娑，在思念中度日的儿子，骂道：“难道你要疯了吗？你是不是又想起那死鬼了？唉！未必那种人死了就找不出吗？……"[1] 儿子以泪洗面地过日子，无奈之中只能期望这万恶的社会早日被推倒。这种描写母子对立，展示母亲"恶"的小说，在中国文学史上相对较少。巴蜀文化自古受中原儒家文化影响较弱，儒家、道家、佛家文化相互交织渗透其中。巴蜀文化形成独有的文化特色，富有浪漫瑰丽的色彩，以"人"为本位。巴蜀文人更有勇气敢于透过虚伪的礼教外衣，揭穿其人性的本真面目。汉代的司马相如与卓文君的故事，在他们的家乡被视为美谈。故事中居于家长地位的岳父大人扮演的是一位势利小人的角色，对司马相如前倨后恭的转变与《范进中举》中那位屠户丈人一模一样。近代巴蜀作家李劼人著有《捧的故事》，写了婆婆由嫉生恨，趁儿子不在将媳妇活活打死的人间惨剧。故事中这位婆婆也是一个虚伪、凶恶的形象。儒家文化中神圣不可侵犯的家长在巴蜀文人笔下成为势利小人或凶悍的恶妇。

第五，小说在探寻人间悲剧的文化、人性根源时，也着眼满目疮痍的大地，写出战乱带给人们的无穷伤痛。

《长夜》的悲剧是人性恶的悲剧，《中国人的悲哀》是国民性的悲剧，《半截观音》与《舶来的爆竹》则是社会悲剧。

《半截观音》讲述一名私娼的故事。这名私娼是一位秀才的女儿，是受过教育的知识女性。她重情重义，对父亲是一位"割臂疗亲"的孝女；对丈夫，是一位贤惠的妻子；对婆婆，是一位孝顺的媳妇。就是这样一位具备一切美德的女子，因为贫穷沦为一名私娼——被评为无情无义，眼里只有金钱的私娼。纵然卖淫生涯有一个冠冕堂皇的理由——赡养年老的婆婆，也不能免去卖淫对主体人格的践踏。面对儿时的同窗好友，她羞愧痛哭。但贫穷已让她无法获得尊严。看见同窗好友递过来的金戒指时，她接受的动作是敏捷的。敏捷的动作反映了她对金钱的渴望深入内心，成为潜意识。接受金戒指的她，继而"害羞"地挽留儿时同窗的离去。这里的"害羞"不是单纯的羞涩，而是含有技术成分——妓女蛊惑买主的手段。这羞涩的纱衣掩盖着千疮百孔、细菌遍布的污秽之地。贫穷摧毁人

---

① 何友涵：《长夜》，《草堂》1923 年第 3 期。

的尊严，让人沦落为只知满足口舌之欲的动物。在战乱年代，知识文化百无一用。拥有知识文化的女子无法独立生存也只能堕落为私娼。对战乱动荡的社会给人们带来的戕害，在《娱闲录》小说《唉》当中也有类似的反映，只是故事地点发生转移而已，一个是在苦难的四川，另一个是在浪漫之都巴黎。

社会如此贫穷的原因何在？是兵祸。民国年间的巴蜀大地兵祸连连，百姓生活毫无保障，随时面临家破人亡的危险。《舶来的爆竹》描述了成都一场突如其来的战争给平民百姓生活带来的灾难。小说以幽默的笔调将炮声喻为爆竹响。这无奈的幽默反映出战争的频繁。老百姓生活没有安全的保障，因为所谓地方保护者的军阀们，其实毫无守护一方老百姓的思想。为了让敌对方不获利，省长故意让士兵出来纵火，全然不顾老百姓的死活。部队军官不给士兵发军饷，让士兵出来骚扰平民百姓。有这样的部队存在，即使绅士家庭也难免遇难，何况普通百姓家庭，整个社会处于水深火热之中。许多家庭因战乱而家破人亡，百姓们有的因买不到药而病死，有的被害死，有母亲因为孩子离去而气死……

或许因为巴蜀大地遭受的苦难太多，身处这方土地的人们对于反映弱小者的外国文学较为感兴趣。《草堂》登载的两篇外国小说《菲菲小姐》、《旗号》，主人公都是社会底层的小人物。身处乱世，让人们对世界末日的感觉较为强烈。《草堂》选刊的外国诗《恶之花》歌是波特莱尔世纪末情绪的反映。或许，《恶之花》的厌世情绪容易引起《草堂》同人的共鸣吧。

第六，或许灰色的色彩过于浓重，巴蜀作家在黑暗的社会中极力发现人世间的美好。对纯真恋情的描写，为灰色涂抹上些许的亮色。巴蜀文化中道家的影响，让巴蜀文人在绝望中也能看到生活的未来，这也是一剂调节巴蜀文人心灵的良方吧。

第一期刊载的小说《病中》讲述了一位少女的恋爱故事。在少女缓缓如流水的思绪中，小说情节如一幅水墨画徐徐展开。少女在宁静的乡村养病，等待恋人的到来。恋人迟迟未到，少女心中激起无数涟漪。少女想到周围几对分分合合的恋情，担忧自己的恋情起波澜。她希望自己的爱情能像孔德、泰戈尔所认为的那样庄严——爱情是生活的本源，是最自由的。少女看到书案上枯萎的蔷薇，为似水流年而怅惘。但是恋人的到来，让少女的心甜蜜宁静。脸庞的红晕颜色，显示出她病情的不治而愈。这是一个纯净的爱情故事，似清澈流水洗涤着黑暗的浊流，让读者感到清凉静谧。这淡淡的恋情写真，仿佛沈从文那宁静质朴的湘西世界。第二期刊载的小说《我的小弟弟》讲述了弟弟与日本女孩朦胧美好的恋情。他们用歌声、琴声传递彼此的爱慕。少男少女的纯真冲淡了乱世的凄凉萧瑟。故事期待世界大爱的到来，寄托了对和平的向往。

《草堂》小说与中国现代文学发生的关系可以从以下两点辨析。

第一，巴蜀作家在《草堂》上的小说创作与中国现代文学发生的宗旨是一致的，即，将文学视为严肃事业。小说创作通过揭示人们的苦难生活，促使人们意识到自己的悲剧命运，进而反抗不合理的现实生活。巴蜀文化是感性的，所以巴蜀容易出大诗人。巴蜀文化中，理性的沉淀常常让位于情感的飞扬。但是，巴蜀大地现实的苦难无法让情感飞扬。巴蜀作家在苦难中咀嚼心灵的痛，写出含着“血”和“泪”的现实悲剧。因为真实的情感无法感受到人生的喜悦，只能写出人生满目的疮痍，所以小说在不自觉间充当了刺向恶势力的匕首。读者因为看到真实的悲剧社会，进而会反抗不合理的制度，小说也因此承担了被赋予的时代使命。

小说与诗歌一样，充满感伤的情绪。民国没有给巴蜀人民带来较大的转变，这里依然黑暗、混乱。人们生活在水深火热之中。民国年间的生活甚至比清朝时期还要混乱黑暗。这是一个无秩序的时代。走马灯似的军阀来来去去，带给人民的只有骚扰、破坏、战争。老百姓面对轮番的抢劫，无能为力，无处控诉。新文化运动，让有志青年力图开创一个全新的社会。但是盘踞多年的封建势力与军阀势力联合，让新文化处处碰壁。这些有志青年好似鲁迅先生所说的，被唤醒时发现自己躺在黑屋子里，向往光明却无路可逃，痛苦比以往平添好几倍。小说讲述了一个又一个悲剧的故事。这些悲剧故事的内涵并不止于巴蜀大地。悲剧故事超越区域性的界定，具有时代性、社会性。例如，巴金的《家》、《春》、《秋》，讲述的故事发生地虽然在成都，但其蕴含的主题却具有整个时代的代表性。

《草堂》小说无论从内容还是形式，与中国新文学都紧密相依，相互呼应。中国现代文学发生之际，小说承载了太多的政治历史负荷。但小说作为一种文学形式，不可能仅是一种思想理论工具，而是以情感打动读者的文学。无论“为人生”还是“为艺术”的小说创作，都要求紧贴现实生活，反映生活的“血”与“泪”。《草堂》悲剧小说从人性、国民性、社会、文化几个角度着眼，写出新旧交替时代起起伏伏的人生悲剧，描绘出大千世界的众生百相。

第二，巴蜀作家在《草堂》上的小说创作，一方面显示出严肃的现实主义特征，另一方面开始了西方小说艺术的尝试。

巴蜀作家李劼人率先开始现代白话小说的创作，浙江的鲁迅先生贡献出一部经典的现代白话小说，接着中国现代白话小说园地开始绽放朵朵花蕾。《草堂》便是这其中一朵。《草堂》小说艺术手法新颖，采用与传统章回小说迥然不同的艺术形态。

在西方小说艺术影响之下，小说外在形态发生着转变，例如在结构、叙事角度等方面的演变。《名誉》抛弃了中国传统小说习惯采用的线性结构，放弃有始有终的故事叙述方式，采用截取横断面的叙事方式。小说采用集中的时间、地点，让人物先后粉墨登场，整部小说有点像一部现代话剧。《名誉》采用三个横断面，第一个场景是姐妹俩在去厢房的路上，第二个场景是在厢房内，第三个场面是姐妹俩送受伤害的姑娘上轿。第一个场景以姐妹俩的对话为主，以受伤害姑娘的哭泣为背景。第一个场面通过对话揭示出妹妹曾遭受姐夫凌辱，是一位受害者。姐姐非但没有为妹妹讨回公道，反而诱劝妹妹为了所谓的名誉隐忍。第二个场面写出受伤害的姑娘在那位四十岁左右的男人和姐妹俩的连哄带劝之下，为了保全名誉被迫接受自己被糟蹋的事实。第三个场面则是姑娘无言地坐上轿子回家。小说以“名誉”为核心串联起三个场景，以保全了名誉为小说的“喜剧”性结尾。小说的叙述者是作者，作者作为看客将完整的故事展示给读者。但小说还设计了另外一位看客，即，“天”。“天”作为一名看客，慢慢睁开眼睛注视整个事件的发展。由单层叙事视角变为双层叙事视角。所谓天理难容，但此时的“天”虽然睁开了双眼却无能为力地看着悲剧的发生。这样就构成了一种讽刺。这里的“天”可以理解为中国传统道德的代表。但传统道德已经无法束缚男子的丑恶行径，却成为女子沉重的十字架。传统道德成为男子满足兽欲的保护伞，迫使女子忍辱偷生。“天理”已经不存在。小说以此批判传统道德的虚伪，同时也暗示女子只有走出传统道德的阴影才能摆脱男子的淫威统治。《名誉》中雨打芭蕉、梧桐叶的传统意境也成为一种象征，象征被伤害者内心的悲鸣。再如，第二期中《我的小弟弟》对倒叙的采用，对月色中弟弟弹琴和清晨与女孩相遇两个场面的描写。还有第三期中《长夜》在结构上对插叙的采用，采用的三个场面描写——对新婚的甜蜜回忆，对病榻中妻子的缅怀，对现实社会的不满诅咒与无力。

近代社会，西方思潮席卷中国。西方思潮的影响，使小说内在形态发生着慢慢的转变。这种转变突出表现在人物塑造由外在形态转为向心灵深处挖掘。

《草堂》小说中最具现代主义色彩的小说是第二期刊载的何友涵的小说《三笑》。这篇小说的外在结构已经发生根本性的转换，抛弃了传统线性叙事结构，采用截取横断面的叙事模式。小说主人公是一位爱好美术、文学的青年，妻子的离去让他感觉整个世界都枯燥无生趣。但是作为具有鲜活生命的“人”，他不可能毫无欲念地生活着。小说以三次“笑”的场面写出主人公内心的纠结。第一次“笑”是主人公去看朋友时遇见一位妩媚的女子给他媚人的一笑。这娇媚的微笑震动了他的心灵。第二次“笑”是他回忆与妻子在一起的幸福时光，那是他们共同拥有的甜蜜微笑。第三次“笑”是他在书店为一位女子心动。女子的体香诱惑着他，乃至于当他发现那女子的微笑是对书店老板而不是自己时，感到异常的嫉妒、愤怒。主人公每次为“笑”心动时，他都会以这是对妻子怀念的表现为理由，掩盖内心对异性的欲望。小说对“性”采取了非常隐晦的表现方式，在弗洛伊德的“本我”、“自我”和“超我”之间来回。主人公的情感变化、思绪流动是小说的主体。小说在意识的流动中慢慢展开，渲染出个体在广袤的社会中感受到的孤独。青年向封建大家庭宣战的同时，由于脱离了家庭的庇护，孤独体验成为“五四”一种集体的感受。西方工业社会对人的挤压也造成人在社会中不能体现自我价值的孤苦感受。西方现代主义的“孤独”与中国式的“孤独”两者之间虽然根源不同，但在社会中的无助感是相通的，因而能够引起共鸣。小说采用梦幻似的意识流最能传递这种情感体验，同时也使小说显现出现代派诡秘、颓唐的色彩。

## 第四节　四川早期诗刊——《孤吟》

《草堂》不仅培养了一批现代作家，更在巴蜀掀起新文学运动的高潮，人们竞相阅读《草堂》，并开始新文学创作，专注新文化运动的刊物也相继诞生。1923 年，仅在成都创刊的新文化刊物就有《小说四周刊》、《蜀评》、《小灵》、《孤吟》，另外，泸县还创刊文艺刊物《星星》。此时的四川已经显示出新文学运动全面展开的趋势。在此以《孤吟》为例，说明新文化运动在四川的开展情况。

中国第一份纯诗刊物《诗》，由文学研究会创办于 1922 年。中国现代文坛专门研究诗刊的第二本刊物是《诗学》半月刊，创刊于 1923 年 3 月 28 日。该刊物由诗学研究会出版、北京京报馆发行。四川早期诗刊是《孤吟》，属于成都孤吟社的刊物，创刊于 1923 年 5 月 15 日，距离《诗》创刊一年的时间，与《诗学》半月刊创刊相隔约两个月的时间。

在“文学革命”转向“革命文学”时期，作为四川地域性的刊物，《孤吟》与《草堂》一起建设新文化，推进了新文化运动在四川的展开。

它不仅呼应《草堂》，还与川外乃至国外的文学创作遥相呼应。第三期宣传北大日刊的附刊“歌谣”。第六期宣传四川的《草堂》。同时，《孤吟》不仅刊登诗歌作品，还在古今中外的纵横比较中，展开诗歌讨论，探索现代白话诗歌的发展。在《孤吟》上刊载的文章可以见出对文坛的最新信息的反馈。第一期上张拾遗著《“蕙的风”的我见》，对新诗创作提出自己的观点。第三期“短论”栏中署名 G. L. 的《新诗与新诗话》探讨新诗的发展。成仿吾的《诗之防御战》、康白情《新诗底我见》在第六期“短论”栏中作者署名为 K. T. 的“说哲理诗”中得到响应。《孤吟》每期刊载译诗。第一期蜀民译《茵梦湖》中诗一首；第二期徐芬陔译《白昼将去了》（The dav is gone. John Keats）；第三期上 K. T. 译《祖胜父之歌》（法国：Ravachol 作）；第四期上徐芬陔译的《疲劳底呻吟》（Sing Heighho! cyarles Kingsley 作）；第五期上 LLT 译《收葡萄的三天》（法国：Alpnonse Dontet 作）；第六期上 S. M. 译《可怜的灵魂》（德国：维伯尔作）。《孤吟》通过刊载译诗介绍西方文学、推动新诗发展的同时，也反思旧文学。第三、四、五、六期的“读书录”栏目连续刊载思绮的《谈旧诗》。另外张拾遗在第五期撰文《毛诗序给我们的恶影响》。这篇文章批判毛诗序是如何误导后人，造成恶劣结果的。然后，它还在第四、五、六期开设“儿童创作”栏目。注重在儿童中推广新文化，这被当时很多新文学刊物忽略。只有儿童才是延续新文学真正的火炬手。这可以说是《孤吟》的一个特色，也是贡献。署名 K. T. 的作者还专门在第三期撰文《我们出儿童诗歌号的旨趣》，指出发展儿童文学的必要。最后，《孤吟》与《草堂》是中国新文学大师——巴金的摇篮。巴金曾以佩竿的笔名在第二期上面发表小诗。

《孤吟》是一个纯诗刊物。与《草堂》相比较，《孤吟》有了更为自觉的诗歌使命感。杨鉴莹在第一期《我们底使命》中，明确指出《孤吟》创刊的三个原因：首先，诗歌不再是无聊的书生事业，而是肩负着时代使命；其次，诗歌有助于发泄青年们时代的烦闷；最后，在革命文学的时代，让被压迫阶级发出自己的呼声。正因为《孤吟》这样的创办宗旨，所以诗歌反映缠绵的爱情的同时，也有年轻人遭遇挫折时的孤独、幻灭感，还有对弱小者的同情，对自由的渴望。

巴蜀作家细腻缠绵的情感荡漾在诗句行间，对不公正世界的反抗浸润在一行行的诗句中。在情感上，《孤吟》与《草堂》一起倾听时代浪潮的声音，成为中国现代文学发生期的一盏弱小却散发着光和热的蜡烛。

爱情是青春诗歌一个永恒的话题，难以遗忘的情思不时牵惹思绪。“沉了，忘了，/偏时时依旧引起。”[①] 以《孤吟》以第五期的诗歌说明爱

① 张望云：《摽拂之心》，《孤吟》1923 年第 6 期。

情的歌唱是当时新诗一个重要的主题。立人女士的《无非是一个爱》，爱情无论是甜蜜、酸涩或真诚、虚伪，对于一颗即将枯萎的心而言，能容载的也只有爱情。周无斁的《留着的甚么》写出充满相思之苦的爱情。不忍见面，相见之后便是思念，恋爱的日子只有相思。历史转折时期，年轻人面对未来充满彷徨迷惑。“我想把心放在光里，\ 光却闪动着黑暗的寂寥。\ 我想把心放在歌里，\ 歌却奏起了迷惘的音律。\ 我想把心放在爱里，\ 爱却显出不同的面目。\ ……更有那里安放呢？\ 且任我怅惘地哭哟！”[①] 这首诗歌写出年轻人在追求途中遭遇挫折，那无处安放的青春充满寂寥、迷惘，只能怅惘地哭泣。对恶魔横行的世界，被压迫者发出抗争的声音。“我们还是‘人’呵！/我们有‘人’的热血呵！/如果我们‘人’的热血还没尽冷，/……/我们绝对不能让恶魔安稳地生存着，//一切有良心的朋友们：/我们记着我们兄弟的血，/预备着我们自己的血；/来与恶魔决一死战吧，/杀兄弟的仇是必须要报复的呵！”[②] 1923 年距离“五四”运动已经四年，但是旧势力并没有完全从社会上消失，依然包围着新文坛。新青年们依然能感受到埋伏在暗处的旧势力的压迫，他们发出抗争的声音。但是抗争有时会遭遇失败，这时对理想的追求便有了怀疑，哭泣成为发泄时代烦闷的通道。“不可期的宽慰，/只是一些悲哀的句子么？/从心里流出的泪痕哟！”[③] 怀疑、哭泣成为前进途中的伴侣时，年轻人便想寻求安慰，“但这广漠的世界，谁能给我心之安慰呵？”[④]

中国现代文学发生期间，一些曾经站在时代潮流的弄潮者，有的退隐不再抗争，有的甚至站在反新文化阵营阻碍新文化的发生发展。巴金以佩竿的笔名在《孤吟》上发表诗歌，抨击这历史倒退现象。“笼中的鸟也曾高飞天空呵！/可是现在他在嘲笑在空中彷徨的乌鸦了。”[⑤]

《孤吟》与《草堂》在诗歌艺术特征方面，同属于早期白话诗歌，处于探寻摸索阶段。

---

① 张拾遗：《彷徨》，《孤吟》1923 年第 1 期。

② 张拾遗：《自赏》，《孤吟》1923 年第 1 期。

③ 唐苇杭：《心泪》，《孤吟》1923 年第 1 期。

④ 立人女士：《心之安慰者》，《孤吟》1923 年第 2 期。

⑤ 佩竿：《小诗》，《孤吟》1923 年第 2 期。

《孤吟》上的诗歌创作属于早期白话诗歌，以第六期上刊载的花啸的《春感》为例。“又是一年，/又是一年春光阴。/记得去年的秋风，/把叶儿吹红，/把花儿吹落，/哦！这竟是不堪回首，/哦！这便是光阴的摧残，/光阴呀！/我何能虚度了你呀！”。这首诗歌与《草堂》上刊载的诗歌相比可以见出早期白话诗歌在慢慢成长，试图摆脱“话怎么说便怎么做”的稚嫩，逐渐迈向成熟的诗歌建设。浪漫的巴蜀文化赋予巴蜀作家纯真无邪的情感与敏锐的情思。即使被剥去精美的外包装，真挚的情感依然能让白话诗歌打动读者的心扉。“甚么是好，甚么坏？/我只知道一个真。”“遍地荆棘，/怎能阻我滑车似的心呵？”[①]。这首小诗同时也反映出巴蜀诗人对新诗中小诗形式的呼应。再如，巴金在《孤吟》第二期上的一组小诗，唐苇航与P. K分别在第三期上发表的小诗，孟刚与勤伯分别在第五、六期上发表的小诗。“没有母亲保护的小孩，是野外任人蹂躏的荒草呵！”[②]代表了巴蜀诗人对世界的感受——孤独无助。小孩不可能永远在母亲的怀里寻求保护，离开母亲怀抱是必然的选择。在兵荒马乱的年代，现代知识分子没有强壮的体魄提着刀枪上战场去显功扬名；在理想价值混乱的时代，现代知识分子彷徨在十字路口。“母亲的 缺失”可以理解为传统文化被打破，知识分子找不到可以庇护的安身立命之处。“向何处去呢？我所徘徊的歧路呵！”[③]雷承道笔下徘徊于歧路的知识分子成为走出川外的一批巴蜀作家的写照。在《浅草》中，相对于现代文坛的多余者、零余者，巴蜀作家笔下的知识分子多是不甘于命运摆布而狂奔于歧路的漂泊者。

《孤吟》上刊载的诗歌在思想和艺术上的特点与《草堂》非常具有相似性，所以笔者对《孤吟》不再展开详细论证。《孤吟》与《草堂》一样，为新文坛培养出一批得力的巴蜀作家，如张拾遗、唐苇杭、张望云、周无斁、杨鉴莹、张继柳、晓芸、窦勤伯、马璧辉、畊野、雷承道、刘叔勋等。他们以自己的文学创作，推动了中国现代文学的发生发展。《孤吟》、《草堂》与其他文艺刊物一起，构成了新文学团体中一支不可忽视的

① 徐荪陔：《小诗》，《孤吟》1923年第4期。

② P. K：《小诗》，《孤吟》1923年第3期。

③ 雷承道：《歧路》，《孤吟》1923年第3期。

力量。这些纯文学刊物不同程度地为中国现代文学的发生起着推动作用。这种现象正如茅盾的评述：“这几年的杂乱而且好像有点浪费的团体活动和小型刊物的出版，就好比是尼罗河的大泛滥，跟着来的是大群的有希望的青年作家，他们在那狂猛的文学大活动的洪水中已经练得一副好身手，他们的出现使得新文学史上第一个‘十年’的后半期顿然有声有色！”①

① 赵家璧主编：《中国新文学大系·导论集》，上海文艺出版社2003年影印本，第92页。

# 第四章 巴蜀作家与中国现代文学的共同成长

## ——以《浅草》为例

中国现代文学发生之际，如雨后春笋般涌现的文学社团是一道亮丽的风景。1921 年到 1924 年，全国大小文学社团四十多个，而到 1925 年迅速增加到一百多个。在这股前进浪潮中，起着引领作用的是两个文学社团，即“文学研究会”、“创造社”。它们在文学史上占据的地位毋庸置疑。在这众多文学社团中，有巴蜀作家积极踊跃的参与。这两大社团之一的“创造社”，主要发起者与组织者是巴蜀作家郭沫若。郭沫若为创办创造社放弃了待遇优厚的医生职业，只为实现文学梦想。郭沫若、李劼人等其他巴蜀作家对“文学研究会”的参与形式则是以投稿者的身份。巴蜀作家参与到中国现代文学发生的主要方式之一还是组建社团。前面讲到的《草堂》作为地方性新文学刊物，为中国新文学的发生摇旗呐喊助威，是历史前进浪潮中一支生力军。被鲁迅誉为生命力最强劲社团的是浅草、沉钟社。这两个社团代表着走出四川的巴蜀作家对中国现代文学的贡献。

1924 年之前的文学社团是在一片空白地上凭空修建的舞台。1924 年之后的文学社团则为这舞台增添了亮色光彩。浅草社成立于 1922 年初，期刊《浅草》于 1923 年 3 月在上海创刊。《浅草》至 1925 年 2 月停刊，一共出了四期。《浅草》的五位创办者中，冯至、杨晦两位是非川籍人士；有林如稷、陈炜谟、陈翔鹤三位都是四川人。这三位也是《沉钟》的主要创办者。《浅草》与《沉钟》由于创办人的承接，所以这两个社团总是被视为一个整体，虽然它们的创办者并不这样认为。《浅草》带有浓厚的巴蜀色彩。从其刊登的文学作品看，撰稿作者大部分都是巴蜀人士，例如，《浅草》第一期的十多位撰稿者中大部分都是巴蜀作家，例如陈炜谟、林如稷（白星）、罗青留（石君）、陈翔鹤、马静沉、李开先、陈竹影、王怡庵等。只有党家斌和赵景深等少量非巴蜀籍人士（有一名撰稿者章铁民的籍贯不详）。再从编辑来看，《浅草》的编辑几乎都是巴蜀作家。《浅草》第一期的编辑是林如稷。林如稷有一个十三岁的朋友叫胡兴元，由他为《浅草》第一期封面题字。第二期的编辑是陈炜谟。第三期原定由陈炜谟编辑，因为他有事回四川，临时改由林如稷编辑。第四期则由陈炜谟与冯至编辑。这自然导致《浅草》带着浓厚的巴蜀文化色彩。《浅草》文学作品内容多描述民国年间巴蜀大地上人们遭受的苦难。

在中国早期新文学刊物中，《浅草》具有自己的特色。在帮派意识严重的现代文学发生初期，相互谴责的声音在文坛不绝于耳。《浅草》以海纳百川的胸襟不发一句批评指责的言论，潜心致力于新文学的拓荒工作。《浅草》对于文学采取包容的态度，认为只要是出于对新文学的喜爱而创作，皆应该受到鼓励，所以绝不刊载一篇批评性的文章。林如稷在第一期“编辑缀话”中明确提出《浅草》发刊的愿望——也是《浅草》同人对新文学一致的态度：“我们不愿受‘文人相轻’的习俗熏染，把洁白的艺术的园地，也弄成粪坑，去效那群蛆争食。其实，在中国这样幼稚——我们相信我们——的文坛里，也只能希望文坛上的各种主义，像雨后春笋般的萌芽：统一的痴梦，我们不敢做而不愿做的！文学的作者，已受够社会的践视；虽然是应由一般文丐负责。——但我们以为只有真诚的忠于艺术者，能够了解真的文艺作品：我们只愿相爱，相砥砺！”[①]《浅草》同人以发自内心的热忱保护着中国新文学这块刚刚开垦的土地。这正如《浅草》第一期“卷首语”中写所言：“是谁撒播了几粒种子，又生长得这般鲜茂？地氈般的铺着；从新萌的嫩绿中，灌溉这枯燥的人生。荒土里的浅草啊：我们郑重的颂扬你；你们是幸福的，是慈祥的自然的骄儿！我们愿做农人，虽是力量太小了；愿你不遭半点儿蹂躏，使你每一枝叶里，都充满——充满伟大的使命。”[②]《浅草》的创办者们珍惜新文学的创

① 林如稷：《编辑缀话》，《浅草》1923 年第 1 期。
② 《卷首小语》，《浅草》1923 年第 1 期。

作，愿意像农人培育幼苗一样扶持新文学的勃勃发展。《浅草》与《草堂》一样，刊载的是纯文学作品，较少文艺理论的文章。

《浅草》同人为了增加趣味的丰富性，在第二期《浅草》出版同日创刊了旬刊。旬刊定名为《文艺旬刊》，由上海民国日报发行。旬刊在内容上注重“论文”、“译述”、“介绍”、“创作”、“杂文”……等。在旬刊上也抱着与《浅草》同样的宗旨——不刊登批评性的文字。

《浅草》同人虽然不刊登批评性的文字，但却热烈欢迎文艺学界对《浅草》提出批评指正。这种开放包容的胸襟在《草堂》也有体现。这种开放包容与巴蜀文化的开放性、包容性相一致。在各种文艺理论竞相登台、文学帮派斗争此消彼长的背景之下，文坛上相互攻击的文章层出不穷。受巴蜀文化浸染的巴蜀作家不随波逐流，保有淡定、从容的心态。像《草堂》、《浅草》这样稳立不动，坚持中庸平和观点的文学刊物少之又少。创办文学刊物，纯粹出于对文学的喜爱，而不带功利色彩，这与郭沫若创办“创造社”、叶伯和创办“草堂文学研究会”一样体现了巴蜀文人任情而行的特点。道家文化的浪漫逍遥赋予巴蜀文人对功名利禄的淡泊，与此同时，巴蜀文人为实现理想也具有九死而不悔的执著。

笔者在分析《浅草》文学创作时，以巴蜀作家创作为研究主体，也会涉及少量非巴蜀籍作家的创作，如顾随、徐丹歌。因为这少量的非巴蜀作家创作风格与巴蜀作家相同，而且以此也能折射出巴蜀作家的创作与现代文坛的呼应。《浅草》不仅见证而且参与了新文学由出生到慢慢成长的过程。《浅草》是时代的镜子，照出新文学青年的心声。《浅草》反映出年轻一代人在时代车轮里的呻吟，在年华流逝中的辗转反侧，在文学摇篮里恣放梦境的鲜花。

## 第一节　狂奔在歧途的漂泊者们
### ——《浅草》小说的现代性

《浅草》较之《草堂》更具有现代艺术色彩。这种现代艺术色彩突出体现在其小说创作中。《浅草》小说的现代性主要表现为对西方象征主义、表现主义的借鉴。小说通过探寻幽深的意识，触摸细微的感官体验，采用颠倒错乱的意识流等方法。小说创作大多以情绪流动为线索组织材料，消解传统起因、发展、高潮、结局的线性叙事模式。读者被主人公的情绪吸引，进入其内心世界。故事情节常颠倒时空距离，跨越心灵与现实两个世界，具有怪诞、神秘的梦幻色彩。这些“去故事情节”化的叙事模式在“五四”小说学习西方小说技巧中具有典型性。《浅草》小说创作注重人物感受、联想、梦境、幻觉乃至潜意识，形成“诗化”、“心理化”倾向，这是其现代性的重要表征之一。①

景物描写成为小说表达主题一个重要手段，这是《浅草》中很多小说具有的特征。以“静”环境描写代替传统“流动”的故事情节，这也是现代小说的一个特征。

在故事情节展开上，景物描写起着重要的起、承、转的作用。这在中国传统小说中是罕见的。

景物描写在某种程度上分担着故事情节的作用，例如，陈炜谟的《烽火嘹唳》。故事情节的发展变化由景物描写起着起、承、转的作用。小说一开始描写一幅夜幕即将降临的景色。细雨霏霏，微风飘荡柔和，鸣叫的小鸟告诉人们夜幕就要来临。随着主人公雨京出现，天空开始变得幽怨，犬叫声幽咽而凄哽。再随着主人公临近村庄，战乱的世界即将展现在眼前时，以景物写出乱世的悲凉。景色更加凄迷，雨在哭，风在施展淫威。槐树经不住风的淫威簌簌地响个不停。天空开始变得惨淡，风带着树叶的声音，好似军队的喇叭在幽咽。当雨京从梦中醒来，周围的景象像张开的巨口将他吞噬。这种景物与情节并重的写法与传统小说的环境描写不同。

中国传统小说也有景物描写，但是较少静态冗长的描写方式。在中国传统小说中，景物描写通常是点缀性质的。传统小说中，即使有为渲染氛围的景物描写，往往也是几笔勾勒的水墨画。《三国演义》第六十三回“诸葛亮痛哭庞统张翼德义释严颜”中的景物描写：“却说泠苞见当夜风雨

① 参见陈平原《中国小说叙事模式的转变》，上海人民出版社 1988 年版，第 296 页。

大作，引了五千军，径循江边而进，安排决江。……却说庞统迤逦前进，抬头见两山逼窄，树木丛杂；又值夏末初秋，枝叶茂盛。”① “风雨大作”四个字就将军队作战时的环境勾勒出来。庞统战死，与所处地环境有相当大的关系，但小说也只是以白描的手法如实写出环境的季节特征。环境描写无须承载主人公的情感，只是为故事情节展开的需要服务。《红楼梦》中环境描写依据写实主义原则，按照东西南北、上下左右的空间顺序，让读者有清晰的视觉体验。环境描写只是介绍人物置身的环境。例如第三回“托内兄如海荐西滨接外孙贾母惜孤女”中，黛玉初进贾府所见：“黛玉扶着婆子的手进了垂花门：两边是抄手游廊，正中是穿堂，当地放着一个紫檀架子大理石屏风。转过屏风，小小三间厅房，厅后便是正房大院。正面五间上房，皆是雕梁画栋，两边穿山游廊厢房，挂着各色鹦鹉画眉等雀鸟。”② 西方小说中景物描写往往占据较重的分量，分担着小说主人公的喜怒哀愁。像达夫妮·杜穆里埃的《蝴蝶梦》开篇第一章几乎全是对曼陀丽庄园的景物描写，故事在既美丽优雅又具阴森诡秘色彩的庄园中慢慢展开。

受西方心理分析的影响，中国现代小说注重向内的开掘，在大段景色描绘中融入小说主人公的情感体验。小说的景物描写无论带着晦暗、阴沉或灿烂的色彩都是主人公情感的载体，具有象征意蕴。

陈炜谟的《轻雾》一开始便是大段景物描写。在昏沉沉的天空之下，一切物体都是那样了无生机。懒惰的飘雪、动也不动的枯草、不歌唱的小鸟、木偶式站着的槐树，构成一幅寂寥得让人发慌的世界。景物描写让读者一进入小说文本，第一感觉便是铺天盖地的孤寂。小说主人公素云在这样的氛围中登场。在这静止的、没有生机的环境中，小说展示了一个病态的人物形象。年轻的生命已经没有生机活力。素云是位在忧患中老去、在哭泣中寻求答案的青年。他面孔青黄，眼窝深陷。皱纹过早地爬上他的额头。在喧嚣的人群中，素云是一个独立的个体——寂寞、孤独。被轻雾笼罩的世界，人与人之间的距离模糊遥远。轻雾象征人与人之间的隔膜，心

① 罗贯中：《三国演义》（下），人民文学出版社 1979 年版，第 541、543 页。

② 曹雪芹、高鹗：《红楼梦》第一部，人民文学出版社 1974 年版，第 27 页。

灵的互不通。林如稷的《狂奔》讲述了一位无法把握命运，只能狂奔在歧途的怯弱者。萧寂的景象，使得这位怯弱者无病呻吟。他只会悔怨，而不知道反抗。环境的寂静象征生命的孤独。过于静寂的环境，电话铃响都能使得他的心战栗。这象征已经衰老的年轻生命不能承受生命之重。林如稷的《婴孩》讲述了一个似真似幻的故事。失去亲人的孤儿逃离收养他的叔叔家，走进一座陌生的城市。他在这座死亡都市里，感受到的是恐怖。整个世界被黑暗包围。黑暗、恐怖的夜色象征主人公被抛弃的人生，没有光明未来的命运。小说一开始就渲染了一幅让人窒息的画面。“灰色罩满的P城，沙漠般似的丘墓，荒沈的冬季里，晦暗的中晚的狭巷，只能略辨出惨绿闪淡的星点，是几盏潜伏在死之都市的路灯。一波一波的狂风，由远而近，由近而远的起伏着。沙浪也随着步骤潮涌。暗浓蓄着恐怖的天海，带着一幅愁惨的悲像；泪珠般的星群，也不住的颤跃！不用说是寒气若何，只是一阵的冽风，迎着人面刮过，立刻感觉到是冰天石像的悲哀。”[①] 林如稷的另外一篇小说《流霰》一开始也是渲染秋雨黄昏的悲哀、惨淡，小鸟的彷徨、凄恻、狂奔。虽然主人公亦维不满民族的劣根性——人们之间彼此倾轧、互相残害，拒绝与同学交往，导致性情益发的怪癖、身体更加的衰弱。但神经质衰弱的他不能主宰自己的命运。在他眼里，繁华的城市是一个狐鼠栖息的沙漠、丘墟。小说在景色描写中融入对人生的狂怨、悲怨。

《浅草》中偶尔也有一两篇小说离开肃杀、隐晦的人生主题，写出春光明媚的景象，像白星（林如稷）的《童心》。这是一篇充满温馨情感的小说。人类回到童年，回到天真无邪的时代。情感的单纯美好使得世界也美好亮丽起来。香甜的空气、随风舞动的小花、笑弯了腰的浅草、光彩夺目的云海，一切都是那么美好。福哥和芸儿这对一起长大的玩伴在经常拌嘴与和好之间来来回回。美好的恋情在懵懂中悄悄滋长。

《浅草》中小说创作多受西方精神分析流派影响，以情绪流动组织小说材料，以内视语言表达幽深、敏感的深层次意识，以梦境为欲望载体。“拉康认为，无意识具有语言的结构……无意识是隐藏在意识层背后的东

① 林如稷：《婴孩》，《浅草》1922 年第 1 期。

西，只有潜藏在人类心灵深处的无意识，才具有一种内视语言的意识结构。事实上，弗洛伊德早已发现这种内视语言的结构，他是通过‘梦’、‘玩笑’中所说是‘凝缩’（condensation）和‘易位’（displacement），就可以用‘隐喻’（metaphor）和‘换喻’（mentonymy）的转移来描述。”①同时，《浅草》中小说创作从内心感觉出发，真实再现那个时代中一群年轻人漂泊无依、奔波在歧途的悲凉、彷徨。这种创作原则受西方颓废派影响。法国的波特莱尔是颓废主义的代表，他认为：“主张艺术须脱离自然，放弃对自然的复制，而纯从‘人’的地位和艺术家所‘独有’的观点，运用想象，以抒发个性，尤其是忧郁、悔恨的心情，从而进入‘美’的境界。其次，艺术中的美和美的形式，因此必然具有极高度的特性，它决定于每个艺术家的官能和特殊的感情。艺术家在此前提下，通过想象，才能在作品中表现这种美。……最后，波特莱尔认为必须强调个人的感觉、官能、忧郁情绪并使想象绝对化，才能符合‘现代’的要求，因而又说现代艺术是以这种想象为中心的浪漫主义的艺术。”②

《浅草》小说创作手法更多采用意识流的写法。这种写法打破了传统小说故事情节发生的直线发展结构。故事叙述随着人的意识活动，通过自由联想来组织故事。故事安排和情节衔接，表现为时间、空间的跳跃、多变，前后两个场景之间缺乏时间、地点方面紧密的逻辑联系。时间上常常是过去、现在、将来交叉或重叠，例如《浅草》第四期上刊载顾随的小说《失踪》。小说讲述了一位男子因为爱情重生，又因为重生而毁灭的故事。小说采取插叙的方式，追忆男主人公心态变异的缘由。小说注重细节描写，在意识流中展开故事。小说时空自由跳跃，没有遵循起因、发展、高潮、结局的传统叙事模式，而是以四个不直接相连的时空构成故事时间表。《失踪》以一个场面描写为开始——娇媚的交际花与懦弱的男子共处一室。T城有名的交际花刘渡航总是最后一个上班，最早一个下班。这是一位好打扮，很具诱惑力的女性。男主人公心生爱慕，但不敢表白。他将

---

① 胡经之主编：《西方文艺理论名著教程》下卷，第二版，北京大学出版社2003年版，第157页。

② 伍蠡甫等编：《西方文论选》（下），上海译文出版社1979年版，第223、224页。

刘渡航女士用过的茶杯斟满水，然后一口喝下去，以移情的方式满足对她的欲望。他只能趁着无人时偷吻刘渡航女士喝过的茶杯，把脸放在刘渡航女士用过的肩巾里深深呼吸遗留的气味。他以书写先秦时期诗歌“窈窕淑女，君子好逑。求之不得，寤寐思服，优哉游哉！辗转反侧”表达对刘渡航女士的渴望。他内心焦渴，却不敢有所作为。他只能反复将 lady 这个词敲打十多遍，以消解内心那份饥渴的欲望。刘渡航女士对他的娇羞一笑，使得他惆怅惘然。小说以这极具有讽刺、戏剧性的场面，写出男主人公分裂的人格。这是一位二十七岁的青年，却已经弯腰屈背，满脸皱纹。第二个场面描写，时间跳跃到十年前。那时的他与初恋女孩在一起。他的初恋女孩是一位年仅十八岁，却抽着鸦片的女孩。这位女孩不能忍受分别的寂寞，与其他男子相好。此事弄得满城风雨，人人皆知。这是主人公与初恋女友之间既爱又恨的场面。第三个场面已是初恋女友生下小孩后躺在床上哭泣。或许女孩曾经的背叛已在他心中形成羞辱的烙印。当成为父亲时，孩子的出生对他而言如割人的刀片，提醒他妻子出轨带来的耻辱。产后重病的那位母亲如一朵零落开败的蔷薇，让他心生厌恶。他四处游荡，却总是被家人强拉到产后妻子面前。容颜憔悴的她无法获得他的怜悯。她委屈的哭泣只能增添他的厌恶与憎恨。在他眼里，妻子的眼泪并非明珠而是蒺藜。他暗地里下毒药毒死了刚生下婴儿的她。当妻子死后，他大病三个月。之后，他对生活的一切都失去感觉。他机械似的生活在世界上。女儿在他视若无睹的状态下长到七八岁。刘航渡女士唤醒了他沉睡的爱情。他因爱重生了。但随着爱情的重生，刻意遗忘的记忆被唤回。毒死妻子的阴霾将他打入地狱底层。当他站在讲台上，几十双纯洁无邪的眼睛将他肮脏的灵魂彻底映照出来。他打了一个寒噤，从讲台上倒栽下来。三天之后，他从人们的视线中彻底消失。人们完全忘却了他。几年之后，人们听说他在一个茶园唱小丑，但又看见他好似在澡堂帮人搓背，变得既瞎又聋。为了逃避人们的窥视，他彻底从人们的视线里消失。小说描写了一颗已经异化的心。恋人的背叛让他心生怨恨，毒死妻子的罪恶感在心里盘结萦绕，充溢心头的爱恋让他身心分裂，自我的再度审视使他不堪重负。他崩溃坍塌了。《失踪》的时空跳跃在几个具体可见的场景中，为读者展示了一颗扭曲变态的心。这篇小说的现代性一方面体现在对灵魂向内的深挖，让荒芜、暗沉的内心世界在意识流里慢慢呈现。另一方面，体现在叙事方式的转变。在每一次不同的时间段里，小说都是以一个场面描写为中心展开故事。时空自由穿梭在不同的场面中，好似电影的蒙太奇。“五四作家的真正贡献在于，倒装叙述不再着眼于故事，而是着眼于情绪。过去的故事之所以进入现在的故事，不在于故事自身的因果联系，而在于人物的情绪与作家所要创造的氛围——借助于过去的故事与现在的故事之间的张力获得某种特殊的美学效果。”[①] 以倒叙、插叙等方式截取一个横断面表达主人公情绪的流动，这种手法在《浅草》小说常被采用。

《浅草》小说中的性爱描写受西方文化影响，注重内心的感受，以性爱表达人的生存状态——生命的焦虑。林如稷的《将过去》讲述一个青年被欲望之网罩住，又想逃出这张欲望之网的挣扎。小说多以内视语言进入主人公幽深的心灵世界，以主人公的情绪流动为线索展开。小说没有明显的故事情节，语言多是心灵絮语。小说主人公若水从上海来到北京，好似从荒岛来到沙漠，昏昏度日，没有目标，任由命运之舟沉浮颠簸。小说以“画”、“梦”投射若水的欲望——生存中唯一的欲望。能让若水灰的脸上显现笑意的是一幅“春浴图”。画上是一位只披了一件浅草色绒浴衣的姑娘。这位如出水芙蓉的姑娘娇慵无力。“似乎这一种春意溶溶的浓意，兰汤馥郁的芬芳，已把若水向 H 君借榻的房间也撒满和融散得有几分春意；还似乎那种特有的肌肉泌液香汗，已点点滴滴滴到若水的头上。他这样的吃力凝望之后，灰的脸也露出七分满的微笑，被盖盖掩着的身部，也很缓和而渐渐也娇无力起来。”[②] 小说以画为欲望载体，写出若水内心的骚动、渴望。若水对性的渴望被整日刻板的生活压抑着。他每天吃饭、睡觉，没有希望与未来，没有奋斗目标，是颓废青年的典型代表。小说以梦的形式写若水生理机能的欲望。他在梦中与红衣女郎接吻拥抱，享受性爱的快乐。小说描述梦境时，采用呓语的方式表达含混、错乱的感觉。“——吻，吻着，吻那像西藏产的红花似的发……——吸，吸着，吸那如马来群岛上的人嚼槟榔

① 陈平原：《中国小说叙事模式的转变》，上海人民出版社 1988 年版，第 57 页。

② 林如稷：《将过去》，《浅草》1925 年第 4 期。

流出来的唾……——挣扎，挣扎……——颤……颤……”[①] 小说在描写主人公性爱时，采用的都是这样含混的呓语，也就是拉康所谓的内视语言。这样的语言形式在我国传统白话小说中几乎找不到。我国传统小说无论具有浪漫色彩的神鬼故事还是现实主义的写实小说，语言都力图逼真描绘出事物的形态或人物的动作，即使揭示心理活动的语言也是明朗清晰。中国传统文人在小说创作时有意无意之间都会将读者设想为听众，在创作时自然会考虑如何使故事更生动有趣以吸引听众。中国传统小说的流通渠道多是以说书人为媒介。这样就导致中国传统小说不能太过于晦涩。近现代以来，文学与报纸杂志的关系日趋紧密，文学作品的流通不再通过说书人。文人创作小说时不用考虑臆想的听众，可以更加直面内心。如果说以前的小说创作是下里巴人，那么现代的小说创作则是阳春白雪。因为中国现代小说面向的读者群是知识分子，其中大部分是在校大学生。因为如此，现代小说创作追求立意的深刻，注重叙事艺术的现代。《将过去》以呓语的方式呈现主人公的混乱心理，使得小说具有梦幻色彩。西方的弗洛伊德理论对中国现代小说创作具有一定的冲击。中国现代作家表现人的欲望时不再羞羞答答，而是大胆剖析内心的纠缠，写出人性的最真实面。小说主人公若水在一家酒店与一位低级妓女一起时：“——唇快相接了……颤……抵……强烈的火焰……抵御……骨头骨节都煖熔得要化烟了……——吮吸……舔……吸……颤……抵御……强烈的电波……挣扎……骨髓骨沙都快泻出来了……”[②] 小说采用呓语的方式展现人物的颤动与挣扎，“理”被欲望的海洋消融。这种以性爱传递的生存体验，写出在社会现实的围困下个体寻求超越而不能的焦灼。这篇小说以颓废的生存形式暗示理想的跌落。其实，中国古典文学中并不缺乏色情文学，像《肉蒲团》、《金瓶梅》等。但中国的情色描写多着眼于感官体验。外部感官描写成分居多。传统的情色描写主要表达情爱的欢愉之乐。“五四”新文学中的性体验多是一种矛盾生存状态的载体，例如，郁达夫的性爱描写承载一位弱国子民爱而不得，又爱欲难舍的生存状态。《浅草》中个主人公多是被命运随意摆弄

---

① 林如稷：《将过去》，《浅草》1925 年第 4 期。

② 同上。

的一叶孤舟。他们感受到人生中的无依与苦涩的漂泊。《浅草》中的性爱描写多是一种非线性的内在性，传递出生存的焦虑状态。这些描写既有弗洛伊德精神分析的影响，也有尼采存在主义、柏格森生命哲学的影子。

“在新文学第一个十年，笼罩于整个文坛的空气主要是感伤的。……以小说而言，初期最有影响的‘问题小说’……在追求探讨人生究竟时，也都诉说着感伤的情怀。后起的‘乡土小说’……虽然偏于写实，但也都无不隐含着乡愁。以郁达夫为代表的‘自叙传’抒情体小说……表现当时知识分子精神的追求与痛苦，更是不厌其烦地咀嚼伤感。……但即使《女神》中也有不少篇章带有感伤情调。哲理小诗作者对宇宙人生的深深思索，以及早期象征派转向内心微妙的感情，都普遍涂上感伤的色彩。……感伤成了这时期新文学的一种精神标记，映照着‘五四’历史转折时期普遍的社会心理。新思潮唤醒了广大青年，但多数人觉醒之后又一时找不到出路，在十字街头彷徨；现代意识促使他们追求人生价值和美好的理想，而黑暗现实的压迫又往往使他们感到苦闷与失望。”①《浅草》为现代文坛的人物画廊提供了一批困顿在歧途的狂奔者。与现代文坛的零余者、多余者相比较，这群狂奔者不甘命运摆布而向命运挑战，但因找不到方向而让生命耗尽在歧途的狂奔中。“狂奔”是一个人不能主宰自己命运时，在人生歧路上让生命无谓地消耗。力量渺小的个人如同一叶小舟在狂风大浪中颠簸。“狂奔”传递的感伤情绪不仅笼罩着《浅草》，而且代表了当时文坛相当一部分的氛围——被新文化唤醒的新青年在新旧势力交战中的疲惫，以及看不到方向的迷惑。《浅草》中小说传递出来的情绪充满阴霾、暗沉，主题多表现人生的无意义。个人力量弱小，无法掌握自己命运之船的帆，没有方向的随波沉浮。小说色调如此暗淡的原因在于，主人公对未来没有方向的迷茫交困。这是一代年轻人在时代转化之际共有的一种情绪。这种情绪与当时西方涌进的世界末日情绪撞击产生一种共鸣。

林如稷是《浅草》的主将之一。“狂奔”是林如稷在小说诗歌里常用到的一个词。这个词给人一幅画面，在遥远无尽头、纵横交错的无数条道

---

① 钱理群、温儒敏、吴福辉：《中国现代文学三十年》，大学出版社 1998 年版，第 26、27 页。

路上，一个人没有方向、没有目标地狂奔。在狂奔途中，这个人耗尽生命的青春、激情，只剩下疲惫、孤寂围绕在他四围。他小说《狂奔》的主人公从故乡来到陌生的P城考大学，落榜的他受到同乡的冷遇。他身边没有一个可以倾诉的朋友，孤冷得可怜。他是一个只知道悔恨埋怨不知反抗的怯弱者。他在失眠的夜里，只能够以诗倾诉哀伤。他无法支配命运，只能够任由命运的支配狂奔，狂奔在充满陷阱的歧路上。林如稷另一篇小说《止水》写出蜗居在城市的知识青年那灰色的人生。空幻的人生观夺去他对生命的钟爱。在L空幻的人生观里，世上的善恶美劣都是空幻的。“他常常以为人生是空幻的，世界的善恶也不过是空幻的变态；至于爱好美劣，也只是空幻中空而又空的。总之，他的人生观，是空幻而已。那些人为工作而生活，为爱，为X而生活的论调，他都以为这是一般骗人的哲学家或盲目的文学家从空幻中造出来的。”[①] 因为如此，在他流浪的生活里，他拒绝和人交往，是那样孤独无依。因为文萱毫无城府，有一颗单纯如孩子的心，所以L只同文萱一人关系不错。L在一次无聊孤寂的等待中，将好友文萱珍爱的水仙花一瓣一瓣撕碎扔在火中里炙烤。水仙花对文萱而言是爱情的象征。看着娇艳的水仙花在火中炙烤，L冷酷的心竟能从中获得满足。L对水仙花的冷酷，让他失去唯一的好友文萱。失去好友的他不仅感觉着孤独，还感觉到了恐怖。林如稷的《止水》写出人生的空幻，《婴孩》写出被命运抛弃的人生。“狂奔”的意象不仅林如稷常用，其他作者在小说中也有相似的表达。陈翔鹤的《茫然》写出视人生如游戏的虚无。《茫然》的主人公C君经济窘迫，常受人当面侮辱。但他对于自己遭遇的一切喜怒哀乐全然不放在心上，因为他把一切都视为游戏而已。在茫然的人生之途，他赞美一切能使他麻木兴奋的事物，无论美丑善恶。他放纵自己的灵魂与肉体，甚至于崇拜荡女、娼妓。

《浅草》中有太多“狂奔”的意象。知识青年的灰色人生弥漫着茫然虚无。正如林如稷的诗歌《狂奔》中所写：“凄凄的淫雨，朔朔的暴风，/——这叫狂叫的鸟儿，/——走向何处去呢？……狂奔的小鸟，彷徨

① 林如稷：《止水》，《浅草》1923年第1期。

迷途的小鸟？/可惜你的力太薄了！/宇宙未有归宿的生命啊，/终不能冲出这深灰色的坟墓！……”[①] 诗中彷徨迷途的小鸟代表了当时青年知识分子在“五四”落潮时期的彷徨迷茫。在旧势力还未彻底消灭，新生力量单薄的特殊历史时段，被西方文化唤醒的青年知识分子追求梦想的实现。在追求梦想的过程中，他们遭遇各种旧势力的阻挠，新事物发展又没有明确的方向，他们感到茫然、疲惫。“在自私而无同情的世界里——/一个庸弱的我有谁堪怜呢?”[②] 在疲惫茫然之中，他们感到人生的虚无。在他们笔下，作品充满感伤的情绪，晦涩、暗淡的色彩成为作品的基调。

“天朝帝国”的大门被西方的枪炮轰炸开，西方的政治经济文化以强势的姿态影响着衰败落后的中国。这也是中国现代文学发生的政治背景。不管人们愿意与否，西方文化曾被视为拯救陷落中的华夏文化之灵丹妙药。西方各种文艺思潮如潮水涌入文坛。“在一系列‘对话’的过程中，外来小说形式的积极移植与传统文学形式的创造性转化，共同促成了中国小说叙事模式的转变：现代中国小说采用连贯叙述、倒装、叙述、交错叙述等多种叙事时间；全知叙事、限制叙事（第一人称、第三人称）、纯客观叙事等多种叙事角度；以情节为中心、以性格为中心、以背景为中心等多种叙事结构。”[③]《浅草》无论从思想内容还是艺术手法上都受到西方文化影响。它也是中国现代文学发生之际文坛的缩影。

## 第二节　感受苦难——《浅草》小说的现实主义

《浅草》作品一方面借鉴西方文艺思潮展现出颓废、梦幻的现代主义色彩，另一方面继承现实主义传统，写出中华大地的满目疮痍。《浅草》对生活苦难的揭示具有强烈的现实主义特色，写出了这方土地上的人们在灾难面前遭受的苦难与苦难中心灵的变异，揭示了人性“恶”的一面。

当时的中国，政权没有高度统一。各地军阀混战，人民生活在水深火

---

① 林如稷：《狂奔》，《浅草》1923年第1期。

② 罗青留：《耻辱》，《浅草》1923年第1期。

③ 陈平原：《中国小说叙事模式的转变》，人民出版社1988年版，第4—5页。

热之中，到处都是民不聊生的景象。富有正义感的知识分子具有忧患意识，关注现实，写出了战争的“恶”。中国现代文学发生的背景使得文学担负有沉重的民族政治使命，文学并非文人墨客书桌上的闲情逸致。当文学与民主政治发生牵连时，文学成为新的“载道文学”。这里的“道”是宣扬西方的民主、科学、人道关怀，寄予着强国富民的复兴梦想。但是，战争的“恶”与人性“恶”让这个世界充满阴暗、晦涩。这份“恶”让满怀憧憬的青年充满厌世的悲观，甚至歌颂死亡。

《浅草》中较多描写战祸的作品，无论小说还是戏剧都有所反映。高世华的小说《沉自己的船》是一部具有悲壮色彩的小说。船主非但不能做正常的货运，还被逃亡的军阀逼得妻离子散。在进退无门的绝境中，船主与水手们决意与军阀同归于尽。他们在高歌中将船撞碎。当现实逼迫这众多的生命沉入海底时，只有那无情的明月照着这人间惨剧。战争的“恶”不单是体现在对人民生命财产的侵害上，主要是对人民心灵的戕害。陈炜谟的小说《狼筅将军》便是这样一部小说。人们早衰的外貌无言地揭示出战争带来的苦难。知识分子白棣年纪尚轻，但面部表情却没有阳光与朝气，而是呆板、凝滞、阴郁而惨淡。农夫的眉毛好似压着一百斤重担不能舒展，晦涩的眼珠黯淡无光。世间最悲伤的事情莫过于白发人送黑发人。天下父母都希望自己的子女能健康长大，幸福走完一生。但乱世却让担心女儿受辱的父母不得不祈祷她早日离开这个世界。一位叫赵惕甫的举人，女儿被军士劫走。在女儿生日这天，他焚香祷告女儿能离开这个悲惨恐怖的世界。“……你还活着？——这园里满目的碎瓦颓垣，我不愿你这样！死了，爹，还可以遇年遇节给你化袱……活着，像海滨的沙粒般活着，只有给人们侮辱，只有作人们的玩具！……菱儿，不是爹咒你……养你出来，辛苦的养你出来，还得我来尽这样的一个义务——愿你及早死灭！”[①] 他三十一岁的长子被匪徒捉去，挖出心肝，尸骨让狗吃掉。因为家庭遭遇太多的灾难，他心态变异，自封为狼筅将军。家中十八岁的次子被他封为陆军少将，十二岁的季子是参议，十六岁的次女是谘议，八岁的幼女是秘书。狼筅将军

① 陈炜谟：《狼筅将军》，《浅草》1925年第4期。

常在家里设公堂，动不动就升堂问罪。不用说家里的婢女是如何全身指甲伤，就是才八岁的小女儿也经常受夏楚之刑。一个普通家庭无力抗争万恶的社会，因而期待自己成为恶势力。战争的悲剧不仅在于一个家庭被异化，更在于这种异化的方式居然能得到众乡亲们的首肯。人们称狼筅将军的家庭为模范之家，值得赞美、崇拜。战争异化了人们的价值观念。他们相信："世界原只有南北两极。你不墨污人家的妻女，人就要鸠占你的老婆。你不养成啮心啮肺的习惯，就干脆把心肝割下来奉献给别人……"① 人们渴望投身枪林弹雨的目的是希望能青云直上，讨得九九八十一个女人。战争对人心灵的异化，在《沉自己的船》中也有呈现。船长与儿子临别时，嘱咐儿子长大后去当匪，以避免兵祸。陈炜谟的小说《烽火嘹唳》写出战乱中青年对人生的厌倦。世界是那样的肃杀、幽闷、凄凉，即使细雨也是凄切而幽咽，风也是那样的冷酷无情，连小鸟也觉着凄惨，拖长声音的喊叫一声声打到远行旅客的心弦里。这样的世界无法给人以生的喜悦，"——其实死也算不了什么，在或一观察点看来，死是解除烦恼的最好方法，是脱离这空幻的人生的梦境，而入于开满蔷薇的，没有战争，倾轧，欺骗的极乐世国的唯一通道；……"② 小说通过梦境展现部队荒淫无耻的生活。部队军士每天做的事情是下操、抢劫百姓家的财产、到处找女人睡觉。军士在外面遇见年轻女性，不管是十七八岁的闺女还是二三十岁的妇人，或者是女学生，光天化日之下就在菜畦上、森林内行那奸污之事。

《浅草》第四期刊载徐丹歌的小说《慈母》描写了"爱"遭遇"恶"时，"爱"的毁灭。小说中描写一群充当看客的大众，显示其内心的冷酷、自私。齐芳娘在有钱的伯父家里做佣人。患疯病的齐芳被锁在家里，无人照顾。齐芳因为长期没有换洗甚至长蛆。无奈的娘也只能抛下他去帮佣。齐芳娘将疯儿子用铁链锁住，强颜欢笑地伺候伯父一家和谐快乐的生活。这是两个完全不同的世界。齐芳的世界是没有幸福的地狱，而伯父家则是祥和的天堂。小说描写了两个场面——齐芳被看客围观的场面与齐芳被大

① 陈炜谟：《狼筅将军》，《浅草》1925 年第 4 期。

② 陈炜谟：《烽火嘹唳》，《浅草》1923 年第 2 期。

火烧死的场面。大众的看客心理让齐芳任人践踏、任大火烧死。齐芳被一个小孩捉弄，生吃黄蚁。当齐芳将拉屎用的小桶当帽子扣在自己头上时，周围的看客响起如雷般的笑声。当齐芳的马桶在不经意间将一个小贩卖粥的碗砸碎，一位看客拉住齐芳娘要她赔偿小贩。小贩乘机勒索齐芳娘。看客们在齐芳娘的哭求中不情愿地借出钱。每一个看客在掏出钱时都要提醒齐芳娘一定记得归还。借钱也是在看猴戏也要给钱的心态之下方才借出。人与人之间的冷漠无情在看客这里表现无遗。故事的高潮是在齐芳家里着火时刻，众人纵然热烈地喊着救人，但只有一个少年见义勇为。齐芳在众人的围观中慢慢被大火烧死。众人的冷漠、自私不仅杀死被铁链锁住的齐芳，还杀死了那位可怜的母亲。齐芳娘抱着被铁链锁住的儿子一起被火烧死。铁链是有形的，众人的冷漠自私是无形的。齐芳娘俩死于无形的力量，死于众人的冷漠自私。《慈母》通过看客的冷酷自私展示了人性恶。在批判国民性方面，这篇小说与鲁迅小说比较一致。面对大众的愚昧、冷酷，觉悟的启蒙者以笔做匕首将其藏在灵魂深处的卑劣面展示出来。《慈母》的叙事者与故事发生当事人具有一定的距离，远距离地审视这群看客的冷漠如何杀死了自己的同类。悲剧的展示是为了引起人们的怜悯，激发正义，让悲剧不再重演。在《浅草》第三期，林如稷的《葵堇》也是描写人性恶的一部小说。这部小说描写落难少年季怀被好心的伯父收留。在伯父家怡园里，季怀住了两年。伯父的女儿曼秀聪明美丽，吸引了季怀。在第一次辛亥革命时期，两人结为夫妻。第二次革命开始，季怀带着卖去岳父生前置所有田地的钱，去投靠以前在日本的朋友（掌握T省军事权力的黄将军）。但是这位革命青年就像昔日赴京赶考的秀才一样，金榜题名之际，也是抛妻另娶时。苦苦等待的曼秀等不到丈夫的信息。她带着几岁的女儿去找寻已经当了司令的丈夫季怀。丧失人性的季怀竟然设计欲置结发妻于死地。金钱、权力的欲望已经压制了爱情、亲情。曼秀在悲愤中奄奄一息躺在医院里。那才几岁的女儿与年老的母亲失散在茫茫世界。路见不平拔刀相助的正义青年谦文也不堪社会与家庭的压力而跳楼身亡。“邪不压正”是我们民间的谚语，反映了人民的愿望。但黑暗的现实社会中，正义得不到伸张，善良的人们只能被黑暗吞噬。

世间充满太多的“恶”。怀着憧憬与理想的青年在现实中看到的是将快乐建立在别人痛苦之上的丑恶人类，看到的是人类之间的相互倾轧。在这样的人际关系中，人与人之间存在不能沟通的隔膜，彼此之间看不清对方的真心。陈炜谟的小说《轻雾》表达的就是这样的主题。主人公素云在孤独寂寞中渴望爱、呼唤爱，但冷漠的人群固执地坚守着那份隔膜。唯有柳树枯枝知道素云的心声，因此更渲染出素云的那份渴望的不可得。“轻雾”看似指笼罩在世间万物的雾气，实质指人与人之间那道不可逾越的鸿沟，不可消除的隔膜。林如稷小说对死亡的赞美，也是源于青年对冷寂、恐怖人生的厌倦。陈翔鹤的《茫然》中那位游戏人生的C君，对爱与憎都抱着无所谓的态度，人生对他也是冷漠、抛弃的态度。小说通过梦境表现表现C君无航向的人生。梦中的他被白雾包围，看不到前途，也看不到归路，被无情围困在荆棘苍茫的原野，四围只有悲泣的声音。他感觉生命太漫长、拖沓，盼望早日结束这无聊的人生。对生命的厌倦，即使在没有战乱的日子也无从感受“生”的喜悦，例如，胡絜若的小说《青春的残踪》。岁月的痕迹带给人们的不是收获，没有智慧的积淀，只是增添粗俗市井气息。一个温婉美妙的少女，在岁月的洗刷之下，变为一个无所顾忌、恣意谈笑的世俗妇人。小说充满似水流年的感伤。

在民国时期，中华大地到处都是哀泣的呻吟。人们在各系军阀的践踏之下，如牛马般煎熬着短暂而漫长的人生。四川地处祖国内地，西方的势力侵入相对较少。在这方土地上，人们的苦难主要来自军阀的铁蹄。没有走出夔门的大众见识短浅，导致愚昧、狭隘、自私。这种人性的劣根性在黑暗势力包围下更加“发扬光大”。《浅草》中反映的“恶”便是这种背景之下的产物。双重的“恶”使得人间如同地狱。追求光明理想的青年彷徨在歧路——不知来路与归途。青春消耗在这没有目的的狂奔之中。这是一群狂奔在歧途的漂泊者。

作为文学刊物的《浅草》，既有巴蜀文化地域性特征，也反映了当时中国文坛的整体风气。

“五四”初期，文学创作整体上的感伤情调使当时文坛创作具有浓厚抒情色彩，即使是写实主义也带有抒情色彩。这与主情的巴蜀文化是一个契合。巴蜀文化主情，所以巴蜀较少出哲学家，更多出文学家。巴蜀作家的文学创作偏于抒情。《浅草》中小说创作分为两大类，一类深入人物心灵世界，现代性较强。另一类反映巴蜀大地血泪史，较具有写实性。第一类是运用现代主义的创作手法，写出知识青年狂奔在歧途的灰色人生。第二类创作是运用现实主义的创作手法，在反映人民的受难同时，也反映人性的“恶”。这两类创作代表了当时文坛两种“为艺术”与“为人生”的文学。《浅草》文学创作浸满巴蜀风貌。巴山蜀水成为知识文人抒情达物的载体。近代巴蜀大地发生的灾祸连连成为小说的苦难记忆。因为苦难的沉重，巴蜀文化原有的浪漫飘逸演绎为消沉颓废，作品主人公多是没有目的地狂奔在歧途。巴蜀文人在反映血与泪的苦难现实时，作品也没有教条似的说教，而是深入主人公的内心世界，向读者敞开一扇扇心灵的大门。走进这扇大门，这是一个肃杀、凄凉的世界。作品色彩基调是灰色，情感是幻灭、伤感。在中国现代文学发生之际，巴蜀作家将家乡发生的血泪史用文学作品的形式展现在世人眼前，为中国现代文学开掘一方广阔天地。当浪漫遭遇苦难时，沉重的心灵枷锁使得飞翔坠落，成为脚踏土地的狂奔。同时，巴蜀作家也写出流浪在异乡的那群知识青年在人生之旅的幻灭、哀怨、怅惘。

中国现代文学发生的时代浪潮是《浅草》的坚实土壤。《浅草》是“五四”新文化的产物。它的出现兴盛繁荣了“五四”新文学。“五四”新文学也因为有无数个“浅草”的支持才得以继续发展，占据文坛主流地位。《浅草》不仅代表巴蜀作家新文学的成熟，也象征着中国现代文学的成熟。《浅草》见证了巴蜀文化为中国现代文学发生所作出的努力与贡献，也证明在中国现代文学发生的大舞台上，两者的互生共荣。

# 第三编

# 星光灿烂

## ——个体篇

# 第一章 叶伯和与中国早期白话诗歌

中国几千年的灿烂文化，延续到清末民初的时候，已经成熟得有点像迈不动步伐的老人。这主要是指诗歌艺术，它精致到极致。后人的创作似乎摆脱不掉前人的束缚，掉进书口袋里。最明显的特征就是诗歌过多追求格律严谨以及典故的运用。诗歌创作已经陷入一片格律、典故的沼泽地。诗歌创作呈现“辞藻繁丽，兴寄都绝”的景象。这片沼泽地表面布满鲜花，然而大多是一些没有根的漂浮的鲜花，缺乏生命力。再加之，在近代，我国在世界上的屈辱地位，使得国人认为政治经济衰弱的根源是文化的孱弱。所以，文学革命便在一浪高过一浪的呼声中诞生。而这其中首当其冲的便是诗界革命。中国现代文学的发生几乎就是伴着白话诗歌的诞生而产生。由于中国的时代环境，中国文坛需要一位能够提出诗歌改革理论主张的时代性人物，起到一呼百应的效应。在这样的背景之下，胡适、周作人的出现恰恰适应了时代要求。他们提出“白话文学”、“人的文学”顺应了时代潮流，因而他们能够成为该时代的英雄人物。后来的文学史书写，更是大写了胡适等在史上的地位。然而，中国现代文学的发生真的只是如此吗？只是几个理论、几首艺术水准一般的诗歌就能装点偌大的中国文坛吗？答案肯定是否定的。正如美丽的夜空从来都是繁星满天，只有两三颗星的夜空绝不会璀璨夺目，中国现代文学的发生绝不是胡适、周作人、陈独秀等几位历史人物能够完成的。

所谓一枝独秀不是春，万紫千红才是春。许多人参与才能酝酿一种气势，足以改变一个时代的文风。中国现代文学的发生，必定有着许多人的参与才能聚沙成塔。如果我们在论及中国现代文学发生时，目光只是锁定在京沪两地，那么我们论证的就不是中国的历史，而是京沪的历史。同样，论及中国现代文学的发生只是聚焦于胡适的《尝试集》与几个口号，论证则显得苍白。文体变革，胡适的白话诗可以作为一种显性的标志，但不能是唯一。

中国文学史上发生的几次大的文风变革，几乎都有标志性文学作品诞生。中国楚辞的风行，便有以屈原为代表的创作推动文学变革。汉赋的诞生，则是有司马相如、扬雄的赋为代表。接着陈子昂古朴苍劲的诗风扭转旖旎的宫廷风格创作，开启了大气磅礴的唐诗风范。苏轼那充满大丈夫阳刚之气的创作改变了词狭小的体裁内容，拓展了词的创作题材，也确立了词在文学史上的地位。历数几次文化变革，巴蜀诗人在其中占据显赫的地位。那么，近代中国现代文学的发生，巴蜀文化在其中的作用是什么？笔者以四川诗人叶伯和为例，回到当时的历史现场，企图以一斑窥全貌，感受中国现代文学的发生。本书通过论述成都诗人叶伯和，指出中国早期白话诗歌并非是一块贫瘠的土地。叶伯和创作白话诗歌早于胡适，是一位实践的先行者。他不仅个体从事白话诗歌创作，而且创办新纯文学刊物推广新文化，扶持文学青年。叶伯和白话诗与歌相连，与情相依，具有浓郁的诗情，是早期新诗中的佼佼者。

## 第一节 叶伯和生平及著述考略

叶伯和1889年6月27日生于四川成都，原名叶式昌，又名式和，字伯和。祖父叶祖城，曾捐资创办成都叶氏崇实学堂；父亲叶大丰，早年曾就读于四川尊经书院，后留学日本，回国任四川高等检察厅检察长，后为律师。

1907年，叶伯和与父亲、二弟同赴日本留学。他先学法律，再专攻音乐。叶伯和1912年回国。他先后在大汉军政府、成都中学、益州女学、省立第一中学等任职。1914年应聘四川高等师范学校（今四川大学）筹建手工图画兼乐歌体操专修科。叶伯和主持音乐教育，开设音乐专业系统完整的课程，也开了我国高等院校音乐教育之先河。1922年，他出版《中国音乐史》（上卷）。1924 年，叶伯和辞去高师教授职务，应聘于成都通俗教育馆音乐部主任，三年后辞去。1928 年，倡导成立成都音乐协会。1931 年，他又担任成都第一个西洋乐社——海灯乐社顾问。他多次举行各种赈灾、抗日募捐义演活动，还参加纪念王光祈逝世，鲁迅逝世二周年，以及欢送川军抗战出发等音乐会。1939 年，举家疏散至城郊乡居。其间屡遭亲人去世、手稿失散等变故，1945 年 11 月，叶伯和投井自尽，享年五十六岁。

叶伯和主要工作是音乐教育，但在文学上也有着突出的成就。由于家学渊源，从小熟读古诗，《古诗源》、《诗选》、古歌谣以及陶、李、杜、白等集子皆为其喜爱。1907 年赴东京留学，乘船沿岷江、经峨嵋、巫峡、扬子江、太平洋，打开了眼界。“实在是把‘诗兴’藏不住了，也就情不自禁的，大着胆子，写了好些出来。”[①] 从此便开始了诗歌创作。到东京后，接触到西洋的诗，产生了翻译的想法，同时，也生发了“不用文言，白话可不可以拿来做诗呢”的疑问。[②] 1914 年入成都高等师范教音乐时，为教学需要便开始写了一些白描的歌。这些诗均为白话创作，在学生中广泛传唱。其中有八首后来收入 1920 年 5 月出版的《诗歌集》。胡适倡导白话诗，叶伯和更加积极创作。最初诗稿积聚而未想发表。1920 年，叶伯和在成都高等师范校报上发表几首诗作。他也在《星期日》周报第三十六号发表数首诗歌。同年 5 月，《诗歌集》由上海华东印刷所印刷出版，全国发行。《诗歌集》分为一、二、三期，自序中说到其写诗经历。该集距胡适《尝试集》出版仅两个月，从出版时间计算，《诗歌集》是中国第二本新诗集。但从诗歌创作时间计算，《诗歌集》创作早于《尝试集》。近年还有人认为康白情的《草儿》是“中国新诗坛上继《尝试集》、《女神》之后的第 3 本诗集”[③]。实际上，郭沫若的《女神》出版于 1921 年 8 月，比叶伯和《诗歌集》晚出版一年多，只能位居第三；出版于 1922 年 3 月的康白情《草儿》则退居其后，与同时出版的俞平伯的《冬夜》并列第四了。此

① 叶伯和：《诗歌集》第 1 期，华东印刷所 1922 年版，第 4 页。

② 同上书，第 5 页。

③ 王小巧：《谈康白情诗歌〈草儿〉历史地位的确定》，《西南农业大学学报》（社会科学版）2006 年第 2 期。

外在郭沫若《女神》之前，还有另一本诗集出版，这就是胡怀琛的《大江集》，国家图书馆 1921 年 3 月出版。但因其观点与大多数新诗人不同，不新不旧，而被排斥在新诗坛之外。[①] 但无论如何，叶伯和《诗歌集》是中国第二部个人新诗集是确定无疑的。1922 年，《诗歌集》再版。这年，叶伯和在成都还创办了当时四川第一个新文学杂志《草堂》，共出版四期，培育了巴蜀文坛第一批新文学作家。其中第三期发表了巴金的第一篇译作——俄国短篇小说《旗号》。《草堂》月刊后为《中国新文学大系》之《史料索引》杂志总目类所收录。1924 年，成都迪毅书店出版发行《叶伯和著述丛稿》，包括小说诗歌及郭沫若、康白情、叶圣陶等人对其诗的评论。在此前后，《伯和诗草》也在成都出版发行。后来作为诗歌别集也为《中国新文学大系》之《史料索引》创作总目类所收录。

叶伯和对中国现代音乐文化启蒙教育、文学创作作出了积极重要的贡献，在当时具有较大的影响，但学术界长期缺乏研究。近年来开始有人在其音乐成就方面进行初探，如四川音乐学院朱舟先生《叶伯和〈中国音乐史〉述评》，[②] 顾鸿乔在 1989 年第 4 期的《音乐研究》上发表的《叶伯和和他的中国音乐史——纪念叶伯和诞辰一百周年》，以及梅雪林《叶伯和〈中国音乐史〉下卷述评》[③]。但这些均未涉及其文学创作。《音乐艺术》2007 年第 4 期发表了陈永《对叶伯和的再认识》，根据有关资料，对叶伯和进行综合考察，关注到其乐歌创作、文学创作的情况，十分可贵，而其重点依旧为音乐贡献。文中提出了在中国近代音乐史研究中的“边缘文化”理论构想，也适用于对其文学创作价值和意义的研究。[④]

此外，台湾贯雅文化有限公司于 1993 年整理出版了顾鸿乔编、叶伯和著的《中国音乐史》附诗文选。因为叶伯和的《中国音乐史》自 1922 年由成都昌福公司印刷出版时只有上卷，数量不多。除当年在北京《益世报》连载外，从未再版。历经大半个世纪，十分稀见。当时出版时一直只

① 参见姜涛《“新诗集”与中国新诗的发生》，北京大学出版社 2005 年版，第 80—83 页。
② 朱舟:《叶伯和〈中国音乐史〉述评》，《音乐探索》1988 年第 1 期。
③ 梅雪林:《叶伯和〈中国音乐史〉下卷述评》，《音乐探索》1995 年第 1 期。
④ 参见陈永《对叶伯和的再认识》，《音乐艺术》2007 年第 4 期。

有上卷。顾鸿乔从1929年出版的《新四川日刊副刊》合订本发现了叶伯和《中国音乐史》下卷，整理编辑后与上卷一同出版，使我国第一部《中国音乐史》终于合成全璧，因而意义十分重大。书后还附有编者的文章《叶伯和和他的中国音乐史——纪念叶伯和诞辰一百周年》，另有《叶伯和编年事辑》，亦颇具参考价值。

关于顾鸿乔《叶伯和编年事辑》的补正。

相对而言，叶伯和研究还较为薄弱，资料也较为缺乏。顾鸿乔《叶伯和编年事辑》对叶伯和的音乐和文学著述作了梳理，但也有失之疏漏之处。如其中对于1924年出版的《叶伯和著述丛稿》和《伯和诗草》的介绍就有不确的地方，下面略作比较更正。

先看其原文有关介绍：

> 1924年，"十月十日，《叶伯和著述丛稿》由成都迪毅书店出版发行，其中小说四篇，诗歌《心乐篇》二十四首、《小笙》十六首、《扁舟集》十七首，并附郭沫若、康白情、叶绍钧、王怡庵等人的评述和叶伯和授业门人撰写的《叶伯和先生传略》。在此前后，《伯和诗草》也在成都出版发行，内容同上。"①

这段介绍对于了解叶伯和诗文出版和当时的影响情况有所帮助，但是其中有多处疏误，归纳起来有三点。

一是关于《叶伯和著述丛稿》选诗文的数量。小说四篇、诗歌《小笙》十六首、《扁舟集》十七首均无误，《心乐篇》非二十四首，而是二十六首，第二十五、二十六分别有题注：热烈、冷静。其总数则应当为五十七首。

二是诸位友人的评论，在《心乐篇》之前，节录郭沫若致朱仲英函、康白情致伯和函、（叶）圣陶致伯和函，内容为对《心乐篇》诸诗的评论，而无王怡庵等人的评述。

① 顾鸿乔编：《叶伯和编年事辑》，载叶伯和著，顾鸿乔编《中国音乐史》，台湾贯雅文化事业有限公司1992年版，第152页。

三是《伯和诗草》与《叶伯和著述丛稿》相比较，并非“内容同上”，而是有相当的差异。首先是《叶伯和著述丛稿》为小说诗歌选集，而《伯和诗草》纯为诗歌集，没有一篇小说。其次是收录诗歌篇目有出入。《伯和诗草》之《心乐篇》中收录二十四首，较《叶伯和著述丛稿》之《心乐篇》少两首，具体作品为《叶伯和著述丛稿》中顺序第二十三、二十四两首，原文分别如下：

她未饮青春之酒以先，常灿烂着许多的白莲，在她的华池中间。她发出一种清芬之气，从她蜜甜的口里，时时流露于宇寰。但她既饮青春之酒以后，花儿便渐次地萎谢了！[①]（第二十三首）

她未食恋爱之果以先，常从血海中涌出一股温泉，直浇入我的心田里。心田里初发的红嫩的花蓓，感受她这种热烈的灌溉，都蓬勃地璀璨于全身细胞之间。但她既食恋爱之果以后，温泉便渐次地枯涸了。[②]（第二十四首）

两首诗意境优美，情感热烈，仅见于《叶伯和著述丛稿》，而为《伯和诗草》未录，不知何故。笔者所见《伯和诗草》无具体出版时间，由此二诗的采录情况，似乎《叶伯和著述丛稿》出版在后，故得以收录。

《伯和诗草》收录的《小笙》第一首诗歌题目为《三十年前做孩子的事情》，而在《叶伯和著述丛稿》之《小笙》中，该诗内容未变，而题目改为《我和你》。从叶伯和《诗歌集》第一期自序可知，《三十年前做孩子的事情》是因对胡适白话诗主张表示“极端赞成”而作的，则此应为最初的诗题，改为《我和你》则应为此后的事，由此似也可说明《伯和诗草》出版应在1924年10月10日《叶伯和著述丛稿》出版之前。

反过来，《伯和诗草》之《扁舟集》结尾又比《叶伯和著述丛稿》多出两首作品，分别为《锦江州次送留日同学李君东下》和《健儿歌》。原文如下：

---

① 叶伯和：《叶伯和著述丛稿》之《心乐篇》，成都迪毅书店出版发行1924年版，第10页。
② 同上。

瀛洲客舍记前游，木落何堪再调头。观海曼夸三岛国，送君依旧一孤舟。明灯浊酒深深语，皓月空江澹澹愁。弹指行程惊岁晚，嘉阳七日即渝州。①

健儿作客宁知愁，一去他乡秋复秋。弯弓挂剑登高楼，快饮千杯出郭游。射杀猛虎誓勿留，长鲸斩尽东海头，聂政抉眼要离羞。悲歌易水难与俦，高名一振传九州。健儿出处何休休，短衣长带骑紫骝。翱翔八极天地悠。②

《伯和诗草》与《叶伯和著述丛稿》差异之三在于评论者数量方面。如前所述，《叶伯和著述丛稿》所录评论者为三人，即郭沫若、康白情、（叶）圣陶，而《伯和诗草》除此之外，另增加三位评论者，即叶茂林、王怡庵、穆世清。

此外还有一些细微差异就不再一一列举，由于多种原因导致顾鸿乔先生此类疏误，但这并不影响其对叶伯和资料整理和研究所作出的重要贡献。

## 第二节 白话新诗实践的先行者

叶伯和是一位实践的先行者。他思考及创作白话文学是自觉的，没有明确提出白话文学的口号。从时间上看，叶伯和创作白话诗歌早于胡适。1914 年以前，还在日本留学期间，他就已经在思考白话诗歌的创作。这正如他在《诗歌集》第一期自序里讲的一样："后来因为学唱歌，多读了点西洋诗，越想创造一种诗体，好翻译他。但是自己总还有点疑问：'不用文言，白话可不可以拿来作诗呢'。"③ 1909 年，叶伯和 20 岁那年，创作了《二十自叙》，该诗歌后来被收入《诗歌集》。这首诗歌语言通俗易懂的

① 叶伯和：《伯和诗草·扁舟集》，成都出版发行 1924 年版，第 6 页。

② 同上书，第 7 页。

③ 第一期"自序"，叶伯和：《诗歌集·自序》，上海华东印刷所 1922 年版，1920 年 5 月出版，"自序"中第 5 页。

同时，具有旋律美。诗歌介于文言与白话之间，趋向于白话。例如，“皎皎明月光……俗人喜新声，/三诗是以忘，/欲担正乐责，/前途敢怠荒。/声音通于政，/此理久茫茫！/寄语二三事，/努力勿彷徨！”① 在1915年，他已将自己创作的白话诗歌谱曲教授给学生唱，在成都已经颇具影响力。这些诗歌与前期相比，语言更加白话。例如，《念经的木鱼》“剥——剥——剥剥——剥，/人家讲道，你也讲道；/人家说佛，你也说佛。/为什么自己不说，要让人家替你说？/……”② 根据胡适在《尝试集》中“自序”的记载：“民国四年八月，我作一文论‘如何可使吾国文言易于教授’。文中列举方法几条，还不曾主张用白话代文言。”③ 1915年，胡适还不曾主张用白话代文言。而叶伯和在这之前已经在思考这个问题，并身体力行付诸实践，起到一定的影响。他创作的白话诗借助音乐的力量，在校园、民间悄悄流传开去。而且，由于音乐的关系，这些白描的诗歌已经传入北京、上海。叶伯和这位实践的先行者，创作的白话诗歌是新文学发生时期较好的范例。例如《杜鹃》：“杜鹃开，杜鹃啼。/花也此名，鸟也此名。/花开我心喜，鸟啼我心悲。/两种物一样名，/一样感触，两样情。”④ 这首诗歌语言白话，能自由表达作者的思想感情。叶伯和的创作与钱玄同关于“新文学”的定义不谋而合。正如钱玄同为胡适的《尝试集》作序时所讲：“所以我们现在作白话的文学，应该自由使用现代的白话，——要是再使用‘遮莫’‘颠不刺’‘兀不的……也么哥’之类，就和用《诗经》里的‘载’字、‘言’字、‘式’字一样的不对，——自由发表我们的思想和情感。这才是现代的白话文学——才是我们所要提倡的‘新文学’。”⑤ 胡适的《尝试集》开始创作于1916年。由于传播媒介的关系，叶伯和的创作并不曾被当时留学海外的胡适知晓。所以，当胡适

① 顾鸿乔编，叶伯和著：《中国音乐史附诗文选》，（台北）贯雅文化事业有限公司1993年版，第95、96页。

② 同上书，第110页。

③ 胡适：《尝试集》附《去国集》，安徽教育出版社2006年版，第13页。

④ 顾鸿乔编，叶伯和著：《中国音乐史附诗文选》，（台北）贯雅文化事业有限公司1993年版，第117页。

⑤ 胡适：《尝试集》附《去国集》，安徽教育出版社2006年版，第7页。

开始创作诗歌的时候，还以为自己是中国第一人。这种观点在他的《尝试集》“自序”中也有记载。胡适的《尝试集》开始创作于1916年7月，到1917年9月时，已成一小册子了。胡适自以为在这一年中，白话诗的实验室里只有他一人而已，其实同年郭沫若在日本也开始了他的新诗创作。1916年春夏之交，郭沫若与安娜恋爱促使他诗情爆发开始新诗创作，只是问世时间推延至1919年而已。[①] 事实是，在1916年以前叶伯和已经创作白话诗歌。例如，他的《丹枫和白菊》，用丹枫的浅薄与白菊的高洁相比较，嘲笑那些随波逐流之徒。当丹枫讽刺白菊遭人们的轻视，自夸自己能追随潮流。“看你这样的冷淡朴素，人们都轻待你；我本来也是青枝绿叶的，却跟着时令变成锦一样的红。人们都重视我。”“秋风过了！霜雪来了！什么花都谢了！白菊偏偏变了鲜红的颜色；在风雪之中，更觉美丽些！那枫树的叶子，那枫树的叶子却落得满山都是了。”[②] 但到了百花凋零的清秋，菊花却独自绽放美丽。诗人以诗表明自己特立独行的个性，不为时局左右。诗歌语言是纯粹的白话，采用对话的形式，含蓄地表达哲理性的思考，是早期白话诗中的优秀之作。所以说叶伯和是实践的先行者。

我们通常在文学史上看到中国第一部新诗集是胡适的《尝试集》，但是较少提到中国的第二部新诗集。《尝试集》是1920年3月出版，第二部新诗集是1920年5月出版。但是第二部新诗集中的一些诗歌创作时间比第一部新诗集要早。这第二部新诗集是谁创作的，为何被历史遗漏，它的艺术价值是什么？这些问题没人回答。叶伯和的《诗歌集》就像埋藏在沙漠中的古城，等待被发掘。如前所述，叶伯和的《诗歌集》于1920年5月4日由上海华东印刷所印刷出版，全国发行。可能由于发行量较好，于1922年5月1日再版，仍由上海华东印刷所印刷出版，全国发行。由此可见，叶伯和在当时的中国并非像在后来文学史上那样默默无名。倘若与周氏兄弟的《域外小说集》出版10年仅销售21册相比较，可以知道叶伯和在当时应该具有一定的影响力。叶伯和的诗歌公开发表后，前来向他请教作诗

---

① 参见沈卫威《新时期胡适文学研究述评》，《文学评论》1991年第1期。

② 叶伯和：《叶伯和著述丛稿》第二卷，成都迪毅书店1924年版，第12页。

的文学爱好者络绎不绝，人数不下上百人。当然，由于地理位置以及自身社会背景等诸多原因，叶伯和的实际影响力可能没有胡适深远，胡适的《尝试集》销售量达到万册。但作为一名诗人的叶伯和，在中国现代文坛上的贡献不可以抹杀。正如他在《诗歌集》再序里对自己的评价一样："无论何人，在那一件事上，找着好方法去做，他就是社会进步的贡献者，人类的明星，有时也引导人做一种活动，他就得称为'创造人'……"① 叶伯和的诗歌经常在《星期日周报》、《人声报》、《直觉》等刊物上发表。这些刊物在"五四"时期颇具有影响力，叶伯和的诗歌创作引起社会关注，例如，当他的《心乐篇》问世后，叶圣陶、康白情、王怡庵等给予了高度评价。

叶伯和于1922年在成都创办了当时四川第一个新文学杂志《草堂》。《草堂》创办之艰难可以由其稿酬、办公地点和社会环境见证。《草堂》仅管受到当时成都高师学堂吴玉章校长的支持，但经费依然十分困难。由于资金短缺，对于撰稿人的酬谢方式，草堂文学研究会只能赠以《草堂》刊物或者叶伯和的《中国音乐史》与《诗歌集》。因为没有正规的办公场所，叶伯和家宅地址作为其收稿通讯地址。《草堂》的创办如此之艰难，但其影响力不仅仅在巴蜀。刊物在国内发行地有北京、上海、广州、南京、长沙、云南、杭州等地，甚至法国也有其销售点。远在北京的周作人、日本的郭沫若都对其相当关注，且写信加以勉励。

中国现代文学的发生如果只是将目光局限于京沪两地，这样的视角是不健全的，是一种残缺的历史。正如周作人所言，"我们想像的中国文学，是有人类共同的性情而又完具民族与地方性的国民生活的表现，不是住在空中没有灵魂的阴影的写照。"② 多一个视角展现历史，以区域文化角度切入中国现代文学的发生，发掘被历史遗漏的巴蜀作家，有助于更好把握历史真实。

---

① 顾鸿乔编，叶伯和著：《中国音乐史附诗文选》，（台北）贯雅文化事业有限公司1993年版，第82页。

② 周作人：《读草堂》，《草堂》第3期。

## 第三节　叶伯和诗歌的艺术特点及意义

叶伯和身处偏远之地——巴蜀，但他的新文学创作并不因为所居地的偏远而显得苍白。相反正因为地域的关系，他远离喧嚣浮躁的京沪两地，能更潜心于诗歌艺术的创作，为诗坛奉献出一首首好篇佳作。他的诗歌创作凭其较高的艺术水准而确定了他在中国现代文学史上具有不可抹杀的地位。

叶伯和这位巴蜀籍的诗人倾注毕生之力于诗歌、音乐事业。叶伯和的新诗创作构想早于胡适。他在日本留学期间接触了大量西洋诗，心中涌动无限诗意，欲创造一种诗体，但是对于白话诗歌他还是没有一定的确定性。1913 年，他回国在成都高等师范校教书。由于教学的需要，叶伯和开始用白话创作一些白描的歌。这些白描的歌是他白话诗歌创作的尝试，但是他没有改变文坛创作风气的意识，没有提出明确的理论，所以在当时社会上没有引起广泛的注意。但也正因为这样，他后来的创作才没有当时白话诗歌创作中普遍具有的那种教条、呆板，而是充满灵性的闪动，浸满缠绵悱恻的细腻情思。叶伯和的“诗”与“歌”相连，与“情”相依，这成为其创作的独特个性。他没有高深的理论，是一位纯粹的诗人，以生命来写作。从艺术性角度论证，叶伯和的白话诗歌在新文坛应当算一流的创作。

叶伯和诗歌创作中，“诗”与“歌”相连的体现便是，外在形式潇洒自如，遵循一定的格律，具有音乐美。内在旋律如涓涓流水动人心扉。如他的《中秋无月》，“……感今数载干戈起/数载中秋月无轮/月本行星宁有知/人间天上岂同时/画阁谁家三弄笛/离人何处不相思/昨夜梧桐初落叶/今朝西园飞黄蝶/人生百年一梦耳/何不早，归南山种豆荚。”[①] 既具有白话诗歌的通俗，又具有古典的诗意，还遵循一定的格律要求，使得诗歌读之朗朗上口。再如，《小妹妹》则是内在旋律与外在形式高度的和谐统一。

① 叶伯和：《叶伯和著述丛稿》第三卷，成都迪毅书店 1924 年版，第 4 页。

“她是被不识者掠夺了”一句在第一节与第三节反复出现，强调小妹婚姻爱情的悲剧。小妹未曾体会爱情的滋味便为人母。在叶伯和简短的诗行里，浸透着他对小妹无限的爱恋与惋惜，揭示了女子的爱情婚姻悲剧。这种悲剧延续千年，被视为理所当然。在这一白描的叙述中，叶伯和将内心的悲愤化为一行行舒缓的诗行。这舒缓的节奏又以反复的形式被收紧，使得情感亦张亦弛，有音乐的旋律美。叶伯和白话诗歌中许多本身就是以歌的形式呈现。例如他的《种稻歌》：“灼灼者花，青青者草。食稻者多，种稻者少。将军酒肉如林沼，小民终日难一饱。”[①] 这便是“诗”与“歌”的典型代表。诗歌的起源本身以“歌”的形式出现。从叶伯和的诗歌创作，我们可以窥视中国现代文学发生的一角。中国现代文学并不是以切断传统文化为代价的，而是有所选择的扬弃。正如胡适在谈及白话文学时，毫不避讳地谈到中国白话文学史古已有之，自己只不过是将其凸显。叶伯和的诗歌创作中，这种“诗”与“歌”的相连更是对传统文化的发扬，抛弃的只是诗歌发展到后来的繁琐雕砌。

叶伯和诗歌创作“诗”与“情”相依。其体现便是每一首诗歌都是他心灵的歌唱。正如他在《心乐篇》（序）中说的一样，“tagare 说：‘只有乐曲，是美的语言。’其实诗歌中音调好的，也能使人产生同样的美感——因此，我便联想到中国一句古语，郑樵说的‘诗者，人心之乐也’。和近代文学家说的‘诗是心琴上弹出来的谐唱。’实在是词异理同。我借着他这句话，把我表现心灵和音节好点的诗，写在一起，名为‘心乐篇’。”[②] 中国白话诗歌的倡导者胡适提出白话诗歌的具体做法是两种，一种是白描，一种是比喻和象征。但是早期白话诗歌情感的贫乏是众所皆知。当时文坛上，白话诗歌创作很多都还是蹒跚学步，要么是平铺直叙缺乏艺术性，要么便是重说理而缺乏情感。例如，胡适的《鸽子》

云淡天高，好一片晚秋天气！

① 顾鸿乔编，叶伯和著：《中国音乐史附诗文选》，（台北）贯雅文化事业有限公司 1993 年版，第 117 页。

② 同上书，第 83 页。

有一群鸽子，在空中游戏。
看他们三三两两，
回环来往，
夷犹如意，——
忽地里，翻身映日，白羽衬青天，十分鲜丽！

这首诗歌典型地带着稚童学诗的痕迹，没什么艺术性可言。再如他的《人力车夫》、《一颗星儿》和《权威》等，带着强烈的说理味，且毫无诗意。胡适对于白话诗歌是提倡有力，创作无力。中国现代文学的发生，真正的推动手无数像叶伯和这样的创作者们。

叶伯和的《心乐篇》是一首爱情的心灵歌唱，处处弥漫着作者浓浓的情意。诗人对于爱情的歌咏不是流于贫乏的呐喊，而是可感可视，将情感融于生动活泼的具体形象，具有形象美。诗中爱人形象是美丽高洁的女神，“你新浴后，站在静寂的海岸上。//你散着发；赤着脚。裸着你的半体；/你颈上挂着一串红珠，射着你樱桃似的嘴唇；/你双手握着几朵白莲，映着你柔雪似的皮肤。”① 当时诗坛上描写爱情的诗多是空泛的感叹。而叶伯和的爱情描写不仅可视，而且可感。再如，“我听不出你唱的是什么调子？/但是我的心，却跟着你细细地低吟。/晚风传播玫瑰的芳香，沁入我全身的细胞里：/我便沉沉地，同着落花睡去了！”② 诗人愿为爱情焚烧自我，“倘若我肘下能生两翼，/我将飞入熊熊的火山里。/把我腐朽的躯壳完全焚毁。/只留着我的赤心，/像透明无瑕的红珠一样。/那时你摘取这颗明珠，/——用美丽的璎珞装饰后——/贴紧地挂在你的胸前，/使它的影光，恰恰映在你的心上。”③

叶伯和情感丰富细腻，“诗”与“情”相连。这里的“情”不仅有荡气回肠、甜蜜缠绵的爱情，还有血浓于水的亲情，以及朋友之情，对下层百姓苦难生活的关爱之情。阅读这些诗歌，读者能感受到诗人心灵的脉

① 叶伯和：《叶伯和著述丛稿》第一卷，成都迪毅书店 1924 年版，第 3 页。
② 同上书，第 4 页。
③ 同上书，第 10、11 页。

动，感受到他的敏感善良。诗歌《二弟》在娓娓讲述中溢出对二弟无限的怀恋。《小妹妹》表达妹妹被不识者掠夺去而自己无能为力的悲伤。《乡村的妇人》道出乡村农妇独自支撑家庭的悲苦。《送别》穿透生死离别，记载了一段永恒的友情。《薛涛井》、《草堂怀杜甫》充满对古人的凭吊，历史的追思。《战后之少城公园》则是将目光投注到战乱中萧条的现实。

如果说胡适是中国新文学有力的提倡者，那么叶伯和则是一位创作的健将。如果说周作人《小河》是早期白话诗歌中的优秀之作，那么叶伯和诗歌则更多杰作。叶伯和诗歌为中国现代文学发生时期的上乘之作，填补了这段文学史的苍白。他的诗歌犹如荒漠里淙淙的溪流，除去沙漠的干燥荒凉，带来清凉几许。这是一位纯粹的诗人，情感是其诗歌的源泉，音乐是其诗歌的旋律，白话为其诗歌的载体。他的诗歌贯穿古今，沟通东西方文化，形成自己独有的诗歌风格。他诗歌风格热烈奔放而又含蓄蕴藉，情感细腻而又超凡脱俗，看穿生死两界而又敏感多情。被郭沫若称为中国泰戈尔的叶伯和不仅以其自身创作丰富了中国早期新诗坛，更以创办文学社的方式促使、推动了中国新文学的发生。①

① 张义奇：《成都的泰戈尔》，《成都日报》2004 年 3 月 10 日。

# 第二章　康白情诗歌

论及五四前后中国新诗坛真正有成就和影响的四川作家，康白情绝对是一个不能忽略和忘怀的名字。

## 第一节　康白情盛衰及生平杂考

就其创作成就而言，康白情在《新潮》、《少年中国》《星期评论》等刊物上发表许多白话诗。1920 年 1 月出版的中国白话诗人第一本专集《新诗集》（第一编）选录康白情诗，同时收入刘半农、刘大白、俞平伯等人的诗，康白情诗被称为“佼佼者”①。1922 年上海亚东图书馆发行的由北社编的《新诗年选（一九一九年）》被称为中国“最早的一本新诗年选”，② 康白情新诗也选入其中，同时还收入了沈尹默《公园里的二月蓝》、周作人《小河》、胡适《江上》、郭沫若《三个泛神论者》等名家名篇 82 首。1922 年 3 月，康白情将此前创作的新诗编辑成诗集《草儿》由亚东图书馆出版，此为继胡适《尝试集》、叶伯和《诗歌集》和郭沫若的《女神》之后的中国诗坛第四部个人诗歌专集。1923 年，又先后出版《草儿在前》及《河上集》等诗集，这在当时是为数不多的。

就其成就和影响而言，康白情当年更是蜚声诗坛，好评如潮。他的老师胡适直接说他“新诗创造最多、影响最大”，“解放的成绩最大”；③ 郭

---

① 徐志福：《康白情和他的白话诗》，《文史杂志》2008 年第 5 期。

② 刘福春：《第一本新诗年选》，《诗刊》1999 年第 2 期。

③ 胡适：《康白情的〈草儿〉》，《胡适文存》二集，上海书店民国 13 年版，第 270 页。

沫若自述中也谈到自己是因为看了康白情发表在《时事新报·学灯》上的白话新诗《送许德珩赴欧洲》，受到鼓舞将自己的作品也寄到《时事新报·学灯》发表，进而开始了白话诗歌的创作高潮。[①] 茅盾认为《草儿在前》中的新诗"当时最能脱离了传统"。[②] 友人俞平伯在为康白情《草儿》所作的序中更是不吝赞词，说他"已创造出许多作品，为诗国开许多新疆土。真是可爱的努力"。他特别赞扬贯穿其诗中的开拓精神，指出："白情做诗底精神，还有一点可以介绍给读者的，就是创造。""很敢冒险放开手做去……我最佩服他敢于用勇往的精神，一洗数千年来诗人底头巾气、脂粉气。""他不怕别人说他神秘，也不怕别人骂他荒谬可怜，他依然兴高采烈地直直地去。'少陵自有连城璧，争奈微之识珷玞！'我生怕这本集子出世，在社会上专流行一种新时髦，而没有一种新精神灌注在里面，那就冤枉了白情，冤枉了他底诗。""我把这本集子郑重介绍给读者诸君……是在著者可敬爱的精神态度。"[③] 直到1935年，朱自清在《现代诗歌导论》中还这样总结道："五四之后，刚在开始一个解放的时代，（胡适）《谈新诗》切实指出解放后的路子……同调的却只有康白情氏一人"，"康白情氏解放算彻底的，他能找出我们语言的一些好音节"。[④] 朱自清甚至还认为在当时诗坛上，"似乎只有康白情先生是个比较纯粹的诗人。"[⑤] 1922年，胡适去故宫见到溥仪，看见他也将康白情的诗备于案头，曾予以鼓励。后来溥仪学着康白情风格写了几首新诗。康白情在五四初期诗坛的地位和影响由此可见一斑。

由于特殊的原因，康白情诗歌的影响和研究在相当长的一段时间中都归于沉寂，直到20世纪后期，人们才又重新提起这位新诗人的贡献。康白情最后工作过的地方是广州的华南师院。1990年，花城出版社出版了由诸

---

① 郭沫若：《我的作诗的经过》，彭放编《郭沫若谈创作》，黑龙江人民出版社1982年版，第36—37页。

② 茅盾：《论初期白话诗》，《文学》1937年第8卷第1期。

③ 俞平伯：《俞序》，康白情《中国新诗经典〈草儿〉》，浙江文艺出版社1997年版，第3—7页。

④ 赵家璧主编：《中国新文学大系·导论集》，上海文艺出版社2003年影印本，第350页。

⑤《诗与哲理》，见《新诗杂话》，作家书屋1949年版，第33页。

孝正、陈卓团编的《康白情新诗全编》。1997 年，浙江文艺出版社将《草儿》列入《中国新诗经典》予以再版。随着诗集的整理，有关康白情的研究也开始活跃，先后出现不少文章予以探讨。其中如张云江《弄潮诗人康白情》[①]、王小巧《谈康白情诗歌〈草儿〉历史地位的确定》[②]、徐志福《康白情和他的白话诗》[③]、管林和管华《关于康白情生平及经历研究的若干问题》[④] 等，对这位五四时期的诗人在文学史上的地位和得失等逐渐取得共识。但还是有许多问题有待进一步探讨。笔者认为一方面有一些生平基本问题，更重要的是其新诗创作的具体思想与艺术价值的评价及与新文学发生之间的关系，故拟从这两方面入手予以简析。

康白情的一生是复杂的一生，因此其生平也十分令人关注、好奇。许多人对此有所讨论，如诸孝正、陈卓团编《康白情新诗全编》附录瘂弦《芙蓉癖的怪客——康白情其人其事》，范奎山《康白情生平辨误》[⑤]，赵毅衡《留学而断送前程的康白情》[⑥]，管林、管华《关于康白情生平及经历研究的若干问题》[⑦] 都不无见地，但却有不少分歧。

首先是其生卒年问题，有着许多不同的记载。管林、管华《关于康白情生平及经历研究的若干问题》列举其生年曾有 1895 年、1896 年、1898 年三种说法。但未举出来源，笔者见钱仲联等先生主编《中国文学大辞典》（分类修订本）称康白情生于 1898 年。[⑧] 据康白情“于 1950 年 6 月 11 日填的《南方大学思想总结登记表》中明确说他于 1896 年‘农历二月廿七日生’（二月廿七日即公历 4 月 9 日）”，这一结论为大多数学者所认可。

---

① 张云江：《弄潮诗人康白情》，《文史天地》2006 年第 9 期。

② 王小巧：《谈康白情诗歌〈草儿〉历史地位的确定》，《西南农业大学学报》（社会科学版）2006 年 6 月。

③ 徐志福：《康白情和他的白话诗》，《文史杂志》2008 年第 5 期。

④ 管林、管华：《关于康白情生平及经历研究的若干问题》，《华南师范大学学报》2010 年第 1 期。

⑤ 范奎山：《康白情生平辨误》，《内江师范学院学报》2001 年第 3 期。

⑥ 赵毅衡：《对岸的诱惑——中西文化交流记》增编本，上海人民出版社 2007 年版，第 67 页。

⑦ 管林、管华：《关于康白情生平及经历研究的若干问题》，《华南师范大学学报》2010 年第 1 期。

⑧ 钱仲联等主编：《中国文学大辞典》（分类修订本），上海辞书出版社 2007 年版，第 1687 页。

关于其卒年，至少也有三种记载，即1945年、1958年、1959年。管林、管华文章同样根据“华南师大档案室存《干部职务变动登记表》”载：“康于1958.8退休，去重庆途中（湖北巴东港）病死。”证据可信，康白情新中国成立后一直在广东任教，1958年春被打成右派，同年返乡途中病故。第一种说法即1945年错误明显，但却影响很大，为许多书籍采用。管林、管华曾列举文鹏、姜凌主编《中国现代名诗三百首》、唐金海、陈子善、张晓云主编的《新文学里程碑（诗歌卷）》、李玉昆、李滨选评的《中国新诗百首赏析》等一类康白情诗作选本的作者简介。实际不仅如此，浙江文艺出版社1997年出版的《中国新诗经典〈草儿〉》是按最初版本原貌而重排，诗人小传中亦谓康白情“1945年去世”。该书前言自称增加诗人小传是根据读者要求，“以便对诗集情况有更加深入的了解”，但却出现了如此明显的讹误。比其影响更大的可能还是1985年四川文艺出版社出版的《中国文学家辞典》相关辞条条目：“康白情（1896—1945）”，辞条内容中又说“抗日战争末逝世”，作为一部工具书尚且如此讹误，许多未及考证的著述皆据此引用以讹传讹也就不足为怪了。

管林先生为华南师大文学院教师，其考证依据为康白情档案资料，可靠程度较高。这里引用的《干部职务变动登记表》不仅证明了其卒年问题，同时还附带解决了他晚年离开华南师大到底是“退职”还是“退休”的问题。因为许多文章都说到晚年戴上右派帽子后“退职返乡”。[①] 赵毅衡《留学而断送前程的康白情》一文中也说他“1958年成为右派分子，退职返乡”。[②] 管林先生对此似亦有所忽略，后文中又称康白情“1953年秋，任华南师范学院中文系教授直至退职离校”。但根据上述档案记载，“康于1958.8退休”，一字之差，性质和待遇殊异，“退职”者，一次性发放退职金即打发走人，与原单位关系完全脱离，生死无关，退休则另当别论。康白情去世21年后，华南师院中文系和校党委各级组织还为其《被错划为右派分子的改正结论呈批表》作审查审批意见，改正错划右派，恢复政治名誉。而且康白情离校时已63岁，超过正常退休年龄，应无退职之理，似

① 远怡：《康白情：一棵新鲜的“草儿”》，《四川日报》2002年12月27日。

② 赵毅衡：《对岸的诱惑——中西文化交流记》增编本，上海人民出版社2007年版，第67页。

乎亦可证其当为“退休”。但无论如何，其离职返乡出于无奈和被迫却是无疑的。

另一个有意思的分歧是有关其别名“洪章”的内涵问题，他原名梓纲，曾用名树嘉、叔良，“白情”是后来改的字，以字行。1922 年在美国加州大学研究院读书时，曾改名洪章。康白情在美国期间，开展政治活动及与朋友通信多喜用此名。1922 年叶伯和《伯和诗草》中就专门引了“康洪章致著者函”有关诗评。过去很多人解释说这是其崇拜李鸿章，如张云江《弄潮诗人康白情》谓：“康又劝说孟寿椿、康纪鸿等人联合创立一个新党，取名‘新中国党’，由康白情担任党魁，并用‘康洪章’的名字展开活动。‘洪章’者，‘鸿章’也，康白情显然是在利用李鸿章在国际上的残余声誉为自己作秀。”[①] 管林先生认为：“其真实用意，是他于 1953 年 4 月 27 日在海南师专填的《履历表》中所说的：‘1922 年在美国加州大学研究院读书，因学晚近社会改造学说搞不通，又受美帝种族歧视之刺激，一时有洪门土匪思想而改此名。其后两名并用，至 1933 年弃土匪活动乃废止不用。’”[②] 这自然纠正了有关臆测。康白情到旧金山后不久，就展开政治活动，曾加入美国洪门重要组织“致公堂”，后来组建“新中国党”的经费也多出自“致公堂”。若再索其渊源，早在儿时，就已经在四川操袍哥，参加帮会组织洪门哥老会并担任“吉”字义安公社社长，由此可见其自述当是可信的。

## 第二节　康白情诗歌丰富的内容

康白情诗歌在当年有极大影响，自然与他作为北京大学学生领袖的身份有关，这个身份使其能够得到胡适等人的大力推荐和宣扬，但更主要的还是他自身的创作成绩。他与同学傅斯年、罗家伦等发起成立了北大第一个学生社团“新潮社”，并创办《新潮》杂志，担任干事。据傅斯年《新

---

① 张云江：《弄潮诗人康白情》，《文史天地》2006 年第 9 期。

② 管林、管华：《关于康白情生平及经历研究的若干问题》，《华南师范大学学报》2010 年第 1 期。

潮之回顾与前瞻》，在得到陈独秀的支持，“最先和罗志希康白情两位研究办法，其后有十多位同学加入”[1]，打出“反对旧文化，提倡新文化”的大旗，所发表作品全用白话写作，而康白情主要以白话诗的形式相号召，与《新青年》遥相呼应，使其成为全国风起云涌的学生刊物之首。1918 年 7 月 1 日，“少年中国学会”成立。作为中坚骨干的他，应李大钊之约，还一起创办《少年中国》月刊。李大钊担任编辑部主任，康白情任副主任，使其成为新文化尤其是新诗运动的重要阵地之一。康白情在《少年中国》等刊物发表了大量的诗歌作品，产生了巨大的影响。

除了诗歌数量可观之外，更重要的因素还是其本身引人注目的创造性成就，可以说是有点让人耳目一新，显示了新文学的新风貌，也给许多青年人以鼓舞和信心。有学者认为“康白情是蜀籍作家中最早投入五四新诗运动，并在创作实践、理论建构上堪与胡适等前辈比肩的青年诗人”[2]。如果从创作时间而言，还有叶伯和在此之前，但综合理论实践和影响等，此话却是不无道理。具体来说，主要有以下几方面突出特点。

第一，与当时提倡白话文学的领袖一样，以新鲜的白话表现和反映新世纪的生活，尤其是下层贫民的生活。康白情最早响应白话诗创作的作品应该是作于 1918 年夏的《庐山纪游三十七首》。尚为学生的康白情于暑假期间前往庐山，出手不凡，创造了一种新形式，融叙述、描写、抒情、议论于一炉。诗歌将攀登庐山的全过程作了详尽的展现。行程从外湖开始，历经新坝、妙智铺、莲花洞、筋竹岭而抵达艺术化的牯岭，寄宿大观楼，再登南山，于含鄱口远眺鄱阳湖，路迷五老峰、月宫院，伫立团山涧赏三叠泉，借宿土桥街，再游海会寺、白鹿洞，抵达南康城，接下来还有钱家湖、落星岛，还有汉阳峰、双剑峰、香炉峰，以及秀峰寺、黄岩寺、中禅寺、华严泷瀑布等景观，最后由马回岭返回九江，整个游程历历在目。其中又穿插山上的风土人情和见闻感慨，包括拜访友人，有关宗教哲学与艺术人生的讨论等。除了每句排成参差不齐的诗行外，洋洋洒洒、达数百

① 傅斯年：《新潮之回顾与前瞻》，赵家璧主编《中国新文学大系 · 史料索引》，上海文艺出版社 2003 年影印本，第 61 页。

② 徐志福：《康白情和他的白话诗》，《文史杂志》2008 年第 5 期。

行，像散文，又像日记，内涵十分丰富。不同于一般纯粹的游记，仅有自然风物的描绘，而融入了社会生活的考察，如满身淌汗的挑担人，牯岭上形形色色的小贩，对对往来的游客，基督教青年会消夏的学生，当过兵的住持和尚，带发修行的斋婆，土街饭铺的老板娘，当然，还有那位慕名拜访并交谈讨论的耶稣信徒蔡苏娟。或寥寥数语简笔勾勒，给人以速写般的印象；或浓墨重彩尽力铺叙，展示其深刻的人生宗教哲学观点。通过记游，展示了雄奇秀美的河山，也间接反映了广阔的时代生活和对社会各阶层的普遍关注。

如下面这一段：

> 隔座一个挑担子的，
> 蒲扇不住地扇着，
> 茶不住地喝着，
> 周身的汗不住地流着，
> ……
> 我就问他：
> “朋友，好汗呵！
> 几颗汗换一个钱呢？”
> 他望着我笑了一笑，
> 却不曾想出什么话来答我。①

注意身边的点滴小事，简单的白描中，劳动者的艰辛勤苦与质朴憨厚的特点跃然而出，表现出作者的深切同情。

在康白情的作品中，类似于此表现底层普通劳动者生活的作品占有相当的数量，比如《雪后》、《先生和听差》，以及写种完小麦后走亲戚的农家夫妻恩爱的《妇人》，反映随着工业社会刚刚诞生不久上海女工群体生活片段的《女工之歌》，写早春农人辛勤劳作的《车行郊外》等。诗歌不

---

① 《庐山纪游三十七首》其二，康白情《中国新诗经典〈草儿〉》，浙江文艺出版社 1997 年版，第 97 页。本文所录康白情新诗皆据此本。

同于一般士大夫的闲情逸致，独抒性灵，而是新青年关注社会底层的自然流露。在《棒子面》诗中，诗人借物寄怀，表达对社会分配贫富不均现象的不满，“担犁的耕牛，不曾尝了一颗粗米饭。”在《鸭绿江以东》中，他看到东北的朝鲜族农民与故乡父老一样的辛劳：“去年的稻桩还在田里，/顶着瓮儿底妇人正去井边汲水，/里躬着的庄稼汉儿正把锄头儿薅草。哎！我可爱的老百姓们，这几年底收成好么？/上了田租，剩下的怎么样了？”[①]而在《和平的春里》一诗里，诗人写道：

遍江北野色都绿了。
柳也绿了。
麦子也绿了。
水也绿了。
鸭尾巴也绿了。
穷人底饿眼儿也绿了。[②]

诗歌巧妙地将文人惯喜吟咏的春天和春天的绿作了一个颠覆，铺叙引申，满目美丽自然的绿与穷人饿眼的绿构成极大的反差，让人从浪漫回到青黄不接的悲惨的现实世界，在充满诗意的题目下却传达出深沉的现实批判精神。此诗作于1920年4月，可见作为五四积极参与者作者热情未减，其伤时之心实为五四精神的延续和发扬。

更能够引起民众和读者共鸣的是作者那些表现勇于承担使命，忧国忧民的篇章，这类诗歌更集中地体现了五四爱国民主科学时代精神与文化启蒙特征。这在他的代表作《草儿》中得到艺术的寓示：让我们再一同回味吧！

草儿在前，
鞭儿在后。
那喘吁吁的耕牛，

---

① 康白情：《中国新诗经典〈草儿〉》，浙江文艺出版社1997年版，第61页。

② 同上书，第56页。

正担着犁耍，
鼓着白眼，
带水拖泥，
在那里“一冬二冬”地走着……

“呼——呼……”
“牛吔，你不要叹气，
快犁快犁。
我把草儿给你。”

“呼——呼……”
“牛吔，快犁快犁。
你还要叹气，
我把鞭儿抽你。”

牛呵！
人呵！
草儿在前，
鞭儿在后。①

这一幅司空见惯的故乡山水田园图画，如今经过艺术的提炼，包含着十分丰富的内涵。

白描勾勒出一幅耕牛图：耕田人用草儿哄着牛，以鞭儿催迫着牛，而牛却艰难地一步一步地在水中走着，一幅充满生活情趣的水墨画，包含着对故乡的眷恋和对人生处境的思考。在此诗逐渐成为经典化的过程中，不知有多少人对其进行过解读。草儿，鞭儿，牛，农人几种意象可以有多重角度的象征意义，彼此构成多种复杂的关系。辛勤劳作的牛，像牛一样勤

① 康白情：《中国新诗经典〈草儿〉》，浙江文艺出版社1997年版，第1页。

奋的人，草儿是维持生命最基本的养料，也是最美好的理想，鞭儿是沉重的苦痛，也是不能推卸的历史责任。作者几次修订题目，从《牛》到《草儿》再到《草儿在前》，其寓意也在不断深化，不仅有对社会不公的讽喻，更有对自身的激励，富有丰厚的人生哲理。

这种对国家民族、社会人生的思考在另一首《卅日踏青会》诗中表达得更加直接，诗中写道：

> 我们算很乐了。墙外还有许多焦头烂额的兄弟姊妹们呢！
>
> 我们刻刻不敢偷安，刻刻不敢忘疾苦。我们想借这点工夫，商量三个问题：我们的人生应该怎么样？我们的社会会要怎么样？处在这个社会里，我们的道儿应该怎么样？[①]

这是1920年春诗人路过上海参加青年踏青会时所作。与会者来自各界，不乏时代之精英，王光祈、张国焘、方维夏、张闻天、宗白华、王独清等共71人，大家攀谈交流，聆听或发表讲演。虽然后来的人生道路各有不同，但此时皆为热血青年。众人聚集在一起，探索改造国家和社会之路的热情和迷茫。康白情的诗则反映了这种时代的呼声和责任。

正由于这种使命和责任，二十三岁的康白情作为学生领袖在五四运动中冲锋陷阵，不畏强暴。面对北洋政府的监狱，他写下了著名的《慰孟寿椿》，给并肩作战的同乡好友孟寿椿送去了无限的精神慰藉和激励：

> 哪一朵好花不受风折？
> 哪一年底好庄稼不经大雪？
> 哪一个好人不遇些盘根错节？
> 我们不入狱，谁入狱？
> 寿椿，我揩干眼泪笑了，
> 你也笑罢！

① 康白情：《中国新诗经典〈草儿〉》，浙江文艺出版社1997年版，第49页。

这正是你！

这正是你底人生价值！①

孟寿椿为北大学生会干部。1919年6月与江绍原等二十余人因反对北洋政府委派胡仁源接替被迫辞职的蔡元培而被捕入狱。关押两月后，他在开庭审讯时被当庭宣布无罪释放。此时康白情与张国焘、许德珩等正作为北京学生代表在上海宣传和组织声援后动。康白情后来写下这首以诗代信并言志的短篇，充满了胜利的豪情。

《送许德珩杨树浦》在回顾五四战斗历程时同样满怀激情：

"打呀！罢呀！"
呼声还在耳里。
但事还没做完
你又要去了。
但世界上哪里不应该打？
哪里不应该罢？
又何必一处？
暴徒是破坏的娘；
进化是破坏的儿。
要得生儿，
除非自己做娘去！
奋斗哟！
努力，加工，永久！

"有征服，无妥协，"
我们不常说么？
牺牲的精神；

① 康白情：《中国新诗经典〈草儿〉》，浙江文艺出版社1997年版，第22页。

创造的生命。

哦！你不要跟着；

你但领着；

他们终归会顺着！

奋斗哟！

努力，加工，永久！[①]

……

全诗洋溢着自信和斗争牺牲精神，正是当时学生领袖使命和心态的真实写照。这类诗作与当时破坏旧秩序、创造新世界的狂热革命风潮相契合。"真真正正是白话，是分行写出的白话"，倡导暴力、破坏，呼唤进化和革命，难怪让包括郭沫若在内的时代青年感到震惊，我们可以感受到和郭沫若"一切政治革命的匪徒呀！/万岁！万岁！万岁！"[②]，"我崇拜炸弹，崇拜悲哀，崇拜破坏；/我崇拜偶像破坏者，崇拜我！"[③]"啊啊！不断的毁坏，不断的创造，不断的努力哟！/啊啊！力哟！力哟！"[④]等诗句相似的冲击力，同样都有着对激情澎湃的偏爱，破坏创造也就是凤凰涅槃，是闻一多所称的时代精神的象征。对当时的新思想文化启蒙和新诗创作都起到积极的推动作用。

这种时代精神还体现在视野的宏大与开阔，不是仅停留于身边的事情，而是关注着整个世界，追求光明与正义，批判黑暗与罪恶。他的朋友遍布东洋、西洋和南洋，于是，我们读到他在送友人的诗中殷殷的希望："但我觉得这世界还是黑沉沉的，慕韩，我愿你多带些光明回来。"[⑤]读到他满含深意的翘盼："谁遮这落日？莫是昆仑山底云么？破哟！破哟！莫

① 康白情：《中国新诗经典〈草儿〉》，浙江文艺出版社1997年版，第38页。

② 郭沫若：《匪徒颂》，《郭沫若全集文学编》第一卷，人民文学出版社1982年版，第113页。

③ 郭沫若：《我是个偶像破坏者》，《郭沫若全集文学编》第一卷，人民文学出版社1982年版，第99页。

④ 郭沫若：《立在地球边上放号》，《郭沫若全集文学编》第一卷，人民文学出版社1982年版，第72页。

⑤ 康白情：《送曾琦往巴黎》，《中国新诗经典〈草儿〉》，浙江文艺出版社1997年版，第20页。

斯科的晓破了，莫要遮了我要看的莫斯科哟！（自注：日落，西欧破晓）”①

诗人在笔下还对当时中国青年景慕的学习西方成功的典范日本大和民族发出忠告和反思，如《归来大和魂》：“哦，大和魂，/只可惜你自己没有柁儿，/你把道儿走错了！/你为什么可贵？/不失为人间而可贵么？/人间不用神性，/不用兽行。”②

此诗内涵十分丰富，对日本的美丽、先进以及英雄史迹满怀敬意，但对其强大而单纯倡导效忠国家和君威，崇尚强权政治，背离仁义之道，深为不满，也有警示之意。诗人在南满铁路上看到的景象，更是令人感慨。其《从连山关到祁家堡》写道：“路旁几家红砖的新屋，/高高地撑着些彩画过的鱼幌子。/沟里拉着两个褴褛的小孩子，/一个望着路上几个日本兵底佩刀，/一个望着屋檐下一个晾衣底日本妇人底一双雪白的肥手。……墙下底草花真绿得自在，/却不知道佩刀的要强做他们底主人了！”③ 时局的发展印证了诗人的担忧并非多虑，也可见其无愧于诗人目光的敏锐。

还有对饱受欺凌，争取国家独立的弱小民族的同情和敬意：

> 我看着饱带四千年遗传文明窈窕的歌女。听他们凄清幽怨的歌声……见着韩国清俊的国歌，只令得满座都唏嘘地掩泣。……上帝呵！这是你底人生么？是你底艺术邪？令我想起安南；想起印度，想起阿菲利加；想起已往六七百年底波兰；想起世界上所有供刍狗的民族以至于有色人种。④

这类作品在今天读来依然让人热血膨胀，可以深刻地感受到作者内心当时是多么地激动和沸腾，会产生如何感动的力量。

1920年，康白情登上航船，与段锡朋、罗家伦、周炳琳、汪敬熙共五

---

① 《暮登泰山西望》，康白情《中国新诗经典〈草儿〉》，浙江文艺出版社1997年版，第23页。

② 康白情：《中国新诗经典〈草儿〉》，浙江文艺出版社1997年版，第74页。

③ 同上书，第59页。

④ 《阿令配克戏院底悲剧》，康白情《中国新诗经典〈草儿〉》，浙江文艺出版社1997年版，第43页。

位北大杰出青年一道越洋赴美留学，临行之前，与北大同学饯别于来今雨轩。康白情为此作《别北京大学同学》诗，与“从去年五四运动以来我们总是曾共过患难的”同学们作别，以“互劝道德，互砥学问，互助事业”[①]相勖勉，以“努力于来日”相约。在离祖国越来越远的轮船上，诗人满怀深情地呼唤：

> 黄浦江呀！
> 你底水流得好急呀！
> 慢流一点儿不好么？
> 我要回看我底少年中国呵！
>
> 我的少年中国呀！
> 愿我五六年后回来，
> 你更成我理想的少年中国！
> 我底兄弟姊妹们呀！
> 愿我五六年后回来，
> 你们更成我理想的中国少年！[②]

这种壮志豪情贯穿在康白情的整个新诗集中。他当时的思想境界，一如友人王德熙所鼓励的那样“蓄住满腔热血，/走到哪里，/洒到哪里；//洒到哪里，/红到哪里！”[③] 真正是一个激情澎湃的青春诗人。

除了伤时忧国的主旋律外，康白情的诗还表达多种积极的主题，对自然的热爱，对美好生活的追求，对故乡的深情，对友情的珍视。其内容涉及十分广泛，宇宙万物万事皆可人诗，且大多充满积极健康的情怀和勤奋务实的精神，鼓舞人心，催人奋进，这是发挥影响的重要因素，也是到今天依然有其价值的原因。

---

① 康白情：《中国新诗经典〈草儿〉》，浙江文艺出版社 1997 年版，第 92 页。

② 康白情：《别少年中国》，《中国新诗经典〈草儿〉》，浙江文艺出版社 1997 年版，第 168 页。

③ 同上书，第 165 页。

## 第三节 康白情诗歌艺术创造之表现

作为最早一批产生影响的白话诗人，康白情在《草儿自序》里称自己是“自由吐出心里的东西，我不是诗人”。这里恰恰道出他最重要的诗歌艺术特征，不受传统束缚，纵情张扬自我，大胆解放诗体，自由抒写生活。这具体表现为以下几个方面。

第一，情感真挚，直抒胸臆。康白情曾于1920年年初发表《新诗底我见》专论。认为“诗是主情的文学”，如果没有真情，就没有感人的诗。诗情从何处来？“第一是在自然中活动。作诗要靠感性；感性就是诗人底心灵和自然底神秘互相接触时，感应而成的。”“第二是社会中活动。感情里最重要的元素……是对于人的同情”。①

因此，其诗富有浓郁的抒情色彩。无论是对国家民族还是普通百姓，送别，家常，郊游，风光，其诗歌感情或炽热，或恬淡，皆自然流露，毫不做作。如其送别一同并肩共患难的学友许德珩：

> 送你一回，/送你一回，/又送你一回。/前门外细腻的月色，/水榭你明媚的波光，/怎敌得杨树浦这么悲壮的风雨。②

抒情色彩是如此的浓郁，又是如此的真切，可谓愁肠百结，令人慨叹。

不仅有抒情色彩，还要求有美感，要求风格的高雅。康白情《新诗的我见》对此也有过论述。“怎么样才是高雅？这是很难说的，而且也非纯靠艺术所能达到的。我在这里，只好要求新诗人自己努力于人格底完成罢了。”③ 这里有着古人所谓人格修养的传统。

下面这首《送客黄埔》中的一段大概可以算得上情真意境亦美者：

---

① 康白情：《新诗的我见》，原载《少年中国》1920年第2期，此据赵家璧主编《中国新文学大系·建设理论集》，上海文艺出版社2003年影印本，第330页。

② 康白情：《送许德珩杨树浦》，《中国新诗经典〈草儿〉》，浙江文艺出版社1997年版，第38页。

③ 赵家璧主编：《中国新文学大系·建设理论集》，上海文艺出版社2003年影印本，第330页。

四围底人籁都寂了，只有她缠绵的孤月、尽照着那碧澄澄的风波、碰着船篦里绷垅的响，我知道人底素心，水的素心，月底素心——一样。我愿水松客行，月伴我们归去。①

虽然有时流于粗疏，但蕴于其中的情感是真实的，感时花溅泪，恨别鸟惊心，忧国伤怀的重大题材是如此。旅途中随意的攀谈实际上流露出他对小人物命运的由衷关注之情，同样难能可贵，令人感怀。读着“这么一个血腥的世界呵！我相信只有美和爱洗得掉这个血腥。”② 你不得不表示认同。而下面《答五妹玉璋》中的诗句更是火辣滚烫：“春哥儿，我底幺妹儿！……我很恨我不能教你的书！/那几年我爱抱着你亲嘴。/六年后我回来还要抱着你亲嘴呢。”③ 这样的句子只有在倡导反封建的“五四”氛围下才能出现。它是那样的大胆，又是那样的自然，情感真挚而又纯洁无邪。读之感受到兄妹亲情，灵魂净化。

比起胡适提倡新诗而勉强造作，康白情更富于激情和真诚的作品，产生强烈的感染力也就十分自然了。

第二，形式自由，语言通俗。

康白情的诗被称作解放得最彻底，因为它毫无羁绊，不仅语言是白话口语，而且几乎不讲韵律。在《别北京大学同学》序中，诗人这样叙述该诗的创作过程：说这是在离开同学们之后，“车上追念往日的壮举，中夜不能睡觉，出车凭铁栏频北望，慷慨悲歌。而残月一弯，更使我添无限的别意。于是追忆来今雨轩底席上演说使成行子，以泻忧思”④。

由此可见其创作过程之一斑，康白情的大多数诗作都是这样写出的。情之所至，不能自已，便把想要说或已经说过的话用分行的形式写出，基本不管他押不押韵，只要他表达了此时的感情就行。这也代表了白话诗最初探索时期的普遍现象。诗行长短不拘，可以是叙述、描摹，也可以是议

① 康白情：《中国新诗经典〈草儿〉》，浙江文艺出版社 1997 年版，第 12 页。

② 康白情：《送翟蕴玉夫人和她的果得儿往北京》，《中国新诗经典〈草儿〉》，浙江文艺出版社 1997 年版，第 156 页。

③ 康白情：《中国新诗经典〈草儿〉》，浙江文艺出版社 1997 年版，第 159 页。

④ 同上书，第 92 页。

论或抒情，还可以是对话，甚至大段的引用。《别北京大学同学》通篇再现离席上的演讲，《作别王德熙》则反复引用王德熙赠诗中的段落。其诗全为口语式的白话，朋友间的激励，思想的碰撞和论争，普通百姓的对答，小女孩天真无邪的稚语，不加雕凿，活脱脱地端出，而人物个性和神态之剪影亦得以侧面烘托。

郭沫若在《我的作诗的经过》一文中，说他第一次读到的白话诗是康白情的诗，称他为“真真正正是白话，是分行写出的白话”。曾经为之委实吃了一惊，甚至怀疑“那样就是白话诗吗”，郭沫若同时还记得康白情这首诗的题目叫“《送许德珩赴欧洲》，是民八（1920）的九月在《时事新报》的《学灯》栏上看见的”[①]。同时，郭沫若还举出其中有“我们喊了出来，我们做得出去”那样的词句。虽然，郭沫若在此将题目与词句混淆记错了，在此所引的两句并非出自送许德珩的诗，[②] 而是康白情的另一首送别友人的诗，题为《送曾琦赴巴黎》，[③] 但也正说明其白话词句类似的风格。事实上，《送许德珩杨树浦》也确实有和郭沫若所引诗句极为相近的句子：“打呀！/罢呀/呼声还在耳里。/但事还没做完，/你又要去了。”可以说真正是大白话。

不仅如此，康白情诗中的大白话，还夹杂着许多巴蜀地区特有的乡音方言，这也是让郭沫若感到亲切受到鼓舞的一个原因吧！如下面的诗句：

我有孕娠，他们白把我几块钱让我休息[④]

肩的肩锄头；/背的背背篼；/提的提篓篓——/一伙儿上坡去。[⑤]

---

① 郭沫若：《我的作诗的经过》，彭放编《郭沫若谈创作》，黑龙江人民出版社1982年版，第36页。

② 实际上送许德珩的题目也不是郭沫若所记《送许德珩赴欧洲》，而是《送许德珩杨树浦》，当时郭沫若文中也有自注“题名大意如此”。郭沫若：《我的作诗的经过》，彭放编《郭沫若谈创作》，黑龙江人民出版社1982年版，第36—37页。

③ 此为《草儿》集中所收之题名，该诗最初在《少年中国》1920年第9期上发表时题为《送慕韩赴巴黎》，曾琦字慕韩。

④ 康白情：《女工之歌》，《中国新诗经典〈草儿〉》，浙江文艺出版社1997年版，第15页。

⑤ 康白情：《朝气》，《中国新诗经典〈草儿〉》，浙江文艺出版社1997年版，第34页。

鸡叫了，/老哇也离枝了……镜子里隐着一个作难的我。[①]

这里是一条半场补偿的款拱桥，/有红的栏杆，/有绿霞霞的水。[②]

这里的“白”、“背篼”、“篓篓”、“老哇”（乌鸦）、“作难”、“绿霞霞的”等词语都是四川乡下常用的语言，让人备感朴实与亲切。

最典型的还有《车行郊外》中的一段：

几处做庄稼的男女/踞的踞着；/走的走着；/挖的挖着；/铲的铲着——/正散着在那里办他们底草地。……呜——呜，一溜我们就过去了。/他们伸了伸腰，都眼睁睁地把我们钉着。[③]

诗集中特别对此有注释：“踞，音姑；不着地而作坐形。钉，音定。四川方言：凝视叫做钉；有看作出神底意思。”[④]

这种读音在川东的安岳和川西南的乐山都有。有人曾经研究过郭沫若《女神》与乐山方言的关系，并认为他“以为康白情夹杂四川方言的白话诗是所谓新诗潮流，便大胆进行这种‘语体诗的尝试’，并投寄出去开始了闯荡文坛的生涯”。[⑤] 这是有一定道理的。上面这段诗中的四川方言读音在川东的安岳和川西南的乐山都有，郭沫若或许也应该是读到过的吧！

第三，构思平实而不乏变化。

康白情才情横溢，有较好的文学功底，因而其诗不加雕饰而依然文采粲然，富有美感。

这其中不乏多种艺术手法的使用，比较常见的如比喻、拟人以及排比。

比喻、象征的代表自然是其《草儿》，其中的牛、草、鞭儿等都有多

① 康白情：《天亮了》，《中国新诗经典〈草儿〉》，浙江文艺出版社 1997 年版，第 85 页。

② 康白情：《日光记游十一首》其三，《中国新诗经典〈草儿〉》，浙江文艺出版社 1997 年版，第 65 页。

③ 康白情：《中国新诗经典〈草儿〉》，浙江文艺出版社 1997 年版，第 7 页。

④ 同上。

⑤ 颜同林：《乐山方言与〈女神〉》，四川郭沫若研究中心、四川郭沫若研究学会、中国郭沫若研究会编《当代视野下的郭沫若研究》，巴蜀书社 2008 年版，第 337 页。

重寓意，耐人寻味。

而排比也是一种常见的方法，如《庐山纪游三十七首》中写牯岭的一段：

卖苹果的，卖沙发的，/卖领带的，卖牛津大学底书的，/九江和南昌还不容易找的，这里倒有了。

拖下驮的，/对对往来的，/长裙短袖烫卷了头发的，/九江和南昌还不容易见的，这里倒多着了。

徽调底歌声，/三味线底歌声，/苏格兰底歌声，/春之花底歌声，/赞美上帝底歌声，/九江和南昌还不容易听的，这里倒处处都是了。/

好一个欧化的牯岭呵！①

欧化的牯岭之特点由此展现无遗，同时还起到了无韵之韵的效果。

类似的排比如《再见》中的句子：

越老越红的红叶……便岂里可罗的落下来了——落了满地。②

一连用了四次，同样起到了渲染的作用。有时还善于将各种手法综合运用，如《庐山纪游三十七首》中写鄱阳湖的多姿多彩：

昨天的云鬓蓬松；/今天的满头珠翠。/昨天的眉目含愁；/今天的毫发可数。/昨天的离魂倩女，今天的新嫁娘。③

比喻、拟人和排比对比于一身，展现出千姿百态，分外迷人。

另一个方面，有的诗常以非常新颖的构思或警句取胜。如《和平的春里》中“遍江北野色都绿了。……穷人底饿眼儿也绿了”。一句即极富创

---

① 康白情：《庐山纪游三十七首》其四，《中国新诗经典〈草儿〉》，浙江文艺出版社1997年版，第95页。

② 康白情：《中国新诗经典〈草儿〉》，浙江文艺出版社1997年版，第28页。

③ 康白情：《庐山纪游三十七首》十一，《中国新诗经典〈草儿〉》，浙江文艺出版社1997年版，第112页。

意，令人回味。再如《送王光祈、魏嗣銮往德意志，陈宝锷往法兰西》："我们就别了，好在还在一个天地里。/我们握手过就别了，却把爱度在手里了。/我们的手撒了，只要爱还存留着。"①

此外，康白情虽然写的是纯粹的白话诗，但本人又有着深厚的古典诗歌的修养，并且还常常有旧体诗的创作。其《草儿集》之附录一即为旧体诗，后来所编《河上集》则全为旧体诗集。因而在新诗创作中亦有所体现，不时还恰如其分地加以引用，使诗之内涵得以增加，这在《别少年中国》中可谓突出。

先写此前从日本归国，看到祖国的山川，作者不禁万分激动，古老中国的经典名句纷至沓来："从海上回望三岛，/我只看见黑的，青的，翠的。我很舍不得她，/我连声呗出几句：'山川相缪，郁乎苍苍。'直等我西尽黄海，平览到我的少年中国，我才看见碧绿和软红相间的，我底脉管里充满了狂跳，我又不禁呗出几句/'江南草长，群莺乱飞。'"②

此次远别，船离黄浦，山川依旧，红绿相间，作者却是另一番感受：

> 今天我回望我底少年中国，/她还是碧绿和软红相间的，/只眉宇间横满了一股秋气，/——"袅袅兮秋风，/洞庭波兮木叶下。"——你黄浦江里含得有汨罗江底血滴么？……我更怎么能禁呗出几句/"对此茫茫，/百感交集！"③

分别用了苏轼《赤壁赋》、丘迟《与陈伯之书》、楚辞《九歌·湘夫人》、刘义庆《世说新语》等名句，形象而真切地表达其感受。色彩斑斓，情景交融，把对少年中国的眷恋深情渲染得淋漓尽致。也难怪朱自清先生极口赞扬道："康白情氏以写景胜，梁实秋氏称为'设色的妙手'……《鸭绿江以东》《别少年中国》悲歌慷慨，令人兴奋。"④

---

① 康白情：《中国新诗经典〈草儿〉》，浙江文艺出版社1997年版，第54页。

② 同上书，第168页。

③ 同上。

④ 朱自清：《现代诗歌导论》，赵家璧主编《中国新文学大系导论集》，上海文艺出版社2003年版，第351页。

有的诗则直接引用古代散文，如下面这一段：

> 我想曾点毕竟算狂得爱人，他独志在“浴乎沂，风乎舞雩，咏而归”。[①]

引用《论语》孔子弟子曾参的意愿并予以评点，可谓直截了当，而更有甚者，如下面的诗整首整段全为引用之诗文组成：

> 有《孺子歌》曰：“沧浪之水清兮，可以濯我缨；/沧浪之水浊兮，可以濯我足！”缨和足都是我们要濯的。[②]
>
> 石门晨门曰说：“是知其不可而为之与？”孔丘说：“其为人也发愤忘食，乐而忘忧，不知老之将至云尔。”[③]

有时引用自己的作品，如《鸭绿江以东》：

> 鸭绿江以东不是殷家的旧土了……呀，我最爱你杜鹃花，爱你底红，爱你底红好像是血染成的！呀哈！“溅我黄儿千斗血，染红世界自由花！”——朱家郭解底侠风哪里去了？[④]

引用作者的旧体诗《吊黄兴蔡锷二将军》表达其对故土的眷恋和抗争的决心，而“草儿在前，鞭儿在后”的名句更是被其数次杂用于多首诗里。由此可见其对这种手法的娴熟，而给人留下深刻的印象。

在《草儿·自序》中，康白情称“《草儿》是去前年间新文化运动里随着群众的呼声，是时代的产物”。[⑤] 他对新诗有着自己独特的理解，要求

---

① 康白情：《庐山纪游三十七首》二十九，《中国新诗经典〈草儿〉》，浙江文艺出版社 1997 年版，第 132 页。

② 康白情：《律己九铭》之七，《中国新诗经典〈草儿〉》，浙江文艺出版社 1997 年版，第 145 页。

③ 康白情：《律己九铭》之九，《中国新诗经典〈草儿〉》，浙江文艺出版社 1997 年版，第 145 页。

④ 康白情：《中国新诗经典〈草儿〉》，浙江文艺出版社 1997 年版，第 61 页。

⑤ 康白情：《草儿·自序》，《中国新诗经典〈草儿〉》，浙江文艺出版社 1997 年版，第 8 页。

不仅要打破传统羁绊，更强调“新诗的精神端在创造”，“宇宙间底事事物物，无一样不是我们的诗料”，“以热烈的感情浸润宇宙间底事事物物而令其理想化，再把这些心象具体化了而谱之于只有心能领受底音乐，正是新诗底本色”。[1] 这可以说是他对当时新诗运动及自己创作过程的体验和总结，而他的新诗也是对这种理念的探索和实践。虽然，有时未能完全达到其理想化的要求，诸如质朴有余，而含蓄不足等。但无论如何，康白情的诗及其影响是巨大的，对于新文化运动尤其是新诗的普及起到极为重要的推动作用。其代表时代意义的作品具有客观的美的价值，标志着新诗发展到了一个新的高度。在现代文学发展史上自应有其地位，而其勇于创造的精神亦永远不会过时。

① 康白情：《新诗底我见》，赵家璧主编《中国新文学大系·建设理论集》，上海文艺出版社2003年影印本，第324、325页。

# 第三章　吴芳吉与中国现代新诗的发生

1896年，吴芳吉出生在重庆江津，1932年逝世。吴芳吉字碧柳，自号白屋吴生，世称白屋诗人。吴芳吉自学成才，学贯中西，对于新诗的发生有自己独到的见解。其才华灿烂夺目，与苏曼珠的俊逸才华前后辉映，为20世纪20年代中国著名诗人。吴芳吉能见人之所未见，发人之所未言。他鲜明的个性特征使得他不随波逐流，坚持客观公正的诗论。中国新诗的发生，存在诸多的弊端，吴芳吉在当时便已明见并指出。笔者认为如果中国现代新诗的发生，能沿着吴芳吉的诗论发展，或许会提前成熟几十年。

遗憾的是，寒梅傲雪的吴芳吉，在新诗坛上只是一枝独放。其诗论没能如春风一样带来百花盛开。至今，吴芳吉这个名字在权威文学史上几乎是一片空白。只有在区域文学史著作中，例如，周晓初主编的《重庆二十世纪文学史》与谭兴国的巴蜀文学史稿《蜀中文章冠天下》，吴芳吉的名字才闪现。大学讲堂上也没有吴芳吉名字的出现。学术界对吴芳吉的漠视与吴芳吉在当时社会的影响力形成一种反差。

原中华诗词学会副会长、四川省作协主席马识途纪念吴芳吉时曾经写过这样一首诗："芳吉老诗人，令名少小闻。白屋遗卷在，天下浥清芬。"[①] 当年柳永的创作，是凡有饮水处便有柳永词被传唱。吴芳吉诗歌在当时的影响与之类似。他每到一处地方教书，必定将自己的诗歌影响带到那里。以至于现在，一些八十多岁的老妪还能背诵吴芳吉的出名作《婉容词》。梁启超给吴宓信中认为吴芳吉诗歌是纯正的诗歌，以后定能为诗坛

---

① 成都市文学艺术界联合会、成都吴芳吉研究会编：《吴芳吉研究》，成都中国文联出版社2010年版，第30页。

开辟一片天地。他因为羡其才，遂想通过吴宓结交吴芳吉，“《壮岁诗》瑕不掩瑜。《哭柳潜》三首纯乎其纯。将来必为诗坛辟世界，请得介绍而友之也。”① 与之同为巴蜀诗歌领军人物的郭沫若曾有《送吴碧柳赴长沙》诗云：“洞庭古胜地，屈子诗中王。遗响久已绝，滔滔天下狂，愿君此远举，努力轶前骧。苍生莫辜负，也莫负衡湘。”② 希望其超越前贤。毛泽东评价吴芳吉是“芳吉知春，芝兰其香”。③ 喻其为现代文学早春的芝兰，香满诗坛。台湾吴相湘著的《民国人物列传》专门为吴芳吉设立一章，并称其为开国诗人，这里的“国”是指中华民国。④ 吴芳吉在当时绝不是今天这样默默无闻。当吴芳吉逝世的消息传开，南京国立中央大学柳贻徵教授闻耗，立即写长诗一首《哀吴碧柳诗》以表哀悼。⑤ 吴芳吉在四川的影响之大，以至于“现代诗人吴芳吉逝世后，一九三三年五月二十九日，成都文学、艺术、教育界五百余人，曾在当时四川大学至公堂举行追悼会”。⑥

吴芳吉身前身后的际遇是历史的必然，还是历史偶尔犯下的一个错误？

目前，学术界渐渐重视吴芳吉诗歌创作研究。20 世纪 80 年代以来，有关研究逐渐增多。四川、重庆以及四川大学等还联合举办了纪念吴芳吉百年诞辰学术研讨会，对吴芳吉诗歌的特点和价值等进行探讨。成都成立了吴芳吉研究协会，并在 2001 年创刊出版会刊《白屋诗风》，一直延续至今。重庆江津于 2009 年也成立了吴芳吉研究学会，并在同年 12 月创刊会刊《芳吉春》。研究巴蜀文化的学者开始注意吴芳吉，如邓经武、张建峰等。但作为一名优秀的诗人，吴芳吉的价值被埋没得太久。笔者在此基础上，进一步探索吴芳吉与中国现代新诗之间发生的关系，进而定位其在文学史上的意义。论文从三个部分进行探索，首先简要概述吴芳吉其人其

---

① 摘自梁启超与吴宓函，成都市文学艺术界联合会、成都吴芳吉研究会编《吴芳吉研究》，成都中国文联出版社 2010 年版，第 23 页。

② 《吴芳吉集》，巴蜀书社 1994 年版，第 1398 页。

③ 文强：《青年追忆》，引自成都市文学艺术界联合会、成都吴芳吉研究会编《吴芳吉研究》，成都中国文联出版社 2010 年版，第 23 页。

④ 参见吴相湘《民国人物列传》（上），中国大百科全书出版社 2009 年版，第 82—112 页。

⑤ 同上书，第 110—111 页。

⑥ 《李劼人选集》第五卷，四川文艺出版社 1986 年版，第 39 页。

事，其次论述他诗歌的思想内容，然后对其诗歌特点予以评述，并阐述吴芳吉的理论主张及其在文学史上的地位和意义。

## 第一节　寒梅傲雪的人生

吴芳吉八岁时随父由重庆市迁回江津老家，进入聚奎小学。他 13 岁时写出著名论文《读外交失败史书》，被誉为神童。1910 年，他考入清华留美预科学校。1912 年，他因声援、抗议被美籍教师无理辱骂的同学何鲁，被迫离开清华。吴芳吉一生主要以教书为职业，先后任教嘉州中学、上海中国公学、湖南长沙明德中学、西北大学、东北大学、四川大学、重庆大学等。期间，他还曾在上海任右文社校对、上海《新群》杂志任编辑。1927 年受聘为成都大学中文系教授兼系主任，四川大学教授等。他于 1929 年参与创办重庆大学，1931 年受聘为江津中学校长。九一八事变后，他创作抗日诗《巴人歌》，并在重庆等地朗诵演讲。他每次演讲时，无不慷慨激昂、声泪俱下。1932 年 5 月，他在朗诵《巴人歌》时晕倒在讲台上，后医治无效而与世长辞，年仅 36 岁。

吴芳吉性格坚毅，有一股傲气，不为世俗荣华折腰。他颇有李白“安能摧眉折腰事权贵，使我不得开心颜”的桀骜不驯。

吴芳吉，这位天才型的才子，具有无畏的勇气。他七岁时，父亲含冤被关进大牢，家道中落。在十岁的小小年纪，他以自己的才智和坚强的决心，使父亲含冤昭雪，与家人团聚。聪慧过人的他，十三岁时写出名震乡里的《读外交失败史书》。文章先从国际形势谈起，谈到印度、埃及、高丽、越南、波兰等国家国势衰弱的原因，进而指出中国近代备受凌辱的历史根源。其文有真知灼见，分析条理清楚。吴芳吉因为这篇文章被誉为神童。这些表现，使他得到社会的认同，进而被推举为四川代表考取清华大学留美预备班。吴芳吉不负众望考取功名。这使得他受到家乡父老万分的崇敬。这次考取清华留美预备学校，改变了吴芳吉一生的生活轨迹。但是，他并没有因为美好的前途而放弃自己的做人原则。因为美籍教师侮辱四川学生何鲁，吴芳吉为之鸣不平。在学生与校方抗衡的状况之下，当吴宓等学生纷纷向校方低头时，唯有吴芳吉一人坚持无错决不低头的信念，主动离开清华。此次事件是吴芳吉人生的一个转折点，他的人生由此发生质的改变。如果他为了个人的利益，向校方低头，或许，他以后将是一名学院派诗人，即使不名垂千秋，也会功成名就，不至于过着颠沛流离的困顿生活。但是，他选择主动离开清华。这让吴芳吉折断了飞翔的翅膀，难以抵达太平洋彼岸，失去了直接接触欧美风雨的留学机会。人生的道路上，这是吴芳吉傲雪寒梅性格的一次突出体现。

“安得广厦千万间，大庇天下寒士俱欢颜，风雨不动安如山！”杜甫在自己身无居所的情况之下，首先想到的是天下寒士而非个人的荣辱富贵。吴芳吉和杜甫一样，具有高尚的人格、博爱的胸怀。离开清华的吴芳吉，回家的方式是沿途打工或乞食，衣不遮体，食不果腹，正如其诗歌《海上行》中描绘的一样，“棉衣破兮夹衣裂，寒气入闱横砭骨。/手如冰兮足如铁，蒙头伏枕梦不发。”[①] 他因为贫穷遭受世人的白眼和歧视，甚至狗都仗势欺人侮辱吴芳吉。“主人见吾窭，藏其箕与帚。箕帚值百钱，防我暗伸手。邻犬见吾吠，张牙嫌我秽。”[②] 在这样艰辛的条件下，他看见没钱没食的人时，依然会毫不犹豫地倾囊相助。虽然他一贫如洗，囊里是他全部的家当。吴芳吉回到重庆江津老家，不仅物质生活贫乏，而且受到众人的唾弃。尽管如此，他依然坚持学习。在他锲而不舍地坚持下，其知识面贯穿古今中外。吴芳吉先后在多所学校任教。他凭借渊博的学识赢得学生尊重，以满溢的才情获得学生喜爱。吴芳吉在教学上的成功，以及在诗歌创作上取得的成就，被当时社会公认。好友吴宓盛情邀请他到清华大学任教，这在教育界是一种无比的荣幸。清华、北大是中国第一流的高校，在这样的学校任教不仅具有较高的社会地位，而且收入颇丰。在清华大学做学生或者老师是多少人的向往，但吴芳吉却举重若轻，淡然拒绝。物质条件窘迫的吴芳吉拒绝再次进入清华大学的这次机会，他认为一所高校如果不坚持正义，这样的高校就不值得为之服务。好友吴宓又推荐吴芳吉到当时较有名气的东南大学。如果吴芳吉离

---

① 吴芳吉：《海上行》，《吴芳吉集》，巴蜀书社 1994 年版，第 19 页。

② 同上。

开当时所在的树德中学，到东南大学任教，他的收入将提高十倍。但是为了践行诺言，吴芳吉依然放弃了。从这些可以看出，世俗荣华在他眼里如过眼烟云。一诺千金、重情重义，这些传统的优秀品德在吴芳吉身上熠熠闪耀。

吴芳吉不是一位关在书斋里的白面书生。他与现实生活相交相融，将生活体验排列为一行行的诗篇。吴芳吉的一生，充满坎坷。但是他不屈的精神赋予他寒梅傲雪的风骨。即使在一天只能吃几口粥的艰难情况之下，也不会失去操守。正因如此，所以他能绽放自己独有的光芒。范仲淹说过："居庙堂之高则忧其民，处江湖之远则忧其君。"吴芳吉身为寒士，距庙堂之远，仍心忧天下。他个人处境不顺，但是爱国忧民，写下许多关注社会现实的优秀诗歌。虽然他没有征战沙场，但是其爱国爱民的精神绝不输于任何一位驰骋沙场的将士。吴芳吉这种爱国情怀，与屈原、杜甫、丘逢甲等传统文人的精神一脉相承。

## 第二节　吴芳吉诗歌创作概况及主要内容

上帝是公平的，当他折断吴芳吉飞翔的翅膀时，又赠予吴芳吉脚踏土地的坚实脚步，让其俯首面向大地。苦难生活的直接感触，让吴芳吉拥抱现实，生活回赠吴芳吉无数优秀的诗歌。这是书斋生活所无法给予的珍贵回报。吴芳吉离开清华大学，这让他在很长一段时间内远离学术界、文化界中心，成为边缘人。但这种不幸恰是诗家的幸运。真正的诗歌创作，是生活的给予，不是某种理论帮派的阐释。吴芳吉学贯中西的渊博学识与深厚的现实生活体验，是他诗歌创作得以飞翔的双翅。"梅花香自苦寒来"，以这句诗来形容赞美吴芳吉的诗歌创作最恰当不过。吴芳吉不仅个人生活历经坎坷，而且在诗歌这条道路上也是一位孤独的行者，犹如一枝独放的寒梅。

### 一　吴芳吉诗歌作品概况

吴芳吉生前曾自编《白屋吴生诗稿》，1929 年出版。1934 年其友人周光午编订有《吴白屋先生遗书》、《白屋书牍》等多种遗著。同年，任中敏编有《白屋嘉言》。1982 年四川人民出版社巴蜀书社分别出版《白屋诗选》、《吴芳吉集》。台湾也有吴芳吉诗文集《吴白屋先生遗书》出版。[①]

在各类文集中，以巴蜀书社《吴芳吉集》收录作品最为齐全。共收录诗歌 222 题，其中许多标明为一题多首，如《儿水歌》（五首）、《赋丈人》（八首）、《渝州歌》（二十五首）、《赴成都》（二十四首）等（另有《弱岁诗》十二首等，因其每首有小题，已计于总数中），更多则未标明而实际为一题多首，此外还有译诗十余首（有彭士诗十首、赫里克诗五首）。因此实际上其诗歌数量达六百首左右。

据吴芳吉孙女吴泰瑛的记叙，吴芳吉在 1906 年十岁从重庆回到江津黑石山聚奎小学读书。期间，他曾给好友邓少琴扇面题下“袁家溪畔一渔翁，得鱼数尾化为鹏”，谓“这是吴芳吉最早的诗句”。[②] 其后，他便陆续写诗作文。在清华读书期间，他还曾将诗文拿出与吴宓等切磋。可惜现在已经不能明确判定其具体篇名及创作时间。《吴芳吉集》所收第一篇为《吴碧柳歌》组诗三首，然后有 1913 年任教嘉定中学时所作《登峨嵋九十九道拐嘲鹤琴》。从现存诗作中可看出自 1915 年起他开始大量创作，此时尚不满二十岁。写实组诗名篇《弱岁诗》十二首也创作于此时。其绝笔之作《巴人歌》创作于 1932 年。创作生涯共二十年左右。其数量是较为可观的。

## 二　吴芳吉诗歌基本内容

吴芳吉诗歌创作立足于对国家民族的责任和对百姓的关心。诗歌关注现实，内容充实，言之有物。十三岁所作的《读外交失败史书后》实际上就是他志向胸襟的反映。他在《论诗答湘潭女儿》中，曾分别提出屈原、陶渊明、杜甫、丘逢甲四位诗人作为中国诗史之代表，不仅仅是因其作品，更因其人格力量。所谓“至某所资取于四子者，不仅其文，尤在其

---

① 参见吴相湘《民国人物列传》（上），中国大百科全书出版社 2009 年版，第 111 页。
② 吴泰瑛：《白屋诗人吴芳吉》，巴蜀书社 2006 年版，第 11 页。

人。若陶之超尘拔俗而无厌世之心，杜之穷迫饥驱而无绝望之语，屈则忠爱之忱不谅于世，而至死不去其国，丘则处积弱之势衰敝之秋，而能发扬民族精神、祖国文化，以与时代俱进，此皆某所馨香祷祝，以为创造民国新诗最不可少之资也”。[①] 身体力行，追步先贤。自谓“幼读少陵诗，深识少陵志。一生爱此翁，发愿为翁寄”。[②] 从洛阳到长安，从成都草堂到夔州，“老杜所游诸地，今追步殆遍矣。”[③] 其诗歌内容广泛，博大精深，而以屈原、杜甫爱国主义精神为其基调。“三日不书民疾苦，文章辜负苍生多”[④]，这是吴芳吉1918年年初22岁时的自励，诗人以一生的心血和精力来予以实践。

综观其数百篇诗作，从世界、国家时局大事，到普通百姓、底层贫民的悲惨境遇，个人生活的苦难与不幸，包容深广。仅从其早年古体组诗《弱岁诗》十二首即可见一斑，其内容均由发表时题下小序说明。《儿莫啼行》后面注明这是思妇之词。《海上行》则注明是书写游子的诗。《江上行》是游子思妇之词。《步出黄浦行》为感旧诗。《巫山巫峡行》表明“北军入蜀，人民苦拉夫也”。[⑤]《曹锟烧酆都行》“记北军之残惨也，时民国五年丙辰二月四日也”。[⑥]《思故国行》分别追忆山西巡抚吴禄贞，民国元老宋教仁、护国功臣蔡松坡，“叹老成之凋谢也”。[⑦]《赫赫将军行》“美松坡也”。[⑧]《短歌行》“所言无定，要皆伤时者也”。[⑨]《痛定思痛行》为“吾身世之小史也”。[⑩]《红颜黄土行》是“明志之所往也”。[⑪]《北望行》则“无忘恩谊也。诸诗终于朋友，重人伦也”。[⑫] 由此可见反映社会时事之

① 吴芳吉：《论诗答湘潭女儿》自注，《吴芳吉集》，巴蜀书社1994年版，第178页。
② 《吴芳吉集》，巴蜀书社1994年版，第291页。
③ 同上。
④ 同上书，第52页。
⑤ 同上书，第22页。
⑥ 同上书，第23页。
⑦ 同上书，第24页。
⑧ 同上书，第27页。
⑨ 同上书，第28页。
⑩ 同上书，第29页。
⑪ 同上书，第32页。
⑫ 同上书，第34页。

广泛性。从题目中可以看出杜甫《悲陈陶》、《哀江头》、《兵车行》、《丽人行》等作品“自创新题，无复依傍”[①] 的影响，反映了广泛的现实生活，所谓“文章合为时而著，歌诗合为事而作”[②] 的传统。其后新诗名篇《护国岩词》、《婉容词》、《两父女》、《笼山曲》、《巴人歌》更是以全新的“白屋诗体”反映了广泛的社会现实生活。

再如《巫山巫峡行》反映了军阀部队的残忍。将军对士兵生命毫不怜惜，“催促人命不相饶，挖骨为脂血为膏。……夜无停宿，日无餐饭。老男呕血死，瘦男骨折断。……虎不食忠孝人，将军苦吾民。”[③] 当时的部队不是老百姓的保护神，而是索命鬼，是百姓安居乐业最大的强盗。

诗歌无论是书写国家大事、历史烽烟，还是写底层百姓生活，均能真切动人。这不仅因吴芳吉倾注真实感情，也因所写多为亲身经历，切身感受。其13岁时所作《读外交失败史后》论文即已见其视野的广阔，以印度、埃及、高丽、越南、波兰等国被欺压之例证，说明中国之弊更有过之，情势更为危机。文章气势宏伟，论证严密。如果说此为读书所感，而其后的保路运动、辛亥革命、护国战争、二次革命等，吴芳吉都是亲历者。1911年11月，其家乡白沙在全川首先发难，吴芳吉将老师萧湘起草的反清檄文《为白沙首义布告全川书》张贴在校内外，并参加游行且走在最前列。《护国岩词》、《婉容词》等为在永宁任教时向当地父老采访后作。其长篇纪事诗《笼山曲》亦为真人真事，为四川史实。在作此诗之前不久，即已有《绍勤将赴成都，自渝夜驰来会，闻李笑沧死矣》[④] 一诗。李笑沧即《笼山曲》之主人公。吴芳吉孙女吴泰瑛曾对此作过较详细的介绍。其诗歌题材最初来源于其好友邓少琴（绍勤）。“邓少琴在军营做秘书时，曾目睹一位绿林好汉大义凛然上刑场。这位好汉就是永宁人，名叫李善波，他建立了一支武装队伍，专门劫富济贫，得到当地老百姓的爱戴和拥护。蔡锷在永宁驻防打仗时，李善波深受其影响，对蔡将军佩服得五体

① （唐）元稹：《乐府古题序》，郭绍虞《中国历代文论选》第二册，上海古籍出版社1979年版，第110页。

② （唐）白居易：《与元九书》，《白居易集》，岳麓书社1992年版，第423页。

③ 《吴芳吉集》，巴蜀书社1994年版，第22页。

④ 同上书，第62页。

投地，拉着一帮兄弟伙参加了护国之战，立下了赫赫战功。”[①] 但是，蔡将军走后，这位传奇式的英雄却被军阀借故诱囚并杀害。吴芳吉由邓少琴来信中得知此事，与好友论及其死，不胜伤感唏嘘。曾亲往永宁街头采访，决心为英雄写诗立传。次年（1920）春作《笼山曲》。题下小引谓“借此一端，以写吾胸中之山水……”[②] 又恐读者不甚明白其意，特作《笑沧年表》附后。可见其写实，亦见巴蜀动荡之一斑。当时时事如川滇黔混战、南北军交火，皆曾殃及江津。吴芳吉多次与家人乡亲一起躲避兵荒，经历恐惧，也因此写下《壎歌》，《江津南城》、《甘藷曲》、《兵退，乃得观稼驢溪岸上，归日暮矣》等一批真实记录战乱灾祸的作品。另如反映长沙军阀混战，连续打死平民小贩妇女的《北门行》、《南门行》有注云：“长沙围城中赴雅礼大学讲演会席上作。……两篇事，皆是日所亲见者。席上以十分钟写成之”。[③] 此外，还有《明月楼词》记朝鲜独立党领袖孙秉熙被日本总督长谷川逮捕审讯之事，“有朝鲜归客为吾言孙公廷讯事甚详”，[④] 正因为作者与国家民族同历苦难，其个人际遇与时代密切相关，故能够感同身受，真实写出底层百姓的呼声和哀号。其从清华被开除回乡，沿途乞讨拉纤，历经苦难，也对船夫生活有了深切感受。返乡回家他将途中写成的七十首纪行诗寄给吴宓。吴宓回信认为其近于陆放翁，“于古人则近陆放翁”，“足下之诗，颇多忠爱之言，而尤重沧桑之感……”[⑤] 可谓其第一知音。吴芳吉日记中对债主上门讨债的如实记载，西安围城中《壮岁诗》、《围城》等作品，都反映出其诗歌创作、个人真实体验与社会民瘼之密切关系，也是其感人至深的根本原因。

在重庆江津聚奎中学中存有他阅读过的大量书籍。经过“文化大革命”的破坏，吴芳吉赠予聚奎中学的书已经遗失很多。“吴逝世后，遗赠读过的中、英、日文书数千册给聚奎母校，经文革之灾，损失过半。后经清理，其中有线装古籍 115 种，共 2227 卷。41 种书内有吴亲笔圈点和批

① 吴泰瑛：《白屋诗人吴芳吉》，巴蜀书社 2006 年版，第 114 页。

② 《吴芳吉集》，巴蜀书社 1994 年版，第 110 页。

③ 同上书，第 161 页。

④ 同上书，第 69 页。

⑤ 同上书，第 1392 页。

语五百余处，约六千字，大多为顶批，语言极为精练，观点敏锐。”[①] 吴芳吉关注现实而博览群书，视野开阔而善于思考，这通过他的读书笔记可窥其一斑。在翻阅吴芳吉阅读过的书时，发现他时有用英文做笔记的习惯。例如他阅读《朱子全书》中有“芳吉太愧此言，文学贵乎表现自己 selfe_revaling，当由引解说方是”。这间接反映出西洋文学对吴芳吉的浸染。同时，他对现实的关怀也表现在他的阅读过程中。他在阅读李希圣《庚子国变记》时多处批注指出慈禧和光绪的差异，“太后恨洋人因公使请以法医侍帝病也”，“太后恨洋人因三公使团不赞成大阿哥之立也”，“光绪明白人”。在《朱子近思录》“须是大其心使开阔，譬如为九层之台须大做脚始得”句眉批注道：“今之教人者便坐不能开阔之病”。[②] 根据这些，可以看出吴芳吉视野开阔，胸襟宏大。故其诗能气魄宏伟，见解不凡。

吴芳吉诗歌题材的广泛还因其许多作品反映现实生活中的小事，如《秧歌乐》、《卖花女》写农民劳作的甘苦和卖花女儿的辛酸；《浴普陀海岸千步沙作》、《长安寄内》、《树成吾弟弟》《忆雨僧兄》、《答湘潭女儿诗》等分别抒写亲人、友人、师长、学生情谊，不拘体例而情深意切。另有多篇纪行诗如《烟台杂诗》、《秦晋间纪行》、《赴成都纪行》、《渝州歌》等，这是吴芳吉受杜甫《秦州》、姚合《武功》等诗影响而作，[③] 纪行写景而兼抒怀。许多小事往往与时代和社会重大问题相关联，真正是以小见大，与时俱进。这类作品很多，如《非不为谣》、《小车词》等，最典型而有趣的如《摩托车谣》。诗歌扣住摩托车的特点展开议论和思考。借骑摩托车者之横行招摇讽刺军阀官僚衿奇立异，扰民害人，进而联系各类海外商品输入中国转福为祸的事例，以说明对西方文化要善于借鉴、适应本土的重要意义，因而发人深省，寓意深长。

---

① 罗昌一：《谈吴芳吉的治学》，成都市文学艺术界联合会、成都吴芳吉研究会编《吴芳吉研究》，中国文联出版社 2010 年版，第 342 页。

② 这些关于吴芳吉读书时的思考是笔者在吴芳吉故乡江津聚奎中学藏书楼中发现的，根据吴芳吉阅读时散落在各处的笔记整理而成。批注原书藏江津聚奎中学，乃吴芳吉遗赠。

③ 参见《吴芳吉集》，巴蜀书社 1994 年版，第 196 页。

## 第三节 吴芳吉诗歌鲜明的艺术特点及意义

吴芳吉诗歌艺术特色是现实主义和浪漫主义的结合。吴芳吉的诗歌既有李白浪漫瑰丽的色彩，又有杜甫忧国忧民的现实关怀。诗歌既有诗意之美，也含有严肃的人生思考。

他诗歌思想浪漫，想象夸张，颇有屈原、李白之浪漫。例如《登峨嵋九十九倒拐嘲鹤琴》中写道："棠国公子气如山，独上峨嵋览青天。怪石危岩劈面起，云梯覆压三千里。……"① 诗中"独上峨嵋览青天"则是来源于提高李白《宣州谢朓楼饯别校书叔云》中"俱怀逸兴壮思飞，欲上青天揽明月"。

吴芳吉诗歌坚守"三日不书民疾苦，文章辜负苍生多"② 的创作原则，儿女情长的内容只有少许，大部分是现实苦难的反映。民国后，中国人民生活在战乱之中，到处弥漫着愁云惨雾。吴芳吉在《儿莫啼行》中描写战祸给老百姓带来的灾难，众多家庭流离失所，反映出人不如狗的社会惨状，类似的诗篇还有《曹锟烧鄷都行》、《护国岩词》、《两父女》、《笼山曲》等等。《曹锟烧鄷都行》以一家人父母兄弟姐妹的生死离别，反映出战乱中流离失所的人们所受之创伤。这首诗歌与杜甫的《三吏》、《三别》颇具相似之处，是历史悲剧的重演。这样形成历史与现实的对话，更深层次地体现了战争带给人民沉重的灾难。

《护国岩词》通过对比写出良将的难得与稀缺，以及对良将的渴望，展现对和平的向往。《笼山曲》是一首叙事长诗，极具浪漫主义色彩同时，也含有深刻的现实关怀。诗歌在描绘笼山时，善用夸张、比喻、排比等手法，描绘出一个远离战乱，江山如画，男女皆侠士、婵娟的世外桃源。诗人笔锋一转，由让人心醉的世外桃源写到战乱中的世界。诗人写出战乱中颠倒离乱的世界。诗人运用讽刺的手法，写出部队军士借口保护财产而肆意掠夺财产，如"早早早，杀到泸州未到晓。/剿剿剿，泸州满地是财

① 《吴芳吉集》，巴蜀书社 1994 年版，第 3 页。
② 同上书，第 53 页。

宝。/巧巧巧，合该川军运气好。/倒倒倒，斩得滇军如斩草。/抢枪抢，抢枪抢，旗正正，鼓堂堂。”① 诗人嘲讽妻妾成群的军长们与下级的不伦。诗歌多处运用对比，写出战争的荒谬与残忍。首先是笼山优美的自然环境与古朴的民风民俗形成一个云雾缥缈中的神仙世界，用这个神仙世界与哀号满地的成都形成对此，写出战祸中夫妻被强行拆散，生命被视为草木随便斩杀。第二处对比是退隐山林的笑沧与争名夺利的军阀，突出笑沧的高洁，显示军阀的贪婪无度。第三处对比是笼山本身，笼山遭遇战祸前后的对比，前者是云淡风轻、山高水长的陶然世界，后者是血腥遍野、虎狼成群的狰狞世界。艺术手法多样。诗歌具有乐府民歌清丽之艺术特点，例如“山上复有山，山脉相贯穿。/周围几百层，层层如莲瓣。/水外复有水，水颜何涟涟。/环带几百条，条条如银练。/山上与水间，云是古桃源。/男儿皆侠士，女子尽婵娟。”② 但同时，诗歌又采用铺叙、重叠的手法，这种手法在楚辞、汉赋中常被用到。诗人在此运用铺叙、重叠手法，渲染和平、宁静的世外桃源氛围。再如“人甘肥，独憔悴；/人彰扬，独隐晦；/人酣歌，独血泪”。③ 再用排比手法达到一种酣畅淋漓的描写。此处对杜甫诗歌有借鉴与发展。“人甘肥，独憔悴”便是化用杜甫《梦李白》中的“冠盖满京华，斯人独憔悴”。另外，吴芳吉在诗中广泛采用对比手法，像写笑沧战后归隐山林与一些窃取名利者的对比等，也借鉴了杜甫诗歌。杜甫《醉时歌（赠广文馆博士郑虔)》道：“诸公衮衮登台省，广文先生官独冷。/甲第纷纷厌粱肉，广文先生饭不足。”采用对比手法写出广先生的不幸遭遇。《笼山曲》化用典故表达对现实的关怀，既显出历史底蕴又文采斐然，且富有浪漫气氛，是一首长篇叙事诗的典范之作。中国新诗发生之际，诗意之美被很多人忽略掉，像《笼山曲》这样充满诗意美的作品处于缺失状态，是吴芳吉填补了这一空白。

吴芳吉诗歌创作走出语言形式束缚的牢笼。他创作的“白屋诗体”融雅俗于一体，既有古雅的文言，也穿插通俗的白话。当时，很多诗人徘徊

① 《吴芳吉集》，巴蜀书社 1994 年版，第 98 页。

② 同上。

③ 同上书，第 104 页。

于文言、白话之间，在非此即彼之间选择。吴芳吉则已经打破语言形式的牢笼，自由行走于两种语言形式之间。新诗在发生之初，其语言形式容易犯两种错误，第一，便是拾得白话，丢了诗意美。这种情形像胡适的《两只蝴蝶》等即是。第二便是丢了文言，捡起西方的语言，形成欧化的毛病。“欧化”在钱玄同、周氏兄弟等启蒙者力倡下，横行于新诗坛。[①] 无论哪种情形，在一定程度上都成为新诗发展的障碍。吴芳吉认为诗歌的好坏贵在有诗美，诗的佳处在于内容的精彩与否，而不是文字与文体。他反对将语言作为判断诗歌好坏的唯一标准，且认为诗歌的新与不新应体现在意思与境界两个层面。诗歌语言能做到明净、畅达、正确、适当、经济、普通就很好。

吴芳吉创作于1919年的《婉容词》是他的代表作。整首诗语言通俗易懂，但寓意深刻。在大呼爱情至上、恋爱自由、婚姻自主的时代，人们习惯于歌颂追求爱情的勇敢者，但往往忽略了一批爱情婚姻中的悲剧旧式女子。这些旧式女子由于所受教育的关系，思维视野没有打开。爱情婚姻将这些女子拒于大门之外，即是将她们推向绝望的深渊。新诗中反映此类女子悲剧命运的创作较少。但凡创作新诗者，总忌讳旁人认为其落后，唯有以更激进的方式表现自己的先进性。吴芳吉这首诗歌表达了对这类女子深切的关怀。他深刻洞悉到婚姻自由是以这些旧式女子的幸福为殉葬品。诗歌以浅显的语言形式表达婉容的悲诉。这样的形式让妇孺老幼都能朗读，实质上起到了白话新诗平民化的目的。同时，诗歌穿插文言词语，提高了诗歌整体的艺术格调。例如：“白杨何桠桠，惊起栖鸦。/正是当年离别地，一帆送去，谁知泪满天涯！/……野阔秋风紧，江昏落月斜。/只玉兔双脚泥上抓，一声声，哀叫他。”[②] 这首诗歌，迄今为止，一些八十多岁的老人还能全诗背诵，足见人们对其的喜爱程度。《婉容词》之所以在几十年之后还能被一些老人背诵，不仅在于语言的畅达，还在于其诗歌朗朗上口，具有一定的音乐美。倡导白话文学之目的是希望建设平民的文学，

① 参见钱理群《周作人与钱玄同、刘半农——“复古”、“欧化”及其他》，《辽宁教育学院学报》1988年第4期。

② 《吴芳吉集》，巴蜀书社1994年版，第91页。

以达到启蒙目的。吴芳吉虽然没有标榜自己的诗歌是如何的“平民”，但他实质上做到了。在做到文学“平民”的同时，他还保留了传统文化的精髓——诗歌语言简易畅达，诗意浓郁，蕴含深刻的现实关怀。《婉容词》代表了吴芳吉诗歌创作的语言风格，其他诸如《两父女》等也是这方面的代表作。但是，吴芳吉诗歌中的白话并不是为了刻意响应“白话运动”。在吴芳吉看来，诗应该是感情的产物；诗人应远离政治，也不应参加什么运动，追名逐利只会损害诗人的天性。所以吴芳吉的诗歌创作源于生活的真实感受，不为作诗而作诗。吴芳吉虽然用白话创作诗歌，但并不自名为诗人，也不屑于帮派斗争。复古派、保守派、新派，都将其拒之门外，他也不在乎。在吴芳吉看来，“总之，所谓白话、文言、律诗、自由诗 Free Verses 等，不过是传达情意之一种方法，并不是诗的程度。美的程度，只为一处。至于方法，则不必拘于一格。今新诗旧诗之故意相互排斥，都是所见不广。”① 吴芳吉具有坚强的独立性，其思想主张不为社会上表面的纷扰所迷惑。在白话运动席卷全国的情形之下，吴芳吉能自由行走于白话、文言之间，融传统与现代于一身，再次显示其傲雪寒梅的品格。一枝独放的寒梅，其品质的高洁，不随波逐流的坚持，铸就了“白屋诗体”。

吴芳吉的诗歌虽然不严格押韵，但也具有一定的旋律之美，且形式自由不拘一格，表达了人间的真善美。

吴芳吉诗歌，不追随潮流，也不拘泥于古人。在帮派相争的时期，吴芳吉不趋名不趋利的精神，犹如一枝独放的寒梅。吴芳吉反对诗人陷入门户之争中，认为只有化除门户党派之见，才能建设真正伟大的文学。新派诗人排斥他守旧，旧派诗人指责他趋新。吴芳吉处于尴尬的中间地带，但是他不畏名不畏利，坚持自己的诗歌创作风格——“白屋诗体”。这种融汇古今中外文学艺术特点于一体，融汇白话、文言于一身的“白屋诗体”，不仅在当时，甚至在当代，依然是诗歌建设的一个良好标本。在门户相争的年代，吴芳吉诗歌创作自成一体，这给他在文学史上的定位造成一定的难度。但这并不能抹杀吴芳吉诗歌及其理论意义，以及妨碍后来者对于其

① 《吴芳吉集》，巴蜀书社 1994 年版，第 422 页。

意义的挖掘。吴芳吉在文学史上的地位没能得到公正的评价，也有名家对此提出异议。例如，姚雪垠在与茅盾的通信中，曾经提到吴芳吉应该被认真研究看是否可以被写入文学史。“例如学衡派有一位较有才华的诗人吴芳吉，号白屋诗人……在当时很引人重视，他死后，吴宓将他的诗编辑出版，既然在社会上发生过较大影响，要研究一下原因何在。如果他的诗的确有成就，也应该在现代文学史中提一提”。①

民国时期，吴芳吉诗歌影响很大，《婉容词》曾被选入学校使用的教材。② 吴芳吉虽遭到新旧两派的非议，但毫不畏缩，因为吴芳吉诗歌创作有着明确的主张。其诗歌创作的总结和理论还反映在其诗论著述中。其诗论著作散见于文集中，主要有《提倡诗的自然文学》（《新群》1920年第卷第4号）、《谈诗人》（《新人》月刊1920年第1卷第4号）、《吾人眼中之新旧文学观》（《湘君》季刊1923年第1号）、《再论吾人眼中之新旧文学观》（《湘君》季刊1923年第2号）、《三论吾人眼中之新旧文学观》（《学衡》杂志1924年第31期）、《四论吾人眼中之新旧文学观》（《学衡》杂志1925年第42期）、《白屋吴生诗稿叙》以及部分书信及论诗诗篇等，在中国现代文学发生初期具有特别的价值和意义。有关诗学主张与巴蜀诗人文学思想在与当时不无偏激的诗歌思潮的比较中更能彰显其价值，在后面将有专章论述。

吴芳吉诗论著作表明其鲜明的创作主张和观点，主要针对胡适等所谓新体白话诗的“八不”主义。他不满全部否定传统诗格的“突变论”、全盘欧化的“另植论”，同时也不满死守陈规的“保守论”。他阐释自己的文学观，提出尊重传统，贯通古今，结合中西，勇于创新。具体而言便是要有时代感和现实感，内容上明确强调发扬爱国主义精神，反映现实生活与人民苦难，揭露尖锐的社会矛盾，表达人民的追求和意愿。“三日不书民疾苦，文章辜负苍生多”，可谓其响亮的口号。他强调形式活泼自由，长短不拘，语言清新流畅，朗朗上口，探索和创新古诗词与民歌风的结合。

① 成都市文学艺术界联合会、成都吴芳吉研究会编：《吴芳吉研究》，中国文联出版社2010年版，第28页。

② 同上书，第214页。

吴芳吉诗歌可谓其诗论的具体实践，既有厚重的文化底蕴、传统渊源，又与时代国情紧密结合，不偏激做作，不穿凿附会。继承优秀传统文化与文学遗产，与屈原、陶渊明、杜甫、丘逢甲一脉相承，“幼读少陵诗，深识少陵志。一生爱此翁，发愿为翁继。”① 另一方面他更受到巴蜀地域文化的熏陶濡染。他身处川东，巴人所居。其绝笔之作《巴人歌》唱道：“巴人自古擅歌词，我亦巴人爱竹枝。巴渝虽俚有深意，巴水东流无尽时”。② 当代学者认为吴芳吉创造了现代文学史上四个第一：其代表作《婉容词》是中国现代文学史上第一首长篇叙事诗，③ 该诗歌可与《孔雀东南飞》相媲美。长达六千余字的《笼山曲》堪称现代文学第一长诗，吴芳吉是中国现代文学史上第一个爱国诗人，也是探索新格律体的第一人。其讲究押韵而又换韵自然，讲究节奏而又音部和谐，讲究对称而又外形美观的新格律体诗，与后来闻一多所倡议的“音乐美、建筑美、绘画美”主张在某些方面异曲同工。吴芳吉经过不懈努力而形成情感真挚、自然天成、灵活顺畅的白屋诗风，说明其古今贯通、中西合璧的诗歌理论与实践正是中国诗歌发展的正确道路和方向。

---

① 《吴芳吉集》，巴蜀书社 1994 年版，第 291 页。

② 同上书，第 339 页。

③ 朱自清先生：《新文学大系 · 诗集 · 导言》说沈玄庐 1920 年发表的《十五娘》“是新文学中的第一首叙事诗”，“第一个有意实验种种体制，想创新格律的，是陆志韦氏”，闻一多“几乎可以说是唯一的爱国诗人”。对此，冯泽尧先生明确表示不同意见，有《吴芳吉，中国现代文学史上的四个第一》一文（成都市文学艺术界联合会、成都吴芳吉研究会编：《吴芳吉研究》，成都中国文联出版社 2010 年版，第 214 页）予以详细论述，其说甚是，笔者较为认同其观点。

# 第四章　中国新文学成就的杰出代表

## ——郭沫若

中国现代文学的发生是一个渐变的过程，第一步是“白话运动”，历经晚清、民国。白话运动最终以胜利宣告文言的衰竭。但是白话文学并非就是新文学。文学包括语言与内容两个方面的内容。语言作为表达的形式，只能是一种外在的工具。内容才是内核，真正决定文学作品的生命力。倘若只是具备白话的语言形式，但是内容依然是传统的思想，这样的文学不能算是新文学。白话文学并不等于新文学。如果酒壶是新的，里面的酒依然是老酒，那么对这瓶酒的定位只能是老酒。当时以言情小说为主的“礼拜六”便不是新文学。再如，张恨水的章回体小说，虽然用白话创作，但小说形式陈旧，内容多局限于郎才女貌的传统故事，这样的白话小说不能符合新文化阵营的要求。就白话文学的存在年限而言，胡适所著《中国白话文学史》已经明确表明白话文学是自先秦以来便已经存在的。所以，由胡适等倡导的白话文学并不是开天辟地头一遭，中国新文化运动主要受西方文化的影响。它不仅语言形式要言文一致，即，白话，而且内容要求能够体现西方社会的“科学”、“民主”，体现时代潮流。胡适、陈独秀等虽然提出口号，但在创作方面存在明显的缺乏，即没有创造出优秀的文学作品作为理论支撑。胡适《尝试集》的出版被文学史公认为是中国新文学的一个标志性事件。但《尝试集》白话诗歌诗意缺失是其严重不足，这也是一个事实。还有陈独秀、钱玄同等也没能为中国新文坛贡献出具有说服力的文学作品。在这样的情况之下，胡适等深感提倡有心，创作无力。在国内文坛出现创作衰竭的状况之下，留学日本的四川作家郭沫若如奔腾的黑马震惊了中国文坛。他的创作在各个方面都具有创新性的贡献。其创作涉及小说、散文、诗歌和戏剧。他不仅是简单的涉及，而是一旦涉及哪一个领域，在该领域都有创造性的建设。下面，我将在中国现代文学发生语境之下，从小说、诗歌、戏剧几个方面分别分析郭沫若的创作。

## 第一节　郭沫若早期新诗创作

白话诗歌占据中国文坛统治地位，引发国人对新诗的争论、质疑。其原因主要在于新诗创作在注重语言形式的同时，忽略了诗情的表达。被誉为新诗开山之作的《尝试集》，除去白话的形式，实在不能提供好的借鉴之处。国内诸多年轻人往往将胡适的理论当作金科玉律，模仿其创作风格。这样的结果导致中国新诗坛整体存在肤浅、空疏的风气。新诗抓住了白话，放走了诗意美。新诗真正成了大白话，甚至一些口水话以诗的形式排列也被称为诗歌。在白话运动刚刚取得成功之际，白话诗的创作已经出现夕阳落幕之势。一些保守派趁机攻击刚刚诞生的新文学，企图将其扼杀在襁褓里。在这样的背景之下，郭沫若的出现犹如一场及时雨，滋润了即将干枯的幼芽。

宗白华对郭沫若的发现既是郭沫若的幸运，也是中国新文坛的幸运。郭沫若诗人身份之诞生是在中国新文学发生背景之下应运而生的。中国新文学因为郭沫若的出现焕发了勃勃生机。这两者之间相互的牵引、催生，是互生共荣的关系。宗白华负责编辑《时事新报》副刊《学灯》。他意外地发现了郭沫若的新诗，如获至宝，将其刊印在《学灯》非常醒目的位置。宗白华希望每天都可以在《学灯》栏中发表郭沫若的诗作。远在日本的郭沫若因为宗白华的鼓励，新诗创作热情高涨，诗情蓬发，接连创作出轰动文坛的作品。《学灯》因为刊发郭沫若的作品而增色不少，平添了自然的清芬。这引得无数青年争相抢阅。《时事新报》因此销量大增。中国新文坛掀起了一股郭沫若热。许多青年竞相模仿郭沫若的诗歌风，浪漫主义诗情席卷中国文坛。

巴蜀文化本身就像多声部的交响乐，既有巴人的彪悍恣意，也有蜀人的细腻缠绵，还有受到楚文化影响而产生的浪漫瑰丽，以及道文化的飘逸旷达与远离中原文化而产生的狂放不羁。所以巴蜀文化孕育的文人多不拘泥于理论教条的束缚，本着从内心的感受出发，写出的文章卓尔不凡、独领风骚，往往引领一种新文风的产生。郭沫若便是这样一位具有多血质的混合型天才诗人。

中国新文化发生之际，由《尝试集》开创的白话诗歌创作模式进入了一种僵局——使得白话放走诗意的僵局。郭沫若在中国新文坛的现身改变了这僵局。众多青年由胡适的崇拜者转而成为郭沫若的崇拜者。郭沫若早期诗歌意味浓厚，具有真实的情绪与动人的艺术意境。他的诗歌中，少部分呈现冲淡或婉转的风格，大多风格雄丽。

郭沫若自由无拘地游荡在中西方文化两条河流里，任情地吸收着两种文化的精髓。在郭沫若身上，中西方文化融会贯通。歌德的明媚，波特莱尔的颓废，惠特曼的热情，庄子的逍遥，屈原的上下求索，王维和陶渊明的淡远宁静……在郭沫若身上都能找到痕迹。郭沫若既欣赏屈原、李白的浪漫，也喜欢王维、陶渊明的冲淡。他一方面接受惠特曼狂飙突进的热情表达，也接受海涅的丽而不雄。所以郭沫若诗歌的美学风格不能一言概之。郭沫若诗歌创作源泉来于自身心灵感悟、生活体验，所以他的创作既有个人情感世界的隐射，又是时代风潮的镜子。激发郭沫若诗歌创作的不是某一理论，而是爱情。1936 年 10 月，作者在《我的作诗经过》中谈到自己诗歌的情感源泉，“因为在民国五年的夏秋之交有和她（安娜——编者）的恋爱发生，我的作诗欲望才认真地发生了出来。《女神》中所收的《新月与白云》、《死的诱惑》、《别离》、《维奴司》，都是先后为她而作的。《辛夷集》的序也是民五（即 1916 年——编者）的圣诞节我用英文写来献给她的一篇散文诗，后来把它改成了那样的序的形式。”① 在一个动荡变幻的世界，在一个催生新事物、消灭腐朽落后事物的世界，狂飙飓风般的美学较能引起人们的关注。因而，郭沫若类似《女神》这样与时代切合的作

① 上海图书馆文献资料室、四川大学郭沫若研究室合编：《郭沫若集外序跋集》，四川人民出版社 1982 年版，第 16 页。

品一出现，即受到大众的追捧。与之相对，更多内心隐秘世界的歌吟，受到关注度相对较少。如果仔细阅读郭沫若诗作，会发现郭沫若在热情甚至亢奋的状态之下，也有他悄悄的浅吟低唱，和几许婉转情思。所以郭沫若早期诗歌应该是一曲交响乐，高潮时分让听者升入山巅、太空遨游；峰回路转时分，眼前是淡远、宁静或惆怅的别一世界。

## 一 雄浑、高昂的歌唱——郭沫若诗歌的主旋律

国内许多胡适的模仿者们创作了许多苍白空洞的白话诗歌，这些诗歌缺少艺术特质，有些甚至就是白话语言的排列而已。郭沫若诗歌在《时事新报·学灯》栏中发表以后，其影响力好似旋风扫落叶，使得同时期诸多诗歌创作黯然失色，文坛掀起郭沫若热。国内文坛的需求，刺激着郭沫若的创作欲求。1919 年到 1921 年是郭沫若创作的高峰期，他接连不断地推出新作品。宗白华——郭沫若的伯乐，认为中国新诗坛需要雄放直率的诗歌，所以鼓励他多作具有如此美学色彩之诗。郭沫若积极的浪漫诗情切合了时代的需要。源于内心的激情是郭沫若诗歌创作最好的源泉，自然的白话形式使他如鱼得水。他如山洪暴发的澎湃诗情激发出来的创作，全然没有早期诗坛那种牙牙学语的幼稚，所以其创作一出现便如一颗炸弹在文坛引起震动。

郭沫若置身日本，弱国子民常遭遇的各种歧视他都无可避免。这些深刻烙印在心。郁结于胸的屈辱感强烈冲击着郭沫若年轻敏感的心灵。长期的郁结汇成火山式的爆发，以排山倒海之势压倒了同期新文坛所有的诗歌创作。烟花似的炫目，铿锵有力的节奏与深刻的社会思索相结合，汇成了郭沫若诗歌无与伦比的风格特征。他那充满“动”的精神，彰显了五四狂飙突进的时代精神。郭沫若“动”的精神体现在他无处不在的破坏与创造，表现在他大写的“我”，以及他对光明的无限向往。中国沉寂的新文坛需要这样的力作。郭沫若诗歌的浪漫色彩也切合了“五四”新文学的主旋律。在除旧创新的时代，唯有积极的浪漫主义才能让人们乐观地面向不可预知的未来，给予战斗者无畏的勇气。当新文坛陷入危机时分，郭沫若的出现与新诗的关系，无疑像在黑夜中发出光明、指引方向的灯塔与迷失

方向的航船。郭沫若不仅以其充溢的诗意让新文坛生动起来，而且以此开辟了新诗潮的浪漫主义河流。新文坛催生了郭沫若这位天才型的诗人，郭沫若促使了新文坛的繁荣兴盛。两者双向互动，共促发展，成就了新诗的欣欣向荣。

新文化的思想理念，很大部分来自西方文化。西方社会倡导的“民主”、“自由”成为现代中国先觉者们的理想奋斗目标。诗人在诗剧《棠棣之花》中借聂安之口，写出志士的呼声“我望你鲜红的血液，/迸发成自由之花，/开遍中华”。[①]“民主”、“自由”不可能被自觉地赋予，需要启蒙者们的奋斗才可以实现，所以破坏与创造是实现自由的必经之途。在郭沫若诗歌里得到很好的诠释。郭沫若诗歌充溢着“破坏”与“创造”精神。在中国文坛，新文学即将诞生，旧文学即将消亡。在新旧交替的时代，破坏与创造的精神是主旋律。这种精神以“动”的形式呈现，在“静”的古老的东方文明之中，成为时代的最强音。

其诗歌内蕴着破坏与创造之精神。新文学要打倒旧文学，才能创立新文学的地位。新派首先做的就是“破坏”，破坏旧文学的正宗地位。旧文学在一些老学究眼里是宇宙天地间至善至美的存在，不允许对此有丝毫的破坏。但是，旧文学如果不打倒，新文学就不能建立。新旧两派存在激烈的交锋。旧派对新派的攻击，有时甚至已经到了人身攻击的层面。例如，当时林纾所著的《荆生》便含沙射影诅咒文学革命领导人物。但是新派毫不示弱，非但没有被吓住，反而是将《荆生》在《新青年》上全文转载，并逐句批判。以《新青年》在当时广泛的影响力，林纾——这位保守派的代表，只能式微了。陈独秀、胡适等在倡导新文学时，是不允许有任何反对之声的，更不容忍有任何反对之余地。新旧两派的斗争使得文坛充满火药味。文学上的论争最终都需要文学作品做有力支撑。在理论上的争论，新派虽然赢得了胜利，但始终没有较好的作品出现。这让很多青年感觉没有航向。争论之后，文坛成为寂寞的战场。在此情景之下，郭沫若天狗似的狂叫呐喊，掀动了整个新文坛。一时之间，人们竞相购买其作品阅读，

---

① 郭沫若著作编辑出版委员会编：《郭沫若全集》第一卷，人民文学出版社1985年版，第31页。

大有洛阳纸贵之势。

以《女神之再生》为例分析郭沫若的诗歌创作。诗歌揭示了权威者的真实面目，讽刺其利欲熏心。诗歌通过共工与颛顼争夺元首之位的斗争，写出权威者自诩神权天授的荒谬。共工只是为了满足自己、想为帝为王的野心。那些权威的拥护者们也是一群见风使舵之辈，不为什么理想，只是想得一点利禄而已。与之相对应的是圣洁的女神。真正为宇宙造福的神女们，早已厌倦了被供养在牌位上。她们抛弃那旧了的皮囊，创造新的太阳。诗歌含有多重寓意。新文化发生之际，旧文学还处于权威统治地位。诗歌借权威建立的荒谬性，暗指旧派文学存在的不合理性。女神暗指新文化倡导者们放弃所谓的权威地位，为新文学的发轫努力创造。另一层寓意，可从政治层面理解。中国国势衰微，深层原因还在于中国政治体制落后，诗人期望中国的政治环境能有一个改善，国富民强。还有一层寓意可以从民族层面理解。中华民族在当时的国际上处于弱势地位，留学海外的中华子民感受尤为强烈。诗人期望国际格局能有所改变，中华民国在世界之林能有一席之地，现有的帝国主义列强能被打倒。这多重的寓意赋予《女神之再生》深刻的思想内涵，使其成为中国早期新诗坛的力作之一，如《凤凰涅槃》较好地呈现了中国新文化发生时期文坛的整体气氛。旧文学借统治地位对新文化阵营炮轰乱击。新文化的新生儿自身力量尚还微弱，感觉到无边的压力，犹如陷进无围之阵。这种感觉鲁迅后来有深刻的阐释。例如，他的《影》写出新文化倡导者犹如一个影的存在——进退无地，光明与黑暗都欲将其吞噬。《凤歌》诅咒如屠场、囚牢、坟墓、地狱的世界，面对这样冷酷如铁、黑暗如漆、腥污入血的世界只能哀哭。《凰歌》写出置身这丑恶世界的感受，只有眼泪、污浊、羞辱相伴，让人们悲哀、烦恼、寂寥、衰败。《群鸟歌》是一群乌合之众在那里自鸣得意，为凤凰的自焚幸灾乐祸。这群乌合之众的自鸣得意反映出当时新文坛陷入沉寂状态时，旧派文人对新文化的群起而攻之，折射出新旧两派斗争的此消彼长。但是，凤凰的自焚是为了崭新的生命从此开始。正如新文化运动重估一切价值，是为了创造更美好的新纪元。凤凰涅槃之后，一个新鲜、净朗、华美、芬芳的世界诞生。这别一世界的人们生动、自由、雄浑、悠久。这是一个欢笑的世界，一个让人们翱翔的世界。这正如新文化运动倡导的“民主”、“自由”。新文化是为了让人们摆脱封建礼教的束缚，享受到西方文化带给人们身心的解放，带给腐朽、古老的中国文化勃勃生机。郭沫若在诗歌中甚至无所顾忌直抒胸臆，直接喊出创造与破坏。例如他在《欲海》中说：

太阳的光威
要把这全宇宙来熔化了！
弟兄们！快快！
快也来戏弄波涛！
趁着我们的血浪还在潮，
趁着我们的心火还在烧，
快把那陈腐了的旧皮囊
全盘洗掉！
新社会的改造
全赖吾曹！①

郭沫若诗歌中不止一次提到抛弃那旧皮囊，即，抛弃那陈腐落后的世界。《女神之再生》中，被供养的女神们走下牌位，只为创造一个全新的太阳。女神们说的那句“新造的葡萄酒浆不能盛在那旧了的皮囊”② 几乎成为“五四”新文化运动创造者们的座右铭，被无数的学者、诗人引用。

郭沫若诗歌以史无前例的“动”之精神，彰显自我。中国新文化的发生呼唤一种能挣脱牢笼束缚的精神，呼唤一个能驰骋遨游的斗士。郭沫若正是时代呼唤的弄潮儿。他张扬的叛逆、个性的突出和彰显自我的气势与“五四”时代是如此的契合。中国文化注重群体精神，宣扬将小我隐匿在群体之中。这造成人们个性的丧失。郭沫若诗歌大写几千年来被缩小的

① 郭沫若著作编辑出版委员会编：《郭沫若全集》第一卷，人民文学出版社 1985 年版，第 70 页。

② 同上书，第 8 页。

“我”，以疯狂近乎膨胀的“动”之精神给人以振奋，具有石破天惊之感。在他诗歌精神的带动下，一种狂飙突进的时代风潮形成于“五四”。

《我是个偶像崇拜者》以近于歇斯底里的叫喊，喊出一位偶像崇拜者对万物包括自我的崇拜。在激情达到高潮之时，他笔锋一转，道出他原来还是一个偶像破坏者。太阳、山岳、海洋、水、火、火山、江河、生、死、光明、黑夜、巴拿马、万里长城、金字塔……一系列的意象如电影快镜头一般闪现在读者眼里，让读者随着诗人的崇拜仰视着这些来自宇宙天地的画面。当读者还沉浸在应接不暇的意象群中时，诗人又喊出这些都不必供人们瞻仰，都是可以破坏的。天地万物可以按照新的秩序重新来过。诗歌让读者在情感两级之间转瞬变化，在矛盾中产生一种力的冲突，形成“动”的精神。这种“动”的精神充溢着郭沫若的诗情，在无数诗歌里形成奔腾的画面，让读者体会到心灵的自由翱翔。《匪徒颂》更是一首叛逆的诗歌。诗人公开表明他赞美一切的匪徒。匪徒，顾名思义，即是与现存权威相对的破坏者。他们反对现有的秩序，欲创立一种新的秩序。这是一群张扬自我、突出个性的叛逆者。诗人对一切的匪徒，无论是政治革命、社会革命、宗教革命还是文艺革命、教育革命，只要是革命的匪徒，都是诗人讴歌的对象。华盛顿、马克思、列宁、释迦牟尼、哥白尼、达尔文、惠特曼、卢梭、泰戈尔……这些来自不同领域的人物，以蒙太奇的手法呈现在读者面前。诗人开阔的视野使得诗歌意象如万花筒精彩纷呈。诗人对一切的叛逆都如此激动，如此欣喜，只因诗人也是一位彻底的叛逆者。读者面对这样的诗歌，心情的振奋自然是不言而喻。这样的诗歌在中国新文化发生之际，属于领军文坛的作品。这写于 1919 年年底的诗歌，是一首公开宣战的诗篇。郭沫若在新诗坛刚出现便被赋予了历史的使命——成为新文化阵营的领军人物。他不负众望，以饱满的热情连续创作了无数首冲击读者心扉的诗篇。这些充满力度与质感的诗歌，成为最具生命力的新诗，不仅影响了一个时代，且载入史册。

“五四”是一个打破权威，张扬自我，突出个性的时代。这是一个没有中心权威，价值多元的时代。在这样的时代，年轻人渴望建立自己的世界。建功立业中的人们总是激情满怀，渴望在历史的河流中留下自己光辉的飒爽英姿。新文化运动是一项崭新的运动。中国的传统文化是一条内河，文体变革是在一个既定的圈内循环发展。新文化是一条敞开的河流，各种支流都可以汇入到这条河流中来。中国新文化面向世界而敞开，世界的各种思潮如潮水一般涌进。在这样一种背景之下，创建新文化的年轻人，总是力图挣脱传统的种种束缚，欲显示一个不一样的“我”来。就文化角度而言，“五四”时代，在中国近代史上，是一个最具有生命活力的时代。在这个时代，思想文化的争鸣与中国先秦时期的“百花争鸣”、西方的文艺复兴有着相似之处。这些时代都是个人突出于群体的时代，是最具个性的时代。郭沫若诗歌中，最能体现自我个性的无疑是《天狗》。这首诗歌写出那个特定时代人们的思想情绪。这首诗歌每一句的开头便是一个大写的“我”。全诗最突出的也是这个“我”。中国传统诗歌中最忌讳的便是“我”的突出，而这首诗歌处处彰显自我的膨胀。诗中的“我”如精神病患者一样亢奋。“我”将日月星辰全部吞了，“我”便是光明，“我”飞奔、狂叫、燃烧。这些都还不够，不能表现出“我”内心的狂热。“我”将自己剥离，自我吞噬。纵然如此还不够，感觉自己无限膨胀，“我”几乎快要爆裂。《天狗》中个性的膨胀与“我”的张显，写出一个时代的精神脉象。因此，这首在今天看来缺乏诗意的诗歌，能在当时获得高度评价，引得无数青年模仿。正如白话运动之于胡适，新诗对于郭沫若而言，也是时势造英雄。时代诞生了激情四溢的郭沫若，郭沫若让时代为之倾倒，两者的互生共荣是时代与个人完美结合的例证。中国新文化的发生，如果没有郭沫若的出现，新诗的走向可能会是另外一条道路。郭沫若赋予沉寂的新文化运动勃勃生机，掀起又一轮新文化运动高潮。郭沫若的这种积极浪漫精神，影响了中国文坛几十年。在以后的左翼文学中，这种积极乐观的浪漫主义潮流随处可见。甚至在新中国成立之后，这种革命的浪漫主义精神一度更是占据文坛主流（限于论文主题的关系，对于这种浪漫精神与政治结合后的流变，这里就不再详细论证）。

不仅如此，郭沫若诗歌还充满对光明的向往，对民主自由的渴求。这些都是当时广大青年的追求，是一个时代的追求。在旧势力还占据统治地位的时候，新生力量在黑夜里呼唤最多的便是光明、自由、民主。郭沫若有着时代的敏锐性，他的早期诗歌早已洞悉黑夜与光明的未来。

在郭沫若诗歌中，一个频频出现的意象便是太阳。太阳在诗歌中被寄予多重寓意。太阳既是光明的象征，也是战胜黑暗的勇敢斗士。太阳是诗人向往的世界。被黑夜裹挟的心灵，太阳是其精神支柱。唯有太阳存在，才有明天的希望与斗争的勇气。《日出》中，太阳将光明与黑暗切断，这是一首光明的赞歌。“明与暗，刀切断了一样地分明！/这正是生命和死亡的斗争！/……/我守看着那一切的暗云……/被亚波罗的雄光驱除干净！”①《沙上的脚印》中，太阳光芒将我生命中的阴霾驱除，剩下一个光明的“我”。“我”因而希望将生命中的阴暗面全部去除，一个光明的“我”与太阳同在。“太阳照在我前方，/太阳哟！可也曾把我全身的影儿/投在了后面的海里？”② 郭沫若在他很多诗歌里表现出向往光明的所在，愿意追随太阳而去，例如《新阳关三叠》、《金字塔》、《新生》。《太阳礼赞》中，诗人请求太阳永远不要离去，因为没有太阳的日子，黑暗笼罩四围。诗人在太阳的照耀下，愿意将生命变为鲜红的血流，愿意将心海的声音倾诉与太阳。太阳在这里不仅仅给生命带来光明，更是诗人的知音，“太阳哟！你请永远倾听着，倾听着，我心海中的怒涛。”③ 诗人与太阳不单是追随关系，更多的是平等的朋友关系。诗人不会因为对太阳的向往，而将太阳置于高高的牌位上供奉着。这种书写是对权威的消解，也符合“五四”时代权威解体的时代风潮。旧的信仰即将消灭，新的信仰等待建立，人们不相信权威的存在，更相信自己的创造力，相信自己是历史的主人。所以，尽管太阳意象在郭沫若诗歌中占据如此重要的地位，仍然没有成为旧式的权威形象。带来光明的太阳，是被创造出来，而不是什么神秘的先天存在。在《女神之再生》中，太阳是由那些曾经补天的女神们为了天内外的世界而新造的。诗人充分肯定了人类的创造力。这份创造力让天上的太阳也不由得低头。在《金字塔》中，便有这样的精彩描述，例如，“人们创造力

---

① 郭沫若著作编辑出版委员会编：《郭沫若全集》第一卷，人民文学出版社 1985 年版，第 62 页。

② 同上书，第 103 页。

③ 同上书，第 101 页。

的权威可与神祈比伍！/不信请看我，看我这雄伟的巨制吧！/便是天上的太阳也在向我低头呀！"①诗歌在肯定太阳带给人们光明的同时，更加强调人们的创造力。"五四"时期，新文化的缔造者们在创建过程中受到种种非难，感受到重重压力，对于美好明天的向往，使得他们渴求光明的世界。他们对于美好明天的向往，不是怀着祈祷之心，而是有着沉着坚毅的意志力，相信未来由他们亲手创造。创造力是开启新时代唯一的钥匙，唯有无穷无拘的创造力才能迎来光明美好的明天。新文化的产生同样也是一个创造的产生过程。郭沫若诗对太阳的礼赞，是"五四"情绪的书写，是时代精神的再现。

郭沫若诗歌所产生出的强大影响力，如摧枯拉朽之势，在新文坛竖起一道高高的丰碑。这座丰碑的树立，为新文化诗歌潮流指引了前进的方向。至此，中国新诗摆脱了以往思想贫乏的局面，新诗成为人们倾诉情感、表达理想抱负的最好文学形式。无论是激情澎湃的人生理想还是浪漫的革命激情，人们都受其影响，以诗歌表达内心火热的情感。

## 二 浅吟低唱的灰色少年——郭沫若风格意象的多样性

中国新文化发生之际，有两种情感同时存在于文坛。一种是为新文化诞生而豪情满怀，另一种是迷茫、感伤、孤独。在白话运动取得胜利之后，新文化建设遭遇挫折时，后一种情感便凸显出来。由于时代的因素，那样一个特定的时代容不得清新愉悦的心情常驻心田，感伤成为激情之后的主色调，所以诸多的情感体验都蒙上一些感伤色彩。"感伤成了这时期新文学的一种精神标志，映照着'五四'历史转折时期普遍的社会心理。新思潮唤醒了广大青年，但多数人觉醒之后又一时找不到出路，在十字街头彷徨；现代意识促使他们追求人生价值和美好的理想，而黑暗现实的压迫又往往使他们感到苦闷与失望。……它与一代人最深刻的焦虑与思索联系在一起，预示着一个新的历史的巨大起步。因此也可以说是现代中国民族和文学进入历史青春期时必有的感情标志

---

① 郭沫若著作编辑出版委员会编：《郭沫若全集》第一卷，人民文学出版社1985年版，第107页。

和心理气氛。"①

郭沫若等一大批青年志士有着青春的热情奔放，为促使新文化发生充满昂扬斗志。但是，当"创造"与"自由"遭遇瓶颈时，"热情"与"斗志"成为战场上沉睡的沙石。郭沫若与鲁迅一样，原本抱着救国理想选择医学专业，但是现实告诉他们如果只是救治生理上的疾病，根本不可能改变不平等的民族阶级对立，也不可能改变中国人落后的精神面貌。郭沫若在他的小说里这样描述对医学的厌恶。"医学有什么！我把有钱的人医好了，只使他们更多榨取几天贫民。我把贫民的病医好了，只使他们更多受几天富儿们的榨取。医学有什么！有什么！教我这样欺天灭理地去弄钱，我宁肯饿死！""医学有什么！能够杀得死寄生虫，能够杀得死微生物，但是能够把培养这些东西的社会制度灭得掉吗？"② 郭沫若对所学专业不感兴趣，但是学医却用去他七年时间。这也反映出现实与理想在郭沫若心里的博弈。国外环境使他感受到弱国子民的屈辱。国内新文化的发生一方面激起他汹涌的激情，另一方面也使得他沉思，沉思新诗发展道路上遭遇的种种障碍。几方面的因素，都使得他不可能永远翱翔于云端。与现实生活的拥抱，让郭沫若飞扬的才思凝练为宁静的画卷，成为摇曳在心田的波光暗影。

正如古代圣贤非人们想象的不食人间烟火，完整的人生更有高峰低谷、峰回路转、柳暗花明。郭沫若早期诗歌既有高昂的歌声，也有余音袅袅的缥缈；既有掩卷思索的沉淀，也有放松心灵的轻盈；还有沉醉爱河的呢喃；同时不乏生活情趣的诗意采摘……这些汇成一曲完整的青春交响乐，构成多面人生的真实写照，也才有诗意青春的丰富多彩。

郭沫若在《创造十年》中曾这样自述自己的创作经历："我的短短的做诗的经过，本有三四段的变化，第一段是泰戈尔式，第一段时期在'五四'以前，做的诗是崇尚清淡、简短，所留下的成绩极少。第二段是惠特曼式，这一段时期正是'五四'的高潮中，做的诗是崇尚豪放、粗暴，要算是我最可纪念的一段时期，第三段便是歌德式了，不知怎的把第二期的

① 钱理群、温儒敏、吴福辉：《中国现代文学三十年》，北京大学出版社1998年版，第27页。
② 郭沫若：《漂流三部曲》，人民文学出版社1987年版，第19页。

热情失掉了，而成为韵文的游戏者。”[1] 李怡先生认为，“导致郭沫若诗歌如此三番五次的转折变化，其重要的原因是可以在中国古典诗歌的原型那里找到的，是自由形态与自觉形态的相互消长推动着诗人内在的精神发动着波动性的变化，而变化也不是漫无边际、难以捉摸的，或者是自由的增加，或者是自觉意识的上升，是自由与自觉的循环前进。”[2]

正是由于中国古典传统与西方现代思潮以及理想与现实的复杂矛盾，其创作不断变化转折，进而呈现出多样化的意象和风格。

其一，郭沫若诗歌中个人心绪的独白，内心隐秘情感的表述。

郭沫若早期白话诗歌中具有代表性的是《叹逝》。为什么会说这首诗歌代表郭沫若的心声，因为它来源于信件。信件属于很隐私的内容。在郭沫若与宗白华、田汉的通信中，郭沫若将最能表达自己内心真实情感的诗歌载入其中。他与宗白华的通信中，翻译了《浮士德》第一部中《天上序曲》前的《献诗》。郭沫若认为《献诗》最能代表自己的心情，由此引起情感的回忆而创作《叹逝》。

如《叹逝》中那位灰色少年，四季轮回，物转星移，都会引起他心底的惆怅情思，让他哀叹岁月悄然流逝。郭沫若于1920年2月16日在上海《时事新报·学灯》发表《叹逝》一首。这首诗歌由于没有《女神》等诗歌那样的激情涌动，因而没有引起较大的关注。《叹逝》是诗人自身的写照，缘情而发，真实感人。它不仅有时代的背景，更是广大青年内心的写照。或者因为在后来的历史书写中，将郭沫若定位于新文化的急先锋、引路人，因而对他的这些浅吟低唱避而不提，所以我们今天在郭沫若诗歌全集里也找不到这首诗歌的影子。但是历史的存在，唯有“真”的呈现，才能准确地把握历史脉象，知道历史演变的走向。因为不为大众熟知，所以这里将其全篇写下。

（一）

泪眼蒙胧的太阳，

---

① 郭沫若：《沫若文集》第7卷，人民文学出版社1958年版，第67页。

② 李怡：《中国现代新诗与古典诗歌传统》增订本，北京大学出版社2008年版，第168页。

愁眉不展的天宇，
可是恨冬日要别离？
可是恨青阳久不至？

（二）

岸舟中睡的那位灰色的少年，
可不是我的身体吗？
一卷海涅 Heine 诗集的袖珍，
掩着他的面孔深深地。

（三）

海潮儿的声音低低起，
好象是在替他欷歔，
好象是在替他诉语，
引起了他无限的情绪。

（四）

他不恨冬日要别离，
他不恨青阳久不至，
他只恨错误了的青春，
永远归了过去！①

这首诗歌近似独语。在“我”哀叹青春流逝之际，太阳也泪眼蒙胧，天宇为此也愁眉不展。充满诗情的少年在温柔诉说悲伤的情绪。“冬日”、“青阳”代表季节的词语写出似水流年，充满浓厚的感伤，延绵着诗人的哀思。诗歌情景交融，在低声诉语中，浓郁的诗意美充溢其间。

其二，郭沫若诗歌中宁静如画的意境。

《电火光中》中第一部分，诗人孤独穿行在街道的时候，想起汉朝武帝时期的苏武。诗人想象苏武独立在苍茫无际的西比利亚荒原，想象苏武在冰天雪地中思念故乡。“我想象他向着东行，/遥遥地正望南翘首；/眼

① 郭沫若著作编辑出版委员会编：《郭沫若全集》第十五卷，人民文学出版社 1985 年版，第 53—54 页。

眸中含蓄着无限的悲哀，/又好象燃着希望一缕。”[①] 这首诗歌以思念故乡为主题，在想象中展开一幅幅的画面。“遥遥”与“翘首”颇具古典诗歌意境，让人想到他后来写成的《天上的街市》。这宁静中的伤感，与郭沫若诗歌中天马行空的豪迈形成两种完全不同的美学风格。郭沫若诗意的书写，是其诗歌中柔软的水流，缓缓流过，浇灭激情的燃烧，抚慰心田。具有类似美学风格的诗歌还有《米桑索罗普之夜》。“我独披着件白孔雀的羽衣，/遥遥地，遥遥地，/在一只象牙舟上翘首。/……/宁在这缥缈的银辉之中，/就好象那个坠落了的星辰，/曳着带幻灭的美光，/向着‘无穷’长殒!”[②] 这首诗歌于1921年3月15日发表在北京《少年中国》（季刊）第二卷第九期、田汉所译《莎乐美》的译文之前。在发表时，郭沫若注明这首诗歌是献给田汉的。“发表时和一九二一年《女神》初版本另有副题：‘此诗呈 Salome 之作者与寿昌’。”[③] 诗歌中的“米桑索罗普”是指厌世者。诗中的“我”美丽而高贵，身着白孔雀的羽衣，坐在象牙制成的舟上，遥遥地翘首。如此雍容优雅的“我”即使死亡，也要在缥缈的银辉中美丽地陨落，不辜负明月的光辉。这首死亡之歌写得如此的美丽忧伤，让生命诗意地陨落。“五四”时期是个性张扬的时代，但当觉醒后的青年欲飞翔时，却发现找不到飞翔的航道。他们转而低头俯视大地，土地的满目疮痍让他们黯然神伤。消沉、迷茫笼罩四围，伤感的情绪是如此之浓厚。《米桑索罗普之夜》描写生命的消亡，寓意“五四”时代部分青年创建新文化过程中希望的陨落，象征新文化遭遇阻碍时的沉寂。

在我国传统诗歌中，月亮是被文人墨客歌咏最多的意象。像张九龄的“海上生明月，天涯共此时”、李白的“举杯邀明月，对影成三人”、苏轼的“缺月挂疏桐，漏断人初静”。中国新诗发生期，也有描写月亮的诗歌，但是相对这些歌咏月亮的千古佳句，后人对于月亮的描写黯然失色。但是，郭沫若有一首诗歌描写月亮却是如此的充满诗意，是白话新诗中难得

---

① 郭沫若著作编辑出版委员会编：《郭沫若全集》第一卷，人民文学出版社1985年版，第75页。

② 同上书，第144页。

③ 同上书，第145页。

的佳作，这便是《霁月》。“淡淡地，幽光/浸洗着海上的森林。/森林中寂寥深深，/还滴着黄昏时分的新雨。/云母面就了般的白杨行道/坦坦地在我面前导引，/引我向沉默的海边徐行，/一阵阵的暗香和我亲吻。/我身上觉着轻寒，/你偏那样地云衣重裹。/……/我眼中莫有睡眠，/你偏那样地雾帷深锁。”① 月亮在这里变身为深闺仕女，美丽高雅，隐身在天的那一边。诗人深情无限，也只能是含着相思遥遥地相望。诗歌没有早期白话新诗的说教意味，而是呈现出新诗诗美的另一境界。大海、森林、月光美女、银海，还有一位深情的少年，构成一副有着甜蜜忧愁的青春画面。夕阳同样是被传统文人应用到诗歌中较多的意象之一。例如，马致远的“夕阳西下，断肠人在天涯”，秦观的“鸟声幽谷树，山影夕阳村”，范仲淹的“万壑有声含晚籁，数峰无语立斜阳”。在众多描写夕阳的诗句中，夕阳给读者展现的如果不是悲情、离索的场景，便是宁静的山水画。较少有诗人将夕阳与甜蜜的爱情联系在一起。但是，郭沫若在《日暮的婚筵》中，一样呈现出与传统诗歌不一样的别样风情，“夕阳，笼在蔷薇花色的沙罗中，/如象满月一轮，寂然有所思索。/……/新嫁娘最后涨红了她丰满的庞儿，/被她最心爱的情郎拥抱着去了。”在此诗中，夕阳不再代表离索、残年，而是罩上甜蜜的色彩。夕阳如满月一样，在蔷薇花色的笼罩中象征着花好月圆。夕阳成了美丽的新娘，有着丰满的脸庞，在情郎的拥抱之下，含羞地消隐到地平线下。如此描写美好夕阳的诗歌可以说是前无古人，后无来者，显示出郭沫若独特的想象力。“五四”时代，是一个充满青春激情的时代。这是适合放声歌唱爱情的时代，是一个充满梦想与憧憬的时代。《日暮的婚筵》不仅在主题上属于青春的“五四”，与同时期描写爱情的诗歌比较，这首诗歌更是诗意浓郁，意境优美，是难得的情诗佳作。

其三，郭沫若一部分白话诗歌还有具有歌乐府的通俗与词的轻盈、纤巧。中国新文学的发生与西方文化紧密相连。西方各种文化流派、思潮涌入中国。其中，西方意象派对中国早期诗人影响颇深。胡适便是受其影响

---

① 郭沫若著作编辑出版委员会编：《郭沫若全集》第一卷，人民文学出版社 1985 年版，第 146 页。

较深的一位，他还在美国期间便受到西方意象派的影响。由于胡适在国内的强大影响力，他归国后也随之将西方意象派的影响带到中国，带到中国早期白话诗坛。西方意象派讲究繁复的意象，但是在繁多的意象堆砌之下，丢失了美好的意境。意象派诗歌传入中国后，“形象性”特征凸显的同时，诗意黯然许多。① 然而，郭沫若诗歌继承了传统诗词的优美意境，例如，他的《雷峰塔下》其二：

菜花黄，
湖草平，
杨柳毵毵，
湖中生倒影。

朝日曛，
鸟声温，
远景昏昏，
梦中的幻境。

好风轻，
天宇莹，
云波层层，
舟在天上行。②

这是一首以无数意象汇成的白话诗。该诗呈现出一幅宁静、安详的画面，在如梦似幻的意境中，尘世的喧嚣繁杂被沉入海底。这首诗歌如激情之后的微波荡漾，激起涟漪几许，却波澜不惊。类似的诗歌描写在郭沫若作品中还有。《赵公祠畔》也是如此的一首诗歌，钟声、树林、湖水构成

① 参见陈希望《胡适与意象派》，《鄂州大学学报》1998 年第 1 期。

② 郭沫若著作编辑出版委员会编：《郭沫若全集》第一卷，人民文学出版社 1985 年版，第 165—166 页。

一幅朝雾缭绕、梦中幽韵的画面。《三潭印月》以杨柳、烟雨、行人勾勒了一幅西子湖畔，行人雨中漫步的画面。

郭沫若诗歌既有沉静心情的写照，也有哀婉忧伤心情的书写，甚至还有对死亡的向往。在“五四”时代，人们在创建新文化轰轰烈烈的过程中，感受到“创造”、“新生”的喜悦，与此同时，还有对于“死亡”的向往。这份向往里，包含有旧事物消亡的喜悦，也有青春期遭遇挫折后的沮丧。年轻的心时时会感到疲惫，这份疲惫有时会让人厌倦生命。在同时期文坛，描写苦难人生对死亡的向往，不止郭沫若一位，还有郁达夫等作家。郁达夫擅长使用小说展现心灵的煎熬。郭沫若早在1918年《死的诱惑》中就将恋情比作死亡，既表现出爱情的荡人心魄，在某种程度也揭示了对现实世界的逃避。诗歌将死亡比作是诱惑男子的女郎，用荡人心怀的欲望诱使“我”投向她的怀抱。“沫若，你别用心焦！/你快来亲我的嘴儿，/我好替你除却许多烦恼。/……/沫若，你别用心焦！/你快来入我的怀儿，/我好替你除却许多烦恼。”① 1919年，郭沫若在书写激情满怀的诸如《欲海》、《立在地球边上放号》的同时，还写有《死》。诗人将死亡当作是人生彻底的解脱，这是在尘世中疲惫挣扎后心灵的休假。死亡成为诗人向往又害怕的情郎。但是郭沫若毕竟是乐观向上的，其浪漫精神指引他着眼未来，看到的是美好希望，正如凤凰涅槃一样，死亡是为了获得新生。所以，在描写死亡的诗歌中，也会有“春风吹又生，野火烧不尽”的希望。在《火葬场》里，“哦，你是哪儿来的凉风？/你在这火葬场中/也吹出了一株——春草。”②

也许是漂泊日本的时间太长，郭沫若经受的人生困顿太多。归国后，满目疮痍的中国也让满怀期待的他失望。他在《西湖纪游》中写下这份失望，“唉！我怪可怜的同胞们哟！/你们有的只拼命赌钱，/有的只拼命吸烟，/……/那几个肃静的西人/一心在勘校原稿哟！/那几个骄慢的东人/在一旁嗤笑你们哟！/啊！我的眼睛痛呀！痛呀！/要被百度以上的泪泉涨

① 郭沫若著作编辑出版委员会编：《郭沫若全集》第一卷，人民文学出版社1985年版，第137页。

② 同上书，第139页。

破了。”① 郭沫若对于同胞的堕落，面对外国人对同胞的蔑视，他心痛，不忍目睹这样的场景。鲁迅对麻木不仁的同胞也有类似这样的描写。他描写一群留日学生观看电影时，面对自己同胞被描绘成反动人物时无动于衷，甚至嬉笑打哈，毫无羞辱之感。鲁迅因而感受到与其治疗中国人的生理疾病，不如治疗中国人的心理疾病，由此开启了他以后改造国民性的主题。郭沫若看到某些同胞的不知羞耻，因此在浪漫抒情时也反思国民性问题。这也是他以后走向政治革命之途的诱因之一。类似的描写还有《上海印象》:

我从梦中惊醒了！
Disillusion 的悲哀哟！

游闲的尸，
淫嚣的肉，
长的男袍，
短的女袖，
满目都是骷髅，
满街都是灵柩，
乱闯，
乱走。
我的眼儿泪流，
我的心儿作呕。

我从梦中惊醒了。
Disillusion 的悲哀哟！②

这首诗歌有点儿类似于波特莱尔的《恶之花》，似乎是世界末日的景

① 郭沫若著作编辑出版委员会编：《郭沫若全集》第一卷，人民文学出版社 1985 年版，第 164 页。

② 同上书，第 162 页。

象。郭沫若这首《上海印象》的知名度、影响力并不大，但是诗歌真实反映了"五四"纷繁复杂的社会百态。闻一多的《死水》在情感内容上与《上海印象》非常相似。闻一多是否受郭沫若诗歌影响而创作《死水》，现在我们无法考证。但是从一个角度说明了郭沫若诗歌创作的丰富性。

## 三　郭沫若诗歌的开拓性

在"五四"时代背景之下，郭沫若诗歌无论是狂风暴雨，还是书写少年情怀，都展现了"五四"特有的青春记忆。因为"五四"一面是飙风四起的激情燃烧，另一面是面向不可预知未来时的迷茫感伤，还有青春期特有的爱情路程。这些都注定"五四"不可能是单一的曲调，它必定是有长江大河的汹涌澎湃和涓涓小溪的缓缓流动，还有汇入湖水时的水明如镜，以及一路倒影的光彩斑斓。诗歌为我们呈现了一个丰富立体的郭沫若，这样丰富的人物性格也是光影交错的"五四"风潮的折射。这样的"五四"所演奏的必定是多声部交响乐。郭沫若诗歌呈现不同的美学风格，是时代风影的记载。时代被书写在郭沫若诗歌之中，时代也因为郭沫若的诗歌而光影流动。两者相生共荣，是时代成就了郭沫若诗人的身份，也是诗人的郭沫若开启了一个时代崭新的诗风。郭沫若开启了一个浪漫主义流派，这股潮流影响了整个中国现代文坛。

从诗歌艺术特征角度分析，我们可以进一步认识郭沫若在新文坛开创的新局面和作出的新贡献。胡适等倡导白话文学成功后，尝试新诗创作。在理论先行的情况之下，白话文学依葫芦画瓢，笨拙地耕种着新文化的试验田。因为没有具备说服力的文学作品出现，新文化阵营一度变为"这里战场静悄悄"。没有文学作品响应的理论逐渐显现为空洞无力。新文坛呼唤新人的出现，呼唤能引领文学潮流的新人出现。新文化的发生与郭沫若的关系，便是呼唤与被呼唤的关系。郭沫若的文学创作没有牵强刻意地追随先行的理论，而是来源于心灵的呼唤，所以他的诗歌一出现便具有别样的风采。

中国从屈原开创浪漫主义潮流之后，巴蜀诗人李白开创第二次浪漫主义的高峰。但这两次浪漫主义高峰都是在一个园内完成，这"园"便是一个相对封闭的中国文化体系。由郭沫若开创的浪漫主义潮流是一条敞开的河流。这条河流不再是封闭的，而是面向世界敞开。古今中外的文化之河汇聚于此。在浪漫主义潮流中，将中西方文化结合得如此之完美的，郭沫若是中国第一个。当时新文坛诗作处于一种探索阶段，广大诗人还在小心翼翼地摸索前进。郭沫若的诗歌完全没有探索阶段的顾忌，而是任想象力驱使，让诗情得以一泄如注，达到酣畅淋漓的表达效果。让广大的诗人群体体悟到原来白话诗歌还可以这样写作——充满无拘的想象力和浪漫的表达。

所谓"五四"将中国传统文化阻断，这是一个可以商榷的说法。倡导新文化运动的先驱们，无一不具备深厚的传统文化根基。他们提倡西方社会的民主、自由、人权、科学，并不是以彻底推翻中国传统文化为前提。相反，他们力图发扬传统文化的精髓，使之与当下的社会文化结合。例如，胡适考察白话文学便是从先秦时期开始的。鲁迅的小说创作既有西方文化的因子，也有融入传统小说元素。中国新诗奠基人郭沫若更是将传统文化与西方文化完美融合的典范。他很多诗歌开头的序言便是一个例证。《女神之再生》是以歌德的诗句作序，《湘累》是以屈原的《离骚》作序，《匪徒颂》是以引用庄子的文章作为序言。

《女神之再生》以诗剧的形式呈现，也给当时的读者耳目一新之感。这也首开中国新诗坛诗剧创作的先河，并获得高度的评价。闻一多最早对《女神》的本质特点及其卓著成就曾这样评价："若讲新诗，郭沫若君的诗才配新诗呢，不独艺术上他的作品与旧诗词相去最远，最要紧的是他的精神完全是时代的精神——20世纪时代的精神。有人讲文艺作品是时代底产儿。《女神》真不愧为时代底肖子。"[①] 当代学者更在将其与胡适《尝试集》作比较的基础上凸显其意义，虽然《尝试集》出版比《女神》要早一年，但是，"《尝试集》除了在内容上未能确切地显现'五四'前后急遽变革的时代精神外，在形式上也仍太拘守于旧诗，重说理而少想象，'缺少一种余香与回味'，——这不独是胡适的诗。在'五四'诗坛上，新诗

① 闻一多：《〈女神〉之时代精神》，《创造周报》1923年第4号。

几乎‘是以描写现实生活为主题，而不重想象，中国诗的传统原本如此’。从内容到形式对诗歌进行彻底改造并取得显著成绩的要数郭沫若。”“郭沫若的第一部新诗集《女神》，于一九二一年由上海泰东图书局出版。它象是一颗璀璨的彗星出现在中国诗坛上，光耀夺目，照彻大地。它以崭新的思想内容和独特的艺术风格，开一代诗风，成为中国新诗史上一块巍峨的丰碑。”[①]“正是在这个意义上，郭沫若才是‘五四’启蒙时代诗歌方面的代表者，新中国的预言诗人，才是鲁迅久久期待出现的‘摩罗’诗人。《女神》真正有资格堪称为中国的第一部新诗集。”[②]吸收着巴蜀大地古老文化的营养，郭沫若走向全国，走向世界，以实际成就展示了中国新文化的创造活力，成为在中国现代文学发生期间巴蜀作家的最杰出代表。

## 第二节　郭沫若早期小说

郭沫若开创了一代浪漫诗风，《女神》奠定了他在文坛上不可动摇的地位。因为《女神》的出版，人们发现白话诗歌原来也可以具有海阔天空的想象力，浸满充溢的情感。中国早期白话诗歌由此被插上想象的翅膀，开始走出低谷。郭沫若因而被誉为浪漫主义诗人。世人因为他才气横溢的诗歌，在一定程度上忽略了其早期的小说创作。

他的早期小说，在唯美的面纱后，是真实的人生写照。郭沫若早期小说被研究者忽略其现实特色的另一个原因是所谓当时的“帮派”之争——文研会与创造社分别被理解为人生派和艺术派。其实所谓“人生派”与“艺术派”不过是当时帮派相争采用的一种方式策略而已。但因为此，学界在研究作家作品时，容易先人为主地给作家一个定位。在创造社处于领导地位的郭沫若，好像就更应该是艺术派的代表。其实，文研会提倡的血泪文学，弱小者文学，不仅仅在文研会作家里有深刻反映，在创造社作家里也有独到的反映。郭沫若带自叙传色彩的小说《漂流三部曲》就是反映弱小

① 黄侯兴：《郭沫若的文学道路》，天津人民出版社 1983 年版，第 48 页。

② 同上书，第 49 页。

者（留学海外的学子）受尽屈辱的生活，让当时的很多读者为之落泪。他的小说甚至让与他友谊出现裂痕的郁达夫感动，进而两人冰释前嫌。郭沫若的留学生涯并非是醇酒美人、花前月下，充满无数的风流韵事，真实的他处于社会底层。那一段留学生涯，带给他的不仅仅是爱情，更多的是对苦难生活的深刻体验，这段生活反映在他早期小说中。郭沫若早期小说主要描写一个挣扎在生存边缘的灵魂，小说从爱欲的不能实现，物欲的不可满足，精神物质双重的缺失，写出一位在边缘线挣扎的"流氓"。在日常生活体验中，"流氓"是贬义词，代表没有道德、无操守的地痞。这里的"流氓"是指无根的流浪者，且处于社会底层，饱受欲望的煎熬。

郭沫若在日本颠沛流离的生活，让他尝尽生活的心酸。他在一次搬家后，很伤感，写了几首诗，表达内心的感伤。其中一首诗抒发他身处大千世界的漂泊感，"寄身天地太朦胧，回首中原叹路穷。入世无才出未可，暗中谁见我眼眶红?"① 郭沫若这样描述自己当时的心境："这些最足以表示我当时的心境——矛盾的心境。自己好像很超脱，但在事实上却很矜持。自己觉得是很热心的爱国志士，但又被人认为了'汉奸'。在无可如何之中便只好得过且过，算好倒还没有落到自暴自弃的地步。这没有闹到自暴自弃的程度，或者也是怕没有钱的关系。有一些人要表示出自己的风流潦倒，便要写出满纸的醇酒美人，不假思索的青年也就为之洒下无限同情的眼泪。其实那些所谓醇酒美人是要以钱为前提的。"② 郭沫若在日本穷困潦倒的生活，在他早期小说中有充分的表现。

按照小说《行路难》的界定，流氓是"中国人的父亲，日本人的母亲，生来便没有故乡的流氓！……淡白如水的，公平如水的，流动如水的，不为特权阶级所齿的，无私无业的亡民！……啊，流罢，流罢，不断地流罢，坦白地流吧！没有后顾的忧虑，没有腐化的危机。"③《行路难》中的主人公，在思考自己的小孩时，不自觉地将小孩与流氓联系起来。这

---

① 郭沫若：《学生时代》，人民文学出版社 1979 年版，第 53 页。

② 同上书，第 54 页。

③ 郭沫若：《漂流三部曲》，人民文学出版社 1987 年版，第 127 页。

是为什么？这是因为爱牟在找房子的过程中备受侮辱。人格被肆意地践踏。不被日本主流社会所接纳，“支那人”成为他心中不能抹去的隐痛。爱牟计算着三个儿子与自己四处漂流的次数时，不期然地将流氓与儿子联系在一起。这种联系是爱牟对自己在日本悲惨遭遇的隐射，透射出被主流社会驱逐的愤然心情。流氓在这里便具有离经叛道的意味，类似于中国被逼上梁山的绿林好汉，处于社会底层边缘。在郭沫若早期小说中，爱牟的这种心绪有着普遍的反映。在边缘线挣扎的流氓，爱的欲求不能得到满足，物质的欲望也不能实现。苦难、伤感成为郭沫若早期小说的情感基调。创造社与文研会是当时两个较大的社团，分别成为浪漫主义与现实主义的代表。因为郭沫若与朋友一起成立创造社。所以学界在研究郭沫若与创造社其他作家时，更多关注的是其浪漫主义色彩。对于郭沫若早期小说创作的现实色彩，学界关注的并不多。本书通过展示一位在边缘线挣扎的“流氓”在物欲、爱欲两方面的双重缺失，揭示郭沫若早期小说的现实色彩。

他小说强烈的写实风格，与他早期的诗歌创作风格大相径庭。郭沫若早期小说具有强烈的自传意味，字里行间显示出一位饱经苦难的留学生灵魂的挣扎。如果说郭沫若诗歌是浪漫主义的一座丰碑，那么他的小说则是现实主义的一个风景点。假如诗歌是郭沫若理想的飞跃，小说则是他脚踏大地的俯首；如果诗歌中天马行空的奔驰是对苦难大地的逃离，那么小说则是对颠沛流离、困顿交加现实的拥抱。有学者曾经对郭沫若小说进行过归类分析。例如，刘纳对郭沫若整体小说创作分析后，将其分为诗意葱茏的小说、诉说贫困的散文式的小说、呼唤革命的童话等几种。[①] 再如，杨义曾将郭沫若前期小说分为两类，一类是追求幻美的创作，另一类是诉说贫困、愤世嫉俗、带自叙传的小说。[②] 郑伯奇在分析郭沫若早期小说时，将其分为寄托小说和身边小说两类。[③] 笔者在这里，并不意欲将郭沫若早期小说分类分析，而是透过小说人物的表象活动，透析小说人物

---

① 参见刘纳《谈郭沫若的小说创作》，《中国现代文学丛刊》1983年第31号。

② 参见杨义《中国现代小说史》（上），人民出版社1998年版，第596—598页。

③ 参见赵家璧主编《中国新文学大系·小说三集》，上海文艺出版社2003年影印本，第14页。

的内在魂灵。

郭沫若早期小说中描写的爱情往往属于爱而不得的苦闷。小说比较爱用梦境表达现实环境不能实现的爱欲，但这份爱欲通常在主人公强烈的自忏中破灭。小说主人公是一位有妇之夫，但是内心深处还是会涌动起对美好女子的无比爱恋。他爱恋的对象都是美丽、纯洁、羞涩的未婚女子。在爱情观上，他潜意识里继承了传统的大男子主义，表现出对于处女的特殊爱好。例如，在《残春》中，描写看护妇时这样写道，“她的眼睛很灵活，晕着粉红的两颊，表示出一段处子的夸耀。”[①]。《在喀尔美萝》中，作者这样描写那位让主人公神魂颠倒的少女，“她把眼帘垂下去，脸便晕红了起来，一直红到了耳际。可爱的处女红！令人发狂的处女红哟！啊啊……”[②]当喜爱的女子有可能遭受到玷污时，他痛心疾首，“我替她悲哀，我几乎流下泪来。……我看见这些落花，禁不住哀怜到她的运命。险恶的海潮把落花飘荡，谁能知道又会把她漂流到何处的海岸呢?”[③] 在现实环境中，爱牟心灵深处的爱欲不能实现。在《残春》中，那位有着黑曜石般眼仁的姑娘，在梦境中来到爱牟的身畔。爱牟欲望的驱使使他剥离了姑娘的外衣，露出似大理石雕塑的身躯。梦境是潜意识的表现、欲望的透射。但是，接着发生的不是浪漫的爱之旅，而是爱的恐怖。爱牟在对姑娘欲念的下一层心理，是道德的恐怖。他梦见妻子以杀死孩儿作为对自己的复仇。这是西方美狄亚报复悲剧的重现。悲剧的起因，是爱牟爱欲不能实现的根源。因为爱牟的日本妻子为了嫁给他，抛弃了所有，是患难与共的结发之妻。在西方的爱情悲剧中，美狄亚为成全丈夫的事业，抛弃了自己的父亲、兄弟。当丈夫背叛爱情时，愤怒的美狄亚亲手杀死与丈夫共同生的小孩，以此来报复惩罚丈夫。爱牟在潜意识里认为自己与妻子的结合与美狄亚的婚姻有着共同之处。他认为如果背叛妻子晓芙，有可能会得到类似美狄亚的报复行动。所以他一方面借梦境实现自己的爱欲，另一方面也将自己内心深处的恐惧在梦境中释放。小说最后，爱牟看到S姑娘送来的几朵蔷薇花

① 郭沫若：《漂流三部曲》，人民文学出版社1987年版，第9页。

② 同上书，第65页。

③ 同上书，第74页。

瓣渐渐枯萎，不觉心生伤感。以诗表达自己内心的惆怅。“谢了的蔷薇花儿，/一片两片三片，/我们别来才不过三两天，/你怎么便这般憔悴？/啊，我愿那如花的人儿，/不也要这般的憔悴！”[①] 由于S姑娘将爱牟送的蔷薇花摘了朵簪在发髻上，且托朋友送了几朵蔷薇花瓣给爱牟，所以爱牟将S姑娘比作蔷薇花。“残春”表面意义是指快消逝了的春天，也暗指S姑娘将要消逝的青春，真实的含义还有两人未见天日即被埋葬的爱情之春。爱而不能的爱欲，在《喀尔美萝》中同样也是以悲剧形式出现。主人公“我”内心深爱着卖点心的姑娘，为她美丽的睫毛、醉人的处女红而发狂。“我的性格已为她隳颓，我的灵肉已为她糜烂，我的事业已为她抛掷，我的家庭已为她离散了。”[②] 但是主人公“我”家有贤妻，他每每面对妻儿时会心生愧疚，但愧疚抑制不住魂灵飞向爱恋的姑娘。当看到心爱的姑娘由于生病找寻医生看病时，他多么期盼自己是那位替姑娘看病的医生，借此可以亲近那近在咫尺远在天涯的姑娘。当看到美丽的姑娘因为医生的治疗而痛苦不已时，他又是那样地诅咒医生，“你们都是社会的病菌！你们是美的破坏者！……你们和病菌是兄弟，你们该死，该死！”[③] 当姑娘病愈时，男主人公却真的生病了。他患上了严重的神经衰弱。他的制图、毕业试验、毕业论文通通不能完成。他脑海里全是姑娘的身影。他嫉妒任何到她家里做客的年轻男子。因为担心姑娘知道自己是被人看不起的中国人，他在姑娘面前不敢说话，也不敢给她写信。在种种困顿焦虑中，他的爱情理想不能实现。他在恍惚中选择了自杀。他在走向死亡时，念念不忘的是“苍海的白波在用手招我，我挽着那冰冷的手腕，去追求那醉人的处女红，去追求那睫毛美。……”[④] 这种以死亡救赎自己的爱情模式，是爱的极致，也是爱而不得的无奈。

郭沫若早期小说中，爱欲的不能满足，导致主人公悲伤甚至精神崩溃；物欲的不能实现，则使主人公人格遭受侮辱，甚至心态变异。

---

① 郭沫若：《漂流三部曲》，人民文学出版社1987年版，第16页。
② 同上书，第69页。
③ 同上书，第84页。
④ 同上书，第88页。

《行路难》中，主人公爱牟全家的固定收入只有他每月的几十元官费，所以他只能卖文为生。这种朝不保夕的生活，让爱牟失去创作激情。创作变为一种压力，生存的压力。文人向往的淡雅宁静的生活离爱牟是那么远。生存的挣扎让爱牟愤世嫉俗，以流氓自居。爱牟因为经济窘迫，居无定所，经常被迫搬家。夫妻的感情有时也会因为经济的拮据心生间隙。主人公爱牟一度被迫去守仓库，以解决全家的住宿问题。主人公爱牟穿着他唯一的一套夏服，到处找寻廉价出租房。在找寻过程中，他被人践踏，被骂为讨厌的蚊子。在遭受这样的屈辱后，他将积怨发泄在无辜的孩子们身上。他骂自己的孩子是脚镣手铐、吃人的小魔王、卖人肉的小屠户："你们赤裸裸地把我暴露在血惨惨的现实里，你们割我的肉去卖钱，吸我的血去卖钱，都是为着你们要吃饽馅，饽馅，饽馅！……啊，我简直是你们的肉馒头呀！"[①] 但是骂过之后，他又异常的懊悔，粗暴之后给孩子无限的温柔。他经常在这矛盾状态中来回游走，心灵遭受折磨。他将自己的住房喻为活的坟墓，将自己的儿子与流氓相联系。这些都体现出主人公爱牟被主流社会排斥，处在生存边缘挣扎的困苦。他的衣食住行都让他无以维持尊严。体面的衣服只有一套，居住在简陋的破屋，出门只能坐三等车，偶尔坐一次二等车，只能让他更强烈地感受到世间贫富悬殊带来的不平与屈辱。因为有钱人鄙夷的目光，让他如坐针毡。他即使饥肠辘辘，也不好意思吃妻子随身带的煮鸡蛋，只为保留他那点可怜的自尊。"他要诅咒资产阶级的人，不愿和他们合作，而他的物质欲望又不见得比常人清淡。"[②] 这就构成主人公心灵深处难以排除的焦虑。

《漂流三部曲》中，主人公在留学之后回到上海。但是贫困依旧像恶魔一样缠绕着他。他不愿行医。多年困顿的留学生涯让他对富人充满仇视。所以他认为："医学有什么！我把有钱的人医好了，只使他们更多榨取几天贫民。我把贫民的病医好了，只使他们更多受几天富儿们的榨取。医学有什么！有什么！教我这样欺天灭理地去弄钱，我宁肯饿死！""医学

---

① 郭沫若：《漂流三部曲》，人民文学出版社1987年版，第109页。

② 同上书，第323页。

有什么！能够杀得死寄生虫，能够杀得死微生物，但是能够把培养这些东西的社会制度灭得掉吗?”[①] 主人公坚决抵制行医，却不能抵制生活的窘迫。他的夫人、孩子因为在上海无法生存，只能选择回日本。物欲的不能满足带来爱欲的缺失。当夫人走后，他感觉自己的寓所犹如一座死城，里面有比死还可怕的东西存在。这种比死还可怕的东西，就是寂寞。他不能忍受令人窒息的寂寥，常常抱着夫人的衣服亲吻。在炼狱一样的上海，他发出了这样的宣言，“我不要丢失了我的人性做个什么艺术家，我只要赤裸裸的做着一个人。我就当讨口子也可以，我就死在海外也可以，我是要做我爱人的丈夫，做我爱子的慈父。我无论别人骂我是什么都可以，我总要死在你们的怀里。女人哟，女人哟，女人哟，你为我而受苦的我的女人哟！我是你的，我是你的，我永远是你的！你所把持着的并未失去，你所被赋予的并未被人剥夺呢！我不久便要跑到你那里去，实在不能活的时候，我们把三个儿子杀死，然后紧紧抱着跳进博多湾里去吧。”[②] 主人公宁愿被人骂为禽兽，抛弃家国与事业，也要做一个殉情的乞儿。爱牟对夫人的强烈依恋，在于他除爱情之外便一无所有。他在物质上是一个零拥有者。因为物质的贫乏，失去实现爱欲的可能。精神物质双重的困乏，使得他不再畏惧道德规范，而是忘我地投入世间那唯一可能的慰藉——夫人的怀抱。

郭沫若早期小说多描写贫困的主人公辗转在社会的边缘。在小说《万引》中，主人公松野因为无钱购买喜欢的书籍时竟然沦为偷书贼。《阳春别》中的主人公王凯云，留学日本十载回到上海居然无法生存，在无可典当之物时，居然将大学文凭送进当铺。

上述小说中这些男主人公是郭沫若年青时期生活的一种折射。作为中国人的郭沫若娶了一位日本姑娘做妻子，使得他在那个特殊的年代处于一种尴尬的地位。被中国同胞视为汉奸的他，在日本人眼中又是低贱的支那人。郭沫若内外交困，被排挤到社会的边缘。“不幸我那时候和安娜同居了一年有半，我们的第一个儿子和夫产后五个月了。更不幸我生来本

① 郭沫若：《漂流三部曲》，人民文学出版社1987年版，第19页。

② 同上书，第48、49页。

没有做英雄的资格，没有吴起那样杀妻求将的本领，我不消说也被归在'汉奸'之列了。但好在我是住在乡间，'武力'的滋味我倒还没有领略过。"[①] 郭沫若早期小说中的男主人公由于极度的贫困，甚至收破烂的在物质层面上都优于他。男主人公在社会上处处遭遇白眼、奚落，被排挤到社会边缘。如果他是一位甘于淡泊的知识分子，可能会有陶渊明"采菊东篱下，悠然见南山"的悠远。但是他的物欲不见得比谁低，这就是一对不可能解决的矛盾。他对于爱情的渴望比一般人都强烈得多，但是爱欲在各方面都遭遇阻碍，他为之癫狂，为之轻生。这又是一组不能解决的矛盾。所以说，郭沫若早期小说中，主人公是一位挣扎在社会边缘的流氓，一位没有根、一无所有的流浪者。郭沫若早期小说以真实的笔触，为我们描绘出一位留学日本的中国人，在社会底层苦苦地挣扎。小说具有强烈的写实风格，运用梦境、书信、日记等手法，进入主人公的内心世界，剖析"流氓"在边缘线的渴望与挣扎。在我们传统的定义中，流氓是指不务正业、为非作歹的人。流氓是被社会大众唾弃的一类人物。但郭沫若小说以被放逐的"流氓"对抗所谓的"精英"——权势者："有闲有产的坐食的人们，你们那腐烂了的良心，麻木了的美感，闭锁了的智性，岂能了解得这'流氓'二字的美妙吗?"[②] 巴蜀文化不畏权贵的反抗精神在这里可窥其一斑——即使被踩在社会最底层，也有一个不屈的魂灵。

## 第三节　郭沫若早期剧作论述

郭沫若剧作中有充盈的诗情。这诗情来自郭沫若一颗不屈服的魂灵。[③]

---

① 郭沫若：《学生时代》，人民文学出版社 1979 年版，第 32、33 页。

② 郭沫若：《漂流三部曲》，人民文学出版社 1987 年版，第 312 页。

③ "从历史上看，戏剧本是诗的一种。我国元人杂剧和明清传奇，以及目前各种地方戏剧，其中以白为宾，以曲为主，所以统称戏曲。……我国'五四'以来的话剧，在形式上接受欧洲近代散文剧的影响，人物对话采取日常语言，不用诗体。但郭沫若以革命浪漫主义诗人进行戏剧创作，成为杰出的戏剧诗人。"黄侯兴：《郭沫若文学研究管窥》，天津教育出版社 1987 年版，第 171 页。

郭沫若的叛逆性最早产生于他在国内读高小时期。他名列前茅的成绩被人污蔑为作弊，只是因为他乡下人的身份。风波最终导致其他同学撕毁成绩公示，因而他的成绩无效，那是他第一次认识到人性的恶浊面。接下来的人生经历，更是让他体会到人生的悲苦。但是悲苦的人生体验非但没有压垮他，倒是促使他叛逆性越来越强。特别是留日生涯，更让他意识到个人的不幸与国家民族的命运紧密相连。郭沫若的学医经历，又给予他缜密的逻辑思维。郭沫若的从医经历，使得他养成一种透过表象看到问题根源所在的思维。他不会被生活的种种表现迷惑。在20世纪20年代，中国的贫穷落后使得身处海外的中华子民处处遭人歧视。由于无处不在的歧视，许多留学海外的学子内心产生极度的焦虑与挫折感。学医经历赋予郭沫若犀利的目光。他能透过社会的种种表象，发现导致古老中华贫瘠的原因。他没有停留于焦虑与挫折感，因为他知道改变中国贫穷落后的方法是改变现有的社会制度。在创作于1920年的《棠棣之花》中，郭沫若通过聂荌之口指出战争不断的根源在于私有制。私有制不消灭，人民不可能享受太平盛世。“自从夏禹传子，天下为家；井田制度，土地私有；已经种下了永恒争战底根本。根本坏了，只在枝叶上稍事剪除，怎么能够济事呢?”[①] 由于郭沫若具有这种严密的逻辑思维，他不同于同时期的许多知识分子。很多知识分子面对个人、民族的未来，徘徊在十字路口。郭沫若不会陷入一种“我不知道风向哪一个方向吹”的苦闷，更不会在风花雪月中麻痹自己脆弱神经。他在体味自己的不幸时，没有沉迷于自怨自艾中，更多的是对现实的反抗和对于未来的憧憬。郭沫若这种特质在他的剧作中体现得尤为突出。

郭沫若在1919年至1925年期间，一共创作了10个剧本。这还不包括未完成的《苏武与李陵（史的悲剧)》。这十个剧本是《黎明》、《棠棣之花》、《湘累》、《女神之再生》、《广寒宫》、《月光》、《孤竹君之二子》、《卓文君》、《王昭君》、《聂荌》。

关于郭沫若的历史剧，历来存在很多的争议。其中争议最多的一点莫

① 中国戏剧出版社编辑部编：《郭沫若剧作全集》第一卷，中国戏剧出版社1982年版，第10页。

过于历史与剧本故事之间的对应性。有人指责郭沫若随意篡改历史，创作的历史剧不符合历史真实面目。其实，提出这种指责意见的人可能忘了一点，艺术从来就不需要真实再现生活。艺术允许夸张、想象，甚至根据作者自己的目的修改，因为艺术不等于历史。如果将艺术等同于历史，那么艺术就失去了独立存在的必要性。其实，关于历史与真实之间的关系，郭沫若早已经做了特意的说明。他在《棠棣之花》发表后，另外写有《附白》。在《附白》中，他讲道，“各幕各场都是我想象力的产物，我不过只借些历史上的影子来驰骋我创造的手腕罢了。”[①] 郭沫若是一个偏于主观的人。特别是他早期的创作，故事基本上是他情感的宣泄、理想的寄托。郭沫若往往借作品主人公之口说出自己对于现实环境的看法，抒发对未来的憧憬。郭沫若早期剧本充满一种反抗的精神。

这种反抗具体体现为对现实社会的不满。在剧作中，反抗的精神体现为打破腐朽、黑暗的现存世界，创造一个崭新的未来世界。这种反抗充满一种浪漫的激情。

《黎明》中，舞台背景是一个动态变化的过程。背景首先是黑暗中狂涛汹涌，曙光之中凄惨恐怖的景色。随着曙光渐浓，景色渐次变得清新明媚。当太阳出来时，阳光燃通天宇世界，所有的阴霾一扫而光。舞台呈现为祥和、平静的背景，显示出太古时代的景致。在这样的舞台背景中，跳出一对儿女出来。这对儿女预示着打破一切的新生力量。他们是“脱了壳的蝉虫”、“出了笼的飞鸟”、“才出胎的羝羊”、“才发芽的春草”、“见了太阳的冰岛”。[②] 他们是自由了的亚当夏娃。他们高声歌唱。他们呼唤还坐在囚笼、藏在幽宫里的兄弟姊妹们出来一起舞蹈。剧本有多处合唱。运用“唱”的形式表达心声，突出新生的主题。“你们这些囚笼！你们这些幽宫！幽囚了我们几千年。束缚了我们几万重。我们唱着凯歌，来同你们送终。”[③] 这剧本是郭沫若第一次的尝试。像这样的诗剧，在中国现代文坛上

---

① 中国戏剧出版社编辑部编：《郭沫若剧作全集》第一卷，中国戏剧出版社 1982 年版，第 15 页。

② 同上书，第 4 页。

③ 同上书，第 8 页。

还属首创。剧本运用纯白话的语言工具，采用清新明媚的舞台背景，欢快的情感基调，表现新生的快乐。郭沫若早期创作的剧本，贯穿着这种打破旧世界，创造新世界的反抗精神。

《棠棣之花》中，聂政、聂荌兄妹身处一个乌鸦与乱草的世界。“这几年来今日合纵，明日连横，今日征燕，明日伐楚，争城者杀人盈城，争地者杀人盈野，我不知道他们究竟为的是什么。”① 聂荌虽然为女儿身，但她心系天下苍生。她为了拯救处于水深火热之中的姐妹兄弟们，愿意牺牲个人的生命。当聂政不愿远行时，聂荌以歌唱鼓励弟弟，“去吧，二弟呀！/我望你鲜红的血液，/迸发成自由之花，/开遍中华！”② 郭沫若在聂荌身上寄托了他对于祖国未来的希望。他自己的理想安置在聂荌身上，表现自己面对生灵涂炭的现实环境，绝不屈服的灵魂。在《湘累》中，屈原被放逐，四处流浪。但是，他绝不屈服于郑袖这样的小人。“我能把我的生命，把我至可宝贵的生命，拿来自行蹂躏，任人蹂躏吗？”③ 即使在他身处逆境时，他对于未来仍然充满期待。他梦想能创造未来。“我效法造化底精神，我自由创造，自由地表现我自己。我创造尊严的山岳、宏伟的海洋，我创造日月星辰，我驰骋风云雷雨，我萃之虽仅限于我一身，放之则可泛滥乎宇宙。”④ 屈原这种浪漫的革命精神，正是郭沫若浪漫激情的折射。郭沫若年轻时期的生活非常贫困，处于生存的边缘。在日本，他因为没有房子四处流浪，处处遭受歧视。精神物质的双重匮乏，使得郭沫若的流浪意识特别浓厚，甚至以“流氓”自喻。回到上海，失去每月固定的几十元官费，经济上更加捉襟见肘。甚至，郭沫若经常连乘坐电车的钱也没有。郭沫若与泰东书局老板的关系，按照郭沫若自己的话来说，是奴隶与奴隶主之间，或者资本家与无产工人之间的关系。在这样困顿的环境之中，郭沫若仍然没有放弃文学理想。他不放弃文学，因为他认为文学能改造社会。郭沫若这种不放弃、不妥协的精神与戏剧中屈原的精神是完全一样的。

---

① 中国戏剧出版社编辑部编：《郭沫若剧作全集》第一卷，中国戏剧出版社 1982 年版，第 10 页。

② 同上书，第 13 页。

③ 同上书，第 22 页。

④ 同上书，第 22、23 页。

在《女神之再生》中，创造的精神也有体现。女神们不愿在壁龛受人供养，而是为宇宙的新生走出壁龛进行创造活动。女神们创造新鲜的太阳，以照彻天内外的世界。诗剧中具有讽刺意义的是，后来被放置在壁龛受人瞻仰的竟是宇宙的破坏者——颛顼与共工以及手下们的男性残骸。郭沫若借此讽刺了那些当权者的昏庸，赞扬了那些敢于改造世界的创造者。郭沫若后来选择革命文学道路，并非是他受到谁的指引，而是为实现早已萌发的自由、平等之社会主义理想。他一直以来都是一位处于社会底层的彻底的无产者。他以无产者自居。他渴望能改变贫富不均的社会现状。马克思主义能引起他内心的共鸣。所以郭沫若具有强烈的反抗精神。他反抗造成贫困的私有制度。在《孤竹君之二子》中，伯夷对私产制咒骂道，“啊，你私产制度的遗恩！你偶像制造的遗恩！比那洪水的毒威还要剧甚！”①

反抗的精神不仅仅体现在对现存制度的推翻破坏上，还体现在对传统礼教的蔑视上，对女性的尊重层面。传统礼教对女子的要求是从一而终。从古至今，不知有多少女子为了所谓的贞节牌坊付出血和泪，多少鲜活的生命为之枯竭。

通过卓文君形象的塑造，郭沫若颠覆了“女子须从一而终”的传统束缚。通过王昭君形象的塑造，郭沫若传递了对“女子出嫁从夫”礼教的反抗。郭沫若的爱情婚姻观念是，“有爱情的结合才能算是道德的婚姻……没有爱情的结合，就算是敬了祖宗，拜了神明，喝了交杯酒，种种仪式都是周到至十二万分，然而依然只是肉体的买卖。”② 卓文君的爱情追求是郭沫若理想的实现。

司马相如与卓文君有着共同的兴趣爱好，皆精通音乐、诗词。卓文君对未来夫君的标准不是要求门户相当，而是有相同的志趣。当她听说自己未来的夫君目不识丁时，伤心得几乎要自杀。程家姑爷去世之后，她恢复了自由身，回到娘家。卓文君为司马相如的琴声所吸引，也为他

① 中国戏剧出版社编辑部编：《郭沫若剧作全集》第一卷，中国戏剧出版社1982年版，第66页。

② 同上书，第197页。

的文采斐然所倾倒。当司马相如听到文君弹奏的乐曲之后，也深深为之心动。当司马相如知道是一位小姐弹奏时，当即赋诗一首托人转交文君，以表达爱慕之意。随后，司马相如更是以自己的弹唱让文君感动落泪。伴随着悠扬的琴声，司马相如用歌声向文君传递心意。司马相如将文君比作月里嫦娥。司马相如诉说自己落魄半生，心魂无处安放，好像是飘零的落叶。即使回到故乡，飘零的落叶也是充满忧愁。因为故乡也是一座愁城。他用歌声表达了对文君的渴望，希望文君能够来到他的身旁。司马相如与卓文君彼此爱慕，经红娘互通款曲。卓文君决定抛下荣华富贵与司马相如私奔。就在要离家出走之际，被小人出卖，私奔计划被父亲发现。但是，文君没有丝毫的胆怯。文君追求“人”的尊严，她不愿自己的一生再为传统礼教所捆绑。她要做自己：“我以前是以女儿和媳妇的资格对待你们，我现在是以人的资格来对待你们了。”[①] 当“人”的意识苏醒后，她追求的是男女平等。她大声宣布，“我不相信男子可以重婚，女子便不能再嫁！我的行为我自己问心无愧。”[②] 卓文君更是以极大的勇气揭穿了程郑道貌岸然的假面具，撕下他的伪装。文君宁可自刎，也不愿程郑等脏秽的肉块靠近、玷污了自己的清白之躯。文君以无比的勇气与决心，与司马相如走到一起。剧作《卓文君》是借古人之口，说出现代人的理想追求。“五四”时期“人”的彰显、“男女平等”的追求是该剧作的核心。对传统礼教的反叛，凸显了理想爱情的美好，构建了剧作的浪漫激情。

《王昭君》是颠覆历史对王昭君形象的重新塑造。历史上的王昭君，是带着眼泪与思念离开汉朝。她一生带着对汉朝天子的思念，在大漠中凄凉地走完人生之旅。郭沫若笔下的王昭君则放弃汉朝天子的万般宠爱，她不为天子苦苦挽留所动，不为皇后的荣耀迷惑。王昭君痛斥汉朝天子难以满足的淫欲，她自愿选择到大漠，只为离开荒淫贪婪的天子、比豹狼巢穴还腥臭的宫廷。王昭君没有将汉朝天子当作是自己的爱人、丈夫，更没有

---

① 中国戏剧出版社编辑部编：《郭沫若剧作全集》第一卷，中国戏剧出版社 1982 年版，第 117 页。

② 同上书，第 118 页。

想到对他从一而终。王昭君不是将自己看作天子的臣子或嫔妃。她是从与天子平等身份的“人”的角度，评判天子的贪婪。她不仅反抗“至高无上”的皇权，而且反抗“神圣”的夫权。王昭君是郭沫若剧本中反抗色彩浓烈的一位女性形象。因为有对“人”的尊重，才会激发对不将人当人的王权、父权、夫权的反抗。王昭君代表郭沫若对“人”权的呼唤，对权威的反抗。①

纵观郭沫若的创作，他的这种反抗精神不仅存在他早期的剧本创作中，在他以后的创作中也一直延续着。郭沫若以后走上革命道路，在他早年创作中已现端倪。郭沫若虽然是留学日本的大学生，但他实际处境是位不折不扣的无产者。郭沫若身处社会底层，贫富差距带给他心灵难以抹去的伤痛。从医的经历，赋予郭沫若一双犀利的眼睛。他透过生活的种种表象，找到贫富悬殊的社会根源。医生的天职是治愈病痛，排除病根。郭沫若在学医经历中，养成一种治疗的习惯。他将社会视为一个病患者。既然是病患者，他一定能找到治愈病患的方法。文学或许可以转移社会现状，但反抗、革命才是改变社会最为有效的方法。在郭沫若早期剧作中始终存在一颗不屈的灵魂。郭沫若曾说过，“我的信念：觉得诗总当由灵感迸出来，而戏剧小说则可以由努力做出来。”② 由此可以知道，郭沫若早期诗歌是他内心激情的产物，是情感的产儿。戏剧是他努力做出来的，在“努力”里融入他的社会人生理想蓝图。在郭沫若戏剧中，主人公说出的话往往是时代的声音。作者经常借剧中人物之口说出自己想说的话，表达自己的观点。郭沫若对于生活的不屈服，对于现存社会的反抗，充溢在他的剧作中。

郭沫若早期戏剧创作既反映出巴蜀文化对权威的反抗精神，也体现出巴蜀文化鲜活的创造力。郭沫若在谈历史剧时，曾对自己的创作做过这样的说明，“各幕各场都是我想象力的产物，我不过只借些历史上的影子来

---

① “值得注意的是，王淑明于一九五八年发表的《论郭沫若的历史剧》一文，提出人道主义精神是贯穿郭沫若历史剧的主线，把‘维护人的尊严’作为郭沫若剧作的思想结晶。”黄侯兴：《郭沫若文学研究管窥》，天津教育出版社 1987 年版，第 171 页。

② 中国戏剧出版社编辑部编：《郭沫若剧作全集》第一卷，中国戏剧出版社 1982 年版，第 199 页。

驰骋我创造的手腕罢了。”[1] 文学作品不等同于历史真实。在戏剧改革早期，人们回避历史教材以免陷入传统戏剧“帝王将相”的泥淖，但是郭沫若“创造性的生成”成就了崭新的历史戏剧——“宇宙中一切的森罗万象，斡旋不已，转相替禅；一切无形的能和有形的质，从古以来，只有变形没有增减。……天地间没有绝对的新，也没有绝对的旧，一切新旧今古等等文字，只是相对的，假定的，不能作为价值批判的标准。我要借古人的骸骨来，另行吹嘘些生命进去……”[2] 郭沫若为历史剧的发展指明了方向。郭沫若戏剧所体现出的“反抗精神”、“创造力”是中国现代文学发生的必备要素，没有对权威的反抗精神就不可能打倒旧文学；没有创造力就不可能建设新文学。巴蜀文化的“反抗精神”与“创造力”让诸如郭沫若等巴蜀作家在中国现代文学发生期发挥着身先士卒的引领作用。

① 中国戏剧出版社编辑部编：《郭沫若剧作全集》第一卷，中国戏剧出版社1982年版，第15页。

② 上海图书馆文献资料室、四川大学郭沫若研究室合编：《郭沫若集外序跋集》，四川人民出版社1982年版，第26页。

# 第五章　中国白话小说的开启者

## ——李劼人

## 第一节　早期现代白话小说与李劼人创作起点考略

现代学术界一般认为，1919年以前的现代白话小说只有两篇，即陈衡哲于1917年在《留美学生季报纸》新4卷夏季2号发表的《一日》，鲁迅于1918年在《新青年》第4卷第5号发表的《狂人日记》。似乎五四之前唯有这两篇白话小说才是现代白话小说。中国现代白话小说的发生被精简到一个人、几部作品，“现代白话小说的开山之作，是1918年5月鲁迅发表于《新青年》第4卷第5期的《狂人日记》。紧接着第二年，他的《孔乙己》、《药》等名著也相继问世。‘五四’小说就此拉开了序幕。”① 事实真的如此简单而精确吗？当然不是。根据皮亚杰的发生学原理，“发生”从来就没有绝对的开端。当我们谈到“发生”时，应该注意到存在一个没有清楚界定的建构。我们应该做的是尽可能去了解“发生”经历的所有或至少是尽可能多的阶段。② 中国现代白话小说的发生同样如此。虽然本书在有限的时间内不可能穷尽发生时期所有的文学创作，但也尽可能挖掘被遮蔽的那部分历史真实。李劼人就是被这样发现的，他是被历史疏漏的一位现代白话小说的先行者。四川由于地势的偏僻，影响力相对北京、上海自然会逊色几许，但是不能因为地势的偏僻而埋没其中杰出的人才，遮蔽

① 钱理群、温儒敏、吴福辉：《中国现代文学三十年》，北京大学出版社1998年版，第58页。

② 参见［瑞士］皮亚杰《发生认识论原理》，王宪细等译，商务印书馆2009年版，第18页。

历史的真相。前面已经论及“五四”之前巴蜀才女香祖（曾兰，吴虞之妻）的文学创作。她白话小说的创作与李劼人一样始于1912年。在1912年，鲁迅创作的《怀旧》是一篇文言小说。香祖是新文学孕育期的佼佼者。但由于她在世的时间短暂，还没能为世人留下更多更好的作品，便因病逝世。

巴蜀文化与传统中原文化各有特色，也有交融影响。但是巴蜀文化在其漫长的历史时期，经历了几度繁荣与萧条，在跌跌宕宕的起伏中，传承演变，成为华夏文明中一道亮丽独特的风景。丰富绵长的巴蜀文化在不同领域孕育出各类优秀的人才。巴蜀文人不迷信权威，敢于质疑的精神，使得巴蜀文化有敢为天下先的精神。李劼人便是这样一位不随波逐流的优秀作家。

1891年6月20日，李劼人出生于四川成都。李劼人家庭贫困，其父亲以教私塾和行中医维持生计。在李劼人九岁时，父亲用全部积蓄在江西捐了一个官职，但日子依然清贫。李劼人在家庭经济稍微好转以后开始读书，但也只读了两年，便被送去做排字工。不久，其父去世，那年李劼人才十四岁。李劼人随母亲回到成都后，十六岁那年，在一位亲戚资助下到成都高等学堂附属中学堂读书。1912年中学毕业再无钱继续学业，开始以写作谋生，那年李劼人二十一岁。1913年年末到1915年8月，李劼人跟随舅父到泸县、雅安做事。这期间，他涉及官场，接触了解许多官场黑幕，为他以后的小说创作积累丰富的素材。也使他对辛亥革命的成果产生怀疑。李劼人回到成都之后，先后在《娱闲录》、《四川群报》发表文章。

李劼人具有巴蜀人不畏权威的特点，如同李白的“安能摧眉折腰事权贵，使我不得开心颜”。例如，他留学归来拒绝成都都督杨森的邀请做炙手可热的秘书；拒绝到当时的名校东南大学任教授，只因那里复古风气太浓。再如，他对《华阳国志》有关蜀史的再考订。巴蜀文化在中国是一个特殊的文化现象。她历史悠久，可以追溯到金沙时期乃至再往前追溯。李白诗“蚕丛及鱼凫，开国何茫然，迩来四万八千岁，不与秦塞通人烟”，虽有一定的浪漫夸张，但也从另一个角度反映了古蜀国的历史。李劼人对古蜀国的历史做过仔细的考究。东晋常璩《华阳国志》认为蜀侯蚕丛在东周之初。李劼人在《话说成都城墙》中，推翻常璩对古蜀国历史的说法。

“我们查看《华阳国志》与《史记·六国年表》，记载张仪等灭蜀，都是周慎王五年的事。按周慎王五年，为公元前316年。由这一年，上溯至杜宇称帝之年，假若依照我们极力朝后挪的公元前322年，仅仅为六十年头，这短得实在不像话。但是，即令把杜宇称帝，颠倒来尽量朝上挪，挪到七国称王之初，即公元前356年，又如何呢？那也不过在6年之上，增加34年而已。即是说在非常之短的40年间，被秦国所灭的蜀国世系，不但包括了一个杜宇，包括了开明十二世，而且开明二世卢帝，还带起人马，向秦国进攻过一次，还攻到秦国的都城雍。这岂不是睁起眼睛说瞎话！”“这样看来，开明二世之攻秦至雍，既然在公元前677年之后不久，那吗，还早于卢帝两代的杜宇，又何能在320多年之后才称帝。才移治郫邑，才教民务农，才遭到水灾，让位于开明一世呢？这真是笑话说的先生儿子后生妈了！此之谓‘尽信书，则不如无书’。”[①] 他赞同李白的说法，将古蜀国的历史提前四万八千年，比轩辕黄帝时代还早。

1912年，李劼人年仅21岁，因无钱再继续读书，只能在家求业。他当时便以写稿为业。而且李劼人笔耕不辍，在“五四”之前便已经创造出一百多部白话短篇小说。“这样，一直到一九一八年六月，《四川群报》被封为止，我除先后当主笔、编辑外，还写有短篇小说，大约百多篇，其中四十几篇是在《盗志》这个总题目下写的，内容都是暴露社会各个角落的黑暗面，绝大多数材料取自我在泸县、雅安县的二十二个月中所见所闻。写小说用的笔名是老懒，其他杂文、评论用的笔名很多，现已记不清了。由于我家屡次移居，所存报纸散失净尽，作品也无从收集了。”[②] 与此相比较，鲁迅的第一篇白话小说在1918年才问世。鲁迅的《狂人日记》被认为是中国现代文学史现代小说的伟大开端。其缘由是因为这篇小说形式与内容具备现代化特征。“这是中国现代文学史上第一篇用现代体式创作的白话短篇小说……内容与形式上的现代化特征，成为中国现代小说的伟大

① 成都市文学艺术界联合会、李劼人研究学会编：《李劼人研究》，巴蜀书社2007年版，第21、22、23页。

② 《自传》，载《李劼人选集》第一卷，四川人民出版社1980年版，第4页。

开端，开辟了我国文学（小说）发展的一个新的时代。”① 鲁迅因而被誉为中国现代小说开山之祖。如果以此作为评价一部小说是否属于现代小说的标准，那么上面提到的香祖与本章论述的李劼人才真正是中国现代小说的开山之祖。因为香祖创作的白话小说数量有限，所以将论述的重点放在李劼人身上。他为世人所注意的是他所创作的《死水微澜》等长篇小说。李劼人长篇小说在现代文学史上的地位已经得到肯定。“司马长风于 1975 年写文章大声疾呼文坛应‘注意’对李劼人作品的研究，并在《中国新文学史》一书中称李劼人为 30 年代中长篇小说的七大家之一。”“在日本，哲学家桑原武夫 1955 年到‘菱窠’访问了李劼人，回国后发表了《四川纪行》一文，第一次介绍了李劼人的生平和创作。‘三部曲’修订出版后，日本汉学家十分重视，列为‘语言教科书’。1960 年 5 月，著名汉学家、京都大学教授竹内实发表了《被冷遇的作家》一文，为‘中国优秀作家’被‘埋没’而表示非常惋惜。”② 但是笔者在这里并非论证李劼人长篇小说在文学史上的地位。我们在这里讨论的是李劼人在中国新文学发生期所处的位置。白话文学的兴盛是在 1919 年以后才开始。在 1920 年，白话才被称为国语。由此我们可以说李劼人是中国现代白话小说的开山之主。李劼人创作无论在质还是量上，被称为中国现代小说的开山之祖都当之无愧。

## 第二节　李劼人五四之前的白话短篇小说

李劼人现代白话小说的成熟并非在朝夕之间完成，而是有一个逐渐成熟的酝酿期。酝酿期可以从 1912 创作《游园会》开始，到 1918 年 5 月创作《强盗真诠》结束。这期间的小说创作有着从传统向现代的起承转合。“起”是指李劼人率先开始现代白话小说的尝试。“承”是指在走向现代的过程中对传统小说叙事的继承延续。“这些小说出现在中国新文学运动酝酿期，即由旧文学向新文学，旧形式向新形式蜕变时期，在形式、语言和结构上都不免存在许多旧的痕迹，例如有的是纯白话，有的

① 钱理群、温儒敏、吴福辉：《中国现代文学三十年》，北京大学出版社 1998 年版，第 38 页。
② 李士文：《李劼人的生平和创作》，四川社会科学院出版社 1986 年版，第 4、5 页。

则是文白夹用。但从思想内容上看，毋庸置疑它们应当属于我国早期新文学作品的范围。”[①] 在这几年间，李劼人白话小说有效地传承故有的文化，并吸收外来文化，形成具有“现代”意味的白话小说雏形。“转”是指在继承延续的同时，受域外小说影响将旧小说转向现代白话小说的过程。“合”是指传统叙事模式与域外小说形式的融合，形成现代白话小说的成熟。

从李劼人早期创作中的“起”与“承”看其现代白话小说的开端酝酿。

在白话运动尚未出现在历史舞台之际，李劼人已经率先开始了现代白话小说的创作。虽然，提倡“言文合一”在晚清便已经开始。但那时的观念与后来“五四”白话运动还是有所不同。最初提倡白话，其中包含有等级秩序观念。白话的写作对象是下层老百姓，是不识字的妇女、劳动者。有知识阶层之间的对话，还是使用被认为“天地间至善至美”的文言。李劼人的小说创作一开始便不为这种理论所束缚。对他而言，白话、文言只是一种语言形式，没有被赋予阶层色彩。他创作的对象上至达官贵人下至市井百姓。李劼人小说创作之所以这样的原因是，他的小说创作一开始便与现代传媒——报纸杂志紧密相依。“现代文学与古典文学的根本区别，在于它拥有报刊。……‘报刊意识’应该成为现代文学史写作的基本意识。报刊的出现，改变了文学的存在形态和生命形态，因而对于现代文学而言，具有发生学和本体论的价值。”[②] 他的创作一开始便被赋予现代色彩。李劼人后来在回忆自己第一篇小说问世时，这样写道：“我又跑到街上挂报纸的地方，看看读报的人多不多，一看，有七八个人，有的样子还很欣赏，这一下就给了我勇气，认为群众批准了。”[③] 现代文学与报纸杂志的关系，犹如传统知识分子与科场考试一样，唇齿相依。写作成为知识分子的生存方式。同时，写作也是知识分子实现干预政治夙愿的手段，甚至成为知识分子改变国家命运的途径。中国政治体制的改变事实也是

---

① 伍加伦、王锦厚：《军阀统治下四川社会缩影图——李劼人短篇小说初探》，《社会科学研究》1982 年第 6 期。

② 杨义、中井政喜、张忠良：《中国现代文学图志》，生活·读书·新知三联书店 2009 年版，第 143 页。

③ 《李劼人选集》第五卷，四川文艺出版社 1986 年版，第 537 页。

知识分子依靠现代传媒酝酿声势，待时机成熟，便乘着东风揭竿而起。李劼人以写作为职业，这赋予他成为现代文人创作的一种途径方式。李劼人的现代白话小说创作是一种自觉的文学追求，而非是为配合某一理论的创作，所以他和后来鲁迅的“遵命文学”有所不同。鲁迅的创造含有为新文化敲锣打鼓壮大声势的意图。在钱玄同的力邀之下，周氏兄弟开始为《新青年》撰稿，进而鲁迅的《狂人日记》问世。[①] 李劼人无论从时间还是地点都决定了他是新文化的弄潮儿。他的“起”是因为他创作的文学作品以报刊的形式流通，为便于所有人都能阅读，扩大读者群，他主要采用白话形式创作。他在有意无意间实现了新文化运动“平民化”的意图。这就是让文学通俗化，让各个阶层的人都能读懂文学。当然，这里的“通俗化”并非指无严肃意义存在的通俗小说，而是指读者群的“去”阶层化。

同为职业撰稿人，李劼人与晚清民初那批黑幕小说、鸳鸯蝴蝶派的撰稿人不同。李劼人的小说创作没有晚清民初骈文小说的浮华空泛，没有辞藻堆砌，更没有刻意的对仗对偶。李劼人的创作是源于生活的思考，是现实主义的创作。他 1912 年创作的白话小说《游园会》，便是以讽刺的笔法描写一群拥戴袁世凯做皇帝的复辟分子。这部小说共一万多字，分期刊载在成都《晨钟报》上面。这部小说的时代背景就是成都的共和党支部为袁世凯称帝拉选票，在成都少城公园（现在名叫人民公园）办游园会。他们为了吸引大众，采用不买门票和免费请吃饭的手段。当时《晨钟报》征文，李劼人将这部有感而发创作的《游园会》寄去，被采用刊载。袁世凯称帝，企图让历史倒退回封建帝制时代。作为川人的李劼人，具有强烈的政治体制改革意识。对于腐朽堕落的封建帝制早已深恶痛绝，他对袁世凯等上演的那场皇帝梦以小说的形式予以嘲讽。

李劼人小说创作没有因为文字形式的通俗易懂使得思想内容也肤浅。相反，他的小说被赋予严肃的社会思考，融入对国民性的反思。李劼人小说的“起”是指他开启中国现代白话小说的先河，也开始了他个人小说创

---

① 参见钱理群《周作人与钱玄同、刘半农——“复古”“欧化”及其他》，《辽宁教育学院学报》（社会科学版）1988 年 12 月。

作的生涯。

李劼人小说的“承”可以从形式与内容两个方面具体剖析。从形式角度切入李劼人小说，可以看到传统“说书人”角色的延续，看到传统章回小说艺术的痕迹，甚至语言的过渡；从内容切入，可以看到晚清民初官场谴责小说的继续。

在诗界流行一种说法，“旧瓶装新酒”，即指诗歌采用传统诗词形式，但内容富有时代性。李劼人在创作初期，也有类似的经历。有时，小说创作在新旧之间犹疑徘徊，便有了小说的“旧瓶装新酒”。李劼人的小说《夹坝》发表于1915年9月《娱闲录》第二卷第三期。这是一篇纯文言的小说。语言形式的采用似乎正合乎作者对中外文化的心境。小说初写英人的骄慢。英人因自己旅行西班牙、埃及、阿拉伯、印度等地，没有遇到不可克服的困难，便以为自己是多么的神勇。他扬言，当遇到弱者时便挥之以皮鞭，当遭遇强者时便以枪击之。对于中国人，他无所畏惧。但是，当真正遇到强盗时，他的表现是如此的懦弱。他被吓得面如死灰，更是将自己的手枪抛掷在数尺之外。当战斗者将自己的武器都丢弃的时候，表明他的斗志已经完全丧失了，英人的胆怯在此时原形毕露。强盗根本没伤其毫毛，但英人已经被自己的胆怯吓得半死。傲慢的英人最后还是被自己的中国随从救起。成都不处于沿海地带，由于工业不是很发达，所以对于中西在科技上的落差体会不深。因为这里文化氛围浓厚，所以对西方物质文明并不顶礼膜拜，更多的是自豪于本民族的文化。这一特征在巴蜀文人身上尤为明显。成都，这座以悠闲著称的城市，它的繁华曾被西方人比作东方的巴黎。沉醉在文化的摇篮，逍遥在闲适的氛围，这是成都人精神生活的写照。留学日本的川籍留学生在日本创办的杂志取名为《四川》，其寓意显而易见。川籍留学生对故乡山水刻骨的思念，对故乡雄伟美丽的山水的自豪，在《四川》中无处不体现，巴蜀文化造诣深厚的李劼人当然更是如此。作者对自己的国家充满自豪，所以小说甚至在描写中国的强盗时都以一种自豪之情描写，乃至于地位卑微的随从在小说结束时都充当了英国人的人生导师。中国随从教导英国人不可盲目自大，目空一切。“嗟骄人之必败兮，知天鉴之不远也！嗟骄人之不令终兮，知天心之不相凶也！”[①]《夹坝》从题材的选用到内容的确立，都表现出川人对故有文化的依恋热爱。但是这份依恋热爱并不形成川人睁眼看世界的障碍，只是为川人在睁眼看世界时提供一份厚重的基石——与西方对话的基石。

文言向白话的过渡，在《盗志》中痕迹较为明显。这部小说在写法上受林琴南《旅行述异》的影响，内容则是李劼人官场生涯的折射。[②] 李劼人早期长篇小说《盗志》，反映民国初年混乱、污浊的社会现实。这部小说从1916年初夏起，分别刊载在成都《群报》上面。但很遗憾的是，由于《群报》现在已经找不到，《盗志》也随之消失了踪影。现在能找到的只有《成都顾之行程》、《官魔》（上）两个短篇。并且只有后篇尚能看得清楚，前篇残缺部分太多。《官魔》第十三回，讲黄及荫如何出卖亲戚朋友以求升官发财。这篇小说语言的叙述总体已经倾向白话，只是在小说人物的对话中夹杂着文言词汇。这一方面有作者尚未完全摆脱文言的原因，还有一个重要因素是小说故事发生的时代背景决定了小说人物之间对话不可能是纯白话。这符合小说人物的身份。如果让一个上古时代的人物以纯正的现代语言讲述，这样的小说创作如果不是出于反讽或其他的目的，便是违背了历史真实。所以，李劼人小说《盗志》的语言呈现文言、白话夹杂的表现形态。例如，黄及荫在决定出卖姚紫卿时，使用的语言便有“焉能”“复有”“安能”“再而”“若就”[③] 等文言味极强的语言词汇。在这文白杂陈的语言表达中，也凸显了当时思想文化界的混乱。当时政局动荡，一会儿维新，一会儿复古。理想价值标准的混乱，造就一批官场中人丧失理想信念，升官发财成为唯一的标准。例如，黄及荫在给课长讲自己的升官夙愿时，展露其无耻面目。只要能有官做，任何无耻之事都可以做得出。例如，“何况我又做了官的，只求我官越升的高，财越发的多。慢说害他一个区区亲戚，算不了事……就害死个把亲老子，只要我能做文章，或者说番理由，自文其过也！敢保众人仍会恭维我，不夸奖我大义灭

① 《李劼人选集》第四卷，四川人民出版社1984年版，第148页。

② 参见《李劼人选集》第五卷，四川文艺出版社1986年版，第538页。

③ 《李劼人选集》第四卷，四川人民出版社1984年版，第151页。

亲，便原谅我家庭革命。”[①] 有时，李劼人语言不仅白话，而且方言味十足，例如“自己下来，好生高兴，暗想将军若见了我这篇言事书，定然拍案叫绝，传见之期，不是今天，定在明日，我倒要大大吹番牛皮了”。[②] 其中“我倒要大大吹番牛皮了”这样的话，是典型的四川方言。“定然拍案叫绝，传见之期，不是今天，定在明日”是典型的文白相间。类似这样的语言表达还很多。五四新文化运动倡议白话文学的动机和晚清民初有着相似之处，深层次皆是政治目的。新文化运动启蒙者期望改造国民性，开启民智，唤醒愚昧中的大众，所以推行大众能接受的白话文学。但新文化运动在回避文言的时候，借用西方词汇造成一定程度的欧化成为另一种形式的贵族文学。让新文学与普通老百姓之间存在隔膜。一个典型的例子便是鲁迅的母亲不喜欢读自己儿子的书籍，反而喜欢张恨水创作的通俗小说。但新文化与老百姓的“隔阂”在李劼人这里消失殆尽。李劼人小说语言雅俗共赏。他在一开始创作时便将自己的读者群定位于大众。他在创作第一篇白话小说《游园会》后，创作热情被鼓舞，是因为看到自己的作品得到老百姓的肯定。五四新文化运动提倡的平民文学在李劼人这里已经预演了无数次。

“承”在形式上表现为章回小说中一些入话、回后诗等元素的残留，以及说书人口吻痕迹的依然存在。中国传统小说往往具有完整的情节，前因后果一一道来。中国古代小说的主要形式是回前诗 + 入话 + 正话故事 + 回后诗。因为传统小说是要被说书人用来在茶馆等公共场合演讲，所以故事的波澜起伏只为能吸引听众。章回小说是传统小说的主要形式。而分章节的章回小说，通常在故事的开头有入话，目的是引起所要讲的正文。入话有点相当于《诗经》常用的艺术手法“兴”，先言他物引起所咏之物。故事结束，通常还有回后诗，这主要用来总结故事的思想意义，因为茶馆里的听众有的文学素养较低，需要总结其主题思想才能使之明白。这种古代白话小说的某些艺术特征在李劼人早期小说创作中还时有出现。例如，《续做人难》的开头便有一段纯正白话的开场白，表明小说创作的来由，结束又是一段半文半白的总结。《强盗真诠》的结尾用一段文白杂陈的语

① 《李劼人选集》第四卷，四川人民出版社 1984 年版，第 152 页。

② 同上书，第 161 页。

言结束。这是传统章回小说在李劼人创作中遗留的痕迹。说书人在中国传统小说中扮演一个重要角色，他连贯着整部小说的始终。因为说书人面对的是听众，所以往往有“话说”“看官”“且听下回分解”等语言，在每章节之间起着承上启下的作用。例如，《做人难》中的开头一句便是“话说内热翁一梦初醒，便扯起喉咙高叫一声：……”[①] 其中的“话说”便是典型的说书人口吻。传统说书人每次在讲故事的开头，为了前后连贯，通常都会使用此类的词语作为衔接。再如，《强盗真诠》里说书人口吻在最后还是有所显露，“以后，团长、司令两方，究竟如何了结，人民究竟怎样过日子，那都是下篇里面的事，如今暂且按下，正是：……”[②] 但是否因为这样便认为李劼人的小说属于旧小说呢？当然不能以此作为判断的依据。一种新型的文化形态出现，不是以断裂的方式呈现，而是在继承基础上的创新。正如，李白诗歌中夸张的想象虽有庄子浪漫色彩的痕迹，但不能说李白诗歌创作即属于先秦文学一样。李劼人小说创作亦然。

“承”的另一方面表现在内容上，便是对晚清民初谴责小说的继承。

晚清时期，小说界流行一种“官场现形记”的小说，以李伯元《官场现形记》、吴趼人《二十年目睹之怪现状》为代表。这种类型的小说之所以流行有如下原因。清政府的腐朽落后，让当时广大老百姓为之失望。揭露官场黑暗的小说在老百姓中颇受欢迎。加之租界的存在，一些文人抨击官府遭遇迫害时有地方可逃，使得文人在揭露官场时少了许多的顾虑，在讽刺中甚至带着幽默的色彩。还有，稿费制度的兴起，文人写作的经济效益显著提高，使得许多文人专注于写作，不再留恋官场。这股潮流的影响延续到民初。李劼人早期白话小说创作中便有此遗风的存在，例如《盗志》、《做人难》、《续做人难》。李劼人小说善于以幽默的手法刻画为官者两面三刀的无耻面目，在一群寡廉鲜耻的跳梁小丑中展开一幅乱世画卷。

《盗志》中黄及荫的同学兼亲戚姚紫卿是一名反对袁世凯称帝的革命人士。姚紫卿劝说黄及荫反袁，黄及荫表面答应，暗地里上报官府将姚紫

---

① 《李劼人选集》第四卷，四川人民出版社 1984 年版，第 159 页。

② 同上书，第 228 页。

卿捉拿归案。但黄及荫又担心日后时局变故，为给自己留一条后路，在姚紫卿面前没有露出真实面目。在姚紫卿面前惺惺作态，赢得姚紫卿的信任。这一方面反映了为官者趋利而向，另一方面也反映了革命者的幼稚，说明革命成功的果实极易被黄及荫之类的小人掠夺。《做人难》中的主人公内热翁是“官场现形记”小说的典型代表。他为拉帮结派可以随时变换户籍，时刻准备好转变方向投靠得势的一方。

李劼人在创作时，或许没有考虑到新文学的建设理论，但新文化的建设在他的文学创作中慢慢体现，犹如黎明的到来在黑暗的天空渐渐抹上亮色几许。“现代”白话小说在他一部部的小说创作中正悄然慢慢走来。巴蜀文化孕育出的文人大多是性情中人，创作源自心灵的感悟，较少提升到智性的理论层面。李劼人便是这样，他没有鲜明的理论主张，只是身体力行地默默耕耘。

从李劼人小说的“转”“合”看其现代白话小说的逐渐成熟。

传统小说的叙事艺术与西方小说艺术，被李劼人转变为一种新的文体形式。不同文化体系的叙事方法合二为一，李劼人创造出中国现代白话小说的雏形。判断一部白话小说是否属于“现代”白话小说，应从形式与内容两方面入手。

西方文化对李劼人的影响主要通过晚清民初的域外小说完成。域外小说的盛行甚至在一段时间内远远大于本土作家的创作。“据粗略统计，1906—1908 年这三年为晚清翻译小说出版的高峰，分别为 105 种、135 种和 94 种，大致都等于创作小说的两倍。”① 域外小说的影响一直延续，直到五四作家诞生前夕依然畅行不衰。“从 1896 年《时务报》开始译介域外小说，到 1916 年五四作家崛起前夕，新小说家大约翻译出版了 800 种外国小说（包括单行本和虽未单独刊行但在杂志上刊完的长篇小说）。”② 这期间的域外小说大概分为这几类，即侦探小说、历史传奇、科学小说、军事小说。因为中国读者长期浸染于章回小说，审美倾向于有情节的故事，这几种类型小说之所以盛行在于其具有较为明显的故事情节，与中国读者具

① 陈平原：《小说史：理论与实践》，河北人民出版社 1997 年版，第 615 页。

② 同上书，第 628 页。

有某种程度的契合。虽然翻译时，译作与原著不会完全一样，中国传统小说叙事手法会不自觉地被套用。尽管如此，这些域外小说对传统小说的冲击力还是不可避免。西方现代小说的某些典型特征，例如，细节的凸显，情节的削弱、场景描写的增多、横截面的描写等渐渐为中国作家、读者熟知。域外小说盛行带来的影响，使中国传统小说中说书人角色在不自觉中被弱化，全知叙事模式淡化。从头至尾、环环相扣的叙事模式开始被倒叙、插叙、补叙等形式代替。李劼人在结构、叙事上都受到西方文化的影响，在很大程度上已经将传统章回小说的叙事特点与西方小说重细节、轻情节相统一融合。

李劼人小说叙事模式受域外小说影响，将传统小说艺术与西方小说艺术在“转”“合”之间完成现代白话小说，其典型著作便是中篇小说《儿时影》。《儿时影》是一部中篇小说，由五个短篇构成。这部小说最初于1915年刊载在《娱闲录》2卷第1—3期。

小说以学生的视角观察私塾老师，绘声绘色地活现出民国初年间私塾生活对小孩的折磨，鞭挞了旧教育制度的腐朽落后。批判传统教育理念——读书只为做官。这部小说在思想与形式上都兼备现代小说的审美要求。

其一，小说在叙事描物时，使用生动的细节描写。小说通过人物外貌、动作、内心活动展现人物性格；利用细腻的描写手法描绘环境，展现人物的精神风貌。细节描写的采用，使旧小说简练的写意手法变为西方油画的浓墨重彩。

这部小说开头便描写“我”起床的整个过程，心理描写与细节的凸显同时并用。写“我”起床，用了“睁眼”“合上”“举眼……看”、“哼”“勉强坐起”“握着小拳”“揉了几揉”“又打两了个呵欠”“抓起来披起”这些连贯的动作，[①] 准确写出一个小孩在睡意蒙胧中被逼着起早上学的系列动作。“我”在起床时的心情，也是一个动态的过程。先是“我”觉得时间尚早，企图再睡一会儿。但恐上学迟到造成的心理压力又使我惊醒。我知道自己不可能再睡了，无奈之下只得起床。但“我”希望黑暗永远笼

① 《李劼人选集》第四卷，四川人民出版社1984年版，第93页。

罩这个世界，让“我”能美美地睡一次；或者学堂的老师全部一起死掉，让小孩不用再天不见亮就得上学。作者对私塾教育制度没有一句说教，但在这段描写中，小孩睡眠的不足（身体健康受到伤害）、对上学的厌倦（旧式教育的不得人心）心态跃然纸上。小说创作的意图在这些细节描写中润物细无声地得以展露。李劼人的肖像描写好似工笔绘画，纤毫毕现，人物犹在眼前。小说刻画了蛮子老师——这位让人难以尊敬的私塾老师。蛮子老师的邋遢肮脏在小说中成为一抹独到的风景。他的外貌既没有书生的儒雅，也没有长者的慈祥，更没有为师者的尊严，有的只是委琐。“只是老师人本瘦小，弯腰驼背……至于脸上，更是一张粗黑油皮，包了几块凸凹不平的颃骨，再架上一副大眼镜，早把一张不到三寸的瘦脸，遮了大半；头上发辫，乱蓬蓬堆起半尺多高，又黄又燥，恰如土王殿上泥塑小鬼的头发一般。”[①] 寥寥数语，便将蛮子老师刻画得入木三分。蛮子老师不仅外貌委琐，行为更让人难以忍受。例如，当“我”在老师面前背书时，“……一面跟着老师声音念去，一面偷眼去看老师，见老师正伸手在衣领上捉住了一个大肥虱子，递到鼻尖上去赏玩。我不觉一阵恶心，口里便顿住了。”[②] 这样的细节描写，在小说中随处可见，让读者如睹其面。老师成年累月坐的坐椅，布满尘埃，小说也以此写出蛮子老师思想如尘埃一样陈旧。学生在老师的影响下，也是任灰尘布满教室。布满灰尘的桌子甚至成为可以随意描摹的画布。蛮子老师在收受学费时贪婪的举动，尽失教师风范，让下人都看不起。蛮子老师生怕学费不能得，以猛烈的动作抢似的拿走，然后公然在课堂上仔细清点数目。李劼人让蛮子老师丑态百出，活画出一幅潦倒文人失节后让人作呕的画面。小说在细节处突出蛮子老师的性格特征，批判旧式教育对人才的淹没，刻画世纪末潦倒文人的贪婪丑态。私塾老师与学生之间没有教学相长的互动，没有和谐融洽的关系。两者是水火不容的对立面。对此小说多处有详细的心理描写。老师在学生眼中成为比魔鬼还可怕的人物。当学生犯错时，蛮子老师的狂笑对于“我”来说恐怖异常：“……两耳根哄的一响，脑袋上好似顶了一炉火的光景，身上

---

① 《李劼人选集》第四卷，四川人民出版社 1984 年版，第 97 页。

② 同上。

鸡皮皱起得寒毛子根根倒竖，神志昏昏。”①

其二，这部小说新颖的结构形式突破了传统章回体小说，采用了倒叙、插叙、补叙，以及第一人称等现代小说元素。

因为中国文化历来重群体、轻个体，而西方文化重个体、轻群体。西方小说中的男主人公为爱人抛弃一切，或者为爱人而决斗，都会被赋予英雄的色彩，如风靡一时的骑士文学。在中国，这样的人物只能被指责为注重儿女私情。所谓大丈夫往往不屑于风花雪月的爱情故事。中西两种文化的差异，导致中国传统小说通常采用全知全能的第三人叙述，较少采用第一人称。在西方文化传入中国、域外小说盛行于中国之后，中国文人才开始尝试使用第一人称的叙事模式。但五四之后，这种小说模式才开始被广泛采用。在 1915 年，李劼人采用第一人称写《儿时影》是大胆的尝试，也是一个突破，开创了“现代”白话小说的先河。这篇小说虽然受《块肉余生述》启发而成，但完全没有欧化的弊端，而是将中西艺术创造性的融合而成的一部现代白话小说。这篇小说首先使用细节描写突出私塾老师如何蛮不讲理。然后，小说采用倒叙的方法，写“我”如何发蒙进入私塾读书，之前那位心平气和的私塾老师怎样换为那位让学生恐怖的蛮子老师。接着，小说补叙蛮子老师初来之时与学生的交锋，学生是怎样狼狈败下阵来，老师如何借此大发威风，将学生打得“满堂红”。《儿时影》采用这种一波三折的叙事模式，让读者随着作者的叙述在时间河流中一会儿逆水行舟，一会儿随流而下，一会儿游进旁边的支流去追根溯源，带给读者全新的阅读感受。小说用纯正的白话文，写出了发人深思的写实小说，让人思考中国教育明天的走向，这样的小说难道不是一篇纯正的“现代”白话小说吗?“在一系列‘对话’的过程中，外来小说形式的积极移植与传统文学形式的创造性转化，共同促成了中国小说叙事模式的转变：现代中国小说采用连贯叙述、倒叙、补述、交错叙述等多种叙事时间；全知叙事、限制叙事（第一人称、第三人称）、纯客观叙事等多种叙事角度；以情节为中心、以性格为中心、以背景为中心等多种叙事结构。”②

---

① 《李劼人选集》第四卷，四川人民出版社 1984 年版，第 118 页。

② 陈平原：《中国小说叙事模式的转变》，上海人民出版社 1988 年版，第 4、5 页。

传统小说通常是故事情节大于人物形象。李劼人小说突破了纯粹讲故事的方法，“性格”大于“情节”。小说没有扣人心弦的情节，没有章回小说惯用的悬念法：“欲知后事如何，且听下回分解。”《儿时影》通过一个个别开生面的场面描写，突出了人物性格特征。私塾不是圣洁的象牙塔，而是人仰马翻的战斗场。战争的双方是蛮子老师、学生。双方斗智斗勇，企图将对方掀倒。李劼人在场景描写中融入幽默的笔调，让读者在感慨私塾教育之摧残学生身心健康的同时，又忍俊不禁。蛮子老师教学方法不得当，使得学生死记硬背痛苦不堪。同学们在一位姓戚的同学带领下，在老师面前背书时，集体商量偷看。小说描写一位平日素有李逵之称的同学，在蛮子老师面前作伪时也被吓得色变心惊，好似诸葛孔明借东风。当事情败露，集体受罚，蛮子老师让全堂的学生都变成土地菩萨，跪倒在地，并且将跪的方式分为梅花落地、独木桥、走马川三种。所谓“梅花落地”便是让学生跪在坚硬锋利的炭渣上面。炭渣如利钉一样透过人皮抵到膝盖骨，疼痛难忍。“独木桥”便是跪在一根酒杯粗的连皮青钢木棍上。“走马川”是跪在平地上。整间私塾变成刑讯逼供的牢狱。但就这一个场景描写，蛮子老师的蛮狠凶残与学生的可怜、无助便清晰明了地描绘出来。在如此教育体制之下，学生的学习乐趣荡然无存，更谈不上学业进步。以至于“我”觉得让蛮子老师教授知识还不如让算命先生每天教“我”一个字学得多，钱也没浪费。在蛮子老师粗暴的教育方法下，胆大的学生也会变成缩头乌龟，更不用说胆小的学生——只能终日以泪洗面在私塾中度过凄惨的童年。《儿时影》中，另一典型人物便是哭生。蛮子老师没有为人师表、传道授业的精神。他对学生的态度，由收到学生家长礼物的多寡决定。“我”因为母亲常送老师点心之类的礼物，老师对我总是棒下留情。哭生因为母亲去世，父亲无暇顾及他的学业，送老师的礼物自然化为泡影。蛮子老师对哭生的棒打便也不遗余力。小说通过对哭生的描写展示了旧式教育对孩子身心的摧残。哭生本是一个如年画中俊美的小男孩，有母亲的爱护，好似一个蜜糖中的人物。但自母亲去世，又遇上蛮子老师，日子便由天堂坠入地狱。蛮子老师对学生没有基本的尊重，对家长不送礼物的学生随意打骂。哭生在蛮子老师的淫威之下，整日以泪洗面，便得了

“哭生”这个绰号。小说描写了哭生的“三笑”，衬出他在私塾中的痛苦生活。在哭生眼里，私塾就是一个苦海。他宁可讨口饭，也不愿进学堂。小说通过哭生的控诉写出私塾对少年儿童身心的摧残折磨。

李劼人在此篇小说中对白话的运用已经非常娴熟，通篇完全找不到文言的深奥苦涩。《儿时影》与鲁迅的《从百草园到三味书屋》具有相同的主题，反映私塾生活。但不同之处在于，《儿时影》描写私塾生活更具备现代小说要素，《从百草园到三味书屋》准确定位应是一篇散文。李劼人对传统小说艺术与西方小说艺术的“转”“合”在这篇小说中达到高度完美的统一。形式与内容的现代，使得这部小说没有被选入《中国新文学大系》是中国现代文学史上的一个缺失。因为它形式新颖、内容深刻，完完全全具备一部现代新小说的要素。《中国新文学大系》选入的是李劼人的《编辑室的风波》。“……茅盾把这篇小说收入《中国新文学大系·小说一集》，大概因为它是发表在文学研究会刊物《文学周报》上的作品，其实它并不能代表作家前期创作的最好水平。他的最好水平存在于《好人家》、《棒的故事》和《对门》等作品之中，这些作品的落选，从一定的角度说明了李劼人作为白话小说早行者的文学影响，是曾经受过相当程度的地域限制的。”① 现代白话小说在建设初期，主要反对以“礼拜六”为代表的那种游戏、消遣的小说观，也反对黑幕小说旨在揭露隐私的褊狭审美趣味，提倡写实小说，旨在写实的基础上达到思想的深刻性。因而，现代小说的一个重要特征是思想的现实性、深刻性。《儿时影》在多个场景描写中展示私塾教育的失败，揭露学生身心的煎熬，具有一定的思想高度：警醒世人关注求学儿童身心健康，并思考教育改革。《儿时影》从思想、'形式上已经完全属于现代小说的，很可惜的是，被李劼人认为较《儿时影》还要好的《游园会》已经难以觅到其踪影。② 这两篇小说分别问世于 1912 年、1915 年，这时段中国现代白话小说都还处于酝酿时期。那时中国“现代白话小说”的概念还没有出现，因而正试验着现代白话小说的李劼人因为时间的超越被人忽略。

---

① 杨义：《中国现代小说史》（中），人民出版社 1998 年版，第 440—441 页。

② 参见《李劼人选集》第五卷，四川文艺出版社 1986 年版，第 537、538 页。

## 第三节　李劼人五四时期的小说创作

李劼人1919年留学法国。在法国期间，他的翻译成果大于创作，仅在1923年创作过一部中篇小说《同情》。这部中篇小说在1924年才由中华书局出版，与国内的读者见面。而此时，中国现代白话小说恰如雨后春笋般迅速发展。李劼人的《同情》传到国内，并没有引起广泛的关注。因为此时国内现代白话小说已经以一种成熟的姿态通行于文坛。鲁迅的《狂人日记》已经得到大家的承认。至于到底谁是中国第一篇现代白话小说的创作人已成定论。李劼人早期现代白话小说创作被历史的浪潮掩埋。此时段文坛探讨的是社会、人生等问题。"反封建""张扬的个性"已经成为文坛的热门话题。其他各种话题的探讨也竞相展开，中国现代文坛如一个百花争艳的大花园。对于爱情的探讨，比如罗家伦《是爱情还是苦痛?》；爱与美的歌颂，如冰心《超人》；人性深层的揭示，如郁达夫《春风沉醉的晚上》；女性文学的兴起，如庐隐《海滨故人》……充满人性光辉的《同情》犹如一叶小舟淹没在汪洋大海里转瞬即逝，没有掀起惊涛骇浪。

在一个以反封建为主题的时代，"个性"的张扬是主流。激活人类被压抑的基因，是"五四"文学的任务。在这热闹纷繁的时代，"人"成为神圣的主体。许多文学创作围绕如何赋予"人"主体意识而绽开。在此背景之下，"人"的欲望渴求都应当得到满足，反思人性深处的劣根性似乎有点不合时宜。归国后的李劼人，他的创作好似就这样有点不合时宜。当人们都在为新文化运动欢欣鼓舞之际，他却挖掘穿着新文化外衣的守旧的灵魂。人们用"爱""美"写人性光辉时，他却写出"好人家"的自私、停滞。人们在歌颂革命英雄时，他却写出军队蛮横、无耻的强盗行径。人们在追求神圣的自由恋爱之际，他却揭开自由恋爱的神圣面纱，写出其中的血与泪。在这一系列看似不合时宜的主题之下，是李劼人对"人"深深的思考。因为追求"人"的独立主体性，才更反思人性；发现人性的丑陋，才能见出人性的"真""善""美"。但是在李劼人1923年到1927年间的小说创作中，我们难以看到光明的画卷，不能嗅到淡雅的芬芳，看到的是浑浊的乱世图，嗅到的是扑鼻而来的血腥味，甚至散发出一股生霉的恶臭。李劼人小说中没有二元对立的反封建斗争，有的只是代代延续的死水一潭；没有天长地久的爱情神话，只有情感的背叛、人性的挣扎。这是对“国民性”的批判，是更高层次的“人”的追求。对于鲁迅小说，在早期的解读中，“反封建”是一个鲜明的主题；只是到了后期，“国民性”的批判才成为鲁迅研究的一个重点。李劼人文学作品中没有鲜明的“反封建”包装，因而被时代搁置。但小说对人性的反思——直接深入人们灵魂的深处，挖掘出潜藏的“丑”来，却在多年以后依然闪耀着光芒。

## 一

五四新文化运动的一个重要主题便是“女性解放”。女性解放思潮从晚清民初便开始宣扬。晚清有两部弹词。一部是挽澜词人的《法国女英雄弹词》，于1904年由小说林出版。作者做这部弹词的目的是“使‘烧香吃素念观音’的中国女性觉悟，来同赴‘国难’的”。另外一部是钱心青的《二十世纪女界文明灯弹词》，1910年由明明学社出版。这部弹词的目的是“专为改良女子社会起见，凭着法鼓海螺，发人猛省，或者可挽回大局，扭转乾坤”。这部小说涉及女性解放的很多方面，“如提倡天足、创办女校、反对童养媳制度、反对迷信等。”[①] 但是直到“五四”时期，在时代风潮的挟裹之下，女性解放才成为一道亮丽的风景线，引起广泛的关注。女性解放的话题如此风起云涌，似乎女性已经与男性成为两棵独立并行的树，平等地立在广袤的土地上。但事实是当时“女性解放”的终极目标是如此的现实或者说狭隘——与自己喜爱的男子结婚。在当时，人们将这样的终极目标不知书写演绎了多少个浪漫的爱情故事。在人们勇往直前奔向那个终极目标时，只有少量的人，如鲁迅，他深刻洞悉到背后可能发生的悲剧。他在《伤逝》里将爱情喜剧后的悲剧以犀利的笔锋毫不留情地揭示出来。鲁迅指出，出走后的娜拉不是堕落便是回归，因为没有物质基础，生存便是首要的危机。当生存成为危机之时，所有的理想便是纸上谈兵。

① 阿英编：《晚清小说史》，作家出版社1958年版，第104页。

李劼人的小说创作中，既有受过新式教育的女学生，也有无知识文化的下层女性。在这些女性身上，晚清至五四提倡的女性解放在她们身上好似风过无痕，没有留下痕迹。李劼人笔下的女性爱慕虚荣，爱情只是穿衣吃饭的发票。即使在“品学兼优”的女生眼里，爱情也不是人生理想蓝图的组成部分，夫贵妻荣才是最佳的“理想”境界。李劼人的这些创作是对新文化运动的一个反思——在这片沉寂上千年的土地上，根深蒂固的传统思想并非朝夕之间可以完成。新文化开展得轰轰烈烈，启蒙对象依然生活在上一个世纪，生活似一潭不流动的死水。

以小说《大防》为例看李劼人对新文化运动的反思。这篇小说写男女之间交往的戒律。故事发生时间是1924年，离新文化运动展开之际已经是五年了。但成都由于交通的不便，以及一帮遗老遗少还有军阀的独裁，使得新潮流在成都犹如波浪击打在不毁的万里长城上，纵然激起千堆雪，也是瞬间的灿烂归于宁静。当时四川的最高长官——军长是一位大讲新文化的人物。他倡议学习西洋文化，生活习惯也以西方人为标准，例如早操、午睡。他自己包括身边的人全部穿西服。如果不穿西服者，便是腐败分子，受到众人的唾弃。这样大张旗鼓的宣传真的使新文化在成都实现了吗？答案当然是否定的。小说讲了他如何迎娶第八位太太，如何为民（一位女子）办事，借以讽刺这位“西化”的军长。成都唯一的一所女子中学学生快毕业时，那位外表新潮、内核守旧的军长到校演讲。这位提倡新文化，提倡男女平等的军长，家里已经有七位太太。在听女生代表发言之际，心里盘算的是这位女生的学问与自己刚好相配，而且也强过家里的那七位太太。于是，所谓的演讲，便成为一场相亲会。川内几位无拳无勇的新文化先锋，最初还以为这位受过20世纪“人”教育的女生，会有惊天动地的反抗。但事实恰恰相反，这位经受过新式教育洗礼的女生，没有效法娜拉出走，而是很“荣耀”地嫁与这位军长做了第八位太太。她的荣耀是“一人得道，鸡犬升天”。她父亲多年的心愿得以满足，郁郁寡欢的境遇一下得以彻底的改变。她父亲不仅成为军长的外老太爷，而且同时担任了两个县的征收局局长，兼任三个护商事务所所长。新文化、新式教育全让位于“享受”“虚荣”。军长的八位太太还会一起歌颂她们那位讲新文化的丈夫。新派人物以为的悲剧演变成为热闹的“喜剧”。这喜剧背后是真正的悲剧——新文化的失败。这位军长受第八位太太之托，为她的同学淑贞解决问题。军长在聆听之际，关注的不是事件本身。他看到的是淑贞如何更羞涩、妩媚。促使他帮助淑贞解决问题的动机不是伸张正义，而是担心权力被陈司令夺走，以及期待淑贞的回报——以身报恩的回报。他期望淑贞能帮他多传一些优秀的种子，能为他管理家政、辅佐事业。所以当他解决问题之后听说淑贞一家已经逃得杳无踪影时勃然大怒。小说在这里将这位军长的新文化外衣撕裂之后，展现了其欲望的无限膨胀、封建思想的盘踞。妻妾成群、香火继承的陈腐观念依然大行其道。那位侃侃而谈，很有思想见解的新女性——淑贞呢？她“鄙视”那位做了八姨太的同学，到处宣传那位同学的没人格。但背地里淑贞痛哭过好几次。为什么？原来她的痛苦是没能做成那位军长的八姨太，反而让那位各方面不如自己的同学做了。淑贞怂恿父亲冒充团长的目的，是为了以后能做督办或会办的正名太太。这样的动机是为了挽回没能做成八姨太的面子。对女性而言，接受新式教育成为待嫁的资本，没能动摇传统思想的根基。新文化运动最反对的便是纳妾的陋习。纳妾是对爱情的不忠，是将女性物化的一种手段。但是，女性自身呢，反为不能成为达官显贵的妾而伤心、懊悔。《大防》讲的是文化女青年，那没文化的女性呢？《对门》讲述的是一个年轻、漂亮的寡妇石太太，她羡慕对门的三姨太是如何得宠、如何风光。石太太认为能享受这样的荣耀即使死也值得，做小老婆那算得了什么付出。石太太限于已故丈夫家族的关系，既为自己不能做姨太太而懊恼，也为不能将女儿给他人做姨太太而埋怨。即使三姨太受冷落，被贬入冷宫，石太太依然认为值得，因为三姨太不仅每月有八十元钱，还享受着老妈子的伺候。石太太依然认为如能像三姨太这样也值得。直到三姨太因为争宠，最后落到悲惨死去的时候，石太太才渐渐放弃那“值得”的念头。这篇小说揭示了女性解放不是几番狂风巨浪就能达到的，真正的女性解放任重而道远。

成都也有自由恋爱的故事，但这样的故事是以血泪写成，例如《棒的故事》。这是一篇立意丰富的小说，可以从多个角度阐释。中国素来便有尊老的习俗。儒家以孝治家的理念更是深入人心。中国的年轻人在长辈面前没有发言权，唯老人马首是瞻。新文化改变了许多盘踞在人们心底的习俗。自由恋爱是“五四”最响亮的口号。小说中何家少爷何九如便是这样一位新潮人物。他不畏惧母亲的施压，一意要娶城里姑娘做老婆。在与母亲几番较量后，他终于抱得美人归，娶回心仪已久的梁家姑娘。梁家姑娘能够变成何家媳妇，起决定因素的还是金钱的力量。梁家打听到何家殷实的产业之后才同意定亲。何九如悄悄送三百元给梁家，并许诺承担一部分的酒席钱。这里婚姻的基础是貌美的容颜与雄厚的物质财富，没有海誓山盟的缠绵，没有殷切的期待盼望。在整个定亲、娶亲的过程中，那个最重要的人物——姑娘退到幕后。何九如一见倾心的故事似乎是《诗经》中“窈窕淑女，君子好逑”的翻版。只不过原来的“钟鼓乐之、琴瑟友之”演变为现代的真金白银。当美丽的姑娘娶回家，何九如着实心疼不已，倾其所能地讨好新娘。此时的何家媳妇是一朵娇艳的花——红艳的色彩、水润的滋养。幸福的光阴总是短暂的。何九如很快就要到外地念书，抛下何少娘一人。何少娘央求他带着自己一起走，但是何九如担心母亲生气不给钱使，所以不同意新婚妻子的苦求。这一走就是四年。每年暑假他原本可以回家与妻子团聚，但贪玩的他总是有理由不回家。他在外面游山玩水，还荒唐得差点染上梅毒。妻子在家的苦恼全被抛之于脑后。何少娘在苦苦等待之后，渐渐忘记了丈夫曾经说过的话。因为她所处的环境恶劣，将全部的精力都用在对付婆婆故意设置的种种障碍上。在何九如走后的第三年里，何少娘因为梁家亲人去世，进城料理丧事，与药材行的小老板好上。她以前的满面愁容一扫而光，整个人变得光彩照人。爱情对于一个男子而言，可能只是人生中的一部分，但对于女性而言，几乎就是全部。爱情可以让一个枯萎的女人重新焕发神采，可以让一个女人变得无所畏惧。但是，当女人被爱情滋养得焕发生命的光彩时，她的危机已经来临。何少娘突然的变化，引起她婆婆的怀疑。在她探听得一些没有确实证据的谣言之后，令人将媳妇活活打死。“她周身的鲜血涂满了厨房、后院、前院的土地；崭新入时的衣裤全拉得粉碎，岂但头面稀烂已不像个人形，就是从大腿一直到颈项也没有巴掌大一块未破裂的肌肤；或者，还有点呼吸，谁敢去探试?"[①] 何少娘，一个鲜活的生命，就这样人间蒸发。她的丈夫在离家之后第四年才首次回家。他回来之时，已是“昔人已乘黄鹤去，此地空余黄鹤楼”。《伤逝》中的爱情因为没有物质的附丽而消亡。这里的爱情是因为什么而消亡呢?

二

鲁迅小说因为《狂人日记》被贴上反封建的标签而成为时代潮流的一面旗帜。他开启的乡土文学在最开始被理解为是蛰居都市的乡村作家所做的思乡梦。在民族危难的年代，思乡的个人色彩较为浓厚，所以在当时很快便被以阶级斗争为主题的小说潮流淹没。这就不难想象，李劼人在1919年之后的小说被时代埋没。这不仅仅因为李劼人自身所处平台（巴蜀）较低，主要是他“批判国民性”为主题的小说在当时不是时代的主潮流。在当下重新解读他的作品，会发现他的创作并非“区域文学”所能全部涵盖，对人性的解剖，使得他的创作具有普遍的价值意义。

在中国大地汹涌澎湃展开的新文化运动，在这片古老土地上激起的浪涛，是冲破千年的顽石？还是化作千堆雪消散而去？新文化运动的开展对中国具有不可置疑的改变，但是芸芸众生并非都能立时转而变为时代新人。这其中还有许多人抱着陈旧观念不放，生活在不变的时钟里，李劼人早期小说中也展示了这一方停滞的世界，展示了循循相因、欺、瞒、骗的国民劣根性。李劼人此阶段小说对国民性的批判，不仅体现在新文化与女性解放上，还体现在普通老百姓那种亘古不变的生存哲学，伦理道德的扭曲变异。李劼人小说创作描写辛亥革命后四川各行业各阶层人们的心理行为。在辛亥革命之后，政治局势发生着千百年以来没有过的巨大变化。但政治对普通老百姓而言，是天外的世界。一些投机主义者在动荡政局中专营谋取私利，不善专营者则秉承老祖宗“天不变、道亦不变”的祖训。

李劼人借《好人家》批判那种循循相因，代代吃鸦片的一族人。正是这种人的存在让启蒙者血洒大地，让反动统治得以维持。《好人家》叙述

① 《李劼人选集》第四卷，四川人民出版社1984年版，第316页。

四川新都县赵幺粮户家“窝里斗”的故事。赵幺粮户因为是后妈的亲生儿子，在分财产时多分了一些，引得老二不满，要求重新分配。兄弟之间为争夺财产争吵打闹，最后闹到衙门。赵幺粮户为争一口气，宁可将钱花在县太爷、讼师那里，也一定要打赢这场官司。直到哥哥们有的死去，有的中风，才在亲戚的劝说之下和解。但此时的赵幺粮户已经不愿再与伤了感情的兄弟们住在一起，于是迁徙到成都定居。赵幺粮户虽然为争夺财产可以坚持到底，但是在自己娶老婆的事情上还得受制于儿女。他在无奈何中娶了又粗又笨的丫鬟春梅。但已经体会过风流寡妇味道的他实在不能接受不解风情的春梅，于是逛窑子便成了他的一个新爱好。但这个新爱好不仅使他遭受牢狱之灾，还遭受了性病的袭击。信奉中医的他，坚决抵制请西医治疗性病。他最后以牺牲了一条腿成为跛子收场。赵幺粮户这样的结局，使得他从此断了对女人的想法，开始专心在家里抽鸦片度日。赵幺粮户成为城市大隐者的第一步便是将读书的儿子叫回家，中止学业。因为他认为既然读书不能像以前那样求取功名，就失去了意义。他两个儿子精儿、灵儿，都不是读书的材料，但抽鸦片却一学就会。精儿因为会拉关系，会算账，所以掌管家里一切事情。灵儿是说话就脸红脖子粗的人，上不了台面，唯一能做的事情也只有抽鸦片。赵幺粮户家里有几多——鸦片多（可以吃好几代人）、灰尘多、田多、银子多。他家里书少，所有的书堆积起来也没有账本高。从民国元年开始，报纸就没再进过他家门。因而，赵幺粮户家的生活情形就像永不变形的闹钟。他家里唯一的话题就是赵幺粮户重复的叙旧。内容不外乎是“他家蓄了一头乌云盖雪的好猫儿，被门前一个穷人偷了，他那还未出阁的姑奶奶，一连几夜梦见猫儿来告状的事也不止谈了百多回。然而这是他家二十四小时过于安静，过于单调生活内的黄金时刻，也是全家人枯燥的感情得以交流的时刻，所以老头子的话，只管重复了又重复，而在众人耳里，终比光听耗子叫要好得多，到底是人在说话啊！”① 在这样沉寂如水、千年不变的生活里，赵幺粮户家也有了与以前不同的变动，就是多了一支烟枪。

① 《李劼人选集》第四卷，四川人民出版社 1984 年版，第 243 页。

小说虽然描写四川的赵幺粮户，但其思想的沉积落后颇具典型性，代表了古老中国的现状。就如鲁迅在小说《风波》里描写的一样，辛亥革命之后，政治时局的变化没有从根本上促进广大老百姓思想的革新，只是形式——辫子长短的变化而已。李劼人没有正面描写思想启蒙运动开展的轰轰烈烈，只是从赵幺粮户这样的反面教材着手，写出思想启蒙运动的势在必行。中国文坛发出类似这样的声音在小说创作领域之外的也有，例如，郭沫若的《西湖纪游》、《上海印象》，闻一多的《死水》。李劼人小说对“国民性”的批判，通过各种形式途径表现。《好人家》以讽刺意味定义赵幺粮户代表的“好人家”成为社会进步的绊脚石。然而，正是这充斥着“鸦片”“性病”“小姨娘”“高利贷”的人家，却是社会的“柱石”。正因为有这样的人家，中国才会永远停留在18世纪，广大的民众才会生活在水深火热之中，企图改变落后中国的革命先驱才会横尸原野。这样的“国民性”是社会进步的绊脚石。

牵制中国向前发展的绊脚石不仅在于古老土地上人民的因循守旧，还有冷漠自私。小我的膨胀遮挡了眼睛的远视，看不到社会前进的方向。沉迷于小小的自我天地里，以为“我”的世界就是整个宇宙时空。

《市民的自卫》描述了张家公馆的故事。张家公馆在所住的街道中是极有身份的一家。张家老爷曾做过涪陵县知事、开县征收局长，长子在某师部当秘书，加之家里有钱，所以与街坊邻居比较起来自然是较有威望。每逢街道有什么事情，都是张家指挥着舆论的导向。就是这样德高望重的人家，在大事小事上体现出的却是极度的自私自利，对他人表现出极端的冷漠。

街坊们商量共同筹钱将街沟挖深一点，这样每户人家的房子也不至于会进水。但是财大气粗的张老爷偏偏不筹这一份子。原因便是他家的房子地基比别人家高三尺多，水怎么也不会淹到他屋子里面去。张老爷不怕别人议论，公然宣称自己就是不顾公益。张老爷的管家，也是他的堂侄张小舟，知道张老爷的脾气，在张老爷还没指示之前便已经将张家应该筹的钱分摊给其他街坊邻居了。因为滥兵滋事扰民，所以街坊决定办街团。管家张小舟照例拒绝出钱。但这次张老爷却决定出钱，原因是因为出了钱便可以闭门不管，对自家有益。张老爷两次摊钱筹份子的不同态度，都是基于怎样对自己才最有利，能以最少的钱获取最大的利益。张老爷在得知滥兵会抢人行凶，怕自家财产遭受损失，让堂侄张小舟整日整夜替自己看家，全然不顾张小舟的家庭安危。张小舟虽然知道自家地处危险地带，正是滥兵经常出没之地，家里又只有老人小孩和一个毫无抵抗力的妻子，但因为要在张老爷处讨饭钱，也只能扔下全家不管。如果说张老爷的自私冷漠代表的是个体行为，那市民的自卫代表的则是群体的自私自利、自欺欺人。当官府不能确保市民的安危时，市民自发组织的自卫却是现实版的“掩耳盗铃”。深夜时分，在财神庙前守夜的人中，老人小孩占据大多数，这是一群几乎没有战斗能力的部队。当哔哔剥剥的木棒声响起，木棒声中还夹杂有喊捉贼的声音时，守夜的部队一下子逃得烟消云散。自卫公约却没有实效，家家户户大门紧闭。没有一个人从公馆里走出来捉贼，大家关起大门在家里胡乱敲打家具等给自己壮胆。张老爷家守门的顾老汉回到张公馆，怎么推也推不进去。张老爷将大门紧闭，全然不顾还有一个七十多岁的老人在外面是否会遭受滥兵的行凶。整条街的大门都如同张家大门一样。人们宁可在家里对着桌椅板凳耗尽力气地敲打，挣破喉咙地叫喊，也不愿与劫匪正面一战。市民的自卫就是这样的自欺欺人。家家自保，以为大门紧闭就能保全自己身家性命与全部的家业。愚昧的自私一览无遗。在国难当头之日，滥兵全无保家卫国的意识，只知横行于普通老百姓处抢得一衣半食。若干像张老爷这样的老百姓又是那样的自私冷漠，以为将自己顾好，便天下太平。殊不知，倾巢之下，岂有完卵？

## 三

李劼人小说还存有对人性恶的揭示。人性恶在封建礼教的保护下，肆意地奸杀着年轻的生命。

《棒的故事》在反思自由恋爱之时，展示了人性恶的肆无忌惮。《棒的故事》表层是描写封建家长制对青年的戕害，较深一层次则是对人性恶的揭示。“棒”在小说中被赋予多重含义，既是家长权威的代表，又是伦理道德的代表，更是人性恶的代表。这篇小说寓意深广，对人性恶的反思，可以媲美曹禺的《原野》。

何老太对未来的媳妇，很早便有了中意的人选，即自己的亲内侄女有珍。但是在城里读书的儿子何九如偏要搞独身主义。为了让唯一的儿子赶紧娶媳妇添几个小男女，何老太不得已妥协，让儿子自己选媳妇。媳妇娶进门，何老太按照老规矩衡量新媳妇，那便是一百个不顺眼。虽然新媳妇在婆婆面前小心翼翼，讨好献殷勤，但总不能讨得婆婆欢心。原因有三。首先是媳妇不能天亮之前就起床料理家务。然后儿子觉得一个老妈照顾媳妇还不够，还需要找一个丫鬟。婆婆觉得儿子太娇惯新人，醋意大发。最关键的一点是，因为这媳妇不是自己挑选的，所以无论媳妇怎样讨好献殷勤都是看不顺眼。“于是，由厌恶而至于嫉妒，由嫉妒而至于仇视，到了仇视……连那一点略可满意的根株也铲除得干干净净的了。”[①] 媳妇刚进家门就在婆婆眼里变成为十恶不赦的罪人，可以想见以后生活的难熬。婆婆虽然极端厌恶儿媳，但因为儿子威风太大，所以也莫可奈何。原本不同意儿子进京城读书的她，只盼望暑假赶快过去，以便儿子离家到京城读书。这位婆婆只盼着儿子早日离开，实质是希望儿子早日离开媳妇。祝愿子女生活幸福美满应是老人对后人最好的祝福，但是《棒》里没有这样的祝福。儿子的幸福在母亲眼里就是眼中钉、肉中刺，欲去之而后快。人类母性的光辉在这里荡然无存，只是一个女人对一个男人的占有欲——母亲对儿子的占有欲。婆婆对媳妇的仇视，固然因为她不是自己所选，没能满足家长权威的欲求。同时，更主要的原因是媳妇“夺走”了自己的儿子。婆婆的窥视欲暴露了长期守寡的她被扭曲的人性欲求。对儿子媳妇的房中事充满好奇。在窥视之后，婆婆又不顾廉耻地到处宣扬自己窥视的全部内容。这里便存在矛盾的两重性，一方面婆婆将儿子媳妇的房中事视为不知羞耻，另一方面又充满好奇地窥视。原因是中国长期以来将“性”与肮脏连接在一起，但是“性”一旦在婚姻之内，便属于合理合法的地位。何老太心灵的扭曲变态，反映了她自身人性的被扭曲。在窥视中、在四处宣讲中满足被压抑许久的欲望，在鄙视中显示着得不到满足的“高尚”。何家

① 《李劼人选集》第四卷，四川人民出版社1984年版，第305页。

新媳妇遭遇这样的婆婆，最后成为“棒”下鬼便也是故事发展的必然结果。何老太敢打死媳妇，一方面仰仗自己身为家长的身份，趁儿子不在家时大发家长制的淫威；另一方面是因为她凭借传统伦理道德观（虽然她为媳妇犯下伤风败俗之事窃喜不已）。何家媳妇被活活打死，现场不乏围观之人——她家的长工。但他们因为受传统伦理道德的影响，认为何家媳妇做了该挨打的事情，所以他们只是做一群麻木的看客，看着何少娘被活活打死。婆婆打死媳妇后，只是因为她请了二十四个和尚给媳妇念经七天，反而受到乡亲的赞扬。但实质是婆婆怕冤魂纠缠，借念经壮胆而已。一条鲜活的生命就这样被结束。在众人眼里，生命的价值与七天的念经作法等同。何家媳妇在封建家长的淫威之下，被封建伦理道德杀害。婆婆扭曲的人性借助封建家庭伦理道德肆放淫威。在古老的中国，类似何家媳妇这样的女子岂止一位。有多少年轻的生命就这样消失在花样年华，被送进黑沉沉的坟墓。这篇小说读起来犹如在地狱里走了一遭。李劼人借何少娘生命的结束写出封建伦理的“杀人”。小说在不动神色的冷静叙述中将野蛮世界呈现读者眼前。

作者虽然没有直接喊出“杀人”，但笔锋所到之处，“杀人”随处可见。何少娘正值如花的年龄，丈夫出走，身心陷入困境。在长期的压抑困守中，生命的美好一点点被抹杀。与异性的接触引来闲言碎语，让正愁抓不住把柄的婆婆找到杀人的理由。婆婆不需与任何人商量，即让侄子蛮横地将媳妇活活打死。一个花一样的美人，被棒打之后还被人提着脚胫倒拖着跑了一大转，最后被扔死狗似的扔在草地上。生命被如此戕害，杀人者被冠以贤德的美名，这就是封建道德伦理的“杀人”。众人的围观，看着生命被一点点耗尽，这是“看客”的闹剧，人间的悲剧，这是国民性的冷酷、麻木、不仁。何家婆婆的行为在官方、民间都得到认同，也就写出这是一个群体而非个体的野蛮愚昧。

## 四

国民性的批判，不仅有对生命价值的拷问，还有对生存意义的追问。

李劼人小说《只有这一条路》通过写张桂荪梦想考军校的故事，展示了一群投考军校的年轻人的理想。他们的理想不是保家卫国、为民除害，他们的梦想是升官发财，梦想着权力、财富、女人。《请愿》中的师长就是张桂荪梦想的实现。小说写一个三十来岁的军长，沉迷于酒色鸦片之中。他的权力只是用来满足自我的私欲。师长的权力可以用来换取金钱，再用金钱与势力争夺女人。《请愿》中的师长，就是《只有这一条路》中张桂荪投考军校的梦想。中国辛亥革命之后，军阀混战。中国政局的权力被军队掌握。而掌握权力的这帮部队，是如此的敛聚钱财，伤害百姓，在这种部队控制下的中国何日才能富强？李劼人在批判长官时，并没因而将同情的笔用来粉饰处于下层的军士。《失运以后的兵》、《兵大伯陈振武的月谱》写出处于底层的军士如何行凶作恶，横行乡里，干扰百姓。李劼人对军阀部队自上而下地全面否定批判，没有赋予一点亮丽的色彩，写出昏天黑地的一个世界。这个世界恶魔横行。

大众面对这样的部队，是什么态度呢？或许中国人根深蒂固的“奴性”思维导致大众对权力、权威的崇拜。拥有权势便拥有话语权，拥有人们的敬仰。《请愿》中那位师长，由于长期沉迷于酒色，脸色又瘦又青，就如西方人对中国人的蔑视——东亚病夫。这位师长与几位用金钱权势娶来的太太们玩着麻将，而请愿的市民们在门口高呼师长万岁，还送来歌功颂德的旌旗。请愿的市民不管是年轻的学生还是有身份有地位的绅士阶级，他们有一个共同的特点——脸上都是笑嘻嘻的。他们旗帜上标语都是“深思熟虑”之后才选择的。学生们小旗上的警语、沿途喊的口号，都已是约定俗成的语言，毫无新意。另一派年老的绅士阶级使用的标语是省城商会已经使用过的语言。之所以会对标语口号如此谨慎，只为不触犯当权者的忌讳。这样的市民拥戴这样的师长，“爱国”的意味便在叙述中被消解殆尽。至于外交的失败，国家的安危，这些似乎与市民、师长都无什么关系。前来请愿的市民在师长家门口高呼几声中华民国万岁、师长万岁、学生联合会万岁，便完成了救国大业。师长除了关心麻将桌上的游戏之外，便是关心其他事情，那便是将所摊派的八万元款子何时才能逼缴出来。

李劼人小说里的世界，人人自私自利。人与人之间没有团结友爱互助，只是共同地将这世界抹黑，共同拉住彼此将这世界坠入地狱深处。

李劼人小说敢于直面真实。在人们为新文化的胜利欢欣鼓舞之际，他能写出胜利表象下面的残渣浊流，显示其敢于面对现实的“真”。李劼人与鲁迅一样反对“瞒”与“骗”。鲁迅在《阿Q正传》中写出辛亥革命的含义不被人理解，革命成为人们谋取权力、财富、女人的工具。李劼人一样揶揄新文化的“民主”“自由”没有被人们真正了解，人们只是穿着新文化的外衣，做着千百年来不变颜色的梦。李劼人这样审视新文化与古老中国的大众，需要勇气与犀利的眼光，犹如鲁迅之审视辛亥革命。民国年代，军阀混战，人民生活在水深火热之中。李劼人在揭示军祸的时候，不是将军队置于一个独立的群体，而是一个交叉的群体。这个群体里面有知识青年（以张桂荪为代表），有以苦力求生存的劳动者（以陈大伯为代表）。朴实的劳动者进入军队，首先学会的不是军纪法律、强身健体，而是如何才能表现得会打家劫舍，如何会耍流氓。因为只有这样才能在部队混下去。有文化的知识青年，例如张桂荪，进入部队是想更快地当官发财，威风八面，能更多地找女人。《市民的自卫》中的张老爷在谈到部队招那么多兵士时怨声载道，因为这样作为市民的他会因此可能被派摊更多的费用。张老爷对部队长官分摊的费用埋怨不停，却对部队长官买地时动辄上百上千亩的豪气而羡慕不已。可以想象，即使像张老爷这样学了孔孟之道，懂得“修身齐家治国平天下”的儒生，如果进入部队一定也是与《请愿》中的那位师长一样。李劼人这样的书写，就将军祸的根源由单纯的讨伐变为对国民的反思。没有成为军长的，梦想成为军长，永远不能当军长的下层兵士，就像强盗一样四处搜刮。部队之外的老百姓，艳羡部队长官的巧取豪夺。李劼人小说从不同视角指出军祸的根源在于国民性的堕落、腐朽。

李劼人的小说属于社会写实小说，与后来文学研究会倡导的小说观念不谋而合。李劼人自1919年留学法国，直接接受西方文化影响后，他的小说创作发生了一个质的飞跃。如果说，李劼人1919年之前的现代白话小说创作还处于摸索阶段，那么之后他的小说已经成熟，且深度、广度都得到很大程度的提高。在文坛同期现代白话小说中，李劼人小说已经不只是停留在“自由”“民主”的呐喊上面，而是进入一个更高层次的境界——探索国民性劣根性。李劼人透过新文化运动纷繁热闹的表象，挖掘经受新文化洗礼后大众思想的残渣碎片。他的笔指向各个阶层，有平凡老百姓、高官显贵，有守旧的迂夫子、受过新文化影响的读书人……在这些形形色色的人群中，李劼人挖掘他们最深处的灵魂，剖开后发现几乎是清一色的愚昧、自私、虚荣、贪婪。李劼人小说笔下较少亮色彩的人物，多是罩着几许尘埃的灰色人物。李劼人以其犀利的笔触，无情地解剖笔下人物身上那延续千年沉积下的尘埃，写军阀统治时期官场的黑暗，描绘官场老手的处世法宝，揭示出近代中国落后的深层根源。李劼人后来被誉为“中国的左拉”，① 创作出《死水微澜》等系列名著，与这前后十余年创作生涯的积累不无关系。而这期间创作的作品本身，同样是中国现代白话小说传承与创造摸索阶段的成功尝试，为现代白话小说转型提供了宝贵的借鉴。

① 参见郭沫若《中国左拉之待望》，《李劼人选集》第一卷，四川人民出版社 1980 年版，第 1—15 页。

# 第六章　五四前后巴蜀作家同气相求之关系与关于新诗建设的探讨

## ——以郭沫若、吴芳吉、康白情等为例

现代文学发生初期，巴蜀作家不仅在创作方面走在前面，而且在新文学理论方面比较早地有所思考，且有所建树并发生影响。

诗的专论影响较大的自然首先有胡适的相关论述，有郭沫若、宗白华、田汉等人的《三叶集》。其中《三叶集》主要围绕郭沫若的诗而展开讨论，也可见出巴蜀作家创作的影响。除此之外，前面所论的吴芳吉、康白情以及周太玄、叶伯和等都有着比较系统的诗歌理论或观点，对于当时的理论探索起到积极的推动作用。而过去学界除对有关郭沫若诗论的研究相对较多之外，对吴芳吉、康白情等人的理论则相对关注较少。另外，过去有人在分析吴芳吉诗歌特点时，曾以为吴芳吉创立的白屋诗与当时风行的新诗格格不入，不利于新诗的发展，也不为其他新诗倡导者所接受；还因其和康白情等也有争执，好似主张完全不同，实际上，这都只是一种表面现象。吴芳吉和当时的主流新诗坛存在差异的同时，也有着不少共通的相似之处。将其作为早期巴蜀诗论整体来探讨，总体分析其得失及对中国现代文学的影响者更是未见，所以有必要阐释论证。

巴蜀作家于理论和实践方面均有创造，对现代文学发挥了积极的影响。若结合巴蜀作家团体同气相求的关系来考察，其作用更为明显。

## 第一节　五四前后巴蜀作家同气相求之关系

新文学是伴随着激烈的争论和反对质疑而发展的。作为一种真正意义上的文学革命，既需要努力克服障碍，同时也需要积极地探索和完善。在这方面，胡适等人对于新文化运动的贡献有目共睹。胡适对于白话文学不遗余力的提倡，对文学发展起到了积极的推动作用。但是，另一方面，新文学自身也存在多方面的问题，如其创作实绩的确有限。这当然也与作为探索阶段的整个新文学实际的创作状况有关。例如为了推动白话文运动的发展，而采用一些过激策略，如对古典传统一笔抹杀，将其全部视为死的文字，不能创造活文学，主张全盘西化，比较片面地一再强调“白话可以做中国文学的一切门类的唯一工具”。[①] 这种过分极端的理论主张虽是时代之需求，也有明显矫枉过正之缺陷，甚至前后矛盾，产生负面之效果。此外，还有文学阵营常见的宗派观念等，排斥其阵营外的其他新诗探索。如皮埃尔·布迪厄指出：“文学竞争的中心焦点是文学合法性的垄断，也就是说，尤其是权威话语权力的垄断。”[②] 在这种情况下，一些未被其纳入正统的新诗探索者“却被认作是‘非法’，被排斥在‘新诗空间’之外”。[③] 这种种情形，都影响着新文学的进步。

五四前后的巴蜀新文学作家，从表面上看，似乎就属于几个不一样的文学派别。其中，康白情、周太玄以及王光祈、李璜、曾琦等为“少年中国学会”的成员，与胡适、李大钊、陈独秀关系密切，属于所谓文坛主流派。彼此常相唱和，同气相求也就自不待言。叶伯和在成都也参加了“少年中国学会”四川分会，常在《星期日周报》上发表文章，也可属于主流派，但毕竟地域和身份有别，未能如其他诗人引起主流领袖人物如胡适等的关注。郭沫若为第二种类型，开始并不属于主流。在日

① 《逼上梁山》，赵家璧主编《中国新文学大系·建设理论集》，上海文艺出版社1936年影印本，第3页。

② ［法］皮埃尔·布迪厄：《艺术的法则——文学场的生成结构》，刘晖译，中央编译出版社2001年版，第271页。

③ 姜涛：《“新诗集”与中国新诗的发生》，北京大学出版社2005年版，第79页。

本留学期间，他得到宗白华的欣赏和鼓励，再加上与康白情同属于主流的田汉交往，尤其是后来自身创作成绩以及席卷一切的气势，成为创造社的代表，进而成为令主流不能忽视的文坛领袖。与各派相对良好的关系，无论是对于郭沫若自己还是对于新文学的发展，都起到积极的作用。第三类是吴芳吉。他离开清华后，得到旧派友人吴宓的鼓励与海外同学的接济，进入文坛，努力探索诗歌发展之路，虽成绩斐然，却遭到新旧两派的非议。而性格耿介——早年宁愿被开除而不愿向恶势力低头悔过的吴芳吉，其所受的生活折磨是远远超过其他人的。他既非常自信也固执、敏感，对于诸种非议尤其是来自所谓主流的打压或傲慢产生十分强烈的反弹也属情理之中。

那么，这批巴蜀作家彼此间的关系如何呢，对于自身创作及文学发展有何影响呢?

第一类人物较为简单，即为所谓圈内人物，一起参加许多重大事件，甚至有患难与共的经历，友情深厚。此时尚未发生政治上的分化，初期的文学观点也比较相近。许多观点或创作就是在他们彼此的交流讨论碰撞或者送别聚会等场合而产生的。彼此做到同气相求、相互呼应就比较容易。

作为新文化运动中胡适的支持响应者，《少年中国》、《新潮》等重要刊物文学栏目的主要撰稿人康白情等，其文学观点和创作成绩对于新文学所起的积极支撑作用是毋庸置疑的。但并不是说这批蜀中作家与胡适等观点毫无差别，只是因为包容性极强的巴蜀学文化所发挥的影响，使他们对于不同的观点有更多的包容性。他们改革的主张旗帜鲜明，充满激情。但与另一些领袖人物相比，其主张相对更为融通，却少了一些极端绝对化的主观色彩（有关主张要点下文还要论述，如对于传统文化古典文学的态度等）。而正因为如此，他们起着重要的修订和完善作用，此外需要指出的是，还有一个特殊价值，就是对新文学文坛发展和扩大队伍所起的作用。文坛领袖胡适以推荐评价文学新人著称，但“点到的基本上都是他的朋友和北大的学生，‘自家的戏台’里没有一个‘外人’”，“并有意无意地将这一自家的戏台放大成正统的

'新诗坛'"。[①] 受其影响，以北大师生为主的主流诗人群对其他诗歌探索及主张往往加以漠视或诋嘲，也曾引起其他人士的不满。有关情况，姜涛《"新诗集"与中国新诗的发生》曾有《"新诗集"出版与新诗坛的分化》专章详细论述。而这群体之中的巴蜀诗人，除对所谓圈内人士进行鼓吹外，对其他人士也多能够包容，尤其善于利用老乡关系扩大影响。当留日归来的叶伯和在四川办草堂杂志，出《诗歌集》后，康白情致信予以高度评价，称"大著都无可疵，而心乐篇特佳"[②]。"少年中国学会"酝酿成立时人手不够，由吴玉章安排，邀川东道尹公署秘书长、后来的《新蜀报》创始人陈育（愚生）、《星期日周报》编辑穆济波以及尚为中学生的四川进步女性秦德君等前往北京奔走。他们主办的《少年中国》杂志，偶尔也发表郭沫若等人的作品。当周太玄、李璜在巴黎通讯社人手不够时，一封电报，四川的李劼人又义无反顾地应邀前往相助。对于同样探索新诗的吴芳吉，观点有较大差异，难免会发生论争。吴芳吉曾在日记中记载白屋诗在取得很大影响的同时，"然不转瞬而反对之声四起，北京新潮社之某君，及上海民国日报之某君，诋骂尤烈。"[③] 吴芳吉对康白情等人也不以为然，甚至成见较深。虽然如此，但康白情却与其他同派人士不完全相同，这在吴芳吉日记中可见一斑。1920 年，康白情在上海期间多次拜会吴芳吉，以示好感。"2 月 21 号，北京大学学生康白情来会，请吾为《新四川杂志》作文，吾以无暇却之。"[④] 三月二号，康白情赴上海亚东书局宴请后，通过吴芳吉所任职之《新群》杂志同人李挹清转述其意见：说吴芳吉"所做诗，都不合于真正白话文学"，希望其"必要改良"，并称之为忠告。[⑤] 三月三号，吴芳吉"以康白情之招，赴先施公司之东亚旅馆，为《新四川杂志》作茶会"。[⑥] 虽然由于多种原因，吴芳吉对康白情无甚好感，对其批评更是嗤之以鼻，但客观地讲，康白情对吴芳吉的总体态度是无可厚非的。

---

① 姜涛：《"新诗集"与中国新诗的发生》，北京大学出版社 2005 年版，第 84 页。

② 参见张义奇《成都的泰戈尔》，《成都日报》2004 年 3 月 10 日。

③ 《吴芳吉集》，巴蜀书社 1994 年版，第 543 页。

④ 同上书，第 1327 页。

⑤ 同上书，第 1332 页。

⑥ 同上书，第 1333 页。

从这几条材料可以看出，其批评本身代表不同的观点，但方法是委婉的，态度也可以说是比较真诚的。转述“忠告”之后仍不放弃约请，吴芳吉应邀之后也因此得以与更多的四川同乡相识，其中如王光祈、魏嗣銮（时珍）等“少年中国学会”会员皆为此次席间初识。吴芳吉的简短记述中对其亦不无好评，似可从侧面说明这团体努力的成效。另一个有力的证明是，吴芳吉最后还是接受了康白情的邀请，成为成立于北京的《新四川杂志》中的一员，该杂志在《川报》1920 年 2 月 3 日发表章程，称其宗旨为“集合同志，砥砺学行”，宣传新文化运动。发起人中有四川在京的“少年中国学会”会员，如康白情、王光祈、王德熙（渠县人）、叶麟（兴文人）、孟寿椿（涪陵人）等，有吴虞的两个女儿吴楷、吴恒以及上海的王瑞华、胡蜀英等女社员。[①] 这也在一定程度上展现了当时四川文化界的力量整合，对新文化起到积极推动的群体效应。

另外还有“少年中国学会”成都分会成员，就更没有所谓门户之见。他们身处夔门内，却广泛聆听不同的声音，容纳不同主张。叶伯和的新诗创作最早并没有打算发表，后来分别在《成都高等师范校报》和《星期日周报》上发表引起反响，才决定印刷出诗集。第一、二期分别由穆济波、曾孝谷作序。曾孝谷为中国现代戏剧开创者，在为叶伯和《新诗集》所作序中强调文艺同道，“同是一家人，需要互助，才得发达。”[②] 穆济波此时为少年中国学会会员、《星期日周报》编辑，作了不少新诗，其《我和你》被叶伯和特别称道，并唱和一首《我和她》，一同印在诗集中。穆济波在序中对叶伯和提倡新诗，印出来给人批评的行为表示十分佩服，强调其音乐家身份对于做诗人的优势。叶伯和自身却淡泊名利，虽然探索很早，但如实叙述其后来曾受胡适新诗体的启发，表示此前将西洋音乐贡献给国人，现又将“数年研究的新文艺贡献出来，对于社会进步，有无关系，几年后再让人评论”。[③] 诗集出版后，康白情、郭沫若等纷纷加以好评，以中国的泰戈尔相喻。叶伯和稍后主办《草堂》杂志，又扶持了不少年轻的文

① 参王绿萍、程祺编《四川报刊集览》，成都科技大学出版社 1993 年版，第 91 页。
② 叶伯和：《新诗集》，上海东华印刷所 1922 年版，第 1 页。
③ 叶伯和：《新诗集·再序》，上海东华印刷所 1922 年版，第 3 页。

学爱好者。当时尚为无政府主义者的巴金也开始在此发表作品。这些均见其同气相求的理念。

另一类人物的代表郭沫若，赴日期间受新思潮影响，虽不属于京城主流，但却以其哲理与才情得到宗白华、田汉的欣赏，与各派均有联系和交往。有关郭沫若的研究甚多，无须赘言。除了大家研究已久的各种渊源之外，这里想要指出的是他既具有广泛交往的禀赋，善于融通能力，亦不乏虚怀若谷的气度，于人于己都不无裨益，对诗坛更是贡献巨大。郭沫若对主流派同乡康白情就高度评价，在《我的作诗的经过》一文中特别提到康白情白话新诗对他创作的积极影响。在致朱仲英函中又说“叶伯和先生的诗，我喜欢心乐篇中诸作”，表示相信他“作诗的主义与泰戈尔差不多”。[①] 特别值得一提的是，郭沫若与几乎处于孤军奋战境地的吴芳吉惺惺相惜，并施以援手。他将自己的《三叶集》寄给吴芳吉，并与之讨论，吴芳吉则回寄新作。彼此信中各抒己见，而大同小异。吴芳吉1920年6月14日即农历庚申四月二十八日的日记写道：“得郭沫若自日本福冈来书，评吾《笼山曲》、《明月楼》诸诗为有力之作，而《吴淞访古》一律最雄浑可爱，《婉容词》一首，使之另受一番感伤。”[②] 当年7月中旬，郭沫若由日本回国，特地前往上海公学与吴芳吉相聚。这也是两位巴蜀诗杰首次见面。吴芳吉即将去湖南明德学堂任教，郭沫若为此赋《送吴碧柳赋长沙》诗：

> 洞庭古胜地，屈子诗中王。遗响久已绝，滔滔天下狂。愿君此远举，努力轶前骧。苍生莫辜负，也莫负衡湘。[③]

诗中充满真情和希望，间接表达了其诗学观点和对白屋诗的认同，对吴芳吉继续勇往直前的探索所起到的支持和鼓舞也是可想而知。这种相互呼应也真正为当时的文坛和新文学发展所需要，也是其后来能够异军突

① 叶伯和：《叶伯和著述丛稿》，成都迪毅书店1924年版，第13页。

② 《吴芳吉集》，巴蜀书社1994年版，第1355页。

③ 同上书，第1398页。

起，成为引领新诗发展领军代表的原因吧！

至于第三类代表吴芳吉，其独辟蹊径、兼容中西古今的白屋诗虽受到广大读者欢迎，却既不入所谓新诗正统，又不为旧诗人所容。而他依然不屈不挠，坚持探索。吴芳吉性格倔强，一身傲骨，不愿趋时，高自期许。1918 年 10 月 23 日的日记中记载曾与吴宓、邓绍勤相约："其自努力，他日中国新文学派砥柱，此吾三人任也。"① 可以看见出其眼界抱负之高。他疾恶如仇，尤其厌恶高调浮华，互为标榜者。他主持《新群》杂志时，对社中有借读者来信吹捧编辑而自我炒作者十分反感并加以抵制。在日记中他的笔锋常常针对各类政客，从汪精卫、章行严到吴稚晖，多为贬词。他对所谓新文化运动提倡白话而废除文言的极端主张坚决反对，也因此对胡适、陈独秀等人颇有不满，进而对北京大学一帮新文化的代言人亦有微词。他细读胡适《中国哲学史》诸书，不以为然，称陈独秀更为毫无知识者。中国公学请陈独秀讲演，他不屑一顾，若去也只是想去当面质问。吴芳吉 2 月 29 号日记还写道：1920 年元旦，陈独秀曾著《告上海言论家文》，同济医工学生魏嗣銮（时珍）逐条加以驳斥，"而骂其无一点科学知识。"② 吴芳吉对此表示赞赏。1920 年年初，他多次表示对同乡作家康白情的不满，原因较为复杂。从表面讲，与彼此所供职效力的阵地有关，如其 1920 年 1 月 14 号日记《昨年之〈新群〉纪事》所言："《新潮》诸人与《新群》暗里颇相排挤，因《新群》编辑多半是北大学生，与彼辈素不甚合。"③ 从另外一方面看，彼此观点相异，尤其是吴芳吉孤立无助，时常受到打压，耿介的性格有时也难免偏于敏感，反弹激烈一些也属正常。每每将康白情等北京大学学生同视为好出风头者，并给予十分严厉的批评，如 1920 年 2 月 27 日的日记中写道："北大学生自所谓'五四运动'大出风头之后，其矜持虚骄之气，直觉天下无敌。吾在此所会见三四十人，半为北大圣徒有名之士"，"许多学生专以攻读杂志为事，因杂志上之论调，多时新的话头，记取一二，便可自命为文化运动之健将，康白情辈之所谓学

---

① 《吴芳吉集》，巴蜀书社 1994 年版，第 1273 页。

② 同上书，第 1330 页。

③ 同上书，第 1321 页。

问，即自此产生者也。”[1] 这当然有吴芳吉观点认识的原因，彼此关注的重点不同和志趣不同，也与吴芳吉崇尚笃实，厌恶浮华有关。他还特别提到《新群》杂志与之交往的周淑楷。“吾于淑楷，犹能与之相安者，彼虽为北大学生而不在吾面前吹牛皮也。”[2] 则其所指也不是空穴来风。此外还有一个起因或许也直接导致对康白情产生不好的看法。据吴芳吉 1920 年 1 月 12 日（农历 1919 年冬月 22 日）日记记载，康白情曾就《新四川》成立有关章程及选举事宜致函吴芳吉征求意见，可见其将吴芳吉视为有影响的川人，并寻求其支持。其中总编辑一职本应自由选举，不得代为强定，康白情另附一小启，称“北京同人拟举叶麐（麟）为总编辑，此人为北京大学学生，颇能充任”[3]。吴芳吉对此十分厌恶。称其为“此种滑头手段，乃不意出于以新文化运动者之口，抑何鄙俗若是”。他虽然复信同意选举叶麐，但对康白情等人的不良看法也就由此产生。平心而论，康白情这种方式固有不妥，但作为组织者也不是完全无法理解，而另一方面，素来特立独行的吴芳吉对此反感也同样是情理之中的。虽然如此，此事最后还是取得成功，《新四川》宣告成立，体现出川人的合作精神，而且虽然吴芳吉对以康白情为代表的北大学生多有看法，但仍然仅限于在日记中真实反映，未见诸报端。吴芳吉与康白情共同顾全大局的态度，尤为难能可贵。事实上，在整个五四时期，巴蜀作家少有加入各种文坛笔墨攻讦者，既然有昌盛新文化的共同目标，相互尊重，求同存异，这即是传统的巴蜀文化的包容精神，何尝不含有新时代的民主意识呢？

除此之外，吴芳吉还与魏嗣銮（时珍）、曾琦（慕韩）等四川籍的少年中国学会会员有过交往与合作，印象也是良好的。

从上面的简单梳理可知，当时的巴蜀作家虽然观点主张各有差异，但就总体而言，具有为新文化繁荣的思想和理念，也就奠定了同声相应、同气相求、合力打拼的坚实基础。

---

① 《吴芳吉集》，巴蜀书社 1994 年版，第 1328 页。

② 同上书，第 1329 页。

③ 同上书，第 1317 页。

## 第二节　巴蜀作家诗论概况及特点

### 一　诗论概况

首先四川作家都较为重视理论建设与宣传工作。其中除郭沫若《三叶集》外，其他人虽然当时尚没有出版文学理论专著，但大多有文章阐释和表达其观点，现将有关著述简介如下。

吴芳吉无专门的诗论著作，生前曾自编《白屋吴生诗稿》，1929 年出版。1934 年其友人编订有《吴白屋先生遗书》、《白屋嘉言》、《白屋家书》。1982 年四川人民出版社和巴蜀书社出版的《白屋诗选》、《吴芳吉全集》都是他的作品集。台湾也出版过其诗文集，其诗论就散见于这些文集中，在中国现代文学发生初期具有特别的价值和意义。

吴芳吉的诗论著作最早的一篇大概应为《读雨僧诗稿答书》，该文并未发表，其友人吴宓将其置于《吴宓诗集》卷首，题注“民国四年八月十五日（自碧柳日记中录出）”，1916 年所作。其后著作主要有《提倡诗的自然文学》①、《谈诗人》②、《再论“诗的自然文学”并解释“春宫的文化运动”》③、《吾人眼中之新旧文学观》④、《再论吾人眼中之新旧文学观》⑤、《三论吾人眼中之新旧文学观》⑥、《四论吾人眼中之新旧文学观》⑦、《白屋吴生诗稿叙》、《〈罗山诗选〉导言》⑧，以及部分书信⑨及论诗诗篇、

---

①　原载《新群》1920 年第 1 卷第 4 号，《吴芳吉集》，巴蜀书社 1994 年版，第 377 页。

②　原载《新人》1920 年第 1 卷第 4 号，《吴芳吉集》，巴蜀书社 1994 年版，第 406 页。

③　原载《新人》第 1 卷第 5 号，出版时间不详，当在 1920 年 8 月后，《吴芳吉集》，巴蜀书社 1994 年版，第 424 页。

④　原载《湘君》季刊 1923 年第 1 号，《吴芳吉集》，巴蜀书社 1994 年版，第 429 页。

⑤　原载《湘君》季刊 1923 年第 2 号，《吴芳吉集》，巴蜀书社 1994 年版，第 451 页。

⑥　原载《学衡》杂志 1924 年第 31 期，《吴芳吉集》，巴蜀书社 1994 年版，第 483 页。

⑦　原载《学衡》杂志 1925 年第 42 期，《吴芳吉集》，巴蜀书社 1994 年版，第 503 页。

⑧　原载《湘君》季刊第 2 号，《吴芳吉集》，巴蜀书社 1994 年版，第 446 页。

⑨　如 1924 年晓星出版社出版的胡怀琛《诗学讨论集》中收有吴芳吉与余裴山共同署名的“给胡怀琛的信”，该信为《吴芳吉集》失收。赵家璧主编《中国新文学大系·史料索引》，上海文艺出版社 2003 年影印本，第 283 页。

日记等。

四川早期新文学及新诗论大多集中发表在《少年中国》上。该刊为少年中国学会所编月刊，为该社机关刊物，创刊于1919年，共出版两卷二十四期。周无、康白情、王光祈、李思纯、李劼人、何鲁之、魏嗣銮（时珍）、曾琦、李璜等都在上面发表过大量的文章与诗歌。该刊为综合性杂志，就总体情况而言，川人所发表与文艺关系密切者占了相当的比例。其中王光祈作为少年中国发起人之一并担任书记，为贯彻“本科学的精神，为社会的活动，以创造少年中国”的学会宗旨，写有《少年中国之创造》(第一卷第二期)、《少年中国学会之精神及其进行计划》（第一卷第六期)、《团体生活》等。

康白情的理论代表作自然以《新诗底我见》为代表。该文写于1920年3月，发表在《少年中国》1920年第一卷第九期，此外便是其《草儿》、自序及其附录二《新诗短论》、《草儿在前》、《河上集》[①] 等诗集出版时的自序。

周太玄的诗论著述为《少年中国》1920年第一卷第九期上发表的《诗的将来》，写于民国八年1月1日白蒙达尔利，另外还有在《少年中国》1920年第二卷第四期上的《法兰西近世文学的趋势》。

此外还有李思纯在《少年中国》第一卷第六期上的《国语问题的我见》、第一卷第十二期上的《汉字与今后的中国文学》、第二卷第八期上的《诗体革新之形式及我的意见》、第二卷第十二期上的《抒情小诗的性德及作用》。

李璜则发挥在法国留学的优势，以介绍法国文学为主，《少年中国》第二卷第十二期有其《法兰西诗之格律及其解放》，后来又有专著《法国文学史》作为少年中国丛书之一由中华书局出版。[②]

叶伯和诗论观点主要见于《诗歌集》第一、二、三期序言。《草堂》杂志的相关编辑方针也是其诗论间接的反映。

---

① 《河上集》为1924年亚东出版康白情之旧体诗，含四言、五古、七古、五律、七律、五绝、七绝各体。

② 赵家璧主编:《中国新文学大系·史料索引》，上海文艺出版社2003年影印本，第273页。

由此可见，以吴芳吉、康白情等为代表的五四前后蜀中诗人不仅有诗歌创作的成绩，其有关诗歌建设的理论著述也基本上发表于1920年前后，其对于当时新文学尤其是新诗建设发挥了积极作用，作出了积极的贡献。

但是，过去对除郭沫若文论研究较为深入，[①] 对于以上早期的巴蜀诗人的创作成就尚且认识不足，有关这个群体的诗学观点就更较少注意了。近年开始有个体零星论说，但仍无人对其总体情况予以综合性评价。而这是了解巴蜀作家对发生期的中国现代文学贡献的一个重要方面，故有必要进行分析梳理。

根据以上概况可以见出，巴蜀作家中，李璜基本上是以介绍西方文学为主，对于诗歌建设更多地起一种借鉴作用。李思纯诗论除涉及整个汉字与中国文学的关系外，对诗歌的形式及抒情诗的功能作了具体论述，而真正对于诗歌建设进行全面论述的则是吴芳吉、康白情和周太玄。故笔者也主要以之为重点予以论析。

## 二 深入思考、系统研究、涉及全面的共同特点

早期巴蜀诗人首先是对于诗歌理论有着深入细致的思考，作出多角度全方位较为系统的论述，提出独到的观点。

有关郭沫若与友人通信而编成的《三叶集》的讨论已经非常深入，该书不仅成为解读《女神》的一把钥匙，作为新文学尤其是新诗探索初期成功尝试阶段的理论著述，反映了郭沫若有关文学与哲学、文学与艺术的基本观点和深入思考。该书及郭沫若这时期的其他理论著述已成为新诗论经典，对中国新诗学的建立所发生的巨大影响毋庸置疑。

这种对新诗产生过程系统的考察在康白情《新诗底我见》中表现得同样十分突出。虽然该文并不是长篇专著，但作者一开口就指出，他是有着

---

① 此外，已经在当时以小说崭露头角的著名作家李劼人，真正的杰作与创作经验谈都还在后来一个时期，他与著名作家巴金等人的创作以及文艺观点都不在本书讨论的时间范围内。有关论述也有不少，其中如2005年巴蜀书社出版李怡先生主编的《中国现代文学的巴蜀视野》中有《现代四川文学思想的成熟》对郭沫若、巴金、李劼人文学思想有专章讨论和比较研究，此不赘述。另有稍后的《浅草社》巴蜀作家创作多有影响，而此时理论不多，故亦不论。

系统的“诗的研究”[①] 的野心，后来缩小为“新诗的研究”，并将能够找到的参考书都找来了，看了之后，还是感到题目太大，一缩再缩的结果才写成这篇论文。论文虽不算长，但作者称其为“例解”和“总目”，也即是一部专著的详细提纲。作者所要论述的主要问题和观点都已经表明，如果有更多的时间，可以作更细密的论述。如当代学人所论，康白情“这篇诗论，关于新诗理论诸问题，论述得既全面又系统”。[②] 另有学者则对其内容作了更具体的分析，指出在这篇文章中，“康白情展开了诗学研究的本质论、发生学、作品论、创作论、作家论等几大版块，内容几乎涉及中国现代诗学研究的方方面面，可以说《新诗底我见》搭建起了中国现代诗学综合研究的基本骨架。”并因此称其为“中国现代诗学综合研究的开端”[③]。

吴芳吉诗论也表现出对新诗发展全面系统的缜密思考。且不论其有关论文大多自成体系，如对“诗的自然文学”的反复论证，对“诗人内涵”的层层剖析，对新旧文学观多次的阐释，都见出其广泛和深入。仅从《再论吾人眼中之新旧文学观》[④] 一文即可见一斑。该文针对胡适提倡新文学的所谓主要观点“八不主义”进行辨析，条分缕析，逐层深入。胡适的八不主义为：“一曰，须言之有物。二曰，不模仿古人。三曰，须讲求文法。四曰，不作无病之呻吟。五曰，务去滥调套语。六曰，不用典。七曰，不用对仗。八曰，不避俗字俗语。”[⑤] 胡适的“八事”主张与陈独秀《文学革命论》中的“三大主义”，即推倒贵族文学，建设国民文学；推倒古典文学，建设写实文学；推倒山林文学，建设社会文学，可概括为形式与精神方面进行的革命，都涉及文学革命的方方面面，因此产生了巨大的影响。而吴芳吉与之理论，无论其观点如何，本身不仅需要全面系统和深入

① 康白情：《新诗底我见》，赵家璧主编《中国新文学大系·建设理论集》，上海文艺出版社2003年影印本，第323页。

② 祝宽：《五四新诗史》，陕西师范大学出版社1987年版，第245页。

③ 童龙超：《中国现代诗学综合研究的开端——评康白情诗论〈新诗底我见〉》，《河西学院学报》2005年第1期。

④ 《湘君》季刊1923年第2号，《吴芳吉集》，巴蜀书社1994年版，第451—478页。

⑤ 胡适：《文学改良刍议》，赵家璧主编《中国新文学大系·建设理论集》，上海文艺出版社2003年影印本，第34页。

思考，还需要巨大的勇气，因为此时的胡适、陈独秀已经是新文坛权威。吴芳吉凭借一己之力，挑战权威，说明其学识与胆识过人。

此外，周太玄（署名周无）《诗的将来》一文，针对新时期小说戏剧发展所具有的表现自然与人生的长处，似将替代诗歌的疑问，以及由此而来的人们或守旧、或索性不管诗的现象，从实体与艺术、主观与客观等方面讨论了时间进化对诗歌进步发展的推动，从情感、韵节与音乐的关系等特点探讨诗歌的将来。文章篇幅不长，但内涵丰富，属诗歌总体发展趋势的宏观研究，

## 第三节 巴蜀作家关于新诗建设的探讨

五四时期的巴蜀作家有关文艺诗歌方面的著述众多，涉及领域广泛，体系流派和主张不尽相同，争论也可谓激烈。但是仔细考察，在他们各自具有独创性的理论与实践中，许多观点表面存在较大差异之情况下，亦不无内涵实质相似之处。从郭沫若、吴芳吉和康白情几位诗歌代表人物来看，他们彼此诗学主张的明显差异是客观存在的。诸如在创作方法是即兴诗情喷发般的创作还是长期酝酿精心结撰，即所谓“做”还是“写”；风格上对浪漫与写实的偏爱和取向等，但这也只是相对而言。他们讨论阐述的问题各有侧重，但是对于新诗建设初期的几个重要命题，如创新与继承传统、中西诗歌艺术如何结合以及诗歌形式与社会时代等都较为关注，下面试作简要的探讨。

### 一 创新与继承传统之关系

中国新文化发生之初，特别是白话运动时期，新旧两派斗争激烈。新旧两派为了表明各自的主张，双方口诛笔伐，呈水火不相容之势。这样背景下产生的新文化难免带有一些偏激的色彩。新派在宣传“民主”“科学”主张时，对传统文化大加讨伐，更引起守旧者的强烈反对。

新派的批判矛头主要集中在儒家思想，首当其冲的自然是孔子。五四之前的早期巴蜀思想界对于儒家思想、儒家文化存在截然不同的两种

看法。一派是以廖平、宋育仁等为代表的拥护派，另一派则是以吴虞为代表的反对派。吴虞是批判孔子的战将，但同样作为巴蜀作家的郭沫若对孔子的评价却与之大相径庭。吴虞认为孔子思想已经过时，儒家思想的延续导致中国近代的贫弱。但到了1920年前后，巴蜀作家对传统文化的认识更为深刻和成熟，态度总体趋于稳健。如郭沫若就将孔子与歌德相提并论，认为两者分别是中西方最优秀杰出的人物。“我常想天才底发展有两种 Typus：一种是直线形的发展，一种是球形的发展。……这类的人我只找到两个：一个便是我国底孔子，一个便是德国底歌德。”[①] 在郭沫若眼中，孔子几乎是全能性的人才，不仅是政治家，还是哲学家、教育家、科学家、艺术家、文学家。郭沫若认为当代人对孔子的批判有失偏颇。“……可是定要说孔子是个‘宗教家’，‘大教祖’，定要说孔子是个‘中国的罪魁’，‘盗丘’，那就未免太厚诬古人而欺示来者。”[②] 由此可以看出郭沫若思想的卓然独立的个性——不随波逐流。这一性格特点其实不仅郭沫若具有，而且几乎可以涵盖整个巴蜀作家群体。康白情在作品与讨论中都大量引用孔子的观点作为立论依据，可以见出其认识。吴芳吉则在乱军围攻之中作《丁巳祀孔子记》，称赞孔子：“夫子之道者，仁之道也。仁者，天地鬼神人伦万化之道也。天地鬼神人伦万化之道不熄，仁之道不尽，夫子之道不灭。彼邪说诬行，暴政残贼，假仁义之言以盗天下者，特天地鬼神人伦万化之一变，变无常焉，终返其本，父子之道，何损于今日哉？”[③]

吴芳吉诗歌当时影响很大，被选入大中学教材，却也遭到新旧两派的非议。吴芳吉的观点十分明确，主要针对胡适等所谓新体白话诗的“八不”主义，全部否定传统诗格的“突变论”全盘欧化的“另植论”，同时也不满死守陈规的“保守论”，阐释自己的文学观，提出尊重传统，贯通古今，结合中西，勇于创新的主张。

---

① 郭沫若著作编辑出版委员会编：《郭沫若全集》第十五卷，人民文学出版社1985年版，第19页。

② 同上书，第21页。

③ 《吴芳吉集》，巴蜀书社1994年版，第375页。

由基本态度而言，吴芳吉积极主张诗歌革新。在民国八年，他曾请人代购黄公度诗集。他一直关注着有关诗界革命与文学改革的讨论，并努力地予以创作实践。他认为时事变迁，旧文学自身缺乏创造活力，新文学因西洋文学的启迪，自然而生，势在必行，不可阻挡。诗界革命由来已久，并非一朝一夕，一蹴而就。诗歌改革有不计其数的众人参与探索，也不能仅归功于某一位或某几个人。吴芳吉在《提倡诗的自然文学》一文中指出："新派文学之能战胜，不是他的神通广大，乃由旧派文学之自身堕落。以言乎诗，自台湾丘仓海著《岭云海日楼诗》后，中国旧文学界已无诗可言。……当此旧派文学势如摧枯拉朽不倒自倒之际，适逢西洋文学传入，感其文言合一之变，于是白话文学投机而起。一霎时全国响应，南北席卷。那奄奄一息的旧文学靠着几只残兵病马，自然不当其锋，除了望风而逃，没有他法。"①

针对有人说他落后于时代，反对新文化运动，吴芳吉旗帜鲜明地说："以根本论，我对于今之新文化运动，是极端赞成的。不过，出于今日一般人的叫嚣，至以此为投机事业，则绝不相干。殊足伤痛。"② 基于这种认识，吴芳吉不满一些人自我标榜，自以为先知先觉，以新文学主将自居，讥之为"白话文学的鼻祖"等称号，与那"中华民国的妈妈"称号一样"蠢态可掬"。他尤其反对打着新文学的招牌结党自重，在《提倡诗的自然文学》中特别指出："自然的文学，是任人自家去做的，是承认人类有绝对的自由的。是不装腔作势，定要立个门面的。是以个人为文学上单位的，是打破那些蔑视别人的人格，只顾其私党之声势的。"在日记中说得更为清楚，"若就文化运动之时期言之，则其发轫固不仅在近日，康有为之维新主张，梁启超之通俗文字，章太炎之革命鼓吹，严几道之西书翻译，皆为文化运动之先导，其功俱不可灭，今乃以文化运动之事业，止于白话，以白话运动之功勋，止于胡适、陈独秀，真可发笑了。"③

---

① 《吴芳吉集》，巴蜀书社 1994 年版，第 377 页。

② 吴泰瑛：《白屋诗人吴芳吉》，巴蜀书社 2006 年版，第 126 页。

③ 《吴芳吉集》，巴蜀书社 1994 年版，第 1334 页。

事实上，吴芳吉虽然认为新文学未必完美，但十分真诚地希望能够促进新文化进步。他特别反感不能对探索中的白话文学有半点非议，认为这实际上是一种新的专制。他提出旧文学许多弊病必须去除，但却有许多特点可以借鉴保留，而有的人故意走向极端，将旧文学视为妖孽，全盘否定，这不利于文学的发展。在《我的新旧文学观》系列论文中，他即针对胡适的“八不主义”，作了详细的论证，阐述其新文学观点。就今天来看，所谓“八不主义”的提出，固然有其原因及合理性。初看上去，改革不可谓不彻底，宣告与旧文学的彻底决裂，从此毫无瓜葛。而事实上在创作实践中并不可能，其中不乏伪命题，比如说须言之有物、不无病呻吟、不避俗字、务去滥调套语等，并不只有新文学专有，而是好的文学作品的基本要求。这本身就是中国文学之优秀传统，从先秦诗骚汉魏乐府建安风骨、唐宋陈子昂李杜元白、韩柳欧苏、元曲乃至明清小说皆一以贯之。胡适一方面认为中国这两千年没有真价值、真生命的文言文学，“这两千年的文人所作的文学都是死的，死文字决不能产生出活文学，所以中国这两千年，只有些死文学，只有些没有价值的死文学”①。另一方面又把无法否认的《诗三百篇》以来有价值有生命的好作品归之于白话文学。如此绝对，极端主观，与文学史客观事实既不相符（从《诗经》到《聊斋》，文言精品不计其数），又导致自相矛盾，使其白话标准含混不清。其用意本在矫枉过正，顾此失彼也在所难免，自然也易授人以柄，给人以口实。而吴芳吉是赞同创造，但并不是全无继承，盲目否定传统中优秀可取之处。

至于不用典，不模仿古人，不讲求对仗，须讲究文法等，本属于形式革新之类，也不能绝对化。过度提倡，刻意追求，又形成新的八股腔调、失去个性的滥语俗词，吴芳吉以大量例证说明其非。其中如讲究文法修辞的新派指责杜甫名句“香稻啄余鹦鹉粒，碧梧栖老凤凰枝”为修辞不通。吴芳吉以杜甫类似之诗说明其句法灵活，文从字顺，诋毁者浅薄无知，拘泥文法，以文害意，证明所谓“趋时之辈，相与著为文法语法之书，文法

① 赵家璧主编：《中国新文学大系·建设理论集》，上海文艺出版社2003年影印本，第129页。

语法之论语多，文学亦愈机械而无生气”，[①] 堪为典型例证。正是在此基础上，吴芳吉坚决主张提倡自然文学，以表现作品精神内容需求为重要。针对新派意欲以所谓“历史的文学观念”来否定传统文学，吴芳吉在《三论吾人眼中之新旧文学观》中加以批驳，认为“新派之陷溺由此始者，盖只知有历史的文学观念，而不知有艺术之道理也”。[②] 吴芳吉继承优秀传统文化与文学遗产，从屈原、陶渊明、杜甫、丘逢甲一脉相承。他 1927 年的《赴成都纪行》诗说其“幼读少陵诗，深识少陵志。一生爱此翁，发愿为翁继”。1932 年《巴人歌》说“巴人自古擅歌词，我亦巴人爱竹枝。巴俞虽俚有深意，巴水东流无尽时”。可见其又受到巴蜀地域文化的熏陶濡染，继承了优秀传统，同时又有时代感和现实感，勇于创新改造，如其《再论吾人眼中之新旧文学观》文末自我总结：“不嫉恶而泥古，唯择善以日新。”[③] 保持对文学改进向上之态度，这在今天依然有其现实价值和意义。

作为北大的学生，康白情文艺主张与胡适也不尽相同。《新诗的我见》中许多观点反倒与吴芳吉相近。无独有偶，他也讨论到修辞与文法的问题。与胡适“八不主义”观点相悖：他认为修辞必要但应适度。“修辞的工夫虽不可少，但绝不可流于过饰，葩藻之词盛，自然言志之功隐了。”至于文法，康白情认为完全是一个偶像，“只要在词能达意的范围里，也不宜过拘。在散文里要顾忌文法，我已觉得怪腻烦的，做诗又要带一个偶像，更嫌没有自由了。……‘红稻啄余鹦鹉粒，碧梧栖老凤凰枝。’这种倒装句法，本为修辞家所许可的，不能以通不通去责他。所以我在诗坛，要高唱‘打破文法的偶像！’”[④] 康白情在此显然对其师胡适的观点进行了修正，而有意无意间与倡导自然文学观的吴芳吉的论述略通。

---

① 《再论吾人眼中之新旧文学观》，《吴芳吉集》，巴蜀书社 1994 年版，第 456 页。

② 《吴芳吉集》，巴蜀书社 1994 年版，第 484 页。

③ 同上书，第 479 页。

④ 康白情：《新诗的我见》，赵家璧主编《中国新文学大系·建设理论集》，上海文艺出版社 2003 年影印本，第 331 页。

## 二　中西文学关系之融合

与对待传统文学密切相关的一个重要问题便是如何看待西方文学的影响和如何接受。如同整个新文化运动受到西方文化的影响，新文学各种文体都是随西方文学的传入而产生的，新诗自然也不例外。形式灵活，不讲格律的西方现代诗歌，让中国文坛为之耳目一新。要建设新文学，必须学习西方文学先进的创作方法和表现手段，这是当时新文学作家的共识。但是，在具体如何学习方面，则又有尖锐的分歧。以胡适为代表者主张全盘西化，因为“西洋的文学方法，比我们的文学，实在完备得多，高明得多，不可不取例”。[①] 1929 年，胡适为英文版《中国基督教年鉴》所写短文《今日中国的文化冲突》中明确提出“全盘西化”的观点。更有甚者，认为不仅文言要废，中国的文字也必须废掉。钱玄同《中国今后之文字问题》一文就与胡适、陈独秀等讨论这个问题，认为“欲废孔学，不可不先废汉文。欲驱除一般人之幼稚的野蛮的顽固的思想，犹不可不先废汉文”。陈独秀则主张“先废汉文，且存汉语，而改用罗马字母书之”。胡适对此表示赞成，只是建议将文言改为白话后再变拼音文字，吴稚晖更断言：“中国文字，迟早必废”，[②] 傅斯年也有《汉语改用拼音文字的初步谈》文对汉语改用拼音文字的必要性与可能性表示绝对支持。在这种情况下，傅斯年对文章写作的方法之一就是“直用西洋词法”。其《怎样做白话文》就指出：“直用西洋文的款式，文法，词法，句法，章法，词枝，一切修辞学上的方法，造成一种超于现在的国语，欧化的国语，因而成就一种欧化国语的文学。”

与之相反的主张便是融合中西之长，今天人们最熟悉的是闻一多先生代表性的观点：“我总以为新诗径直是‘新’的，不但新于中国固有的诗，而且新于西方固有的诗；换言之，他不要做纯粹的本地诗，但还要保存本

---

① 胡适：《建设的文学革命论》，赵家璧主编《中国新文学大系·建设理论集》，上海文艺出版社 2003 年影印本，第 139 页。

② 《中国今后之文字问题》，赵家璧主编《中国新文学大系·建设理论集》，上海文艺出版社 2003 年影印本，第 141 页。

地的色彩，他不要做纯粹的外洋诗，但又要尽量地吸收外洋诗底长处；他要做中西艺术结婚后产生的宁馨儿。”① 闻一多先生这篇著名的评论文章最初发表于1923年2月10日《创造周报》第5号，成为后来受到普遍称道的融合中西观点的经典表述。在这两种观点的对阵中，各有为数不少的支持者。而比较巧合的是，主张全盘西化论调的阵营中很少有巴蜀作家的声音，他们大多数自觉或不自觉地强调学习借鉴西洋文学而不忘结合中华国情与特点。

无论是郭沫若、吴芳吉还是康白情，对西方文学都非常熟悉和喜爱，而且也主动地学习与模仿。郭沫若深受西方文化影响，曾自述其学诗所受泰戈尔、惠特曼、歌德等诗人之影响的三个阶段，尤其强调德国的歌德是他崇拜的对象之一。当宗白华赞扬郭沫若是天才型的人物时，郭沫若将自己与充满感伤情调的英国作家高尔斯密、内心苦闷忧伤的德国诗人海涅、具有颓废情绪的法国诗人波特莱尔相比较，觉得自己是如此的坏、堕落、懊恼、颓废。由此可以见出，郭沫若思维不是单一的一元或者绝对的二元，而是多元。他的思想世界里，古今中外的名人都粉墨登场，发挥各自不同的影响力。郭沫若诗歌中不仅有西方世界的意象，更有西方文化之精神。例如，他的《晨安》诗歌中，有帕米尔、金字塔、比利时、爱尔兰、大西洋、华盛顿、林肯等意象。《天狗》中充溢着飞动的想象力。这种“动”的精神在“静”的东方文明中少有存在，主要受西方文化的影响而成。另一方面，这并不意味着全盘西化，并不是人们批评的缺少东方文化。他对传统文化中的精髓不乏顶礼膜拜，“我想我们的诗只要是我们心中的诗意诗境底纯真的表现，命泉中流出来的Strain，心琴上弹出来的Melody，生底颤动，灵底喊叫；那便是真诗，好诗，便是我们人类底欢乐底源泉，陶醉底美酿，慰安底天国。我每逢着这样的诗，无论是新体的或是旧体的，今人的或古人的，我国的或外国的，我总恨不得连书带纸地把他吞了下去，我总恨不得连筋带骨地把他融了下

① 《〈女神〉的地方色彩》，孙党伯、袁謇正主编《闻一多全集》第2册，湖北人民出版社1994年版，第118页。

去。"[①] 郭沫若的传统文化根基很好，很多诗歌创作中融入传统文化基因。例如，他的代表作品——《女神》的来源便是中国传统神话传说——女娲补天。无论是屈原、杜甫的爱国主义精神，还是棠棣之花、聂政等中国文化意象，皆已深深融入其血液与灵魂，在他的作品中比比皆是，难分难解。更重要的是，在他创作的浪漫主义手法似乎来自西方的同时，决不能忽视庄子和楚辞对他浪漫气质形成的影响。

巴蜀诗人吴芳吉的思想与郭沫若具有相似之处。他坚持学习英语，阅读英文原著，体会其艺术之美，并借鉴其手法而创作。他充分肯定新诗应随时代而发展变化。其《白屋吴生诗稿·自序》中说："国家当旷古未有之大变，思想生活既与时代精神咸与维新，则自时代所产之诗，要亦不能自外。譬之乘火车者，既已在车，无问其人之欲行不行，要当载之前趋，欲罢不止。故处今日之势，欲变亦变，不变亦变，虽欲故步自封而势有不许。"[②]"《系辞》有言，'穷则变，变则通，通则久。'……非变不通，非通无以救诗亡也。"[③] 以此说明新诗受西洋文化影响产生之必然性，学习西方之势在必行。不仅如此，吴芳吉更以一种乐观的态度待之，"新会梁君有言，自古吾民族之与他民族相接，其影响于文学，辄生异彩。……今吾民族与他民族之相关密切，又倍于前，要其生机所在，无过同化之方。"[④] 对学习借鉴而变化的前景充满信心。

但是，他坚决反对全盘模仿，唯西方是从。这主要是立足于对东方文学的自信。他认为优良传统必须继承，东方文化美的特点必须保持。如闻一多在《〈女神〉之地方色彩》中批评："将世界各民族底文学都归成一样的，恐怕文学要失去好多的美。"闻一多还反复强调"当恢复我们对于旧文学底信仰"，"我们更应了解我们东方底文化。东方底文化是绝对地美的，是韵雅的"，"哦，我们不要被叫嚣犷野的西人吓倒了！"[⑤] 吴芳吉同样明确阐述道："盖吾诗虽老，固非全枯。不须迁地，更难拔除。今使（东

① 郭沫若著作编辑出版委员会编：《文学编》第十五卷，人民文学出版社 1985 年版，第 14 页。

② 《白屋吴生诗稿·自序》，《吴芳吉集》，巴蜀书社 1994 年版，第 555 页。

③ 同上书，第 557 页。

④ 同上。

⑤ 孙党伯、袁謇正主编：《闻一多全集》第 2 册，湖北人民出版社 1994 年版，第 123 页。

西）两枝结合，一体蕃滋，在我不失其初，所谓松柏自有常性；在人交受其益，有如河海不择细流。”“故余之取于外人，亦犹取于古人。读古人之诗，非欲返作古人，乃借鉴古人之诗以启发吾诗，读外人之诗，断非谄事外人，乃利用外人之诗以改良吾诗也。”抱着这种自信的态度，必须与西方平等交流。为此，他确立新诗创作原则不随俗俱迁，而是“自立法度，以旧文明的种子，入新时代的园地，不背国情，尽量欧化，以为吾诗之准则”①。其具体方法是选择性地学其所长，与东方文化民族文学特点相结合、相适应。“文字，中西全异者也，文艺，中西半同者也；文理，中西全同者也。舍其全异，取其全同，酌其或同或异，吾知其生气勃勃，光辉焕射，必有异于前矣。”其白屋诗体的大量名篇如《护国岩词》、《婉容词》、《笼山曲》、《两父女》等，都是在这种中西结合的原则下努力探索创造的新诗丰硕成果。

尽管遭到各种诋骂，但吴芳吉毫不退缩，坚持中西结合的创作方法。他猛烈抨击所谓按照西方文学法则亦步亦趋进行创作者，“总其大要，不外欧化二字，即直用西洋文法以为诗文是也。果尔，几年来文学出版界中可谓使用西洋文法之极盛时矣。言其结果，亦可以二语括之曰：‘雕刻意思，堆砌字句’而已。”② 这种“新派之诗”全同化于“西洋文学”，“使其声音笑貌，宛然西洋人之所为。”学其形式之皮毛，而失其精神。更失掉自我。因此吴芳吉认为学习西洋诗歌，除艺术形式之外，“略其声音笑貌，但取其精神情感。”“余所理想之新诗，依然中国之人，中国之语，中国之习惯，而处处合乎新时代者。”汲取西方先进的文学思想与时代精神，创造理想的具有中国气派、凤凰涅槃的新诗。

在胡适的学生——康白情的论著中，我们看不到宣扬全盘西化的观点，反倒是多处谈到其如何从古代作家创作中得到启发，诸如新诗人的修养，引用朱熹“问渠那得清如许，为有源头活水来”，说明需要有高尚的人格力量，如苏轼文章以理胜，韩愈文章以气胜，最终决定其高下的是其人格修养。再谈人格还须有个性，便举李白的飘逸，杜甫的沉郁，高岑的

① 《自订年表》，《吴芳吉集》，巴蜀书社 1994 年版，第 543 页。

② 《再论吾人眼中之新旧文学观》，《吴芳吉集》，巴蜀书社 1994 年版，第 458 页。

悲壮，孟郊的刻苦都各有所偏，偏到尽头，便是人格的真价与个性。再论天才与只是修养的关系，举杜甫的“读书破万卷，下笔如有神”，如此等等，不一而足。前面曾谈到其新诗创作本身大量的旧体诗元素，均可见传统文化修养对其新诗之影响。

## 三 创造自然之文学

古今贯通、融合中西，这是五四前后巴蜀作家的共识，也是他们的共同努力。在此基础上，强调创造自然的文学，无论是优秀的传统文化还是西方文学，都应注重艺术形式与思想内容、时代精神的统一，而为广大读者所接受，这应是新诗创造的关键所在。

吴芳吉最早的论文便是《提倡诗的自然文学》，于1920年2月发表在《新群》杂志第一卷第四号上。文章开宗明义便说明之所以作此文的原因。此前不久，吴芳吉在《新群》上“专于作诗”，首创“中国杂志界之以一人主持诗栏，而每月以十页之诗贡献于社会”[①] 的纪录，这其中包括《婉容词》、《两父女》名篇。其诗在引起学生涕泣、读者欢迎、杂志畅销等强烈反响的同时，也遭到新派诗人的所谓“忠告”，说他的诗，“不是白话文学的新诗”，“有违背新文化的条例”，等等。针对这种批评，吴芳吉鲜明地提出了诗的自然文学的主张，不受任何框框、派别的约束，博采众长，发自真情，随心所欲。“我对于诗的本身，无论如何说来说去，只要他是：1达意，2顺口，3悦目，4赏心的作品，便是一首正大光明的诗。”[②] 在胡适一派占据主流的20年代初之现代诗坛，这可以说是振聋发聩之音。

自然文学的基础是真实感情，因此就不能太在意文话白话、东洋西洋。吴芳吉说：“我们既知道诗是由感情来的，那么，感情是怎样的发动，诗就是怎样的产出。我们的感情既没有文话感情与白话感情，我们的诗要是按着感情来的，又焉有那些鬼话？”[③] “感情当绝对的自由，则表示感情

① 《昨年〈新群〉纪事》，《吴芳吉集》，巴蜀书社1994年版，第1320页。

② 《提倡诗的自然文学》，《吴芳吉集》，巴蜀书社1994年版，第381页。

③ 同上。

的诗，当然绝对自由。"[①] 单学西洋诗体者，同样不能排除无病呻吟和缺乏境界。自然的文学应该是富于独创性的个人的文学，而不是千篇一律的偶像文学。其后不久，又于1920年8月在《新人》月刊第一卷第四、五号连续发表《谈诗人》和《再论"诗的自然文学"并解释"春宫的文化运动"》，两篇论文，进一步申论其说。前文强调"诗人之得来，不比博士学士之得来，是有一定形式的。……大自然是诗人的学校，诗人便是大自然界的学生。自然是无穷的，诗人自修也是无穷的"。[②] 这里明显对胡适等所谓正规的学院派暗含讥刺。后文批评文坛那些动辄打起文化运动招牌，实则与新文化精神背道而驰，言行不一者，"公然藉着文化运动来做投机事业"[③]，故可称其为"春宫的文化运动"。实际上也是强调文学必须出自自然，诗歌必须要求作者的真情，强调作者的人格力量。

吴芳吉的奋战其实并不孤单，前面曾论及他从远在日本的郭沫若那里得到了支持和呼应。郭沫若与吴芳吉有许多的差异，但却有一种相知相惜的感觉。这并不是出于简单狭隘的乡土观念，而是在一些重要问题上有较为接近的认识和感受。郭沫若对所谓文言白话间的尖锐对峙也不以为然，认为文白之间的相互排斥，"都是见理不全各执一偏的现象。文白只是工具，工具求甚利便而已。"[④] 在给友人陈建雷的信中，他甚至直接指斥当时诗坛说："我对于诗，近来很起了一种反抗的意趣。我想中国现在最多的人物，怕就是蛮都军的手兵和假新诗名士了！"[⑤] 陈建雷是吴芳吉由《新群》引入的朋友，也同样被排斥并不满于所谓主流文坛者。郭沫若给陈建雷的这封信发表于1920年10月1日《新的小说》第2卷第2期，联想在此前后，致吴芳吉信高度评价其新诗以及回国时拜访再度寄予厚望，其理论主张的相似也就不难想见了。只允许用某一种方法和

① 《提倡诗的自然文学》，《吴芳吉集》，巴蜀书社1994年版，382页。

② 《谈诗人》，《吴芳吉集》，巴蜀书社1994年版，第422页。

③ 《再论"诗的自然文学"并解释"春宫的文化运动"》，《吴芳吉集》，巴蜀书社1994年版，第425页。

④ 郭沫若：《伟大的精神生活者王阳明》（附论二），《文艺论集》（汇校本），湖南人民出版社1984年版，第68页。转引自姜涛《"新诗集"与中国新诗的发生》，北京大学出版社2005年版，第171页。

⑤ 《吴芳吉集》，巴蜀书社1994年版，第1354页。

语言写诗，借新诗树立宗派而打压不同意见者，实有悖于自然文学与自由精神也。

再从郭沫若的诗论透析诗歌创作原则。郭沫若与宗白华、田汉三位具有共同志趣爱好的文学青年，经常鸿雁传书，探讨问题，交流观点。他们后来将三人的通信汇成《三叶集》出版。这本书解答了郭沫若早期诗歌的创作原则。郭沫若认为诱使诗歌产生的是直觉、灵感，无论雄浑或冲淡的诗歌都是如此。郭沫若明确谈道："诗不是'做'出来的，只是'写'出来的。我想诗人底心境譬如一湾清澈的海水，没有风的时候，便静止着如象一张明镜，宇宙万汇底印象都涵映着在里面；一有风的时候，便要翻波涌浪起来，宇宙万汇底印象都活动在里面。这风便是所谓直觉，灵感（Inspiration），这起了的波浪便是高涨着的情调。这活动着的印象便是徂徕着的想象，这些东西，我想来便是诗底本体，只要把他写了出来的时候，他就体相兼备。大波大浪的洪涛便成为'雄浑'的诗……小波小浪的涟漪便成为'冲淡'的诗……这种诗底波澜，有他自然的周期，振幅（Rhythm;），不容你写诗的人有一毫的造作，一刹那的犹豫……"[①] 正因有如此的诗学观念，所以郭沫若诗情的呐喊是心灵世界的迸发，而非为某理论在那里摇旗呐喊。

吴芳吉对郭沫若其诗其论也十分欣赏。郭沫若曾将《三叶集》从日本寄给吴芳吉，其中也谈到有关诗与自然、诗与社会关系等问题，彼此观点大同小异。吴芳吉在《谈诗人》一文中特别加以呼应。指出：

> 在诗人的主观看来，世界虽是混乱，他的心中却是光明澄澈，了无一物。所以凡是诗人，都有他的透底的人生观与宇宙观。甚么是"透底的人生观与宇宙观"？1. 凡是诗人都是"四海为家"的人；2. 凡是诗人都是以万物皆神的人。最近同乡诗友郭沫若君以其《三叶集》相示，其集中已先我说及。[②]

---

① 《郭沫若全集》第十五卷，人民文学出版社 1985 年版，第 14—15 页。

② 《吴芳吉集》，巴蜀书社 1994 年版，第 412 页。

吴芳吉同时也说到与郭沫若的差异。“我与他意思稍有不同的：他以诗人的‘我’，列于神以外；吾则以诗人的‘我’，本是神之一体。所以诗人也是个神。他主张赞美自然，我则以‘自己’也是‘自然’的一部分，除了赞美‘自然’，还许赞美‘自己’。诗人既都以四海为家，所以他也是家庭的一个；既都以万物皆神，所以他也是神类的一个；于是诗人之视世界，觉得都似家庭之可爱，可似神类之可敬；世界虽是昏乱，实在不足介意。且暂时之昏乱，也不能有损于永久之世界。”① 这里表现出的自然文学观是如此彻底，与深受泛神论影响的郭沫若也略微相似。崇拜自然，崇拜人类自身，要求诗人对世界万物充满关爱，这是饱受东方以及巴蜀文化和谐精神熏陶而又同时浸润西方乃至人类精神文明营养方能具有的宽广胸襟与气度，也为创造现代中国气派的文学事业所必需。

曾批评吴芳吉诗非新诗的康白情，也提倡自然的文学，强调感情声音自然结合而达到自然的美。《新诗底我见》中说：“诗要写，不要做，因为做足以伤自然的美。不要打扮，而要整理，因为整理足以住自然的美。”为此，诗歌的音、韵、平仄清浊等可以适当整理，以增加和表现自然的美。康白情又说：“旧诗的好的，或者音调铿锵，或者对仗工整，或者词华秾丽，或者字眼儿精巧，在全美底一面，也自有其不可否认底价值。”② 康白情不仅举出曹植《美女篇》的名句“罗衣何飘飘，轻裾随风还！”没有平仄，但有清浊，因而调子十分高爽。又赞扬南朝乐府《采莲曲》“江南好采莲，莲叶何田田！”没有格律，而实有韵，因而调子十分清俊，随口呵出，自然谐和。他要求新诗“自由成章而没有一定的格律，切自然的音节而不必拘音韵，贵质朴而不讲雕琢，以白话入行而不尚典雅。新诗破除一切桎梏人性底陈套，只求其无悖诗底精神罢了。”③

以此与康白情所批评的白屋体创作者吴芳吉的主张相比较，手法可能

---

① 《吴芳吉集》，巴蜀书社 1994 年版，第 412 页。

② 赵家璧主编：《中国新文学大系·建设理论集》，上海文艺出版社 2003 年影印本，第 328 页。

③ 康白情：《新诗的我见》，赵家璧主编《中国新文学大系·建设理论集》，上海文艺出版社 2003 年影印本，第 324 页。

略有不同，但无论是精心构思的“做”还是一气呵成的“写”，强调的是创作过程的不同侧面，以及叙事诗抒情诗等类别差异，都有一个积累的问题，包括感情、生活、素材、触发点等，最为关键的则为是否自然。康白情也不反对打磨整理，前提是有助于自然的美。吴芳吉日记曾记《婉容词》及《两父女》、《笼山曲》等的创作过程，蓄积甚久而创作甚短，如1919年10月15日，“枕上诗兴怒发，即开首为某君之妻作诗，名曰《婉容之夜》，至午成四百多言，仍以白话为之。”[①] 康白情诗率性而为，才情洋溢，但也难免有失于粗疏之处。吴芳吉强调严肃认真，却并不在形式上雕章琢句，他负责《新群》诗歌专栏时，数量不减而佳作迭出，才华不在他人之下，其感情充沛，真挚动人，何等自然。正可见其理论与实践的结合应用。康白情强调“诗是主情的文学，诗人就是宇宙底情人，那么要做新诗，就不可不善养情。……在诗上要痛抒感情，而不必顾忌知识”。[②]“感情上我却怎么样呢？我觉得‘我’就是宇宙底真宰。”[③] 从个人—诗人四海为家—自然—神—真宰这些关键词，我们似乎已经看到巴蜀作家文学思想的共同关注点。

论到新诗与旧诗差异时，康白情承认其只是一种形式，“一个形式的东西，可以拿来作鼓吹无政府主义的传单，也就可以拿去作黄袍加身的劝进表。新诗也是这样，可以嘲咏风月，也就可以宣扬风教；可以夸耀烟云，也就可以讽切政体。”[④] 因此，“我们做诗，尽管照我们自己所最好的做去，不必拘于一格。至于我们底作品究竟该属那一格，留给后来的文学家作分类的材料好了。”[⑤] 这也可以解释吴芳吉、郭沫若与康白情诗歌风格自由无拘的原因。

此外，周无在《诗的将来》一文中，同样强调“诗是主情的，是想象的，是偏于主观的。因主情，故不重形式，因是想象，故不病凌虚，因偏

① 《吴芳吉集》，巴蜀书社1994年版，第1297页。

② 康白情：《新诗的我见》，赵家璧主编《中国新文学大系·建设理论集》，上海文艺出版社2003年影印本，第333页。

③ 同上书，第332页。

④ 同上书，第331页。

⑤ 同上书，第332页。

于主观，故不期于及他的效果”。[1] 同时指出小说也主情，但与诗歌有别，必须纳情感于意识主见中间。而诗歌还与音乐密切相关，其节韵有自然界的及比较造作的，而最高的则是最近于自然的所谓“无节韵的节韵，人领略到后，所生的美情格外的深远”。[2]

可能正是由于这同样的原因，音乐家出身的叶伯和先生在《诗歌集·自序》中介绍了自己的创作经历。他从小熟读古诗，如陶、李、杜、白的集子，长大后又到日本读了西洋诗，尤爱其言情的。他最后将自己那些白描的诗歌集命名为《心乐篇》，难道不是表现其对自然的崇尚，表现其中西结合、古今贯通的自由探索吗？

说到底，自然的文学就是一种个人的文学，独创的文学，真情实感的文学，不受任何拘束而自由创造的文学。新诗的根本精神就是创造，这种观念对于促进新诗和整个中国现代文学健康发展的积极意义是自不待言的。

总体而言，在中国新文坛，在胡适等倡导之下，用白话创作文学成为滚滚热流，席卷了中国文坛。但是，为白话而白话的文学创作，只是如幼儿蹒跚学步，鲜有艺术魅力感人的文学作品出现。在大家茫茫然于白话新诗未来走向之际，郭沫若的出现好似浓雾缭绕的世界被一束强烈的光照明。这束强烈的光就是郭沫若在《时事新报·学灯》发表的若干诗歌。广大青年意识到，原来白话诗歌还可以这样具有天马行空的想象力，具有如此波涛汹涌的情感世界。苍白的中国新诗坛终于有了属于自己的力作。但巴蜀文学的贡献和影响远非止于此。20 世纪 20 年代初期的巴蜀作家，无论是主流诗坛的多产诗人康白情，还是郭沫若异军突起的《女神》狂飙，以及吴芳吉别具一格、老妪能解的白屋体，以及《草堂》、《浅草》等作家作品，都显示了不可忽视的巴蜀文坛引领时代风气之先的创造精神，而与其创作相得益彰的诗论也同样显得相对成熟稳健，对于模糊不清的诗坛起到的正本清源的理论指导作用同样不可忽视，巴蜀作家以自己创造的突出

① 周无：《诗的将来》，赵家璧主编《中国新文学大系·建设理论集》，上海文艺出版社 2003 年影印本，第 343 页。

② 同上书，第 345 页。

实绩给中国新诗以强有力的支撑。而多侧面的诗歌理论主张不仅自成体系，而且对于早期新文学理论中的过激与片面性还有一种纠偏的功能，促进思考与建设。有的巴蜀作家作品可能要滞后一段时间其意义才会显现。但毋庸置疑，五四前后巴蜀作家这种综合成绩与影响，独辟蹊径而又同气相求、个性分明而又异曲同工的关系所发挥的群体效应，对于推动中国新诗和整个现代文学的发生与建设发展起到了十分巨大和非常重要的作用，应该得到充分的肯定与评价。

# 结语

通过对中国现代文学酝酿发生期四川作家概况的系统梳理，我们对四川作家与中国现代文学的关系可以有一个比较具体的了解。在中国现代文学与中国现代文化一起与中国传统文学与文化激烈抗争而孕育诞生的历史进程中，巴蜀作家没有置身局外，被动地接受现代文学产生后的成果，而是一直参与其中，引领呐喊，催产助生，群星璀璨，流光溢彩，在相当程度上还发挥了开风气之先的作用。蔑视权威、反叛专制、不安分的巴蜀文化性格使川人在许多历史变革时期都率先加入到先驱者的行列。成都竹枝词、下里巴人的吟唱使巴蜀地区的文体探索从未停止。杨锐、刘光第的热血慷慨，邹容、雷铁崖对暴力革命的宣传鼓动，廖平、吴虞对传统观念异曲同工的冲撞，皆显示了巴蜀文化在世纪之交思想解放中的巨大影响。文学革命发难前后，巴蜀作家群更是主动出击，光彩夺目。从康白情到郭沫若，从李劼人到吴芳吉，从《草堂》到《浅草》，从个体到社团，无论是有幸进入中心场域，还是被排斥于所谓主流之外，都自觉担当历史使命，不畏缩，不后退，不故步自封，尽力发出自己的声音。巴蜀作家以富于创造性的精神努力工作，在戏剧、小说、新诗及新文学理论建设等方面作出了突出的成就，在早期文学社团组织和文学教育鼓动中展现了强大的实力。巴蜀作家求同存异，同声相应的关系，展示了巴蜀文化包容和谐的精神与凝聚力量。这一切都对新文学的存在与发展起到强有力的支撑和积极的推动作用，作出十分巨大的贡献，在中国现代文学发生史册上留下浓墨重彩，应该得到客观的评价，这也是本书的目的和意义所在。

同时，巴蜀作家在中国现代文学发生期的成绩和贡献，又是一笔十分珍贵的区域文化资源和财富，值得认真借鉴和总结发掘。笔者在考察过程中，情不自禁地受到感染，同时也常陷入思考并从中得到启发，比如，对巴蜀文化中反叛性格的认识。这一性格本来并非为巴蜀所独有，但正如李怡先生所论："在现代中国的反叛与先锋追求的整体背景上，有那么一个地域的作家群常常将这一追求发挥得淋漓尽致，反叛与先锋似乎与这个地域文化的某种特质有更紧密的联系，这一地域就是四川。"① 李怡先生这里讲得很清楚，相关著作中还对有关内涵作了十分精辟的论述。我觉得这里用"淋漓尽致"来形容可以说是非常准确，有如四川的烫火锅，酣畅淋漓而恰到好处。又如经典川菜"回锅肉"，肥而不腻，令人难忘。这里其实有一个最重要的火候拿捏问题。四川人的反叛性格也是这样，并不是盲目从众，毫无节制，而是独立思考，出于大义和正道。正所谓"众人皆醉我独醒"，不愿摧眉折腰事权贵，以李白的反叛精神为代表。但同时又忧患国家民族，愿意为此自我牺牲。当体制与文化专制禁锢思想，阻碍进步，巴蜀人敢于蔑视并予以反叛，不惜牺牲，因此合于大势所趋的社会历史潮流，走在时代的前列。而这种反叛性格更为可贵者，是表现在反叛旧传统的大环境下，特立独行而不人云亦云，汲取西方文化之精华，不愿全盘西化，和而不同，对待传统文化与文学，继承创新，不愿全盘割裂或抛弃。这是一种明智的选择，显出巴蜀文化的包容性，大多数巴蜀作家所持的这种态度，在当时实际上也需要极大的勇气，从另一个侧面表现出巴蜀文化的反叛性和创造性。这也是我们还能从中得到启示的原因。

① 李怡：《来自巴蜀的反叛与先锋——20世纪中国文学与巴蜀文化片论》，《西南师范大学学报》1998年第2期。

# 参考文献

阿英编：《晚清文学丛钞》小说一卷，上册，第二版，中华书局1980年版。

北京大学哲学系中国哲学研究室：《中国哲学史》，北京大学出版社2001年版。

北京语言学院《中国文学家辞典》编委会编：《中国文学家辞典》现代第一分册，四川人民出版社1979年版。

白屋诗人吴芳吉研究课题组选编：《吴芳吉研究论文选》，三秦出版社2010年版。

陈平原：《中国小说叙事模式的转变》，上海人民出版社1988年版。

陈平原：《中国现代小说的起点：清末民初小说研究》第2版，北京大学出版社2010年版。

陈平原：《文学的周边》，新世界出版社2004年版。

陈平原：《陈平原小说史论集》，河北人民出版社1997年版。

陈应莺、周孟璞、周仲璧编：《周太玄诗词选集》，四川文艺出版社2004年版。

陈大康：《中国近代小说编年》，华东师范大学出版社2002年版。

程毅中：《中国诗体流变》，中华书局1998年版。

陈其泰：《史学与中国文化传统》，北京书目文献出版社1992年版。

陈思和：《秋里拾叶录》，山东友谊出版社2005年版。

曹雪芹、高鹗：《红楼梦》第一部，人民文学出版社1974年版。

成都市文学艺术界联合会、成都吴芳吉研究会编：《吴芳吉研究》，中国文联出版社2010年版。

成都市文学艺术界联合会、李劼人研究学会编:《李劼人研究》,巴蜀书社2007年版。

成都市政协文史学习委员会编:《辛亥前后卷》,四川人民出版社2007年版。

戴燕:《文学史的权利》,陈平原主编《学术史丛书》,北京大学出版社2003年版。

[德]彼得·斯丛狄:《现代戏剧理论1880—1950》,王建译,北京大学出版社2006年版。

邓经武:《大盆地生命的记忆——巴蜀文化与文学》,电子科技大学出版社2005年版。

董建、荣广润主编:《中国戏剧:从传统到现代》,中华书局2006年版。

邓星盈、黄开国、唐永进、李知怒:《吴虞思想研究》,四川教育出版社1996年版。

冯自由:《革命逸事》,新星出版社2009年版。

冯光廉主编:《中国近百年文学体式流变史》,人民文学出版社1999年版。

[德]弗里德里希·尼采:《权力意志:重估一切价值的尝试》,张念东、凌素心译,中央编译出版社2000年版。

郭志刚、孙中田主编,王富仁等编:《中国现代文学史》(修订版),高等教育出版社1999年初版,2000年重印。

郭绍虞主编:《中国历代文论选》第四册,上海古籍出版社1980年版。

郭沫若著作编辑出版委员会编:《郭沫若全集》,人民文学出版社1985年版。

郭沫若:《漂流三部曲》,人民文学出版社1987年版。

郭沫若:《沫若文集》第7卷,人民文学出版社1958年版。

郭沫若:《学生时代》,人民文学出版社1979年版。

龚鹏程:《中国小说史论》,北京大学出版社2008年版。

龚济民、方仁念:《郭沫若传》,北京十月文艺出版社1991年版。

韩南:《中国近代小说的兴起》,上海教育出版社2004年版。

胡经之主编:《西方文艺理论名著教程》第二版下卷,北京大学出版社2003年版。

胡适撰:《胡适说文学变迁》,上海古籍出版社1999年版。

胡适：《国语文学史》，安徽教育出版社 1999 年版。

黄子平、陈平原、钱理群：《“20 世纪中国文学”三人谈》，人民文学出版社 1988 年版。

黄开国：《廖平评传》第 2 版，百花洲文艺出版社 2010 年版。

贺敬之：《贺敬之谈诗》，人民文学出版社 2004 年版。

黄候兴：《郭沫若的文学道路》，天津人民出版社 1983 年版。

黄候兴：《郭沫若文学研究管窥》，天津教育出版社 1987 年版。

黄候兴：《郭沫若正传》，江苏文艺出版社 2010 年版。

胡建：《现代性价值的近代追索：中国近代的现代化思想史》，上海人民出版社 2008 年版。

姜涛：《“新诗集”与中国新诗的发生》，北京大学出版社 2005 年版。

靳明全：《中国现代文学兴起发展中的日本影响因素》，中国社会科学出版社 2004 年版。

康白情：《中国新诗经典〈草儿〉》，浙江文艺出版社 1997 年版。

李怡、肖伟胜主编：《中国现代文学的巴蜀视野》，巴蜀书社 2006 年版。

李怡主编：《现代中国文化与文学》第 3 辑，巴蜀书社 2006 年版。

李怡、毛迅主编：《现代中国文化与文学》第 4 辑，巴蜀书社 2007 年版。

李怡：《中国现代新诗与古典诗歌传统》（增订本），北京大学出版社 2008 年版。

李怡：《现代四川文学的巴蜀文化阐释》，湖南教育出版社 1997 年版。

李怡：《日本体验与中国现代文学的发生》，北京大学出版社 2009 年版。

李怡：《跨越时空的自由——郭沫若研究论集》，东方出版社 2008 年版。

李士文：《李劼人的生平和创作》，四川社会科学院出版社 1986 年版。

李耀先主编：《廖平选集》，巴蜀书社 1998 年版。

罗贯中：《三国演义》（下），人民文学出版社 1979 年版。

刘纳：《嬗变——辛亥革命时期至五四时期的中国文学》（修订本），中国人民大学出版社 2010 年版。

刘纳选编：《反正前后》，华夏出版社 2008 年版。

刘纳选编：《凤凰涅槃》，华夏出版社 2008 年版。

刘元树：《郭沫若创作得失论》，四川文艺出版社 1993 年版。

刘小枫：《诗化哲学——德国浪漫美学传统》，山东文艺出版社 1986 年版。

陆侃如、冯沅君：《中国诗史》，百花文艺出版社 1999 年版。

《李劼人选集》第一卷，四川人民出版社 1980 年版。

《李劼人选集》第四卷，四川人民出版社 1984 年版。

《李劼人选集》第五卷，四川文艺出版社 1986 年版。

李劼人研究学会编：《李劼人的人品和文品》，四川大学出版社 2001 年版。

龙泉明：《中国新诗流变论》，人民文学出版社 1999 年版。

栾梅建：《二十世纪中国文学发生论》，广西师范大学出版社 2006 年版。

孟昭连、宁宗：《中国小说艺术史》，浙江古籍研究所 2003 年版。

蒙木：《五四风云》，上海三联书店 2009 年版。

钱理群、温儒敏、吴福辉：《中国现代文学三十年》，北京大学出版社 1998 年版。

钱基博：《现代中国文学史》，上海书店出版社 2004 年版。

钱仲联、章培恒、陈伯海等主编：《中国文学大辞典》，上海辞书出版社 2007 年版。

秦林芳：《浅草——沉钟社研究》，中国社会科学出版社 2002 年版。

［瑞士］皮亚杰：《发生认识论原理》，王宪细等译，商务印书馆 2009 年本书原著系法文，中文译本据伦敦 1972 年英译本译出。

皮埃尔·布迪厄：《艺术的法则——文学场的生成结构》，刘晖译，中央编译出版社 2001 年版。

彭放编：《郭沫若谈创作》，黑龙江人民出版社 1982 年版。

卜庆华：《郭沫若研究新论》，首都师范大学出版社 1995 年版。

任芳秋：《中国新文学渊源》，河南人民出版社 1986 年版。

任一民主编：《四川近现代人物传》，四川大学出版社 1987 年版。

任淑坤：《五四时期外国文学翻译研究》，人民出版社 2009 年版。

司马长风：《中国新文学史》，香港昭明出版社 1980 年版。

［美］史书美：《现代的诱惑：书写半殖民地中国的现代主义（1917—1937）》，何恬译，江苏人民出版社 2007 年版。

[加] 施吉瑞:《人境庐内——黄遵宪其人其诗考》,孙洛丹译,上海古籍出版社 2010 年版。

四川郭沫若研究中心、四川郭沫若研究学会、中国郭沫若研究会编:《当代视野下的郭沫若研究》,巴蜀书社 2008 年版。

上海图书馆文献资料室、四川大学郭沫若研究室合编:《郭沫若集外序跋集》,四川人民出版社 1982 年版。

孙党伯、袁謇正主编:《闻一多全集》第 2 册,湖北人民出版社 1994 年版。

田汉、欧阳予倩等编:《中国话剧运动五十年史料集》第一辑,中国戏剧出版社 1958 年版。

谭继和:《巴蜀文化辨思集》,四川人民出版社 2004 年版。

谭兴国:《蜀中文章冠天下:巴蜀文学史稿》,四川人民出版社 2001 年版。

谭兴国等:《李劼人作品的思想与艺术》,成都中国文联出版社 1989 年版。

王国维:《宋元戏曲史》,凤凰出版社 2010 年版。

王晓初:《中国现代文学发展演变史 1898—1989》,西南师范大学出版社 2002 年版。

王富仁:《王富仁序跋集》上,汕头大学出版社 2006 年版。

王绿萍、程祺编:《四川报刊集览》上册,成都科技大学出版社 1993 年版。

王珂:《新诗诗体生成史论》,九州出版社 2007 年版。

王继鼎:《九环线的文化长廊——松茂古道》四川美术出版社 2005 年版。

王锦厚:《五四新文学与外国文学》,四川大学出版社 1989 年版。

王锦厚:《郭沫若学术论辩》,四川文艺出版社 1989 年版。

王元忠:《艰难的现代:中国现代诗歌特征性个案研究》,中国社会科学出版社 2007 年版。

王训诏、卢正言等编:《郭沫若研究资料》(上),中国社会科学出版社 1981 年版。

温儒敏、陈晓明主编:《现代文学及其当代阐释》,北京大学出版社 2010 年版。

吴相湘:《民国人物列传》(上),中国大百科全书出版社 2009 年版。

吴泰瑛:《白屋诗人吴芳吉》,巴蜀书社 2006 年版。

吴奔星、徐放鸣选编:《沫若诗话》,四川人民出版社1984年版。

吴芳吉,贺远明、吴汉骧、李坤栋选编:《吴芳吉集》,巴蜀书社1994年版。

伍蠡甫等编:《西方文论选》(下),上海译文出版社1979年版。

文履平等编:《重庆市志:报业志》,重庆出版社1999年版。

徐世群主编:《巴蜀文化大典》上册,四川人民出版社1998年版。

徐慕云:《中国戏剧史》,上海古籍出版社2001年版(2008重印)

谢冕:《论二十世纪中国文学》,中国人民大学出版社2009年版。

徐鹏:《中国近代文学史纲》,中国社会科学出版社2004年版。

杨义、中井政喜、张忠良合著:《中国现代文学图志》,生活·读书·新知三联书店2009年版。

杨义:《重绘中国文学地图——杨义学术讲演集》,中国社会科学出版社2003年版。

杨义:《中国现代小说史》,人民出版社1998年版。

叶伯和:《诗歌集》,华东印刷所1922年版。

叶伯和、顾鸿乔编:《中国音乐史》,台湾贯雅文化事业有限公司1992年版。

余凤高:《"心理分析"与中国现代小说》,中国社会科学出版社1987年版。

张建锋:《川味的凸显——现代巴蜀的文学风景》,中国戏剧出版社2007年版。

张宗品主编:《松游小唱绘图本》,四川美术出版社2004年版。

周作人:《中国新文学的源流》,江苏文艺出版社2007年版。

周永林编:《邹容文集》,重庆出版社1983年版。

邹建军选编:《20世纪中国文学史文论精华:新诗卷》,河北教育出版社2000年版。

赵家璧主编:《中国新文学大系》,上海文艺出版社2003年影印本。

赵清、郑城编:《吴虞集》四川人民出版社1985年版。

赵毅衡:《对岸的诱惑——中西文化交流记》增编本,上海人民出版社2007年版。

中国戏剧出版社编辑部编:《郭沫若剧作全集》第一卷,中国戏剧出版社1982年版。

祝宽:《五四新诗史》, 陕西师范大学出版社 1987 年版。

朱光潜:《悲剧心理学》第 3 版, 安徽教育出版社 2006 年版。

朱栋霖、朱晓进、龙泉明主编:《中国现代文学史 1917—2000》(上), 北京大学出版社 2007 年版。

朱文化:《风骚余韵论》, 复旦大学出版社 1998 年版。

**单篇论文:**

陈永:《对叶伯和的再认识》,《音乐艺术》2007 年第 4 期。

邓经武:《20 世纪巴蜀文学与西方文化》,《社会科学研究》2000 年第 4 期。

邓经武:《论现代巴蜀作家的文化品格》,《社会科学研究》1993 年 8 月。

邓经武:《地理环境对现代四川作家的影响》,《文史杂志》1993 年 8 月。

邓经武:《论李劼人创作的巴蜀文化因子》,《四川师范大学学报》1994 年 10 月。

邓经武:《论何寡母形象与巴蜀文化意蕴》,《内江师范学院学报》1994 年 2 月。

邓经武:《巴金与巴蜀文化》,《绵阳师专学报》1998 年第 2 期。

邓伟:《时空视野下的互动显现——试论沙汀的巴蜀地域文化资源》,《乐山师范学院学报》2003 年第 1 期。

邓伟:《艾芜与巴蜀地域文化略论》,《宜宾学院学报》2002 年第 3 期。

邓伟:《中国现代文学地域文化研究的转向思考》,《现代中国文化与文学》2007 年第 4 辑。

邓伟:《地域文化建构与民族国家认同——中国现代文学地域文化研究的另一思路》,《文艺理论研究》2006 年第 4 期。

邓伟:《质疑: 中国现代文学地域文化研究》,《韶关学院学报》2005 年第 3 期。

赖武:《巴金与成都正通顺街》,《青年作家》2006 年第 7 期。

李怡:《"何其芳特征"与东方色彩》,《东方丛刊》1994 年第 1 辑。

李怡:《现代四川文学研究的地域文化视野——中国现代文学与巴蜀文化之一》,《宁德师专学报》1995 年第 2 期。

李怡:《火辣辣的川妹子:一个典型的巴蜀意象——四川现代文学与巴蜀文学之二》,《宁德师专学报》1995年第3期。

李怡:《鸦片·茶馆·川味——四川现代文学与巴蜀文化之三》,《宁德师专学报》1995年第4期。

李怡:《从移民到漂泊——现代四川文学与巴蜀文化之四》,《宁德师专学报》1996年第1期。

李怡:《巴蜀派、农民派与中国现代文学——现代四川文学与巴蜀文化之五》,《宁德师专学报》1996年第2期。

李怡:《论现代巴蜀文学的生态背景》,《西南师范大学学报》1995年第3期。

李怡:《巴蜀文化的二十世纪体验者》,《郭沫若学刊》1996年第1、2期。

李怡:《研讨现代作家与乡土文化的两个问题从郭沫若与乡土文化所想到的》,《郭沫若学刊》1996年第4期。

李怡:《论现代四川文学"洄水沱"景观的地域文化内涵》,《赣南师范学院学报》1996年第2期。

李怡:《多重文化的冲撞和交融——论现代外省作家的入蜀现象》,《贵州社会科学》1996年第2期

李怡:《巴蜀调笑传统与现代四川文学的幽默趣尚》,《西南民族学院学报》1996年第2期。

李怡:《盆地文明·天府文明·内陆腹地文明——论现代四川文学的文化背景》,《社会科学研究》1996年第2期。

李怡:《地方志——龙门阵文化与四川现代文学的写实取向》,《西南师范大学学报》1997年第2期。

李怡:《来自巴蜀的反叛与先锋》,《西南师范大学学报》1998年第2期。

李怡:《重庆文学、地域文学与文史学》,《涪陵师专学报》1999年第4期。

李怡:《大西南文化与新时期诗歌的消长》,《诗探索》2000年第1—2辑。

李怡:《论中国现代文学的重庆视野》,《红岩》2004年第2期。

李怡等:《巴蜀学派与当代批评》,《当代文坛》2006年第2期。

《文学的区域特色如何成为可能——以巴金与巴蜀文化关系为例》,《社会科学研究》2010年第5期。

李清茂:《谈〈松游小唱〉旅游诗的文献价值》,《乐山师院学报》2010年第9期。

刘福春:《第一本新诗年选》,《诗刊》1999年第2期。

刘纳:《谈郭沫若的小说创作》,《中国现代文学丛刊》1983年第31号。

茅盾:《论初期白话诗》,《文学》1937年第8卷第1期。

梅雪林:《叶伯和〈中国音乐史〉下卷述评》,《音乐探索》1995年第1期。

钱理群:《周作人与钱玄同、刘半农——“复古”“欧化”及其他》,《辽宁教育学院学报》1988年12月。

税海模:《郭沫若、廖平与今文经学》,《郭沫若学刊》1990年第2期。

税海模:《少年郭沫若与乐山乡土文化》,《郭沫若学刊》1991年第4期。

税海模:《郭沫若:植根乡土的参天大树》,《郭沫若学刊》1996年第4期。

税海模:《郭沫若家族文化性格分析》,《乐山师专学报》1997年第3期。

税海模:《峨眉山、乐山大佛、郭沫若随想》,《郭沫若学刊》1999年第2期。

税海模:《评邓经武著〈二十世纪巴蜀文学〉》,《成都大学学报》2001年第4期。

谭兴国:《悠悠故乡情——巴金与成都》,《四川省情》2004年第1期。

童龙超:《论巴金文学创作的反地域文化特征》,《南京社会科学》2007年第6期。

童龙超:《中国现代诗学综合研究的开端——评康白情诗论〈新诗底我见〉》,《河西学院学报》2005年第1期。

王小巧:《谈康白情诗歌〈草儿〉历史地位的确定》,《西南农业大学学报》(社会科学版)2006年第2期。

伍加伦、王锦厚:《军阀统治下四川社会缩影图——李劼人短篇小说初探》,《社会科学研究》1982年第6期。

徐志福:《康白情和他的白话诗》,《文史杂志》2008年第5期。

高志华:《曾孝谷与四川话剧的提起》,《四川大学学报》(哲学社会科学版)2004年第S1期。

张宗福:《〈松游小唱〉:与岷江历史文化的对话》,《四川师范大学学报》2009年第3期。

周正:《董湘琴〈松游小唱〉的成因简析》,《阿坝师范高等专科学校学报》2010 年第 2 期。

朱舟:《叶伯和〈中国音乐史〉述评》,《音乐探索》1988 年第 1 期。

周晓风:《区域文化视野中的现代四川文学——读李怡〈现代四川文学的巴蜀文化阐释〉》,《社会科学研究》1999 年第 1 期。

周晓风:《现代性、区域性与 20 世纪重庆文学》,《重庆师范大学学报》2006 年第 2 期。

**查阅的旧报纸杂志:**

《商务时报》1914 年创刊于重庆。

《成都日报》1905 创办于成都。

《四川》1908 年创办于日本。

《蜀风报》1913 年创刊于成都。

《蜀报》1910 年创刊于成都。

《娱闲录》1914 年创刊于成都。

《渝报》1897 年创刊于重庆。

《成大大学校报》1926 年创刊于成都。

《广益丛报》1903 年创刊于重庆。

《草堂》1922 年创刊于成都。

《浅草》1923 年创刊于上海。

《孤吟》1923 年创刊于成都。

《戏剧》1922 年创刊于上海。

《四川学报》1905 年创刊于成都。

《鹃声》1906 年创刊于日本。

**现代期刊:**

《现代文学丛刊》。

《白屋诗风》。

《蜀学》。

《地方文化研究》。

**博士论文：**

黄雪敏：《创造社诗歌研究》，首都师范大学博士论文，2007 年。

张勇：《前期创造社期刊研究》，山东师范大学博士论文，2006 年。

伍世昭：《比较诗学视野中的郭沫若早期心灵诗学》，暨南大学博士论文，2002 年。

魏红珊：《郭沫若美学思想研究》，四川大学博士论文，2003 年。

宫下正兴：《以日本大正时代为背景的郭沫若论考》，山东大学博士论文，2007 年。

雷兵：《“改行的作家”：市长李劼人角色认同的困窘，1950—1962》，四川大学博士论文，2004 年。

**硕士论文：**

许敬：《艰难的新生——〈草堂〉及叶伯和考论》，西南大学硕士论文，2004 年。

邓伟：《现代四川作家与巴蜀地域文化论》，四川大学硕士论文，2003 年。

# 后 记

这部书稿是由我的博士论文修改而来的，在修改过程中，多年前的学习记忆再次回到眼前，在迷惑与解惑之间，疲惫与喜悦同行，多少次“独上高楼，望断天涯路”。在众多师友们的帮助关怀之下，我顺利而快乐地度过学习生涯。

首先感谢我的导师李怡教授对我无私的关怀与支持帮助。每当挫折感让我不能再前进时，是他的鼓励帮助让我感受到柳暗花明的喜悦而继续征程。在论文数易其稿过程中，是他帮我理清思路，明确思考的方向和重点，使论文得以完成。同时感谢我硕士研究生阶段的老师们，李诚老师、周芳云老师、曹万生老师、唐小林老师等对我一如既往的关心督促。也感谢曹顺庆老师、冯宪光老师、赵毅衡老师、易丹老师、毛迅老师、陈思广老师、徐新建老师、马睿老师等四川大学的老师们在我川大学习期间给予的指导帮助。我还要感谢四川社科院谭继和老师、西南民族大学徐其超老师、南京晓庄学院秦林芳老师、成都大学邓经武老师等对我博士论文的指点帮助。中国社科院文学所杨义老师曾就我的论文思路及研究方法提出很好的建议，在此深表谢忱。我要感谢许多师长朋友们在我查资料方面提供了无私的帮助，他们是中国社科院刘福春老师、四川师大龚明德老师以及重庆成都两地吴芳吉研究协会的刘国铭老师、何斌老师，重庆市江津区委与四川乐山师院郭沫若研究中心。我还要感谢我所在的单位领导——西南民族大学，对我工作上的理解支持。本学术专著获得被列为“西南民族大学民族文学与文化研究文库”。还有很多的同学朋友，杨华丽、汤巧巧、付清泉、袁继峰、康鑫、刘晓红、朱姝、孙拥军、布小继等，都曾给予我无私的帮助和关心。他们的名字都烙印在心，我要对他们真诚地说一声“谢谢”。最后，我要感谢我的家人，有了他们的理解支持我才能全身心投入到学习中，也才能如期交出这份学习的答卷。我庆幸自己遇到这些可亲、可敬、可爱的师友与家人，在以后的人生道路上，他们永远都是我的良师益友。我也要感谢本书的责任编辑郭晓鸿老师，她热情、细致的工作态度让我感动。

在修改书稿过程中，多年前那个青涩的“我”再次浮现在脑海，我不禁汗颜：初涉巴蜀文化研究领域，在短促的时间里，以有限的文史资料为基础，其论证必定会存在一定程度的疏忽。区域文化研究是一个深广的领域，这部书稿将成为我在此专业领域内研究起点的见证。学术生涯是寂寞而清苦的，但我愿以“天行健，君子以自强不息”之精神自勉，并继续开拓学术之路。

彭　超

2014 年 9 月于成都